SOMMERZEIT

von Ulla Schneider
Jugendroman

Umsetzung:
interface medien GmbH, Münster
Covergestaltung: Eugenia Dris
Satz und Layout: Eugen Mai

Bildnachweis:
fotolia.com © Zacarias da Mata - Vollmond
fotolia.com © Naj - Wildpferde

Herstellung und Verlag:
BoD - Books on Demand, Norderstedt

ISBN 978-3-7412-7496-1
Copyright © 2016 Ulla Schneider

Für Julie Marie

... Life is for living....
(in the summertime / von Mungo Jerry)

Ulla Schneider wurde 1951 in Lüdenscheid geboren und wohnt
in Münster. Sie arbeitet als Journalistin, Autorin und Lehrerin.
Unter anderem veröffentlichte sie die Romane:
Tropfen auf kalten Stein und
Grüne Wasser sind tief (Piper Verlag)

1

Wenn er aus dem Fenster sah, konnte er den Mond sehen.
Er war rund und so hell, dass er das Gefühl hatte, draußen
leuchte eine Neonröhre. Es war drei Uhr nachts und der
Gedanke an eine Neonröhre, die sein Zimmer mitten in der
Nacht in ein weißes, kaltes Licht tauchen würde, war vollkommen absurd. Draußen gab es nichts außer einer dunklen Nacht.
Er war nicht mehr in Hamburg. Er war in einem Dorf. In einem
gottverlassenen Dorf. Die einzige Neonröhre leuchtete hier in
der Imbissbude an der sogenannten Hauptstraße, in der es außer
Currywurst und Pommes auch Pizza gab, die aussah wie eine
belegte Torte und auch fast genauso schmeckte.
Erik lag auf dem Rücken und starrte durch das weit geöffnete
Fenster hinaus. Der Mond war eine fahle runde Scheibe mit
einigen dunklen Flecken darauf. Er hatte noch nie von seinem
Bett aus den Mond sehen können. Und ihm war noch nie aufgefallen, wie eiskalt dieser Mond war, eiskalt, weiß und grau.
Es war ein heißer Tag gewesen. Die Nachtluft war immer noch
warm. Und sie roch anders als die Luft in der Stadt – nach Erde
vielleicht und nach etwas, das Erik nicht kannte. Er starrte weiter den Mond an, in Hamburg war ihm der Mond nicht aufgefallen oder egal gewesen. Hier war er einfach nicht zu übersehen.
Ihm fielen die Wölfe ein, die angeblich den Mond anheulten.
Er schloss die Augen und horchte. Kein Wolfsgeheul, leider.
Nur Stille. Er spürte, wie sich ein dünner Schweißfilm auf
seiner Haut bildete und warf die Bettdecke mit einem wütenden
Schwung auf den Boden. Er konnte nicht schlafen. Er stand auf
und stellte sich an das geöffnete Fenster. Die leisen Geräusche
der Nacht drangen zu ihm hinauf. Das Knistern unter einem
Busch im Garten, der Schrei eines Käuzchens, weit entfernt in

den dunklen Bäumen, die sich vom hellgrauen Nachthimmel abhoben. War es wirklich ein Käuzchen? Woher sollte er wissen, wie sich der Schrei eines Käuzchens anhörte? Aber der klagende, unheimliche Ton war so, wie er sich den Ruf dieses seltsamen Tieres vorstellte, von dem er nur wusste, dass es Federn haben musste. Er stemmte sich gegen den Fensterrahmen, bis seine Handgelenke schmerzten. Die Nacht vor seinem Fenster war fremd und feindlich. Alles, was ihm vertraut gewesen war, war aus seinem Leben verschwunden. Hamburg war in unendliche Ferne gerückt, es schien ihm weiter entfernt zu sein als dieser eiskalte Mond, den er heute Abend zum ersten Mal in seinem Leben wirklich gesehen hatte.

Vielleicht war er ja krank. Sofort stürzte er sich auf diesen Gedanken. Krank- das wäre eine Chance, den Anforderungen des morgigen Tages zu entgehen. Keine Ermahnungen und Belehrungen, keine Verpflichtungen, keine Schule, nur einfach krank sein und im Bett bleiben. Musik hören.

Erik zog mit einem Ruck den Vorhang vor das Fenster, so heftig, dass eine der Schlaufen des transparenten, zarten Stoffes zerriss. Er warf sich auf sein Bett. Seine Mutter, die ihm diese Gardinen aufgedrängt hatte, würde ihn mit stillem Vorwurf ansehen. Er wünschte sich, sie würde aus der Haut fahren und ihrem Ärger einmal richtig Luft machen, aber das würde sie nicht tun, sie war eine zurückhaltende norddeutsche Lady.

Er vergrub seinen Kopf in den Kissen, und der Schlaf erlöste ihn von seinen anstrengenden Gedanken.

Seine Mutter rüttelte an seiner Schulter und er wachte auf. Der Radiowecker lief auf voller Lautstärke, er hatte ihn nicht gehört. Er drehte sich auf die andere Seite.

„Ich bin krank. Lass mich schlafen."

„Du musst zur Schule." Die Stimme seiner Mutter hatte bereits

einen leichten Anflug von Hysterie.
„Nein, muss ich nicht."
„Natürlich musst du. Komm, es ist schon spät, das Frühstück ist fertig."
„Ich bin krank. Ich habe keinen Hunger."
Seine Mutter stand neben dem Bett, sie schwieg. Erik wusste, dass sie nun die kaputte Gardine entdecken würde, er hörte ihr leises Seufzen, dann verließ sie den Raum und ließ die Tür einen Spalt breit offen stehen.
Geschafft, dachte er. Aber er fühlte sich nicht wie ein Sieger.

2

Der Kunstunterricht verlief wie üblich. Drei Schülerinnen kamen ein paar Minuten zu spät und hatten eine mehr als fadenscheinige Ausrede, die Lehrerin regte sich ein wenig auf, die Schülerinnen gelobten Besserung und alles in allem herrschte eine angenehme Atmosphäre.
Es roch nach Farbe, die Tische zeigten deutliche Abnutzungserscheinungen und die meisten Schüler werkelten zufrieden vor sich hin. Julia bemühte sich, mit expressionistischen Pinselstrichen- Expressionismus war das Thema der Unterrichtsreihe- ein Stillleben aufs Papier zu bringen, während sie die Ereignisse des Wochenendes mit ihrer Freundin Lena beredete, möglichst so, dass niemand sonst es mitbekam. Diesmal ging es um einen Jungen, der nicht zu einer Party gekommen war, aber hätte kommen müssen, wenn er Interesse gehabt hätte.
Ihre angeregte Unterhaltung wurde jäh von Frau Schumann unterbrochen, die den mangelhaften expressionistischen Ausdruck in Lenas Gemälde kritisierte.

„Mehr Gefühl, mehr Ausdruck, mehr Farbe. Sei ein bisschen mutiger." Julia grinste.
Frau Schumann war als Lehrerin gar nicht so schlecht. Wenn sie etwas mehr Wert darauf gelegt hätte, sich modisch anzuziehen und nicht jeden Tag einen übergroßen Pullover über einem wadenlangen Rock getragen hätte, wäre das sicher besser für ihr Image gewesen, aber irgendwie gewöhnten sich Schüler an die Schrullen ihrer Lehrer. Frau Schumann wählte jedenfalls interessante Themen aus und traf bei mit ihren Urteilen oft den Nagel auf den Kopf. Gerade hatte sie zum Beispiel eine ziemlich genaue Beschreibung von Lenas Charakter abgegeben. Julias Freundin war tatsächlich eine etwas ängstliche und zurückhaltende Person, die ihre Gefühle gut unter Kontrolle hatte. Dann warf Frau Schumann einen Blick auf Julias Stillleben, das keineswegs still aussah, sondern in grellen bunten Farben prangte.
„Schön", die Lehrerin lächelte erfreut, „wild, ausdrucksvoll und leidenschaftlich." Die Klasse kicherte.
„Wie das Bild, so der Künstler", sagte Armin laut und warf Julia einen Luftkuss zu.
„Ich bin kein Künstler", beteuerte Julia nachdrücklich, ihr war die Situation peinlich. Aber ihr wäre besser ein passender Spruch eingefallen.
„Aber wild und leidenschaftlich", Armin hatte Mühe, seine Gesichtszüge unter Kontrolle zu halten, „ wie man ja an deinem Bild erkennen kann." Wieder allgemeines Gekicher.
Frau Schumann griff ein, indem sie einen Vortrag über die Erscheinungsformen und die revolutionäre Kraft des Expressionismus hielt, was ein bisschen unterging im Getuschel über den vorangegangenen Dialog über Julias Leidenschaftlichkeit. Als wieder Ruhe eingekehrt war und Lena versuchte, ihren

Pinselstrich wilder zu gestalten und Julia noch mehr Farbe auf ihr Blatt verteilte, kamen die beiden Freundinnen wieder auf eines ihrer Lieblingsthemen zurück- Klatsch und Tratsch rund um den ansonsten langweiligen Schulalltag. Seit zwei Wochen gab es nämlich ein hochinteressantes Thema, das sie nicht zum ersten Mal ausführlich von allen Seiten beleuchteten.
Der Neue aus der Jahrgangsstufe Elf. Ein aus Hamburg zugereister Typ, der so cool war, wie noch nie jemand hier an dieser Schule je gewesen war.
„Ich finde ihn voll.... bescheuert", sagte Julia mit Nachdruck. Lena nickte.
„Seine Klamotten ...teurer geht's gar nicht... er ist der totale Angeber." Lena nickte wieder und fügte hinzu: „Wer sich so anzieht, hat es nötig. Kein Selbstbewusstsein, nehme ich an."
Diesmal war Julia an der Reihe, ihrer Freundin zuzustimmen. Sie pinselten eine Weile schweigend an ihren Stillleben, waren aber in ihren Gedanken weder bei den Vasen und Zitronen, sondern bei Erik van Boysen. Der Neue war ein großer, schlanker Junge mit langen dunklen Haaren und dunklen Augen, ein südländischer Typ, der einen nicht zu ihm passenden nordischen Namen trug.
„Obwohl...er ist wahrscheinlich nicht so cool, wie er tut", sagte Julia schließlich.
„Kann sein", sagte Lena. „Aber das sagst du eigentlich immer. Du glaubst, dass einer wie er ein sensibles Innenleben hat. Aber du hast noch kein Wort mit ihm geredet."
„Das ist Intuition", sagte Julia lässig, „trotzdem finde ich ihn bescheuert." Sie verschwieg, dass sie sehr wohl schon ein Wort mit dem Neuen geredet hatte, ein einziges.
Es war vor drei oder vier Tagen gewesen. Er hatte sie nach ihrem Namen gefragt, als sie nebeneinander vor dem schwarzen

Brett gestanden hatten, wo die Vertretungsstunden angezeigt wurden. Und anstatt mit einer frechen, schlagfertigen Bemerkung auf seine Neugierde zu reagieren, hatte sie ganz brav „Julia" gesagt. Und sich dann nicht einmal nach seinem Namen erkundigt. Den er auch nicht gesagt hatte, weil er wohl davon ausging, dass ihn sowieso jeder wusste. Ganz schön überheblich dachte Julia und ärgerte sich immer noch über diese Begegnung. Und zu allem Überfluss musste sie seitdem an den Blick denken, mit dem er sie angesehen hatte. Seine Augen waren fast schwarz, schwer zu ergründen, was er dachte und fühlte.

„Er wird Probleme mit Carlo und Co. kriegen", setzte Lena ihre Überlegungen fort und Julia stimmte ihr zu, dankbar, dass sie nicht mehr an diese Begegnung denken musste, in der sie das klassische blöde Landei gewesen war.

„Die Elfer haben bestimmt keine Lust, einen Konkurrenten zu kriegen..", fuhr Lena fort, „und er bekommt sicher auch Probleme hier im Dorf, die ganze Familie wahrscheinlich. Sie sind anders als die Leute hier."

Julia seufzte übertrieben: „Der Arme, er wird leiden. Aber wenn er wirklich so cool ist, wie er tut, dann wird er das wohl überleben. Außerdem leben wird nicht mehr im Mittelalter. Und Hamburg liegt nicht auf dem Mars." Sie zog sorgfältig eine dunkelgraue Linie um die rote Zitrone ihres Stilllebens.

„Das stimmt. Alles halb so wild." Lena dachte nach. „Sollen wir ihn mal fragen, ob er reiten kann?"

„Wie bitte?" Julia starrte ihre Freundin verblüfft an.

„Wieso nicht?" Lena malte mit unbewegtem Gesicht weiter an ihrem Stillleben, das langsam etwas wilder und farbiger wurde. „Wir könnten jemanden wie ihn in der Scheune gut gebrauchen."

„Ja, das könnten wir", wiederholte Julia, „aber es wäre ein Wunder. Er kommt aus der Großstadt! Außerdem gibt es fast

keinen Jungen, der reiten will."
Lena ließ sich nicht beirren. „ Aber er sieht so aus, als ob er es könnte. Ich meine, er könnte auch Spanier oder Italiener sein, irgendetwas südländisch Romantisches..."
„Oder Zigeuner", bemerkte Julia und grinste.
„Das sagt man nicht mehr", bemerkte Lena streng „es heißt Roma."
„Dann hört es sich nicht mehr so romantisch an", beschwerte sich Julia. „Das wäre doch mal was, ein Zigeuner, äh Roma, auf einem Wildpferd, mit der Geige in der Hand...."
„Klar, und der Vollmond scheint... also bitte, träum weiter", sagte Lena trocken, „wahrscheinlich ist er in Buxtehude geboren". Sie kicherten und malten dann eine Weile schweigend. Dann sagte Lena, diesmal weniger träumerisch: „Männer haben mit Pferden nichts am Hut, das wissen wir doch", sie tauchte den Pinsel in schwarze Farbe und umrandete noch ein paar Gegenstände auf ihrem Bild. „Sie haben keine Lust, den Stall auszumisten und Pferde sind ihnen ganz einfach egal", sagte Julia verächtlich, „sie werden erst wieder interessant, wenn man mit ihnen Geld oder Medaillen gewinnen kann. Und das wird bei diesem arroganten Schönling nicht anders sein." Dann übermalte sie die Zitrone mit einem kräftigen Blau. So gefiel sie ihr besser.

3

Viola van Boysen saß zur gleichen Zeit, nur ein Stockwerk höher, auf ihrem Platz am Fenster in der letzten Reihe des viel zu kleinen Klassenraums der Acht b und begann, eine Geschichte vorzulesen. Sie war das Ergebnis von einer Woche Arbeit.
So lange hatten die Schüler Zeit gehabt, sich eine Geschichte auszudenken, die in der Zukunft spielen musste, dabei möglichst spannend, vielleicht auch witzig und natürlich fantasievoll sein sollte. Aber trotz aller Fantasie sollte es glaubhaft bleiben- also bitte keine fliegenden Hunde und sprechenden Kühe erfinden, hatte Deutschlehrer Terhorst angemerkt.
Franz-Josef Terhorst lehnte am Fenster und war nur mäßig gespannt auf das Ergebnis. Leider neigten seine Schüler dazu, entweder vollkommen fantasielos zu sein oder den Text mit haarsträubenden Unwahrscheinlichkeiten zu spicken.
Natürlich gab es auch positive Ausnahmen und darüber konnte er sich auch nach über dreißig Jahren im Schuldienst noch freuen. Allerdings hatte er in letzter Zeit Mühe, sich immer wieder aufs Neue zu konzentrieren. Es gab ganz einfach zu viele Schüler und zu viele Geschichten. Die jahrelange Aufmerksamkeit hatte ihn langsam zermürbt, ohne dass er etwas dagegen tun konnte.
Er sah aus dem Fenster und beobachtete, wie ein Traktor über einen holprigen dunkelbraunen Acker fuhr und dabei immer langsamer wurde. Die nasse Erde klebte an seinen Rädern und es schien, als würde die Maschine kaum noch die Kraft aufbringen, das rettende Grün zu erreichen.
Dann drang die klare, laute Mädchenstimme von Viola van Boysen in seine Gedanken ein und er wandte seine Aufmerksamkeit seiner neuen Schülerin zu.

Das blonde, viel zu dünne Mädchen saß aufrecht und las konzentriert und schnell mit der genau richtigen Betonung. Ihr Text war voll von fantasievollen Beschreibungen, er war witzig, spannend und originell. Dabei logisch und nachvollziehbar, nie übertrieben und mit großem Sprachgefühl verfasst.
Eine Familie im Jahr 2200, die beschließt, ein Experiment zu wagen und mitsamt Hund und drei Kindern in eine schon aufgegebene Raumstation auszuwandern.
Die Schüler hörten gebannt zu, sie saßen bewegungslos und stumm auf ihren Stühlen, ein Zustand, den ihr Lehrer innerlich als einen historischen Moment bezeichnete.
War es tatsächlich möglich, dass dieser Text aus der Feder eines dreizehnjährigen Mädchens stammte? Viola las Seite um Seite, strich sich eine blonde Haarsträhne hinter das Ohr, zögerte manchmal einen Moment, als wolle sie sich vergewissern, dass um sie herum wirklich absolute Aufmerksamkeit herrschte, dann fuhr sie mit der Lesung fort.
Sie hatte fünfundzwanzig Seiten geschrieben, Franz-Josef Terhorst hatte das Umblättern gezählt. Als sie schließlich ihr Heft zuklappte, applaudierten ihre Mitschüler, auch das ein bemerkenswerter Augenblick, stellte ihr Lehrer fest, ging es doch sonst darum, jede Gefühlsregung möglichst zu vermeiden.
Violas Gesicht blieb ausdruckslos. Franz-Josef Terhorst wusste nicht, wie er reagieren sollte. An ihm nagten starke Zweifel – hatte das Mädchen den Text wirklich selbst geschrieben?
Aber seine Zweifel konnte er in diesem Moment nicht äußern. Es war nicht der Moment für Zweifel oder Kritik, seine Schüler waren noch im Bann des gerade Gehörten.
„Sehr schön, Viola", sagte er. „Du hast wirklich sehr viel Fantasie." Das war ein lahmes Lob, dessen war sich Terhorst durchaus bewusst, aber ihm fiel im Moment absolut nichts ein,

was angemessen gewesen wäre. Violas Gesichtsausdruck blieb ausdruckslos, sie warf jedoch einen kurzen Blick in die Runde ihrer Mitschüler, aber niemand machte eine Bemerkung oder erwiderte ihren Blick. Der Klassenlehrer sah ebenfalls in die Runde und forderte seine Schüler zu einer Stellungnahme auf. Aber außer der knappen Äußerung, dies sei eine sehr gute Geschichte gewesen, war nichts aus ihnen herauszuholen. Terhorst war froh, als ihn die Pausenklingel vor weiteren pädagogischen Maßnahmen bewahrte.

Die Schüler drängten aus dem engen Klassenraum, es gab Rempeleien und ein paar der üblichen dummen SprücheLärm und Gelächter, aber niemand sprach mit der neuen Schülerin, die sich gerade als Schriftstellerin vorgestellt hatte.

Viola trödelte als letzte an ihrem Klassenlehrer vorbei.

„Viola, kannst du noch einen Moment dableiben?"

Er wollte mit dem Mädchen über seine Zweifel sprechen.

Als sie vor dem Pult stand, musste er sich einen Ruck geben, um ein Gespräch zu beginnen. Das Mädchen sah krank aus. Unnatürlich blass und unnatürlich dünn.

„Das war ganz toll. Es war sicher nicht das erste Mal, dass du etwas geschrieben hast."

„Nein, ich schreibe... ziemlich viel."

Franz-Josef Terhorst wusste nicht, wie er seine Zweifel zum Ausdruck bringen sollte. Stattdessen trat er die Flucht nach vorne an.

„Hast du schon mal an einem Wettbewerb teilgenommen? Ich könnte mich erkundigen... "

„Das brauchen Sie nicht. Ich schicke meine Geschichten nach Hamburg, da kenne ich jemanden, der will sich um die Veröffentlichung kümmern. Es gibt Wettbewerbe für junge Autoren, wie Sie wahrscheinlich wissen."

„Ach so, gut, dann... bist du ja schon eine Schriftstellerin...",
der Deutschlehrer kam sich irgendwie dumm vor, aber er war
jetzt ziemlich sicher, dass seine Schülerin den Text selbst
geschrieben hatte. Ansonsten wäre sie ein sehr ausgefuchstes
Mädchen gewesen, dass mit allen Tricks arbeitete, um Lehrer
und Mitschüler hinters Licht zu führen. Und das konnte er sich
einfach nicht vorstellen.
Viola sah ihn abwartend an.
„Ja, gut, das wollte ich dir sagen. Und... schön, dass du jetzt hier
bei uns bist."
Zum ersten Mal zeigte Viola die Andeutung eines Lächelns.
Dann drehte sie sich um und ging zur Tür.
Franz-Josef Terhorst hatte angefangen, sich mit dem Inhalt
seiner Lehrertasche zu beschäftigen und hörte nur ein
schwaches Seufzen und gleich darauf einen Laut, als fiele
ein nicht allzu schwerer Gegenstand vom Tisch herunter.
Als er aufblickte, sah er Violas kleine Gestalt auf dem Boden
liegen. Die Haare waren wie ein Schleier über ihr Gesicht
gefallen. Er sprang zu ihr hinüber und versuchte sie
aufzurichten. Dabei rief er laut ihren Namen. Er hatte geahnt,
dass sie krank war, so schrecklich dünn wie sie war...
Violas Augen waren geschlossen. Er schob seine Arme unter
ihren Körper und hob sie hoch. Sie war sehr leicht, trotzdem
war es nicht einfach, sie die Treppe hinunter zum Sekretariat
zu tragen. Er schwitzte vor Anstrengung und vor Sorge.
Im Sekretariat legte er seine federleichte Last auf die Liege,
die hier für Krankheitsfälle bereitstand. Die erschrockene
Sekretärin wollte gerade die Nummer des Notarztes wählen,
als Viola die Augen aufschlug.
„Ich will nach Hause."
„Was ist los mit dir?" Franz-Josef Terhorst war erleichtert und

verwirrt zugleich.

„Rufen Sie bitte meine Mutter an. Sie soll mich abholen."
Viola nannte die Telefonnummer und alles Weitere verlief so reibungslos und routiniert, dass dem Lehrer der Gedanke kam, es sei nicht das erste Mal, dass dieses Mädchen in Ohnmacht fiel und von seiner Mutter abgeholt werden musste.

Miriam van Boysen war sofort am Telefon und schien von dem Anruf nicht überrascht zu sein. Fünfzehn Minuten später stand sie im Sekretariat, nahm ihre Tochter in den Arm, bedankte sich höflich für die Mühe, und Terhorst brachte die beiden zum Schultor. Er sah Mutter und Tochter über den Schulhof gehen. Miriam van Boysen hatte den Arm um Viola gelegt – wie ähnlich sich die beiden waren - und ihm war klar, dass er ein Gespräch mit Frau van Boysen würde führen müssen. Seine neue Schülerin war ein unglaublich begabtes Mädchen, aber offenbar hatte sie auch einige nicht zu übersehende Probleme.

Er ging noch einmal ins Sekretariat zurück, um seine Tasche zu holen, ein hilfsbereiter Schüler hatte sie in der Zwischenzeit aus dem Klassenzimmer nach unten gebracht. Die Sekretärin warf ihm einen freundlichen Blick zu: „Ein schwieriges Mädchen", sagte sie, „wenn ich ihre Mutter wäre, würde ich sie sofort in eine Klinik stecken", dann wendete sie sich wieder ihrem Computer zu.

Das ist wohl nicht so einfach, dachte Terhorst, Viola hat da sicher auch noch ein Wort mitzureden. Aber er musste der Sekretärin recht geben, in einem solchen Fall sollte man sich über den Willen des Mädchens hinwegsetzen. Er würde den Gesprächstermin so schnell wie möglich vereinbaren.

Terhorst nahm seine Tasche, die neben dem Korb mit den eingezogenen Handys abgestellt war und zählte kurz durch - bis jetzt waren es sieben Smartphones, aber bis heute Nachmittag kamen sicher noch ein paar dazu. Die normale Quote. Er bedankte sich noch einmal bei der Sekretärin und verschwand in Richtung Lehrerzimmer, von seiner Freistunde waren noch zehn Minuten übrig. Das reichte für einen Kaffee.

4

Erik lag schon den ganzen Tag im Bett, hörte Musik und starrte an die Decke seines Zimmers. Sie hatte eine hübsche Stuckrosette in der Mitte, fast so schön wie in seinem alten Zimmer in Hamburg. Die Lampe allerdings, die von dort herabhing, war ätzend hässlich. Ein moderner Kronleuchter mit geschwungenen Armen und vielen farbigen Birnen. Ein teures Designerstück. Er hatte sich nicht gewehrt, als seine Mutter ihn aufhängen ließ, es war ihm vollkommen gleichgültig gewesen, welche Lichtquellen sich in seinem Zimmer befanden, genauso gleichgültig wie Tapeten und Gardinen und alle anderen Einrichtungsgegenstände. Aber jetzt ging ihm das modisch verzierte Teil auf den Geist. Er würde den Kronleuchter gegen eine Glühbirne austauschen. Eine normale, schlichte Glühbirne. Sie sollte das Zimmer hell machen, mehr nicht.
Er drehte sich träge auf die andere Seite und versuchte, die Musik zu genießen, die aus seiner neuen Anlage dröhnte. Sein Musikgeschmack wechselte ständig, zur Zeit war gerade Nirvana aktuell. Flüchtig dachte er daran, seine Gitarre in die Hand zu nehmen und die Anlage auszumachen. Die Gitarre, die seit vielen Wochen unberührt in der Zimmerecke stand, erst in Hamburg, jetzt hier am Ende der Welt.
Er könnte versuchen, ein Stück von Andres Segovia zu spielen, seinem absoluten Vorbild. Er dachte daran, wie er sich erschro-

cken hatte, als ihm ein Foto des Spaniers in die Hände fiel.
Segovia, der Gitarre spielte wie aus einer anderen Welt, war ein alter Mann mit weißen Haaren und einer dicken Hornbrille, er trug stets einen schwarzen Anzug. Nie hatte er gedacht, dass sein Idol so aussehen würde, vor allem nicht so alt.
Dann hatte er sich damit abgefunden- der Mann war alt und er war ein Genie. Und das war es schließlich, worauf es ankam. Erik wälzte sich auf die andere Seite und verwarf seine Gitarrenspielpläne. Zu viel Action. Er wollte das Nichtstun genießen. Obwohl - er hatte sich das Kranksein schöner vorgestellt.
Er hatte viel Zeit zum Nachdenken und das war in der jetzigen Situation wenig angenehm. Sein Kopf fühlte sich an wie ein Irrgarten. Seine Gedanken waren ein bleischweres Gewirr ohne Anfang und ohne Ende. Mit jeder Menge unentwirrbarer Knoten darin.
Was würde passieren, in einer Woche, in einem Jahr?
Was wollte er tun, was musste er tun, wer würde er sein, würde er durchhalten, hier, in diesem Dorf, in dieser Schule? Aber welche Alternative gab es? Letztendlich, nach all seinen verworrenen Gedankengängen , war ihm klar, dass es eine Alternative nicht gab. Er musste durchhalten. Der Gedanke an ein Internat- seine Eltern hatten ihm dies bei ihrem Umzug in Aussicht gestellt- war im genauso unangenehm wie der an ein Leben in Mariafeld. Also konnte er genauso gut hier seine Zeit absitzen, bis er endlich machen konnte, was er wollte.
Fast freute er sich, als es an seiner Tür klopfte und seine Mutter das Zimmer betrat. Sie erlöste ihn aus seinen Grübeleien. Miriam van Boysen hatte eine Tablett in der Hand und lächelte ihn aufmunternd an. Er wusste, was auf dem Tablett transportiert wurde- Zwieback mit heißer Milch und Zimtzucker, dazu einen Pfefferminztee, ihr traditionelles Krankenessen, egal um

welche Krankheit es sich handelte. Der Zimtgeruch verbreitete sich im Zimmer und Erik musste sich gegen das Gefühl von Geborgenheit und Wärme wehren, das ihn zu überfallen drohte. Er war keinesfalls bereit, sich in Wohlbefinden aufzulösen. Gerade noch hatte ihn der Weltschmerz in seinen Fängen gehabt.
Frau van Boysen stellte das Tablett auf das Tischchen neben das Bett und legte ihm mit einer routinierten Bewegung die Hand auf die Stirn.
„Nicht mehr so heiß wie heute morgen", murmelte sie.
Dann stand sie ein wenig unschlüssig im Zimmer herum.
Erik stellte sich das Tablett auf den Bauch und fing an, den Zwiebackbrei zu löffeln. Er war genau richtig, lauwarm und noch ein bisschen knackig.
„Brauchst du noch irgendwas? Soll ich dir noch einen Kakao kochen?" fragte seine Mutter.
Erik schielte aus den Augenwinkeln zu ihr hinüber. Sie sah aus wie seine kleine Schwester Viola, nur eben einige Jahre älter und natürlich nicht so dünn. Er schüttelte den Kopf, dann sagte er, noch mit vollem Mund: „Danke, schmeckt gut."
Er fügte hinzu:
„Tut mir leid, mit der Gardine, ich wollte sie nur zuziehen."
Seine Mutter nickte und setzte sich auf den Rand des Bettes.
Erik löffelte schweigend seinen Zwiebackbrei und auf geheimnisvolle Art und Weise zogen die vielen Jahre an ihnen vorbei, in denen eine Krankheit oder auch nur ein Weltschmerz mit Zimt und Zwieback erfolgreich bekämpft worden waren.
Erik hatte immer gewusst, ob er nun ernsthaft krank war, was sehr selten vorkam, oder auch nicht, dass sein Mutter mit einem Tablett in der Tür stehen würde.
Der Zwiebackbrei näherte sich seinem Ende und Erik hatte plötzlich den Wunsch, mit seiner Mutter über ein ganz

bestimmtes Thema zu sprechen, vielleicht, weil ihm sein Wohlgefühl nicht ganz geheuer war und er einen kleinen Stachel brauchte, um sich wieder schlechter fühlen zu können.
„Wir sehen uns überhaupt nicht ähnlich......macht dir das gar nichts aus? Ich meine, denkst du manchmal daran, dass ich gar nicht dein Sohn bin?"
Seine Mutter sah ihn überrascht an, dann lächelte sie. Es war so viel Liebe in ihrem Lächeln, dass Erik ein schlechtes Gewissen bekam. Er hätte das Thema nicht ansprechen sollen, es war vollkommen überflüssig, aber jetzt war es zu spät.
„Warum sagst du so etwas? Du weißt doch, dass du für mich mein Sohn bist, es ist ganz egal, ob ich dich geboren habe oder nicht." Seine Mutter sagte es mit Nachdruck und leichtem Vorwurf in der Stimme.
„Aber.. findest du nicht, dass ich irgendwie anders bin... anders aussehe.." Erik hörte seine Stimme und dachte, das ist eine dumme Bemerkung, er wusste ja, dass er anders aussah als der Rest der Familie und hatte nicht das geringste Problem damit. Das war es nicht, womit er sich seit einiger Zeit herumschlug und was er nicht benennen konnte.
„Du siehst tatsächlich anders aus als ich", hörte er seine Mutter belustigt sagen, „und ich würde sogar behaupten, du siehst besser aus als ich."
Erik grinste: „Das sagst du nur, weil du nett sein willst und ich krank bin und du mein Selbstvertrauen fördern willst..."
„Dein Selbstvertrauen brauche ich nicht zu fördern, das ist schon so ganz in Ordnung", seine Mutter tätschelte die Bettdecke, nahm ihm das Tablett vom Bauch und stand auf.
„Gibt es denn ein Problem... mit deinem Aussehen?" Sie sah ihn belustigt an und bemerkte, dass er ein ernstes Gesicht machte.
„Oder ein anderes Problem?"

„Nein, gibt es nicht. Ich wollte nur hören, dass ich der einzige Sohn in deinem Leben bin."
Mit einem Lächeln verschwand sie aus dem Zimmer.
Erik lehnte sich im Bett zurück, er hatte noch den süßen Geschmack des Zwiebacks im Mund. Er hatte immer schon gewusst, dass er adoptiert worden war. Er kannte die Geschichte von einem Kinderheim in Rumänien, in dem er zwei Jahre gelebt hatte, bevor er nach Hamburg gekommen war. Er hatte daran keinerlei Erinnerungen. Und auch kein Interesse sich zu erinnern. Nie hatte er nach seinen leiblichen Eltern gefragt. Er hatte kein Bedürfnis, sie kennen zu lernen. Andere Eltern als die, die er hatte, konnte er sich nicht vorstellen. Es ging ihm gut. Er wollte keine komplizierten Dinge in seinem Leben haben. Nachdem er im Fernseher vergeblich nach einem Programm gesucht hatte, das ihn interessierte und keine Lust hatte im Netz aktiv zu werden, beschloss er, morgen wieder zur Schule zu gehen. Man konnte die Schule noch so sehr verteufeln, sie war alles in allem doch das kleinere Übel gegenüber der Langeweile zu Hause. Obwohl er all das Neue hasste, das ihn dort erwartete. Zum Beispiel Mönche in braunen Kutten, die mit strengem Gesicht durch die Gänge geisterten- so etwas, hatte er gedacht, gibt es nur noch im Kino.
Lästig war auch, dass Hausaufgaben auf einmal penibel kontrolliert wurden und es eine sechs für eine zu spät abgegebene Facharbeiten gab. Auf seiner Hamburger Gesamtschule war das Leben leichter gewesen, das stand fest. Erik seufzte, es kamen harte Zeiten auf ihn zu.
Er kroch unter die Decke und beschloss, sich an die angenehmen Seiten des Lebens zu erinnern. Er schloss die Augen und ließ die Mädchen, die ihm in den letzten Tagen aufgefallen waren, Revue passieren. Er musste zugeben, dass er an seinen Mit-

schülerinnen, im Gegensatz zu seinen Mitschülern, nicht viel
Negatives entdecken konnte, obwohl er danach gesucht hatte,
um sich noch weiter in sein Unglück hineinsteigern zu können.
Es gab offenbar auch hier in der Provinz irgendwo ein paar
anständige Klamotten zu kaufen und das kalorienreiche Landessen machte sich augenscheinlich nicht nachteilig bemerkbar.
Sogar einige schwarze Gothic-Girls, die er in dieser Umgebung
nicht erwartet hatte, waren ihm über den Weg gelaufen.
Obwohl - er stand nicht so auf diese geschwärzten Augen
und die pechschwarzen Haare, die irgendwie strohig und nach
Perücke aussahen.
Dann wanderten seine Gedanken zu einem Mädchen mit
langem Pferdeschwanz. Er hatte sie beobachtet, wie sie über
den Hof gelaufen war, dann die Treppe hinauf, immer mehrere
Stufen auf einmal. Sie lief schnell und leichtfüßig und er und
war ohne lange zu überlegen hinter ihr hergelaufen.
Oben hatte sie vor dem schwarzen Brett gestanden und den
Vertretungskalender oder Ähnliches studiert, er hatte sich
neben sie gestellt und ebenfalls auf die Seiten gestarrt ohne
den Inhalt zu registrieren. Er hatte sie von der Seite betrachtet
und sie dann nach ihrem Namen gefragt. Sie hatte ihn mit
dunkelblauen Augen prüfend angesehen und nach kurzem
Zögern geantwortet. „Julia."
Es hatte einen Moment gedauert, bis ihm einfiel , dass er auch
seinen Namen sagen sollte, obwohl er sicher war, dass sie
bereits wusste, wie er hieß, aber Julia gab ihm keine Chance,
überhaupt irgendetwas zu sagen. Sie drehte sich um und ging
mit schnellen Schritten den Gang hinunter. Julia, dachte er,
gar nicht so übel, die Mädchen hier am Ende der Welt.

5

Das Pferd, das Julia heute an der Longe führte, war eine Stute. Sie war etwas kleiner, aber auch wendiger als die Hengste, die Julia sonst auf dem Sandplatz vor der Scheune im Kreis herumführte. Die Stute hatte als Fohlen eine schwere Beinverletzung erlitten und man hatte beschlossen, sie nicht in der Herde zu lassen, sie hätte dort keine Überlebenschance gehabt. Denn die Wildpferde leben das ganze Jahr über in Freiheit, es herrschen die harten Gesetze der Natur. Es gibt keinen Besitzer und keinen Tierarzt, der sich kümmern kann, wer schwach und krank ist, muss sterben.
Nur einmal im Jahr greift der Mensch ein, dann werden die jungen Hengste aus der Herde heraus gefangen und an neue Besitzer verkauft. Auf diese Weise werden Rivalitätskämpfe vermieden und die Größe der Herde bleibt konstant.
Das System funktioniert gut. Der Verkauf der jungen Pferde bei einer großen Auktion im Darfelder Bruch, die jeden Sommer stattfindet, ist ein Ereignis, das hunderte von Zuschauern anzieht. Die Zahl der jungen Hengste, die hier ersteigert werden kann, schwankt zwischen zwei und drei Dutzend. Viele Reitstallbesitzer, aber auch private Käufer, holen sich hier ein junges Wildpferd, um es zu zähmen und zu reiten oder vor eine Kutsche zu spannen.
Glück für die kleine Stute- ihre Verletzung war den Fängern aufgefallen und das hatte ihr das Leben gerettet. So war sie schließlich zusammen mit den einjährigen Hengsten in die Obhut der Pferdepfleger und ihrer Helfer in die Scheune gekommen. Hier wurden die jungen Pferde auf ihr neues Leben mit den Menschen vorbereitet. Es waren zwanzig Pferde, die im Moment in der zum Reitstall umgebauten ehemaligen Scheune

standen- junge Hengste aus dem letzten Fang, die sich an die Menschen gewöhnen sollten und die etwas älteren Wildpferde, drei und vier Jahre alt, die schon länger bei ihren neuen Besitzern im Stall standen und die nun eingeritten werden sollten. Das Training in der Scheune ersparte den Besitzern viel Arbeit und sie waren gerne bereit, die Kosten dafür zu tragen. Auch die Helfer profitierten davon, es gab kostenlose Reitstunden und viele Pferdeschmuseeinheiten- dafür kümmerten sie sich um die Tiere und misteten auch gerne die Pferdeställe aus.
Auch Julia hatte während ihrer drei Jahre in der Scheune schon einige Dutzend Haufen Mist durch die Gegend geschoben, und sie hatte auch schon viele Stunden auf den Rücken bockiger Pferde verbracht. Am Anfang unter den strengen Augen der Pferdepfleger und Reitlehrer, später durfte sie auch ohne deren Aufsicht longieren und reiten.
Die Erinnerung an ihre vielen Stürze schmerzte immer noch. Aber die Wildpferde hatten einen Vorteil- sie waren klein und der Weg zum Boden daher kürzer und ungefährlicher als der vom Rücken eines normalen Reitpferdes. Ein weiterer Vorteil war, dass sie wenig krankheitsanfällig und robust genug waren, um das ganze Jahr draußen auf der Weide zu stehen, sie brauchten lediglich einen Unterstand gegen den Regen.
Julia versuchte schon seit Jahren, ihre Mutter von der Pflegeleichtigkeit eines Wildpferdes zu überzeugen - ein Pferd im Garten hinter dem Haus, ein Pferd, das sie jeden Morgen schon vor dem Frühstück begrüßen konnte, das sie jederzeit für einen Ausritt satteln konnte und das nachmittags für sie da war, wenn sie ihm den Ärger aus der Schule ins Ohr flüstern würde.
Doch ihre Mutter sträubte sich gegen den Gedanken- sie glaubte einfach nicht daran, dass die Begeisterung ihrer Tochter für die Wildpferde anhalten könnte- und wenn nicht, was sollte dann

aus dem Tier werden, das da in ihrem Garten stand?
Dabei war sie selbst früher eine begeisterte Reiterin gewesen, erst nach der Scheidung und nachdem sie in Oberhausen einen anstrengenden Job in einem Ingenieurbüro angenommen hatte, waren die Pferde aus ihrem Leben verschwunden. Aber, das musste Juia zugeben, sie hatte jede Menge Verständnis für die Pferdeleidenschaft ihrer Tochter, wenn sie auch nicht so recht an ihre Beständigkeit glauben mochte.
Aber, dachte Julia, eigentlich ist es ganz gut so, wie es ist. Sie konnte die Stute jederzeit aus dem Stall oder von der Koppel holen und sich kümmern- bisher gab es niemanden, der das kleine Wildpferd mit dem etwas krummen Vorderbein haben wollte. Und da es keinen Besitzer gab, hatte Julia die Stute *Rosalie* genannt. Ein richtiger Mädchenname, das hatte sie ihr ins Ohr geflüstert.
Liebevoll betrachtete Julia die kleine Stute, die eifrig eine Runde nach der anderen im Kreis herum trabte. Sie hatte eine schwarze wilde Mähne und graubraunes Fell, auf dem nun langsam feuchte, dunkle Flecken sichtbar wurden.
Der Himmel war wolkenlos, die Sonne brannte heiß auf die Sandbahn, es gab keinen Schatten. Gleich hast du es geschafft, dachte Julia, für heute hast du genug gearbeitet. Bald geht es wieder ab auf die Weide.
Aber vorher würden sie beide noch eine Weile im Stall verbringen, das Fell der Stute musste trockengerieben werden, es gab Möhren und Wasser und Rosalie würde sich mal wieder eine Geschichten aus Julias Leben anhören müssen, die nicht immer besonders interessant war und meistens das reinste Durcheinander an Ereignissen und Gefühlen. Aber wie immer würde das höfliche kleine Pferd mit gespitzten flauschigen Ohren aufmerksam zuhören.

Julia war sicher, dass ihre Geheimnisse hier auf dieser Stallgasse auf Verständnis und Anteilnahme stießen, auf welche Weise auch immer.

Ein Blick in die samtbraunen Augen der Stute ließ Julia daran glauben, dass dieses Tier das wunderbarste Wesen auf der Welt sein musste. Natürlich gab es Affen und Delfine, die wissenschaftlich betrachtet vielleicht klüger waren, aber Pferde waren definitiv freundlicher, einfühlsamer, schöner und interessanter. Außerdem konnte man auf ihnen reiten, gemeinsam etwas erleben. Das war mit Affen und Delfinen ja schlecht möglich, außer vielleicht, man war Tierpflegerin in einem Zoo oder fuhr zu einer Delfin Therapie nach Florida. Beides gehörte nicht zu Julias Plänen.

Sie geriet für einen Moment ins Träumen. Rosalie war eine hübsche Stute, sie könnte Fohlen bekommen...man könnte eine Zucht ins Leben rufen, sie, Julia könnte eine berühmte Züchterin der letzten Wildpferde in Europa werden...

Das helle Wiehern der künftigen Urmutter einer berühmten Zuchtlinie von Wildpferden holte Julia in die Wirklichkeit zurück. Eine Plastiktüte wehte über den Platz und hatte eine kurze Panik ausgelöst, aber das Pferd beruhigte sich schnell wieder und trabte brav weiter im Kreis herum, kleine Wolken aus Sand wirbelten über den Boden.

Julias Aufgabe war es im Moment lediglich, die Pferde vorzubereiten auf ihr Leben im Dienst der Menschen. Und nicht, davon zu träumen, eine eigene Pferdezucht ins Leben zu rufen.

Julia zog sanft an der Longe, brrrrrrr.... die Stute wurde langsamer, fiel ins Schritttempo und blieb schließlich stehen. Julia ging auf sie zu, das Pferd senkte den Kopf und prustete laut. Julia liebte diesen Moment der vertrauensvollen Annäherung. Sie strich über den feuchten Hals des Tieres, fuhr mit der

Hand unter die zottelige Mähne.

„Rosalie, altes Mädchen, wir werden einen netten Besitzer für dich finden, aber nicht so schnell, und dann darfst du eine Kutsche ziehen oder ein Kind durch die Gegend schleppen und irgendwann wirst du auch ein Fohlen kriegen. Das wird doch ein prima Pferdeleben."

Julia biss sich auf die Lippen.

Dann führte sie die Stute in den Stall um sie mit Stroh abzureiben und um ihr eine neue Geschichte zu erzählen, die etwas mit einem Jungen zu tun hatte, dessen Haare ein gewisse Ähnlichkeit mit Rosalies Mähne hatten....

Nach dem Putzritual durfte die Stute zurück auf die Weide, wo schon ein Dutzend junger Hengste auf die einzige junge Dame in ihrer Runde gewartet hatten. Es wurde hin und her gewiehert und geschnuppert. Dann stoben die Pferde in wilden Sprüngen über die Wiese. Die jungen Hengste bissen sich spielerisch gegenseitig in Hals und Flanke, die Hinterläufe teilten Schläge aus, die gottlob niemanden trafen, die späte Nachmittagssonne ließ die hellbraunen und grauen Felle glänzen und die dunklen Mähnen flatterten im Wind. Deutlich sah man die braunen Streifen an ihren Beinen, die ihnen einen Hauch von Zebra verliehen und ein Merkmal der Wildpferde waren.

Julia lehnte am Weidezaun und betrachtete das Spektakel. Zebras waren diese Tiere sicher nicht, das stand fest. Denn Zebras waren ungelehrig und frech, hatten mit Menschen gar nichts am Hut, konnten nicht geritten werden, waren Wildtiere durch und durch, unzähmbar und unnahbar, also sehr verschieden von ihren ungestreiften Verwandten. Zebras waren hübsch, aber nur zum Angucken geeignet, zu diesem Schluss war Julia gekommen. Gut, dass ihre Wildpferde so ganz anders waren. Wie zur Bestätigung kam Rosalie zu einem Kurzbesuch am

Zaun vorbei, ließ sich schnell die warmen Nüstern streicheln und warf sich dann wieder mit einem hellen Wiehern hinein ins Getümmel der spielenden jungen Hengste.

Ein undefinierbares Glücksgefühl erfüllte Julia. Es floss weich durch ihren Körper und prickelte warm in den Fingerspitzen. Alles war in ihr - der Himmel, die Pferde, die Sonne und der Wind. Die ganze Welt umarmte sie.

Sie schrak heftig zusammen, als sich jemand neben sie stellte, so sehr war sie mit ihrem Glücksgefühl beschäftigt.

Lena legte ihrer Freundin die Hand auf den Arm. Ihre Finger waren eiskalt, ihr Gesicht gerötet. Julia wusste sofort, dass etwas passiert sein musste.

„Was ist los?"

„Die Auktion wird in diesem Jahr nicht stattfinden."

Julia starrte ihre Freundin verständnislos an. Die Auktion hatte immer stattgefunden, so lange sie denken konnte.

„Der Graf hat beschlossen, dass die Hengste in diesem Jahr nicht versteigert werden."

„Aber... wenn die Jährlingshengste bei der Herde bleiben, wird sie zu groß! Der Darfelder Bruch ist viel zu klein für weitere Herden... sie müssen heraus gefangen werden, das war immer so!"

„Die Hengste sollen ja gar nicht bei der Herde bleiben."

Lena hatte Tränen in den Augen.

„Sie werden verkauft. Aber nicht mehr an die Ponyhöfe und die Reitställe oder an Privatpersonen. Jeder kann sie kaufen, verstehst du, jeder!"

„Ich verstehe gar nichts!" sagte Julia, aber sie ahnte schon die furchtbare Wahrheit.

Lena trat gegen das Holzgatter. Julia hatte ihre sanfte Freundin noch nie so aufgewühlt gesehen.

„Auch Pferdehändler können sie kaufen. Das bedeutet ...
ab zum Schlachter! Verstehst du jetzt?"
„Nein.... warum verkauft der Graf denn nicht mehr an
die Reiterhöfe?"
„Die Reiterhöfe hier in der Gegend haben im Moment
keinen Bedarf an neuen Pferden. Und private Käufer gibt es
nur wenige. Außerdem hat er wohl ein gutes Angebot von ein
paar Pferdehändlern, die bezahlen einfach mehr Geld als die
anderen. Die Auktion bringt zu wenig Geld ein. Vielleicht will
der Graf auch die Kosten für die Auktion und für das Einfangen
nicht mehr bezahlen."
Lenas zitternde Stimme verstummte. Die beiden Mädchen
sahen schweigend zu den friedlich grasenden Pferden hinüber.
Eine Lerche stand flatternd über der Weide und sang unermüdlich ihr Lied.
„Wie viele Hengste werden es in diesem Jahr sein?"
fragte Julia.
„Ungefähr dreißig, vielleicht ein paar mehr. Wie immer."
„Wir müssen mit Graf von Velenburg sprechen." Julias Stimme
zitterte nicht.
„Ich glaube, das hat keinen Sinn. Mein Vater hat den Grafen
gestern in seinem Club getroffen. Daher weiß ich das alles - es
tut dem Grafen angeblich leid, aber er sieht keinen anderen
Ausweg. Mein Vater glaubt, dass er finanzielle Probleme hat."
Julia sah auf die Weide hinaus und bemerkte, wie die Leiber
der Pferde vor ihren Augen verschwammen. Noch vor wenigen
Minuten hatte die Welt sie umarmt, jetzt war es, als wolle sie
über ihr zusammenbrechen. Die Lerche hatte aufgehört zu
singen. Dann sagte sie entschlossen: „Wir müssen einen Plan
machen. Wie lange haben wir noch Zeit?"
„Die Hengste werden im August aus der Herde heraus gefangen,

daran wird sich wohl nichts ändern, aber wahrscheinlich werden das schon die Pferdehändler organisieren und der Graf hält sich aus allem raus. Also, etwas mehr als zwei Monate. Was für einen Plan?"

„Irgendetwas, um die Hengste zu retten. Jeder kann sie kaufen, wie du gesagt hast. Er muss nur mehr Geld mitbringen als die Händler. Also brauchen wir Geld, dann können wir selber die Pferde kaufen. Oder wir können damit Leute unterstützen, die ein Pferd haben möchten. Wir müssen irgendwas machen, das Geld einbringt. Oder Spenden sammeln. Keine Ahnung... es muss uns etwas einfallen."

Lena ließ sich wie so oft von der Energie und Entschlusskraft ihrer Freundin mitreißen.

„Ich mache mit", sagte sie und versuchte, das Zittern in ihrer Stimme zu unterdrücken.

„Gut", sagte Julia. Dann legte sie den Arm um ihre Freundin. Lena weinte und Julia ballte die Hand zur Faust, bis die Fingernägel ihr ins Fleisch schnitten.

6

Es konnte vorkommen, dass sich Erik auch nach drei Wochen in der neuen Schule immer noch verlief. Es war ein weitläufiges Gebäude, in dem fast tausend Schüler untergebracht werden mussten, alle paar Jahre erweitert durch Anbauten, die dem jeweiligen Zeitgeschmack entsprachen. Also gab es Räume, klein wie eine Klosterzelle mit Holzdecken, Räume mit riesigen Glasfenstern in Richtung Süden, in denen man wie in der Sauna schwitzte und Räume, die unten im Keller lagen und vergitterte Fenster wie in einem Gefängnis hatten.

Das ganze architektonische Chaos wurde verbunden durch verwinkelte Treppenhäuser und Flure, deren Renovierung dringend notwendig gewesen wäre. Wer eine Abkürzung suchte, nahm schon mal die eiserne Feuerwehrtreppe an der Außenseite des Gebäudes, was streng verboten war und bei Entdeckung mindestens das dreimalige Abschreiben der Hausordnung zur Folge hatte. Auch das verbotene Fahren mit dem Fahrstuhl, der nur Behinderten und Lehrern zur Verfügung stand, war sehr beliebt und wurde ebenfalls mit Abschreiben der Hausordnung bestraft. Heile Welt, dachte Erik, wenn er den schimpfenden Hausmeister beobachtete und die grinsenden Fahrstuhlmissbraucher. An seiner Hamburger Gesamtschule war fast keine Woche vergangen, ohne dass es eine Klassenkonferenz gegeben hatte. Die Verstopfung der Toilette war besonders beliebt gewesen, es stank dann so erbärmlich, dass die nächst gelegenen Klassenräume geräumt werden mussten. Allerdings hatte die Schulleitung beim letzten Verstopfungsfall beschlossen, hart durchzugreifen, das hieß, in den Klassenräumen fand der Unterricht statt, egal, welcher Gestank dort herrschen mochte. Auch die Lehrer waren nicht begeistert gewesen.
Dann gab es immer wieder neue Graffiti zu bestaunen, meist nur Schmierereien, das war schade, denn die Betonwände hätten durchaus eine Auffrischung vertragen können.
An der Tagesordnung waren tätliche Auseinandersetzungen auf dem Schulhof, vor allem unter den jüngeren Schülern, und die Lehrer griffen nur noch in ernsthaften Fällen ein, gerne sahen sie auch weg, um den ganzen Unbequemlichkeiten aus dem Weg zu gehen, die ein Eingreifen mit sich brachte.
Seine Eltern hatten ihn auf einer anderen Schule anmelden wollen, aber abgesehen davon, dass dies nicht so einfach war, wollte er gerne auf seiner chaotischen Gesamtschule bleiben. Hier

konnte er gemütlich sein Abitur machen ohne sich übermäßig anstrengen zu müssen. Und sollte er mal in eine ernsthafte Angelegenheit verwickelt werden, man konnte ja nie wissen, dann würde am Ende alles im Sande verlaufen, die Täter kamen so gut wie immer ungeschoren davon.
Erik erinnerte sich an einen Vorfall in der letzten Woche, bevor es ihn in die Verbannung verschlagen hatte. Timo, den er nicht besonders mochte, aber wegen seiner frechen Sprüche dann doch nicht so übel fand, hatte mit seinem Handy, das unter seinem Tisch immer in Aktion war, heimlich den neuen Religionslehrer aufgenommen.
Der Religionsunterricht bot immer Raum für solche Späße, auch, weil die Lehrpersonen meist so menschenfreundlich waren, dass sie weder Handys einsammelten noch überhaupt bemerkten, dass sie nicht ernst genommen wurden.
Dieser neue Lehrer, ein junger unerfahrener Typ, der es allen recht machen wollte, sich anbiederte, aber dennoch kein schlechter Lehrer war und im Großen und Ganzen recht interessante Themen behandelte, bemerkte natürlich die auf ihn gerichtete Kamera nicht und ließ sich dazu verleiten, ganz alleine ein langes, langes Kirchenlied zu singen.
Was eine wirklich peinliche Angelegenheit war, die einfach kein Ende nahm. Timo hatte keine Skrupel, sein filmisches Meisterwerk bei You Tube ins Netz zu stellen und jede Menge Likes zu kassieren. Und was passierte dann? Der Ruf des Lehrers war ruiniert, er war die totale Lachnummer. Wahrscheinlich auf ewige Zeiten. Und Timo, den man leicht als Urheber hätte identifizieren können, lachte am lautesten. Der Täter solle sich entschuldigen, hieß es von der Schulleitung. Niemand entschuldigte sich. Es gab- sogar der Täter wunderte sich- kein Nachspiel, Timo blieb angeblich unentdeckt und konnte sich mit

seiner Kamera ein neues Opfer suchen. Später hatte Erik von seinen Eltern erfahren, dass die Schule vermeiden wollte, mit so einer Sache in der Öffentlichkeit zu erscheinen und alles tat, um Timos Tat zu vertuschen. Hauptsache, der Ruf der Schule wurde nicht beschädigt, der Ruf des Lehrers war ja sowieso dahin. Dagegen war es in Mariafeld so ruhig wie auf einem Friedhof. Oder ihm fehlte einfach noch der Durchblick.

7

Die friedliche Oberfläche bekam erste Risse, als Erik in seinen Mathe-, Deutsch- und Lateinkursen feststellen musste, dass seine Mitschüler im Stoff sehr viel weiter waren als er. Und diesen Umstand ließen sie ihn deutlich spüren. Es schien sie mit Genugtuung zu erfüllen, dass ein arroganter Großstädter hier auf dem Land seine Grenzen kennen lernen musste. Auch einige Lehrer machten spitze Bemerkungen, die in Eriks Augen vollkommen überflüssig und wenig hilfreich waren- *ob er von diesem Thema in der Großstadt denn noch nichts gehört hätte, das sei wohl nicht aktuell in Hamburg, mit so etwas muss man sich wohl dort nicht befassen, so etwas lernt man eben nicht überall.... und so weiter.*
Er hatte sich bisher nicht sonderlich für die Schule anstrengen müssen und war trotzdem immer gut mitgekommen. Er ahnte, dass diese schönen Zeiten nun vorbei sein könnten.
Erik fand nicht nur seine Mitschüler, sondern auch die Lehrer gewöhnungsbedürftig. Statt mit der immer gleichen Jeans zum Unterricht zu erscheinen, die aussah, als käme sie vom Aldi-Grabbeltisch- an diesen Anblick war er gewöhnt- schritt der stellvertretende Schulleiter mit einer langen braunen Kutte

durch die Korridore, zwar nicht immer, aber immer dann, wenn es einen Gottesdienst an diesem Tag geben würde. Ansonsten trug Pater Franziskus einen schwarzen Anzug, was Erik ebenfalls nicht gerade normal fand.

Auch der Lateinlehrer war ein Mönch, der streng und asketisch aussah, schlank mit kurzen grauen Haaren, immer dunkle Stoffhosen und ein weißes Hemd trug und den Eindruck vermittelte, er habe sämtliche lateinische Schriften dieser Welt gelesen und natürlich die Bibel im Original. Mit anderen Worte, Bruder Benedikt, alias Herr Wagner, erwartete viel von seinen Schülern und hatte den Ehrgeiz, sie zum besten Lateinabitur im Regierungsbezirk zu führen. Was er wahrscheinlich nicht wusste- er war der Schwarm vieler Schülerinnen.

Erik konnte sich dies nur damit erklären, dass Verbotenes eben immer besonders reizvoll ist.

Auf jeden Fall teilte Erik den Ehrgeiz seines Lateinlehrers nicht. Er wäre vollkommen mit einer Drei minus einverstanden gewesen und konnte jetzt nur hoffen, diese auch zu bekommen. Als er seinem Hamburger Freund Mattes- vielleicht war er nur ein Kumpel, aber im nachhinein wäre er dankbar, ihn als Freund zu haben- bei ihrem bisher einzigen Telefongespräch von der Mönchsnummer erzählt hatte, hatte dieser es zuerst nicht glauben wollen und konnte sich dann nicht mehr einkriegen vor Lachen. Mattes lachte selten und es wollte schon etwas heißen, wenn eine Erzählung so einen Anfall von Heiterkeit auslöste. Die Reaktion von Mattes hatte zur Folge, dass Erik sich vornahm, die unangenehmen Seiten des Schullebens von der komischen Seite aus zu betrachten.

Zum Beispiel, als der kuttentragende stellvertretende Schulleiter ihn aufgefordert hatte, eine leere Chipstüte in den Papierkorb zu werfen und nicht daneben, wie es ihm passiert war. Er hatte nichts dagegen, die Tüte in den Papierkorb zu werfen, aber der Mönch blieb neben dem Papierkorb stehen, bis die Aktion beendet war, lächelte dann gütig und bedankte sich. Oh mein Gott, dachte Erik, wo bin ich hier gelandet.

Seine Strategie, die komische Seite des Schullebens zu entdecken, stieß allerdings beim Umgang mit seinen Mitschülern schnell an ihre Grenzen. Als Neuer stand er unter ständiger Beobachtung. Jedes Wort, jede Geste, jede Frage, jede Antwort, alles wurde von lauernden Mitschülern seziert und kommentiert. Das konnte man beim besten Willen nicht lustig finden. Also hielt er sich zurück, wurde so gut wie stumm und stellte stattdessen seine Antennen auf Empfang, sezierte seinerseits die neue Umgebung.

Auch in Mariafeld gab es im Schulleben die übliche Einteilung in drei Gruppen. Die erste Gruppe war die der Meinungsmacher, angeführt von einem kräftigen Jungen, der in Mariafeld den Namen Carlo trug. Dieser Carlo hatte eine unglaublich tiefe und laute Stimme und schlug gerne mit der flachen Hand auf den Rücken seiner Mitschülers, so dass diesen die Luft wegblieb. Um Carlo scharten sich zwei Diener, Daniel und Felix, die ihm blind folgten, dieses Trio war als Carlo und Co. bekannt. Außerdem gab es noch zwei weitere Jungen und zwei Mädchen, die zu den Meinungsmachern gehörten. Die letzteren waren, fand Erik, gar nicht so übel und vertraten tatsächlich oft eine ganz vernünftige Meinung.

In der Gruppe der Mitläufer befanden sich naturgemäß die meisten Schüler. Sie gingen in Deckung, wenn Carlo und Co. ein neues Opfer suchten, hatten feine Antennen, wer gerade das Sagen hatte und wohin die allgemeine Meinung tendierte. Sie richteten ihre Segel nach dem Wind. Ihr Interesse war es, unbeschadet durch den Schulalltag zu kommen, in der Mehrheit

unterzutauchen und sich aus allem herauszuhalten.
Es gab jedoch auch in dieser Gruppe einige Typen, auf die man aufpassen musste. Es waren diejenigen, die gerne aufsteigen wollten in die Gruppe der Meinungsmacher. Diese Mitläufer waren ehrgeizig und neigten dazu, besonders hinterhältige Angriffe auf die Opfer zu starten - besonders dann, wenn diese Aktion auch von Carlo und Co. registriert und mit Wohlwollen bedacht wurde.
Die möglichen Aufsteiger konnten gefährlicher als Carlo und Co. werden. Sie gingen über Leichen - bildlich gesprochen. Jedoch fehlte Ihnen die Großzügigkeit und Nachsicht, die ein Meinungsmacher gegenüber einem Opfer manchmal an den Tag legen konnte. Denn Mitläufer mussten unter allen Umständen stark sein, Nachsicht konnte ihnen als Schwäche ausgelegt werden. Daher mussten sich mögliche Opfer vor ihnen besonders in Acht nehmen.
Die dritte Gruppe war im Grunde keine, denn die Opfer waren immer alleine auf sich gestellt. Was eigentlich dumm war, fand Erik, denn niemand hätte einen Beistand besser gebrauchen können als die Schüler, die den Angriffen von anderen ausgesetzt waren. Aber die Opfer wehrten sich meist nicht, und schon gar nicht taten sie sich zusammen um ihre Quälgeister gemeinsam zu bekämpfen.
Erik beobachtete die Opfer mit Interesse, man konnte aus diesem Studium lernen, wie man sich auf keinen Fall benehmen sollte. Oder auch aussehen sollte. Nicht in der Schule und nicht irgendwo sonst im Leben. Erik verachtete die Opfer. Vor allem wegen ihrer Duldsamkeit und ihrer Leidensmiene. Oder ihren hilflosen Versuchen, sich zur Wehr zu setzen. Er wusste, sollte zu ihm jemand „du Opfer" sagen, dann wäre Kampf angesagt- niemand sollte sich so eine Demütigung gefallen lassen.

Einer seiner neuen Mitschüler war zu Eriks bevorzugtem Beobachtungsobjekt geworden. Ein klassisches Opfer mit dem interessanten Namen Tassilo Tenhumberg. Er konnte nichts für seinen Namen, da musste man die Eltern fragen, was sie sich dabei gedacht hatten. Wobei Tassilo sich gar nicht so schlecht anhörte, nur nicht in diesem Fall. Die Eltern konnten nicht wissen, dass ihr Sohn eines Tages mit dem Namen „Tasse" durchs Leben laufen und dabei keine gute Figur machen würde. Tasse war dick, hatte eine Brille mit Gläsern, die seine Augen riesig verzerrten und trug Kleidungsstücke, die schon an seinem Großvater unmodern ausgesehen hätten. Erik würde niemals verstehen, wie man so herumlaufen konnte. Warum machte er das? Und warum musste dieser Mensch so viel essen?
Nie sah man ihn ohne irgendein Lebensmittel in der Hand oder in seinem Mund. Außerdem schwitzte er übermäßig, was sich in sich ausbreitenden Flecken auf seinen altmodischen Hemden bemerkbar machte. Immerhin blieb er dabei weitgehend geruchlos, was in Erik ziemlich erstaunlich fand.
Darüber hinaus gab es noch zwei, drei weitere Opfer in Eriks Blickfeld, die aber so unauffällig waren, dass es sich nicht lohnte, genauer hinzusehen.
Und nicht zu vergessen- meist gab es noch einen Klassenclown, der gar kein schlechtes Leben hatte- wenn er wirklich witzig war. Wie Alex, der neulich mit wirren Haaren und blöden Affengeräuschen durch den Klassenraum gesprungen war. Die Affendarbietung war nicht bei allen gut angekommen, aber Erik hatte sie witzig gefunden und es hatte ihn Mühe gekostet, seinen gelangweilten Gesichtsausdruck beizubehalten. Er würde diesen Alex im Auge behalten. Wäre nicht schlecht, ab und zu auch mal etwas Spaß zu haben.
Und dann waren da natürlich noch die Mädchen. Sie teilten

sich ebenfalls in die verschiedenen Gruppen auf, aber für Erik blieben sie dennoch die eine, große Gruppe, der sein besonderes Interesse galt. Allerdings hatten Carlo und Co. auch schon bemerkt, dass der Neue beim weiblichen Teil der Schülerschaft gut ankam und das war weniger gut.

Wenn es schlimm käme, würden sich Carlo und Co. etwas ausdenken, um ihn herabzusetzen, lächerlich zu machen, vor allem in den Augen der Mädchen. So war das, er war auf einiges gefasst. Er hatte auch in seiner alten Schule einige Angriffe überstehen müssen. Er würde sie auch hier, in dieser Wildnis, überstehen.

Und was die Gruppenzugehörigkeit betraf- da würde er noch seine Beobachtungen machen und sich Zeit lassen. Er hatte keine Eile, denn er hatte für sich eine Nische gefunden, in der er sich ganz gut leben ließ. Er war in die Rolle des Außenseiters geschlüpft- und er hatte festgestellt, dass ihm diese Rolle gefiel. Er hatte sie sich selbst ausgesucht. Niemand hatte ihn dazu gedrängt.

Die Rolle ließ ihm viele Freiheiten, er war nur seinen eigenen Regeln unterworfen. Man hatte seine Ruhe, wenn man es richtig anstellte und nicht versehentlich in die Opferrolle hineinrutschte. Er war der einsame Wolf, schlau, unnahbar und gefährlich, das war doch eine gute Nummer. In Hamburg hatte er diese Rolle mit Erfolg gespielt, das hatte die meisten Leute auf Abstand gehalten. Bis auf die zwei oder drei Kumpel, die er brauchte, um abends nicht alleine weggehen zu müssen.

Also alles gut, dachte er, *Carlo und Co., ich bin bereit.*

8

Der Schwächeanfall seiner Schülerin Viola und ihre Magerkeit hatten Klassenlehrer Terhorst so beunruhigt, dass er ein Gespräch mit ihren Eltern für angebracht hielt.
Bei ihrem Telefongespräch hatte Miriam van Boysen gefragt, ob es möglich sei, dass er zu ihnen nach Hause kommen könne, ausnahmsweise, da sie momentan gesundheitlich nicht ganz auf der Höhe sei ... und wenn es ihm nichts ausmache auch gerne am Abend. Franz-Josef Terhorst hatte zugesagt.
Eigentlich war es ihm ganz recht, die van Boysens zu Hause zu besuchen. Eine gewisse Neugierde war dabei im Spiel, das musste er zugeben. Immerhin war es eine interessante Familie, die da zu ihnen nach Mariafeld gezogen war. Jeder wusste, dass Georg van Boysen der neue Geschäftsführer des Lebensmittelkonzerns war, bei dem eine große Anzahl der Gemeindebewohner ihr Geld verdiente. Der Betrieb beschäftigte einige Tausend Mitarbeiter in ganz Deutschland und produzierte Tiefkühlkost. Sämtliche Möhren und Erbsen, die in der Umgebung wuchsen, so stellte es sich Terhorst vor, verschwanden in den Eiskellern dieser Fabrik. Und natürlich auch der Spinat, den er selber auch sehr gerne einkaufte.
Ein sicher nicht schlecht bezahlter Job, überlegte er weiter, dafür nimmt man auch die Provinz in Kauf. Aber das Leben war anders hier auf dem Land, das würde die Familie noch zu spüren bekommen. Er jedenfalls hätte es vorgezogen in Hamburg zu wohnen. In Mariafeld gab es zwar Natur und billige Mieten, aber auch viele neugierige Nachbarn und das Gefühl, sich anpassen zu müssen, wenn man zur Dorfgemeinschaft dazu gehören wollte. Schon bei einem ungemähten Rasen konnte man ein schlechtes Gewissen bekommen, das ärgerte

Terhorst schon seit vielen Jahren. Er war ein sehr unwilliger Rasenmäher. Aber jetzt war es wohl zu spät, um noch ein Großstadtmensch zu werden.

Terhorst wurde von Miriam van Boysen an der Haustür empfangen und in den Wohnraum geführt. Sie trug eine Art Hausanzug in einem hellgrauen, flauschigen Material und sah blass, aber sehr hübsch aus. Die blonden Haare hatte sie oben auf dem Kopf zu einem kleinen Knoten zusammengedreht.

Bei den van Boysens herrschte Wohlstand, das sah man auf den ersten Blick- teure Designer-Möbel, große Blumenkübel mit exotischen Pflanzen, geschmackvolle Teppiche und moderne Kunst an den Wänden. Auf einer flachen Empore im Wohnraum stand ein glänzender schwarzer Flügel.

Miriam van Boysen machte eine einladende Geste, dann saßen sie sich gegenüber, eingesunken in weiße Ledersessel. Auf dem Tisch mit der dicken Glasplatte stand eine Schale mit Gebäck, Miriam van Boysen bot einen Kaffee an, den Lehrer Terhorst zögernd annahm, ein Glas Wein wäre ihm lieber gewesen.

Das Gespräch konnte beginnen. Franz-Josef Terhorst räusperte sich, dann schilderte er den Zusammenbruch von Viola im Klassenraum, nachdem sie eine wunderbare, fantasievolle Geschichte vorgetragen hatte. „Sie ist ein sehr begabtes Mädchen, aber sie ist sehr still. Und ich glaube, dass sie für ihr Alter und für ihre Größe viel zu dünn ist. Wahrscheinlich ist das der Grund für ihren Schwächeanfall."

Violas Mutter schien eine leichte Abwehrhaltung einzunehmen, sagte dann zurückhaltend: „Viola ist in einer Wachstumsphase. Sie hat manchmal Probleme mit dem Kreislauf. Genau wie ich, das hat sie wohl geerbt. Wir waren bei einem Facharzt, sie ist vollkommen gesund."

„Sie hat also keine Magersucht?" fragte Terhorst spontan und sehr direkt. Er hielt es für seine Pflicht, dieses Thema anzusprechen. Er wusste aus Erfahrung, dass die Betroffenen, aber auch die Eltern, diese Krankheit lange verleugneten. Eine Schülerin von ihm war daran gestorben, weil alle nicht richtig hingesehen hatten.

„Ich kann Ihnen die Adresse von einem Facharzt und von einer Beratungsstelle geben", fügte er hinzu.

Miriam van Boysen nickte zerstreut. „Danke. Aber, wie ich schon sagte...", sie schob die Schale mit dem Gebäck zu ihm hinüber und machte eine knappe Geste. Franz-Josef Terhorst hatte das Gefühl, er sei als Helfer und Berater im Grunde nicht erwünscht. Wahrscheinlich war Miriam van Boysen der Meinung, dass ihn die Gesundheit ihrer Tochter nichts anging. Aber Viola war bei ihm in der Klasse zusammengebrochen, er konnte nicht einfach darüber hinwegsehen.

Er hielt noch ein kurzes Referat über die Anzeichen von Magersucht und über die Gefahren dieser Krankheit. Miriam van Boysen hörte schweigend zu, es schien sie nicht sonderlich zu interessieren, vielleicht wusste sie aber auch schon alles über dieses Thema. Schließlich nahm er eines der staubtrockenen Plätzchen und stellte dann, quasi als Abschluss, eine Routinefrage, die er schon unzählige Male gestellt hatte. Diesmal ohne große Hoffnung, dass sie beantwortet würde. „Gibt es vielleicht ein bestimmtes Problem, das Viola bedrückt?"

Miriam van Boysen sah ihren Besucher einen Moment forschend an, dann schien sie sich einen Ruck zu geben und zu Terhorsts Erstaunen bekam er eine ausführliche Anwort auf seine Frage.

„Ja, es gibt da etwas. Es hängt mir ihrem Bruder zusammen. Das glaube ich jedenfalls. Viola war immer ein fröhliches, gesundes Kind. Und eine gute Schülerin..." sie machte eine

Pause und räusperte sich. Franz-Josef Terhorst hatte die Besorgnis in ihrer Stimme gehört und sagte schnell: „Sie ist immer noch eine sehr gute Schülerin...", der Lehrer konnte die Sorgen dieser Mutter gut verstehen, wenn Viola seine Tochter gewesen wäre, hätte er sich Tag und Nacht Gedanken gemacht.
„Sie sagten, es hat etwas mit ihrem Bruder zu tun? „
Violas Mutter nickte und hatte sich wieder gefasst. „Wir haben Erik adoptiert und er weiß es natürlich ... ich meine, man sieht es ja auch...", sie lächelte flüchtig, „aber Viola hat diese Tatsache immer verdrängt, sie wollte wohl einen ganz normalen Bruder, keinen adoptierten, wir haben selten über dieses Thema gesprochen, warum auch, Erik wollte es nicht und warum sollten wir es dann tun? Viola hat ihren Bruder immer sehr geliebt, er ist wie ein Vorbild für sie, war ein Vorbild, muss ich jetzt wohl sagen. Dann haben sie sich gestritten, vor etwa einem Jahr, ich weiß nicht, worum es ging, sie sagen es mir nicht. Seit dieser Zeit reden sie nicht mehr miteinander. Erik scheint das nichts auszumachen, aber Viola hat sich verändert, sie ist nicht mehr das fröhliche Mädchen von früher, sie ist so schrecklich dünn geworden. Und dann diese fixe Idee, eine Schriftstellerin zu sein, sie ist doch erst 13, das ist doch alles verrückt..."
Lehrer Terhorst musste die Information erst einmal verdauen. Miriam van Boysen hatte ohne Unterbrechung und schnell geredet. Der schlechte Zustand von Viola sollte mit ihrem Bruder zusammenhängen? Das klang doch sehr unwahrscheinlich. Schließlich sagte er: „Haben Sie mit Ihrem Sohn darüber gesprochen?"
Miriam van Boysen nickte. „Ja, wie ich schon sagte, er weicht mir aus, er sagt, es sei eine Sache nur zwischen seiner Schwester und ihm. Er hat versucht mich zu beruhigen, Viola sei in der Pubertät und sie sei ein Mädchen. Das sei eine schwierige

Kombination. Das waren seine Worte."
„Na ja, diese Dinge liegen ja auf der Hand, aber sie erklären nicht das extreme Verhalten von Viola."
Lehrer Terhorst wusste nicht, was er sagen sollte. Ein Streit unter Geschwistern mit schwerwiegenden Folgen. Ein gutes Verhältnis zerbricht ohne sichtbaren Grund. Und doch musste es einen Grund geben. Man musste vielleicht mit Erik reden, wenn man seiner Schwester helfen wollte. Terhorst wusste, wer Erik war- der Junge war ihm sofort am ersten Tag aufgefallen. Er hatte alleine auf dem Schulhof gestanden, hatte sich in aller Ruhe umgesehen. Jemand, der gut alleine sein kann, hatte Terhorst gedacht. Und jemand, der gerne beobachtet. Ein dunkelhaariger junger Mann, er hätte auch schon zwei oder drei Jahre älter sein können. Er hatte auf eine interessante Weise exotisch ausgesehen, zwischen all den blonden Kindern auf dem Schulhof.
„Vielleicht war Viola eifersüchtig", hörte Lehrer Terhorst die Stimme von Miriam van Boysen und kehrte wieder in die Gegenwart zurück.
„Eifersüchtig? Auf wen?"
„Sie war richtig wütend, wenn Erik sich mit einem Mädchen getroffen hat. Da gab es erst diese Alice, eine Amerikanerin, sie ist dann mit ihren Eltern weggezogen. Erik war traurig, damals. Später hat er dann ab und zu Besuch bekommen von einem Mädchen.. Erik sagte, sie wollten für die Schule lernen, es sei nichts Ernsthaftes, keine Freundinnen von ihm, meine ich."
Na gut, dachte Terhorst, er wird seiner Mutter sein Liebesleben nicht gerade auf die Nase gebunden haben.
„Viola hat vielleicht geglaubt, sie könne ihren Bruder immer für sich alleine haben, dann hat sie gesehen, dass die Realität eine andere ist", sagte er stattdessen.

Miriam van Boysen nickte. „Sie haben gestritten.
Und da müssen böse Worte gefallen sein."
„Das ist möglich. Vielleicht redet ihr Sohn ja doch noch einmal mit Viola oder mit Ihnen. Er sieht doch, wie schlecht es seiner Schwester geht."
Frau van Boysen nickte erneut und schwieg. Es gab wohl auch nichts mehr zu sagen.
Franz-Josef Terhorst stand auf. Er war nicht zufrieden mit dem Resultat des Gesprächs. Sie hatten viel spekuliert, aber das würde Viola nicht helfen. Das Mädchen musste sich wohl selber helfen, niemand kannte das Problem besser als Viola selbst. Sie war ein intelligentes Mädchen, man sollte ihr vertrauen. Wenn ihr Zustand sich jedoch weiter verschlechtern sollte, dann musste gehandelt werden, auch gegen ihren Willen. Er würde sie im Auge behalten. Miriam van Boysen brachte ihren Gast höflich zur Tür.
Draußen war die Dämmerung hereingebrochen und die warme Luft roch nach Jasmin. Lehrer Terhorst blickte hinauf zum Himmel, wo sich die ersten, noch blassen Sterne darauf vorbereiteten, bald kräftig zu funkeln.
Wie wäre es, dachte er, dort oben zu sein, lautlos schwebend in der Schwärze des Alls, die Erde eine blaue Kugel in unendlicher Ferne. Nur eine Kugel, nichts weiter. Glatt, glänzend und schön. Unberührt von allen kleinlichen Ängsten und Sorgen der unbedeutenden Erdbewohner. Das Leben war größer als der Kleinkram des Alltags. Daran sollte man sich in gewissen Augenblicken erinnern. Dann beschleunigte er seine Schritte. Zuhause wartete eine gute Flasche Rotwein auf ihn.

9

Das Einzige, was Erik am Landleben richtig gut gefiel,
war sein neues Rennrad.
Der Weg zur Schule führte über eine wenig befahrene, kurvenreiche Straße durch Wald und Felder. Mit diesem Rad konnte er ihn in weniger als zehn Minuten zurücklegen.
Es war ein italienisches Fabrikat und mit allen technischen Raffinessen ausgestattet. Der harte, schmale Sattel war aus weißem Leder und fühlte sich an, als würde er seinen Besitzer sicher bis ans Ende der Welt oder mindestens bis nach Italien tragen. Während Erik der Schule immer näher kam, stellte er sich vor, einfach weiter zu fahren, immer weiter nach Süden, der Sonne und einem freien Leben entgegen. Freiheit, Sonne und Abenteuer - irgendwann, wenn alles gut ging, schon ziemlich bald- würde er sich dies alles holen.
Er fuhr vorbei an einem Maisfeld und dachte flüchtig daran, wie gut frische Maiskolben mit Butter schmeckten, auf dem Grill geröstet, und dass er diesen Sommer unendlich viele Maiskolben in ihrem Garten grillen konnte- wenn er nur wollte.
In Hamburg hatten sie nur einen Balkon gehabt, allerdings hatte man von dort die Elbe sehen können und die Schiffe,
die ein- und ausliefen. Erik wollte nicht daran denken.
Viel zu schnell kam er an sein Ziel, er hatte noch eine Viertelstunde Zeit, bevor es zur ersten Stunde schellte. Er schob das Fahrrad in den hölzernen Unterstand, wo er es neben zwei Dutzend anderer Räder an einem Eisenständer ankettete.
Zufrieden stellte er fest, dass seine Rennmaschine mit Abstand die beste und teuerste war.
Dann schlenderte er lustlos in Richtung des Schulgebäudes.
Kloster, Schule und Kirche bildeten eine trutzige und beinahe

wehrhafte Einheit. Der helle Sandstein der Gebäude war im Laufe der Jahre dunkler geworden und es konnte nicht mehr lange dauern, bis ein grauer Farbton die bedrohliche Wucht der Bauten noch betonen würde.

Erik ging am Kloster vorbei, ohne einen Blick auf den historischen Kreuzgang mit seinem schön gemauerten Gewölbe zu werfen. Der Gang mit den verzierten Säulen umrahmte einen romantischen Innenhof mit einem gepflegten Rasen und üppig blühenden Rosenbüschen. Erik dachte kurz daran, dass im Kloster tatsächlich noch Mönche wohnten und dass einige von ihnen sogar in der Schule als Lehrer arbeiteten. Wenn ihm das jemand in Hamburg erzählt hätte- er hätte es nicht geglaubt.

Er erreichte die Kirche, die als Teil der Klosteranlage nicht besonders groß war, aber einen imposanten Glockenturm mit einem grün schillernden Kupferdach besaß, den Erik ebenfalls keines Blickes würdigte. Historische Gebäude interessierten ihn nicht. Sie waren alt und neigten zum Verfall, damit konnte er nichts anfangen.

Als er am Kirchenportal vorbeiging, hörte er, wie drinnen die Orgel gespielt wurde. Er blieb stehen und lauschte. Er glaubte, eine Fuge von Bach zu erkennen und das Spiel hörte sich ziemlich professionell an. Erik sah auf die Uhr. Er hatte noch zehn Minuten Zeit. Einen Moment blieb er unschlüssig vor der wuchtigen Holztür stehen, dann drückte er die schwere Klinke hinunter.

Im Innern der Kirche herrschte ein kühles Halbdunkel, das Erik überraschte und daran erinnerte, dass er seit vielen Jahren in keiner Kirche mehr gewesen war. Er blieb im Mittelgang stehen, warf einen Blick auf das Kruzifix, das über einem großen, grauen Steinblock hing, der vielleicht der Altar war. Dann drehte er sich um und sah zur Empore hinauf, wo sich die Orgel befinden musste.

Die Fuge wurde nun in einer anderen Tonart variiert und der brausende Ton des riesigen Instrumentes erfüllte den Kirchenraum bis in den letzten Winkel.

Erik setzte sich auf eine der harten Holzbänke und betrachtete den gekreuzigten Christus, der direkt in seinem Blickfeld lag. Der Anblick stand in seltsamem Widerspruch zur Schönheit und Kraft der Musik. Eine brutale Methode, schoss es ihm durch den Kopf, einen Menschen umzubringen. Oder Gottes Sohn. Plötzlich, mitten im rauschenden Finale, brach das Orgelspiel ab. Laute Schritte trampelten die Treppe hinunter. Erik, der aufgesprungen war und als Orgelspieler einen der Mönche erwartet hatte, traute seinen Augen nicht. Es war Tasse, Tassilo Tenhumberg, der mit einem mürrischen Gesichtsausdruck jetzt auf ihn zukam.

„Was machst du denn hier?" fragte Tasse und sah ihn fast feindlich an. Genau das hatte Erik auch fragen wollen, aber er schluckte die Frage hinunter. Die Antwort war klar- Tasse hatte Orgel gespielt und er konnte schlecht fragen, wieso er, Tasse, in der Lage war, eine Fuge von Bach zu spielen. Also sahen sie sich einen Moment stumm an, dann drängte sich Tasse an ihm vorbei und ging zur Tür. Seine Hosenbeine endeten ein paar Zentimeter über den Knöcheln, er trug braune Slipper aus Kunstleder und sein Hemd war zerknittert und schon jetzt vollkommen verschwitzt. Erik registrierte solche Dinge, er konnte es nicht ändern, auch wenn sie in diesem Moment vollkommen unwichtig waren.

Erik folgte Tasse wie benommen aus der Kirche hinaus. Hinter ihm fiel die schwere Eichentür mit einem kurzen Krachen ins Schloss. Im Abstand von mehreren Metern gingen sie hintereinander zum Schulgebäude und betraten das Klassenzimmer nur

wenige Sekunden, bevor der Mathelehrer dort eintraf.
Erik folgte dem Unterricht nur halbherzig. Erstens, weil er dies sowieso immer tat und zweitens, weil seine Gedanken um Tassilo Tenhumberg kreisten. Wie kam dieser plumpe Typ, der nie seinen Mund aufmachte und allen aus dem Weg ging, dazu, so gut Orgel zu spielen? Es war unbegreiflich. Und dann ausgerechnet diese Musik ... Barockmusik...schwierig zu spielen und mühsam zu üben. Er wusste es aus Erfahrung, er hatte sich auch schon mit den Fugen von Bach herumgeschlagen. Am Klavier, bevor er zur Geige wechselte und schließlich bei der Gitarre landete. Eine abwechslungsreiche Instrumentenfolge, die seine Eltern ganz und gar nicht gut gefunden hatten. Er hatte vieles ausprobiert und nichts richtig hinbekommen. Nicht so, wie er es gerade eben gehört hatte.
Vielleicht sollte er es jetzt mal mit einer Orgel versuchen.... ein geiles Instrument. Seine Eltern würden wahrscheinlich in Ohnmacht fallen.
Erik musste seine Überlegungen einen Moment unterbrechen und Aufmerksamkeit heucheln, da sein Nachbar soeben eine mathematische Frage zu beantworten versuchte. Gott sei Dank klappte das am Ende irgendwie und die Lehreraugen richteten sich wieder auf ein anderes Objekt.
Ob Carlo und Co. von dem Talent ihres Lieblingsopfers wussten? Würden sie ihn weiter quälen, wenn sie wüssten, dass er ein wirklich guter Musiker war? Oder quälten sie ihn gerade aus diesem Grund?
Während der Mathematiklehrer, der auch Sport unterrichtete und daher beliebter war als andere Mathelehrer, eine Formel nach der nächsten an die Tafel kritzelte, hörte Erik Barockmusik in seinem Kopf. Er erinnerte sich an seinen Mathelehrer in Hamburg, der ihm die Gemeinsamkeit von mathematischen

Formeln und den Regeln der Komposition einer barocken Fuge hatte begreiflich machen wollen. Er hatte den Zusammenhang geahnt, ohne ihn zu verstehen. Er würde noch einmal darüber nachdenken müssen. Als es schellte, stopfte er seine Bücher und Hefte achtlos in den Rucksack und verließ den Klassenraum. Wieder hatte er die ganze Stunde kein Wort gesagt, nicht zugehört und daher auch wenig verstanden. Das musste sich ändern, wenn seine Note nicht im Keller landen sollte. Er hatte Anfälle von Ehrgeiz dann und wann- ihm war klar, dass eine gute Abinote ihm bessere Chancen bot als eine schlechte. Aber manchmal waren ihm sämtliche Noten restlos egal.
Tasse, der ganz hinten saß, hatte einmal wie zufällig zu ihm hinüber gesehen und ihre Blicke hatten sich gekreuzt. Erik hatte schnell den Kopf weggedreht. Jemand hätte ihren Blickkontakt bemerken können. Und womöglich daraus geschlossen, Erik suche Anschluss, und das bei Tasse, dem Opfer. Obwohl Erik nun wusste, dass dieses Opfer ein sehr guter Musiker war, hieß das nicht, dass er sich mit ihm verbünden musste.
Tasse schlurfte den Flur hinunter und Erik betrachtete aus sicherem Abstand seine breitflächige Silhouette und sein unmögliches Outfit. Wer so herumlief, der hatte sich entweder aufgegeben oder ein überirdisches Selbstbewusstsein.
Erik tippte auf ersteres und achtete darauf, den Abstand langsam größer werden zu lassen. Nicht, dass Tasse auf den Gedanken kam, sich umzudrehen um sich mit ihm zu unterhalten, vielleicht über Bach oder über Musik im Allgemeinen. Erik grinste, Tasse wusste ja nicht, dass er dazu etwas hätte beitragen können, er wusste nichts von ihm, und das sollte auch so bleiben.

10

In der Pausenhalle gab es das übliche Gedränge vor dem Kiosk, wo man Brötchen, kalte Pizza, Käsestangen und Schokoriegel kaufen konnte. Erik hatte sein Pausenbrot zu Hause vergessen, trotz der unübersehbaren Lage mitten auf dem Küchentisch. Jetzt reihte er sich unwillig in die Schlange ein. Er hasste es zu warten, aber sein Hunger war diesmal größer als sein Widerwille. Vor ihm wuselten jüngere Schüler herum, sie warfen ihm verstohlene Blicke zu.
Während die Schlange langsam nach vorne rückte, bemerkte Erik, wie ein brünettes Mädchen mit Pferdeschwanz sich mit entschlossenen Schritten der Litfasssäule am anderen Ende der Pausenhalle näherte und ein Plakat entrollte. Julia.
Sie befestigte das Papier mit Heftzwecken in Augenhöhe, etwas schräg, und trat dann ein paar Schritte zurück, um ihr Werk zu begutachten. Erik hatte nicht bemerkt, dass er schon zum Kopf der Schlange geworden war und stotterte nun eine unüberlegte Bestellung von zwei Schokobrötchen in Richtung der freundlichen, leicht genervten Mutter, die an diesem Morgen den Verkaufsdienst übernommen hatte.
Erst als er die Brötchen schon in der Hand hatte, fiel ihm ein, dass er viel lieber Käsestangen gegessen hätte, aber da war schon der nächste Schüler nachgerückt.
Mit einem Brötchen in der Hand schlenderte er lässig zur Litfasssäule hinüber, bemerkte dann enttäuscht, dass Julia bereits wieder verschwunden war. Weil er nichts Besseres zu tun hatte, betrachtete er das gerade aufgehängte Plakat.
Mit knallbunten Buchstaben stand dort AKTION ZUR RETTUNG DER HENGSTE. Im Hintergrund war ein roter Pferdekopf mit wilder blauer Mähne zu sehen. Aha, Franz Marc

lässt grüßen. Dann ging es mit kleineren Buchstaben weiter:
Aktion zur Rettung der Hengste im Darfelder Bruch.
Keine Versteigerung der einjährigen Hengste in diesem Jahr!
Die Pferde sollen direkt an Händler verkauft werden- es gibt
keine Kontrolle mehr- das Schicksal der Hengste ist ungewiss!
(Schlachthof??) Wer macht mit? Wir brauchen Geld, um die
Händlerpreise zu überbieten. Dazu planen wir eine Aufführung
mit Pferden und Musik (Ideen sind sehr willkommen!).
Erste Aktion am Samstag an der Scheune! Bitte schnell
melden bei...
Und es folgten die Namen und Handynummern von Julia, von einer Lena und zu seinem Erstaunen auch vom Klassenclown Alex. Erik kramte in seiner Tasche, holte sein Handy heraus und tippte die Nummer ein. Die Adresse von Julia kannte er schon, aber es war schwieriger, an ihre Handynummer zu kommen, jetzt hatte er sie.

Mit dem Text konnte er nicht viel anfangen- einjährige Hengste aus dem Darfelder Bruch? Eine Versteigerung, die nicht stattfand? Pferdehändler? Eine Aktion mit Pferden und Musik? Das hörte sich nicht so an, als ob es ihn interessieren könnte. Aber Julia war daran beteiligt und das machte die Sache überaus interessant.

Als der Gong zum Ende der Pause ertönte und Erik die Halle durchquerte bemerkte er, wie zwei Augenpaare auf ihn gerichtet waren. Das eine gehörte Tasse, der alleine in einer Ecke lehnte, das andere Carlo, der mit seiner Clique an einer der Säulen stand und gerade eine geflüsterte Bemerkung machte, die alle anderen dazu brachte, ihn ebenfalls anzustarren und dann grölend zu lachen.

Erik warf seinen Rucksack über die Schulter und ging wortlos an ihnen vorbei, was störte es den Mond, wenn ihn der Hund

ankläffte? Im Klassenraum setzte er sich wie immer möglichst
weit nach hinten, in den Kursen herrschte freie Platzwahl und
man musste pünktlich und schnell sein, um einen der hinteren
Plätze zu ergattern. Allerdings konnte es auch passieren,
dass der Lehrer die hinteren Schüler nach vorne holte, unter
Gemurre und langem Stuhlgescharre wurden dann die Plätze
getauscht und der Lehrer erhielt einen Minuspunkt auf
der Beliebtsheitsskala.
Manchen Lehrern, und nicht den schlechtesten, war das
egal und auch heute fand die Prozedur statt, obwohl es
einen Vertretungslehrer gab. Der Deutschlehrer war erkrankt,
was häufig vorkam und meistens an einem Montag, und
stattdessen erschien Lehrer Terhorst und versammelte erst
einmal alle vorne vor seinem Lehrerpult.
Terhorst verteilte Kopien mit dem Text einer Kurzgeschichte
von Wolfgang Borchert, deren Interpretation in einer Stunde
zu bewältigen war, ein beliebtes Thema für Vertretungsstunden.
Erik gähnte möglichst unauffällig. Wenn er etwas im Deutschunterricht aus tiefstem Herzen hasste, dann waren das Kurzgeschichten. Den Höhepunkt der Langeweile stellten die Texte
dar, die sich in irgendeiner Weise mit dem zweiten Weltkrieg
beschäftigten. Abgesehen davon, dass ihn die Geschichten von
Borchert schon seit dem achten Schuljahr verfolgten, hasste
er es, in jedes einzelne Wort eine tiefsinnige Bedeutung hinein
zu interpretieren.
In dieser Stunde stand ausnahmsweise nicht *Nachts schlafen
die Ratten doch* auf dem Programm, was er in Hamburg schon
dreimal interpretieren durfte, sondern es war *Die Küchenuhr*.
Zwei Seiten Problematik, jedes Wort mit Bedeutung aufgeladen
und vollkommen ohne Bezug zu seinem Leben. Was will uns
der Dichter damit sagen? Das war die entscheidende Frage.

Ist mir vollkommen egal, würde Erik gerne ehrlich antworten. Wenn der Dichter wirklich etwas sagen wollte, hätte er besser einen richtigen, langen Roman geschrieben. Und sich nicht mit Andeutungen zufrieden gegeben. Und das Thema geändert. Während nun still gelesen wurde, überlegte Erik, ob er sich an der Rettungsaktion für die Hengste beteiligen sollte, was immer damit gemeint war. Er hatte eine vielversprechende Telefonnummer in der Tasche und warum sie nicht benutzen, um seine Hilfe anzubieten? Die Pferde würden ihn nicht weiter stören, Hauptsache, Julia war da und er konnte ich in ihren Augen nützlich machen.

Dann warf er doch noch einen Blick in den Text, wahrscheinlich wurde die Interpretation am Ende der Stunde zur Hausaufgabe erklärt. Und dann wollte er möglichst schon damit fertig sein. Franz-Josef Terhorst ließ seinen Blick über die gesenkten Köpfe der Schüler gleiten. Beim Anblick von langen schwarzen Haaren verweilte er einen Moment, Erik van Boysen war also hier im Deutschkurs seines Kollegen. Und musste sich mit Kurzgeschichten herumschlagen. Er sah aus, als würde er jeden Moment vor Langeweile einschlafen.

Terhorst dachte an das Gespräch, das er neulich mit Eriks Mutter geführt hatte. Viola schien es etwas besser zu gehen, aber das war sicher nicht sein Verdienst. Er war machtlos in diesem Fall, wie so oft, wenn er ehrlich sein sollte.

Wie oft hatte er schon Ratschläge erteilt, die von Eltern einfach nicht gehört werden wollten. Wenn der Nachwuchs sich quälte mit dem Lehrstoff, ein schlechter Schüler war, weil er schlicht nicht intelligent genug war, um dem Unterricht zu folgen. Vielleicht sollte er die Schule wechseln. Etwas Schlimmeres konnte man Eltern nicht erzählen- ihr Kind war den Anforderungen dieser Schule nicht gewachsen, es war geistig dazu nicht in der Lage? Das war offenbar der Supergau für ehrgeizige Eltern. Ihr Kind war nicht intelligent genug! Das war ein viel schlimmeres Urteil als Faulheit, Frechheit und Rabaukentum. Dabei waren die Kinder, ausnahmsweise, vollkommen unschuldig an diesem Zustand. Intelligenz ist erblich, da mussten sich die Eltern an die eigene Nase fassen.

Da gab es nette und fleißige Kinder, die sich anstrengten und denen es dennoch schwer fiel, all die englischen und lateinischen Vokabeln zu behalten, all die abstrakten Formeln, die die Naturwissenschaften für sie bereit hielten. Terhorst versuchte die Eltern davon zu überzeugen, dass ihr Kind besser auf einer anderen Schule lernen sollte, einer Gesamtschule vielleicht, es gab da eine gut geführte, gar nicht weit von Mariafeld entfernt. Aber nein, die Eltern wollten das nicht, ihr Kind sollte das Gymnasium besuchen und Latein lernen. Warum ausgerechnet Latein? Terhorst kannte die Antwort, die immer verschwiegen wurde. Weil es sich sehr gut anhörte, wenn man sagen konnte, mein Sohn, meine Tochter lernt Latein. Und wenn es dann schiefging, Latein war eine durchaus komplizierter Sprache- kam immer die gleiche Begründung für das Versagen.

Das Kind sei leider faul, nicht etwa dumm. Diese Intelligenz-Diskussion war eine der schwierigsten im Schulleben. Alle redeten irgendwie um den heißen Brei herum. Dummheit war ein Tabu. Und die Kinder mussten weiter leiden- unter den Anforderungen der Eltern, die sie nicht erfüllen konnten, unter Hänseleien der anderen und unter ihrem angeknacksten Selbstbewusstsein. Ganz abgesehen von den vielen Stunden, die sie in der Obhut von Nachhilfeinstituten verbringen mussten, statt sich auf dem Sportplatz herumzutreiben.

Terhorst war ein großer Befürworter der Gesamtschule, allerdings in ihrer konsequenten Form- *man müsste die*

Gymnasien abschaffen, eine Schulform für alle Schüler.
Er hörte schon den Aufschrei der Kollegen und Eltern.
Hatten sie sich doch bisher erfolgreich dagegen gewehrt,
mit den unteren Schichten des Bildungswesen in Berührung
zu kommen- und nun sollten diese paradiesischen Zeiten vorbei
sein? Ja, konnte Terhorst nur sagen, ja, es wäre gerechter, besser
und erfolgreicher, man musste es nur richtig machen.
Er hatte da jede Menge gute Ideen. Eine große Schule mit vielen
Kursangeboten auf verschiedenen Niveaustufen und wer Abitur
machen wollte, musste drei Jahre länger lernen. Verbot von
Privatschulen. Sonst gab es Zustände wie in England und Japan.
Eigentlich ganz einfach. Vielleicht sollte er Politiker werden,
um endlich ein entsprechendes Gesetz auf den Weg zu bringen.
Aber noch saß er hier in diesem abgewrackten Klassenraum,
wo ein paar vergessene Infozettel an der Wand sich langsam
in Fetzen auflösten und die dunkelgrünen, lichtschluckenden
Vorhänge mit Farbe und Dreck verschmiert waren.
Eine Raumverschönerung wäre hier sehr angebracht gewesen,
er wüsste auch einige Schüler, die hier unbedingt mit Hand anlegen sollten, statt sich über wirkungslose Klassenbucheinträge
zu amüsieren.
Ein Handyton- eine Kreissäge?- riss ihn aus seinen Gedanken.
Irgendjemand spielte also mal wieder verbotenerweise mit
seinem Smartphone. Er seufzte. Nun musste er denjenigen
ermitteln und das Gerät einziehen. Der Schüler würde es erst
am nächsten Tag wiederbekommen. Die Ermittlungsarbeit
konnte erfahrungsgemäß anstrengend werden, also sagte er:
„Letzte Warnung, beim nächsten Mal ist es weg". Dabei sah
er in Richtung des verräterischen Geräuschs und blickte in die
Augen von Carlo Hofschulte, der ihn herausfordernd ansah.
Oh nein, dachte Terhorst, bloß das nicht. Dieser junge Mann

beschäftige die komplette Schulgemeinschaft schon seit Jahren. Zweimal war er bisher knapp einem Schulverweis entkommen. Niemand wollte es zugeben, aber die Tatsache, dass sein Vater Anwalt war, hatte sicher dazu beigetragen, dass er immer noch die Schule besuchen durfte. Eine Klage gegen die Schule wegen unangemessener Verweisung eines Schülers- das war die Horrorvorstellung schlechthin für die Schulleitung. Es könnte ja im schlimmsten Fall eine öffentliche Gerichtsverhandlung geben- da doch lieber weiter die Frechheiten von Carlo ertragen. Dumm (da konnte er nichts dafür) und dreist (dafür konnte er etwas), das war wirklich eine unerträgliche Mischung.
Terhorst war sich bewusst, dass auch er schon infiziert war mit dem Duckmäuservirus, ansonsten hätte er sofort nach dem Handy gefahndet und den Täter zur Rede gestellt. Aber die Bequemlichkeit und die Resignation trugen mal wieder den Sieg davon.
Er waren nur noch wenige Minuten bis zum Ende der Stunde und er musste sich noch einmal *Der Küchenuhr* widmen.
Er fragte in die Runde, wer seine Inhaltsangabe vorlesen möchte und es meldete sich ein blondes Mädchen, das viele kleine Rastazöpfe trug und ein rosafarbenes T-Shirt mit der Aufschrift *Chanel.* Leider sprach sie sehr leise und ungeheuer schnell und er konnte ihrem Vortrag kaum folgen. Doch bevor er einen Kommentar abgeben konnte, erlöste sie alle der Pausengong und er entließ die Schüler mit der Aufgabe, sich zu Hause weiter schriftlich mit dieser weltberühmten Nachkriegslektüre auseinanderzusetzen.
Schade eigentlich, dass er sich keinen Deutungsversuch angehört hatte, dachte Terhorst. Im Fall der Küchenuhr wäre dieser bestimmt interessant ausgefallen. Letztlich ging es nämlich darum, dass der Protagonist erkennen musste,

dass er ein Paradies verloren hatte. Was ihm nicht bewusst
gewesen war, denn er hatte den paradiesischen Zustand als
normal empfunden. Eine eigentlich gute Pointe, dachte Terhorst,
trotz Kurzgeschichte. Leider würden die Schüler nun, statt
nachzudenken und auf originelle Interpretationen zu kommen,
alle das Internet bemühen. Und mehr oder weniger geschickt als
eigenen Text präsentieren. Es ist die Pest, dachte Terhorst,
und es gibt kein Mittel dagegen.

11

Vor der alten Scheune, die vor einigen Jahren zu einem Reitstall
umgebaut worden war, herrschte Hochbetrieb. Zwölf Pferde,
elf junge Hengste und eine Stute, wurden von jungen Reiterinnen auf der sandigen Reitbahn im Kreis herumgeführt.
Aus zwei kleinen Boxen ertönte Musik in dezenter Lautstärke,
eine bunte Mischung aus Reitermärschen und Pop-Songs.
Als die Pferde an der Longe trabten, schienen sie sich tatsächlich im Takt der Musik zu bewegen, was natürlich ein Zufall
war. Unter einem Baum hatten hilfsbereite Eltern einen
kleinen Getränkestand aufgebaut und daneben verkauften
eifrige Sechsklässler selbstgebackenen Kuchen. Dank der
unermüdlich scheinenden Sonne fühlten sich alle wie bei einem
sorglosen Sommerfest, dabei gab es einen sehr ernsten Hintergrund: Den Ausfall der Auktion im Darfelder Bruch und den
drohenden Verkauf der jungen Hengste an die Pferdehändler.
Der Anblick der jungen Wildpferde, die im letzten Jahr aus
der Herde heraus gefangen worden waren, und die jetzt ganz
artig über die Sandbahn trabten, verfehlte ihre Wirkung nicht.
Alle Anwesenden unterschrieben die Petition, die anschließend

Graf von Velenburg überreicht werden sollte. Der Besitzer der Wildpferde wurde darin nachdrücklich gebeten, die einjährigen Hengste nicht an Pferdehändler zu verkaufen, sondern wie bisher in einer Auktion zu versteigern an Reiterhöfe und Pferdefreunde.
Inmitten des Treibens liefen Julia und Lena von einem Besucher zum anderen und verteilten Informationsblätter. Es stellte sich heraus, dass viele Besucher aus Mariafeld gar nicht gewusst hatten, dass in dieser Reitanlage die jungen Hengste an die Menschen gewöhnt wurden.
Die neuen Besitzer kamen dann zu Besuch in die Scheune, um die Fortschritte ihrer Pferde zu begutachten. Sie standen auch gerne am Zaun, der die große Weide begrenzte, denn hier vergnügten sich die jungen Hengste wie in einem Kindergarten miteinander und tobten über die Wiese.
Alex und Lukas waren die einzigen beiden Jungen, die bei der Pferderettungsaktion mitmachen wollten, ansonsten gab es eine bunte Schar von Mädchen aus den Klassen fünf bis elf, die sich mit viel Eifer für die gute Sache einsetzten, angeführt von Julia und ihrer Freundin Lena. Die beiden waren quasi die Dienstältesten, schon von Beginn des Reitbetriebes an waren sie dabei.
Lukas war ein junger Tierpfleger und machte hier- als künftiger Pferdewirt- ein Praktikum. Alex aus der elften Klasse verfolgte zwei unterschiedliche Interessen- das eine war die Fotografie, das andere war Julia.
Als Julia ihn angesprochen hatte, ob er nicht eine Fotodokumentation von ihrer Aktion machen könne, hatte er nicht lange gezögert und sofort zugesagt. Den ganzen Tag Julia zu fotografieren, und wenn es sein musste, auch mal mit einem Wildpferd im Hintergrund, das war eine verlockende Aussicht.
„Hi, Paparazzo!" hatte sie ihn freundlich begrüßt, als er mit

seiner dicken Fotoausrüstung erschienen war und er hatte das als Kompliment aufgefasst. Dann hatte sie ihm genau erklärt, welche Motive sie sich vorstellte - Pferde und noch mal Pferde - und Alex hatte folgsam genickt. Er würde genug Gelegenheit haben, sich seine eigenen Motive zu suchen..
Der Höhepunkt des Aktionstages war die „Zähmung" eines jungen Hengstes, von dem die Pferderetter genau wussten, dass er bereits gezähmt worden war, aber das machte die Vorführung nicht weniger spannend. Das Ex-Wildpferd stieg mit den Vorderfüßen in die Luft, wieherte hell, die dunkle Mähne schüttelnd, es lief im Galopp kreuz und quer über den Reitplatz, stoppte, Sand und Sägespäne flogen durch die Luft, es bockte und schlug mit den Hinterbeinen aus und machte einen wirklich wilden Eindruck.
Dann betrat Julia die Arena und Alex drückte wie besessen immer wieder auf den Auslöser. Julia sah toll aus, fand Alex, sie trug eine weiße Reithose, schwarze Stiefel und ein rotes Reiterjacket. Langsam näherte sie sich dem Pferd, berührte leicht seinen Hals, sprach leise mit ihm. Aha, eine Pferdeflüsterin, hörte man im Publikum raunen, und tatsächlich, der braune Hengst folgte dem jungen Mädchen mit gesenktem Kopf und leise schnaubend durch die Bahn. Schüttelte dekorativ seine schwarze Mähne, ließ sich schließlich Zaumzeug anlegen und wehrte sich nicht gegen den Sattel, den eine kleine Helferin unter Mühen herangeschleppt hatte. Julia schwang sich elegant auf den Pferderücken und drehte ein paar Runden in der Reitbahn, wobei sie vom Trab in den Galopp wechselte und schließlich im Schritt die Vorführung beendete. Der Applaus war groß und zum Abschluss durfte der jetzt so folgsame Hengst ausführlich von den Besuchern getätschelt werden und Julia lüftete das Geheimnis der wundersamen Zähmung,

die in Wirklichkeit einige Monate länger gedauert hatte.
Alex schaffte es, das Objektiv seiner Kamera von Julia loszureißen. Ihm kam in den Sinn, dass das gezähmte Wildpferd vielleicht auch ein mögliches Motiv sein könnte. Er war plötzlich froh, dass er sich diesem Pferderettungs-Unternehmen angeschlossen hatte, auch wenn es seiner Meinung nach keine Aussicht auf Erfolg hatte. Seine Aufnahmen wurden gut, das wusste er, und die Pferde waren es vielleicht doch wert, gerettet zu werden. Der Gedanke, auch nur einer der Hengste könnte zu Gulasch verarbeitet werden, war nicht sehr angenehm.
Und später würde er mit Julia zusammen die besten Fotos auswählen, einen Ort für die Ausstellung aussuchen...und es gab sicher noch mehr zu organisieren, wobei seine Hilfe gebraucht würde. Er machte sich auf den Weg, um noch ein paar Pferdemotive aufzuspüren, bevor der Akku seiner Kamera seinen Geist aufgab.
Langsam leerte sich Platz vor der Scheune, die Pferde standen in ihren Boxen und wurden von Lukas versorgt, die jungen Reiterinnen und künftigen Retterinnen waren auf ihre Fahrräder gestiegen und radelten erschöpft, aber glücklich nach Hause.
„Weißt du", sagte Lena und ließ sich übertrieben stöhnend auf einen Strohballen fallen, der neben dem offenen Scheunentor lag, „es war toll. Aber glaubst du, dass der Graf jetzt seine Meinung ändern wird? Nur weil ein paar Leute eine Unterschrift unter einen Brief gesetzt haben?"
„Keine Ahnung", Julia warf sich auf einen anderen Strohballen, streckte sich und sah zum Himmel hinauf. Ihr Kopf war gerade ziemlich leer und sie war froh, nichts anderes mehr sehen zu müssen außer dem blassblauen Himmel mit seinen weißen Wolkenbergen. Wenn man allerdings etwas Fantasie hatte, konnte man auch in den Wolken Pferdekörper entdecken.

Vielleicht lag das aber daran, dass Julia im Moment wirklich überall Pferde sah. Sie schloss die Augen und es herrschte eine Weile wohltuende Ruhe. Dann kamen die drängenden Gedanken wieder zurück und mussten ausgesprochen werden.
„Das heute war ja nur ein erster Schritt. Wir müssen noch viel mehr machen."
„Und was?" Lena wäre eigentlich ganz froh gewesen, wenn sie nicht sofort wieder an die nächste Aktivität hätte denken müssen.
„Unsere Pferdeshow."
Lena seufzte. „Meinst du nicht, wir haben uns da etwas viel vorgenommen? Wie soll das denn funktionieren?"
„Ganz einfach, mit Pferden und Musik. Wir brauchen Leute, die Musik machen und Leute, die die Pferde vorführen. Und viele Scheinwerfer... so eine Art Lightshow, wie in der Disko, verstehst du?"
„Ich bemühe mich." Lena hatte sich bäuchlings auf ihren Strohballen gelegt und zupfte einen Halm nach dem nächsten aus dem grobmaschigen Netz.
„Pferde in der Disko, das ist mal was Neues." Sie bemühte sich, nicht allzu skeptisch zu klingen.
„Es gibt da doch diese eine spanische Gruppe, die mit Pferden arbeitet, Apassionata, genau so müsste unsere Show aussehen... fantastische Kostüme, tolle Musik.."
„Oh, das hört sich alles ganz einfach an. Aber du weißt, dass diese Show mit Reiten nicht viel zu tun hat."
Lena seufzte schon wieder. Manchmal ging ihr die Freundin auf die Nerven mit ihrer Art, nirgendwo ein Hindernis für ihre Pläne zu sehen. Zuviel Optimismus konnte auch ziemlich anstrengend sein.
„Ja klar, aber es muss schon ein Spektakel werden... die Leute

sollen spenden, wir brauchen eine Menge Geld!"
„Wie viel kostet eigentlich ein junger Hengst?" Lena bemühte sich, der Realität wieder näher zu kommen.
„Der Schlachtpreis liegt bei etwa 300 bis 400 Euro." Julia hatte sich kundig gemacht und die Pferdepfleger befragt.
Lena zuckte merklich zusammen. Nicht wegen der Summe, sondern wegen des Wortes. „Also müssen wir mehr bieten."
„Ja. Und das werden wir schaffen."
„Es gibt wahrscheinlich 30 Hengste in diesem Jahr", überlegte Lena, „das sind dann...äh... ungefähr 10 000 Euro, plus Aufschlag, sagen wir rund 12 000 Euro."
„Gut, du kannst ja rechnen. Das ist viel, aber es ist keine Million...wenn viele Leute spenden und kaufen. Wir müssen Werbung für die Pferde machen..."
„Klar", sagte Lena. Sie wollte nicht schon wieder ängstlich und skeptisch zu sein. Obwohl ihr diese ganze Aktion eine Nummer zu groß erschien.
In der beginnenden Dunkelheit hörte man nichts als das Schnauben der Pferde und das undefinierbare Quieken eines kleinen Tieres. Die beiden Freundinnen schwiegen und dachten an wunderschöne Pferde, die durch violette Nebelschwaden schwebten- bei bombastischer Musik, von begeistertem Applaus begleitet.
Sie mussten es versuchen.

12

Viola van Boysen saß wie jeden Abend eine Stunde vor dem gemeinsamen Abendessen an ihrem antiken Nussbaumschreibtisch- ein Geschenk ihrer Mutter- und versuchte, ihre Fantasie in Worte zu fassen. Diesmal hatte sie beschlossen, sich nicht alleine auf ihr eigene Vorstellungskraft zu verlassen, sondern hatte sich eine Anregung gesucht. Ihr war der Name *Alice* im Kopf herumgegangen und so war sie auf Alice im Wunderland gestoßen. Eine ähnliche Geschichte wollte sie schreiben, von einem Mädchen, das eine andere Welt betritt. Durch eine Wand, die nur für sie alleine durchlässig ist. Und es gingen ihr auch die Bilder eines Kinofilms durch den Kopf, in dem Johnny Depp einen Zauberer gespielt hatte. Außerdem hatte ihr die Alice in diesem Film ein bisschen ähnlich gesehen.
Eine Wanderin zwischen den Welten.
Viola konnte sich an den Kampf zwischen Gut und Böse erinnern, zwischen der weißen (sie gewann am Ende) und der schwarzen Prinzessin und an den Konflikt, in dem die Heldin steckte. Denn eines Tages muss sich Alice entscheiden.
Will sie in ihrer Fantasiewelt bleiben oder will sie zurückkehren in die Realität? Sie zögert. Sie hat Freunde gefunden in der anderen Welt, neugierige und gutmütige Wesen, mit denen sie reden kann und die sie verstehen. Viel besser, als ihre Freunde in der wirklichen Welt. Das Leben ist leicht.
Soll sie dennoch zurückkehren?
Das musste Viola für ihren Roman noch entscheiden.
Eine Schriftstellerin konnte das- alles, alles musste von ihr entschieden werden. Sie hatte die Kontrolle über alles, über Leben und Tod, über Glück und Unglück.
Spannend sollte die Geschichte sein, und die Liebe musste eine

Rolle spielen in ihrem Roman. Ein Mädchen und ein junger
Mann. Er verliert sie, muss sie überall suchen. Dabei kann er
eine andere Gestalt annehmen, je nach Bedarf. Ein Adler oder
ein Tiger, ein Vampir, obwohl das nicht sehr originell war,
vielleicht auch eine Nachtigall, ein Kolibri, ein Schmetterling,
man würde sehen. Oder sie erfand etwas Gruseliges, einen
Werwolf vielleicht, der aber im Grunde eine gute Seele hatte.
Sollte der Werwolf geküsst werden? Um sich zurückzuverwandeln? Einen Frosch zu küssen war schon eklig genug, bei einem
Werwolf würde man zusätzlich auch noch in Lebensgefahr
geraten... eine Kussszene klang also ziemlich unwahrscheinlich... es war nicht so leicht, eine gute Geschichte zu erfinden.
Auf jeden Fall aber musste es ein Happyend geben, das war sie
ihren Lesern schuldig. Viola hasste Bücher, die ein schlimmes
Ende nahmen. Nie würde sie selber ein Buch lesen, von dem sie
schon wusste, dass es nicht gut ausging. Was sollte dann das
ganze Mitleiden, Gruseln und Freuen, wenn es nicht zu einem
glücklichen Ende führte? Das ergab keinen Sinn.
Da sie eine absolute Flaute im Kopf hatte, klickte sich Viola
zwischendurch immer mal wieder zu Themen im Internet,
die sie interessierten. Im Moment waren
Wildpferde ein Gesprächsthema in der Schule, speziell die
Pferde im Darumer Bruch. Sie hatte das Plakat der Rettungsgruppe in der Pausenhalle gesehen und sich gefragt, was dahinter stecken mochte. Recherchen waren notwendig, wenn man
schreiben wollte. Und Wildpferde waren eventuell interessanter,
als sie gedacht hatte.
Sie fand viele Informationen, auch Fotos, die kräftige kleine
Pferde mit grauem und braunem Fell zeigten, mit schwarzen
Mähnen und schwarzen Augen. Bei You Tube fand sie Filme
über den Fang der Wildpferde im Darumer Bruch und sie

betrachtete fasziniert das aufregende Spektakel.
Nach einer Weile kehrte sie zurück zur Wanderin zwischen den Welten. Viola konnte von ihrem Schreibtisch hinaus in den Garten sehen. Hinter dem Zaun erstreckte sich ein Feld mit halbhohen Getreidepflanzen. In Gedanken verwandelte sie sich in die neugierige Alice, spazierte an den Rosenbüschen entlang, die in voller Blüte standen, und roch ihren betörenden Duft. Dann verließ sie den Garten und schlenderte hinüber zum Kornfeld, wo die noch unreifen Ähren im Abendwind hin und her wogten. Es war immer noch warm und sie hatte Lust, ins Feld hinein zu rennen um sich dann irgendwo fallen zu lassen. Im Schutz der Ähren, unauffindbar für alle.
Viola starrte auf den Monitor ihres Laptops. Er war noch genauso leer wie vor einer halben Stunde. Die paar Seiten, die sie in den letzten Tagen geschrieben und gespeichert hatte, waren mehr oder weniger nur eine Ideensammlung gewesen, allmählich musste sie zur Sache kommen- einen Anfang zu finden, das war das Schwerste. *Man muss die Angst vor dem leeren Blatt überwinden,* das hatte mal ein bekannter Schriftsteller gesagt. Angst hatte sie nicht, schon gar nicht vor einem leeren Blatt, aber ihr fiel einfach kein Anfang ein, der sie überzeugt hätte. Es konnte sein, dass ihre Ansprüche zu hoch waren, und das war ein wirkliches Problem. Dann würde sie nie einen Roman schreiben. Sie sollte einfach anfangen, schließlich konnte sie jedes Wort auch wieder ändern, hundert Mal, wenn es sein musste. Sie allein war die Herrscherin über Worte und Taten. Besser ging es doch nicht.
Sie tippte unsicher auf der Tastatur herum, wieder fielen ihr nur Stichwörter ein. Also los, sie konnte Menschen zu Königen machen oder sie in die Hölle schicken. Jetzt brauchte sie nur noch den Funken der Inspiration.

Sie dachte an ihren Klassenlehrer, der wollte, dass sie an einem Literaturwettbewerb teilnahm. Und der ihre Mutter besucht und sie gefragt hatte, ob sie, Viola, magersüchtig sei. Ihre Mutter hatte *Nein* gesagte, sie hatte es gehört, als sie die Treppe heruntergekommen war. Und sie hatte auch gehört, dass der Grund für ihre Magerkeit ein Streit mit ihrem Bruder sein sollte... so einfach ist das nicht , dachte Viola, Erik konnte machen, was er wollte... und sie war natürlich nicht magersüchtig, da hatte ihre Mutter die Wahrheit gesagt. Sie hatte die volle Kontrolle über ihren Körper, es war ein Experiment, das sie durchführen wollte, sie konnte es jederzeit abbrechen.
Aber sie, Viola, hatte ihren Lehrer belogen, als sie ihm erzählt hatte, dass sie seine Vermittlung nicht brauche. Sie kannte niemanden in Hamburg, der sich für ihre Geschichten interessierte. Und schon gar keinen Verlag oder einen Agenten, der ihre Manuskripte auch nur ansatzweise zur Kenntnis nahm. Aber das würde sich jetzt ändern. Ihren Roman würde sie an einen sehr bekannten Verlag schicken.
Sie musste ihn nur noch schreiben.
Viola hörte die Mutter nach ihr rufen. Das Abendessen, von dem sie nur zwei oder drei Happen essen würde, stand auf dem Tisch. Egal, sie freute sich, dass sie nicht mehr auf den leeren Monitor starren musste und lief eilig die Treppe nach unten. Ihre Eltern und Erik saßen bereits im Esszimmer und warteten auf sie. Es wurde erst gegessen, wenn alle am Tisch saßen. Wie immer gab es Salat und Brot, außerdem heute eine Schüssel mit überbackenen Paprikaschoten. Violas Magen verkrampfte sich beim Anblick der Käsekruste über den roten Schoten, früher war dies ihr Lieblingsessen gewesen, jetzt sah sie nur eine zähe Masse, die ihren Magen und Darm verkleben würde. Sie war sich jedoch der aufmerksamen Blicke ihrer Mutter

bewusst, die jeden einzelnen Bissen kontrollierten, den sie zu sich nahm. Also nahm sie ein Schüsselchen Salat und ein Stück Brot. Das hielt ihre Mutter vielleicht davon ab, eine besorgte Bemerkung über ihr Essverhalten zu machen.
Erik dagegen nahm reichlich von allem und wünschte gut gelaunt einen guten Appetit, bevor er sich auf seine Paprikaschoten stürzte.
Georg van Boysen wünschte seiner Familie ebenfalls einen guten Appetit und vertiefte sich dann in sein Essen. Er hatte seiner Familie vor langer Zeit erklärt, er habe abends keine Lust mehr, übermäßig viel zu reden. Er habe einen stressigen Arbeitstag hinter sich, er brauche zu Hause seine Ruhe. Seine Kinder hatten nichts gegen einen schweigsamen Vater beim Abendessen einzuwenden, auf diese Weise gab es auch keine Streitereien und keine unangenehmen Fragen.
Für die abendlichen Gespräche war also Miriam van Boysen zuständig. Ihre erste Frage war immer dieselbe: „Wie war es in der Schule?"
Und wie immer zuckte Erik mit den Schultern und murmelte, es sei nichts Besonderes passiert. Viola schloss sich ihm normalerweise an, heute jedoch befand sie, dass es an der Zeit war, mal wieder etwas mehr Kommunikation am Abendbrottisch stattfinden zu lassen: „Die Hengste aus dem Darfelder Bruch sollen gerettet werden, damit sie nicht im Schlachthof landen. Es soll so eine Art Pferdeshow aufgeführt werden mit Musik, um Geld zu sammeln. Sie suchen Leute, die dabei mitmachen."
„Geld wofür?" Der Vater brach bei diesem interessanten Thema sein Schweigegelübde.
„Na, um die Pferde zu kaufen. Sie sind gar nicht so teuer, jedenfalls soll der Schlachtpreis nicht mehr als 300 oder 400

Euro sein. Und der Graf wird die Pferde an denjenigen
verkaufen, der mehr als die Händler bietet."
„Die armen Tiere. Ich wusste gar nichts von Pferden,
die hier frei in der Gegend herumlaufen", sagte Miriam van
Boysen überrascht.
„Und so eine Pferdeshow, das hört sich doch gut an... habe ich
schon mal im Fernsehen gesehen...möchtest du denn bei der
Aktion mitmachen?"
Viola zuckte mit den Schultern.
„Mal sehen." Sie hätte auch sagen können, dass die Pferderetter
sicher nicht auf sie gewartet hatten. Was hätte sie denn machen
können? Sie war sicher, sofort vom Pferd herunterzufallen,
falls sie es überhaupt in den Sattel schaffen würde.
Das Video auf You Tube, das den Fang der jungen Hengste im
Darfelder Bruch zeigte, war beeindruckend gewesen.
Die Zuschauer waren ausgeflippt vor Begeisterung,
als die Herde- 300 Stuten mit ihren Fohlen und den jungen
Hengsten- in die Wildpferdebahn hinein donnerte. Dann hatten
sich die Fänger, Männer in blauen Hemden und mit roten
Halstüchern, auf die Jährlinge geworfen und ihnen nach einem
heftigen Kampf ein Halfter übergestreift. Es waren oft drei oder
vier Männer notwendig, um die jungen Hengste zu bändigen.
Viola hatte ein bisschen getrauert, das Leben in Freiheit war für
die kleinen Pferde jetzt vorbei.
Viola hatte in ihrer abendessenden Familie ein dankbares
Publikum für ihr Referat und sie erzählte weiter- vom Leben
der Pferde im Darfelder Bruch, wo sie ohne menschliche Hilfe
im Sommer und Winter überleben mussten und ihre Fohlen
bekamen. Die Wildpferde waren seit ein paar hundert Jahren
hier heimisch und die Herde war die letzte und einzige in
Europa. Und, fügte sie schließlich hinzu, es sei sicher sehr sinn-

voll, sich für den Erhalt und das Wohl dieser Tiere einzusetzen.
Erik hatte seine Nahrungsaufnahme unterbrochen und betrachtete erstaunt seine Schwester, die schon lange nicht mehr über etwas so ausführlich und mit soviel Begeisterung geredet hatte. Ihre grünen Augen blitzen und er wunderte sich wieder einmal, mit was sich seine kleine Schwester beschäftigte. Seine kluge, kleine Schwester, die in letzter Zeit ziemlich hysterisch war und wirre Gedanken hatte und die nicht mehr seine Schwester sein wollte, nach einem heftigen und überflüssigen Streit vor vielen Monaten. Als er ihr gesagt hatte, sie sei nicht seine richtige Schwester und sie solle sich aus seinen Angelegenheiten heraushalten. Dabei fiel ihm ein, dass Viola vielleicht etwas über Julia wissen könnte.

Als Viola mit ihrem Referat fertig war, fragte er: „Das hört sich wirklich interessant an. Kennst du eigentlich diese Julia, die das Ganze organisiert?"

Erst schien es, als wolle Viola die Frage überhören, dann sagte sie sehr betont: „Ich habe gerade über Wildpferde gesprochen, nicht über Mädchen", und fügte entschieden hinzu „nein, kenne ich nicht."

Erik widmete sich wieder seinem Essen, im Grunde hatte er keine andere Antwort erwartet, aber immerhin hatte Viola nach langer Zeit wieder einmal mit ihm geredet.

„Willst du denn bei der Aktion mitmachen?" wandte sich Miriam van Boysen hoffnungsvoll an ihren Sohn. Ihr wäre beinah jede Aktivität recht gewesen - Hauptsache, er käme mal wieder aus seinem Zimmer heraus.

„Er weiß doch nicht mal, wie ein Pferd aussieht",
sagte Viola bissig.

„Und ich habe auch nicht vor, das zu ändern." Erik schob den Rest seiner Paprikaschote in den Mund und kaute ausnahms-

weise sehr ausführlich, um nicht noch mehr sagen zu müssen.
Die Wahrheit war, dass er sehr wohl überlegte, an dieser
überflüssigen Aktion teilzunehmen. Wegen einer sehr anziehenden Pferdeflüsterin.
„300 Euro für ein Pferd, das ist wirklich nicht viel", sagte Georg van Boysen nachdenklich.
„Kaufst du mir eins?" fragte Viola und grinste innerlich,
das war wirklich nicht ihr Ernst.
„Es braucht einen Stall und man darf es auch nicht alleine halten", fügte sie dann noch hinzu.
„Zwei Wildpferde sind wirklich zu viel", ließ sich ihre
Mutter vernehmen.
„Bloß keine Pferde hier", sagte Erik.
Damit war das Thema erst einmal beendet und auch das
Abendessen neigte sich dem Ende zu.
Viola wartete auf einen geeigneten Augenblick um zu
verschwinden. Der war gekommen, als ihr Vater sein Besteck
ordentlich nebeneinander auf den Teller legte, nach der
Serviette und dann zum Weinglas griff.
Sie stand auf. „Ich muss noch Mathe machen." Das hörte sich
immer gut an. Viola verließ das Esszimmer und hielt dabei ihr
Brot in der Hand verborgen. Nicht um es zu essen, sondern um
es oben in der Toilette verschwinden zu lassen.
Auch Erik verschwand mit der gleichen Begründung wie seine
Schwester, die Musik wartete. Er musste sich nur noch
entscheiden, welche Richtung es heute sein sollte- er mochte
beinahe alles, von Heavy Metal über Hip Hop bis Reggae.
Wenn es gut war, und das hörte er sofort.
In seinem Zimmer warf er sich aufs Bett, griff sich die Kopfhörer und schaltet die Anlage ein, er brauchte irgendwas, das gute
Laune machte, Bob Marley, alt aber gut.

Er ärgerte sich, dass er sich so spontan nach Julia erkundigt hatte. Seine Familie musste nicht unbedingt erfahren, an welchem Mädchen er Interesse hatte. Das war schon einmal gründlich schiefgegangen. Er erinnerte sich an den schlimmen Streit mit Viola, die ihm vorgeworfen hatte, er würde sich mit Schlampen herumtreiben...er könne an nichts anderes mehr denken... er sei ekelhaft...sie hatte gar nicht mehr aufgehört zu schreien. Dann war er ebenfalls ausgeflippt. Sie hatten sich angebrüllt und irgendwann hatte er gesagt, ganz cool plötzlich, sie habe ihm gar nichts zu sagen, sie sei nicht seine Schwester, sie solle ihn endlich in Ruhe lassen.
Das hatte sie dann getan. Fast ein ganzes Jahr lang. Schweigend waren sie sich aus dem Weg gegangen. Heute hatte sie das erste Mal wieder, wahrscheinlich aus Versehen, mit ihm geredet. Und ihm war bewusst geworden, dass er es vermisst hatte- ihre Sticheleien, ihre Albernheiten und auch ihre ernsthaften Unterhaltungen, in denen es um nicht weniger als den Sinn des Lebens ging. Ihm fehlten auch Violas Verrücktheiten, ihr Vertrauen und ihre Zuneigung. Sie sollten diesen dummen Streit vergessen. Natürlich war sie seine Schwester und würde es immer bleiben. Er hatte diesen schlimmen Satz einfach nur gesagt, ohne zu überlegen. Aber... Viola sollte den Streit beenden, sie hatte damit angefangen.
Er würde sich noch eine Weile zurückhalten.
Erik war unschlüssig, wie er den Abend beenden sollte. Keine Freunde, keine Disko weit und breit, kein Mädel, das mit ihm Mathe lernen wollte... Schließlich wälzte er sich vom Bett herunter, holte die Gitarre aus der Ecke und schlug ein paar Akkorde an. Es klang furchtbar, er hätte sie stimmen müssen, aber er hatte keine Lust dazu. Nach ein paar schrägen Takten legte er das teure Instrument auf das rote Kussmundsofa.

Auch das ein Geschenk seiner Mutter, das er nicht hatte haben wollen, aber auch nicht vehement genug abgelehnt hatte.
Es war ihm nicht wichtig genug gewesen, um darüber zu streiten. Irgendwann würde er wieder Musik machen.
Jetzt im Moment war sein Gehirn mit anderem Stoff beschäftigt. Mit Schule, mit seinem neuen Leben in der Verbannung.
Und mit dieser seltsamen Pferdeaktion samt einer interessanten Pferdeflüsterin. Was sollte das Ganze überhaupt? Der Graf brauchte offensichtlich Geld und es waren seine Tiere,
also konnte er damit machen, was er wollte. Und so, wie er die Sache verstanden hatte, wollte er sie keineswegs direkt ins Schlachthaus bringen, sondern ihnen eine Chance geben, doch noch in gute Hände zu geraten.
Wer sagte denn, das Pferdehändler nur das eine im Kopf hatten? Er musste allerdings zugeben, dass er sich bisher noch nicht mit den Gedankengängen dieser Menschengruppe beschäftigt hatte.
Da waren die Pferderetter sicher besser informiert.
Die Pferderetter....
Er holte sein Handy heraus und suchte nach Julias Nummer.
Er wollte nicht lange darüber nachdenken, sondern einfach handeln. Er wählte und sie war sofort am Apparat.
„Julia Hegemann?"
Er schluckte und war nervöser, als er es sich vorgestellt hatte.
„Hallo, Julia. Hier ist Erik." Es folgte eine ziemlich lange, unangenehme Pause, das lag vor allem daran, weil ihm die Absicht seines Anrufes plötzlich nicht mehr einfiel.
„Oh, hallo Erik." Julias Stimme klang munter und gleichzeitig erstaunt. Erik gab sich einen Ruck, nun sollte er etwas Witziges, Kluges oder Originelles sagen.
„Julia, äh, ich wollte dich neulich schon in der Schule ansprechen"..., das kann nicht wahr sein, dachte Erik, wie

blöd hört sich das denn an..

„Aha", sagte Julia am anderen Ende der Leitung.

„Ja, und ich dachte... diese Aktion mit den Pferden... vielleicht könnte ich da ja mitmachen." Gott sei Dank, es war ihm wieder eingefallen, wenigstens etwas.

„Du willst bei der Pferdeshow mitmachen?" Julia klang so ungläubig, dass Erik seine Frage aus tiefster Seele bereute. Warum hatte er sie nicht einfach gefragt, ob sie zusammen ein Eis essen gehen wollten oder irgendetwas anderes, oder spazieren gehen, wenn es sein musste, ein Kino gab es in dieser Einöde ja nicht.

Aber jetzt musste er antworten.

„Ja, warum nicht? Das ist doch ... eine gute Sache."

Erik kam sich wie ein Trottel vor, aber es gab kein Zurück mehr.

„Ja, gut... super. Wir treffen uns morgen Nachmittag an der Scheune im Darfelder Bruch."

Julia machte eine Pause und Erik dachte schon, das Gespräch sei beendet, aber dann fügte sie hinzu: „Ich gebe dir morgen in der Pause eine Skizze, wie du da hinkommst, es ist nicht ganz leicht zu finden. Schön, dass du mitmachen willst. Bis morgen!"

Also morgen an der Scheune, dachte Erik, das ist doch so etwas wie eine Verabredung. Er hatte nur keine Ahnung, was ihn dort erwartete. Leicht benommen starrte er auf sein Handy.

Julia war nett und locker gewesen, ganz im Gegensatz zu ihm. Ein wortkarger Trottel. Und eine Scheune, das fing ja vielversprechend an.

13

Julias Zimmer oben unter dem Dach ihres Elternhauses befand sich in einem Ausnahmezustand. Es war aufgeräumt. Das war notwendig geworden, nachdem ihre Mutter ihr gedroht hatte, keinerlei Unterstützung mehr zu leisten bei den Vorbereitungen zu ihrer Pferdeshow. Das hieß im Klartext: Keine Transporte mehr im Pferdeanhänger der Familie Hegemann. Da aber Transporte von Pferden dringend notwendig waren für das, was sich Julia vorgestellt hatte, musste sie sich der Forderung ihrer Mutter beugen. Und jetzt, da der uralte und eigentlich längst vergessene Krimskrams verschwunden war, die Regale aufgeräumt waren und die Wände in reinem Weiß erstrahlten, fühlte sich Julia unerwartet wohl. Es tat gut, sich von überflüssigen Sachen zu trennen.
Als nicht überflüssig hatte sie das Pferdeposter eingestuft, das schon seit Jahren in ihrem Zimmer hing. Es zeigte einen rotglühenden Sonnenuntergang, davor ein in die Höhe steigendes schwarzes Pferd (Fury! hatte ihre Mutter begeistert ausgerufen), natürlich war es kitschig, aber auch wunderschön und für sie der Inbegriff von ungezähmter Kraft und Freiheit.
Den Anruf von Erik van Boysen nahm Julia auf ihrem frisch bezogenen Sofa entgegen, umgeben von einem Dutzend bunter indischer Seidenkissen, die die Entrümplungsaktion überlebt hatten.
Nach dem Gespräch schnappte sie sich ein Kissen nach dem anderen und schmetterte sie auf einen weiteren Überlebenden ihrer Entrümplungsaktion, einen großen grauen Plüschesel, den ihr Vater ihr zur Einschulung geschenkt hatte, was ja schon einige Jahre zurücklag. Sie musste ihre Anspannung loswerden, die sie plötzlich während des Gesprächs überfallen hatte,

vollkommen überflüssigerweise.

Erik van Boysen hatte sie angerufen und wollte bei der Pferdeshow mitmachen! Es war nicht zu fassen. Kannte er sich mit Pferden aus, war er ein Tierfreund oder wollte er einfach nur ein bisschen Action haben? Oder galt sein Interesse vielleicht mehr ihr als den Pferden?

Julia war daran gewöhnt, dass sie das Interesse von Jungen weckte, sie hatte gar nichts dagegen einzuwenden, aber bei Erik war sie nicht sicher... Nach ihrer kurzen Begegnung vor dem schwarzen Brett hatte er ihr mehrmals ein munteres „Hallo Julia" zugerufen, wenn sie sich in der Schule über den Weg gelaufen waren. Sie hatte ein ebenso munteres „Hallo" zurückgerufen, warum auch nicht, sie war ja nicht blind, die Mädchen sahen ihm nach und fingen an zu tuscheln. Warum sollte sie die Unnahbare spielen? Abgesehen davon, dass sie so etwas affig fand, war ihr aufgefallen, dass der Hamburger vielleicht doch nicht so arrogant und blöd war, wie sie geglaubt hatte. Sie hatte ihn beobachtet. Auf dem Schulhof, auf dem Sportplatz wie er Fußball spielte, alleine an einem Tisch in der Pausenhalle. Er beobachtete seine Umgebung und es konnte sein, dass er sich Gedanken machte. Damit konnte sie etwas anfangen. Was auch immer seine Gründe sein mochten, Julia freute sich über sein Interesse, wem es auch gelten mochte.

Mit den Mädchen aus der Unterstufe, die sich bisher gemeldet hatten, war das Projekt nur schwer zu verwirklichen. Sie brauchten Helfer für die Licht- und Toneffekte und Leute, die am Tag der Aufführung alles im Blick hatten und die Besucher betreuen konnten, außerdem mussten Dekorationen und Geräte geschleppt werden. Gott sei Dank hatten sich außer Lena noch fünf weitere Schülerinnen aus ihrer Jahrgangsstufe zum Mitmachen entschlossen. Julia setzte sich an den Schreib-

tisch und zeichnete sorgfältig eine Skizze mit der Wegbeschreibung zur Scheune. Sie konnte nur hoffen, dass sich Erik die Sache bis morgen nicht doch noch anders überlegte.
Dann sammelte sie die Kissen wieder ein, die überall auf dem Boden gelandet waren. Sie rückte den grauen Esel wieder zurecht, er sah ein bisschen ramponiert aus, aber er hatte auch ein bewegtes Leben hinter sich. Sie konnte sich noch sehr gut daran erinnern, wie sie damals gelacht und sich gefreut hatte, als sie die Schultüte entdeckt hatte, die er auf seinem Rücken trug, sie musste sie umständlich vom Sattel abschnallen, um sie mit auf ihren ersten Weg zur Schule zu nehmen. Ihr Papa hatte laute *Iiaaa* Geräusche gemacht, sie hatten herum getobt und ihre Mutter war kopfschüttelnd aus dem Zimmer gegangen. Ihre Eltern hatten schon damals ihre Trennung beschlossen. Was sie ihrer Tochter aber erst einmal verschwiegen hatten. Als ihr Vater dann aus dem kleinen Einfamilienhaus auszog, war Julia eher erstaunt als traurig gewesen. Sie war damals sieben Jahre alt und hatte ihren Vater meist nur an den Wochenenden gesehen.
Er hatte eine Stelle in Frankfurt angenommen, als Julia noch keine drei Jahre alt war, seither war sie die Tochter eines Wochenendvaters.
Thomas Hegemann war Architekt und arbeitete in Frankfurt in einem Baubüro. Wahrscheinlich ein stressiger Job, denn er arbeitete auch am Wochenende noch an seinen Projekten. Große Blätter wurden dann aus Papprollen geholt und auf Zeichenbrettern befestigt, die man in verschiedene Schräglagen kippen konnte.
Julia wusste noch genau, wie fasziniert sie gewesen war von den vielen feinen Linien auf diesen Blättern, ein Gewirr, das sich an manchen Stellen verdichtete und dann wieder auflöste.

Skizzen von Häusern, Tiefgaragen und Brücken, wie ihr Vater ihr geduldig erklärte. Julia wusste, wie sie die kostbare Zeit mit ihrem Vater ausdehnen konnte, sie stellte Dutzende von Fragen und so erfuhr sie zwangsläufig eine ganze Menge über die Konstruktion von Häusern und Brücken, noch bevor sie in die Schule kam. Später wurden die großen Blätter weniger, und ihr Vater saß immer öfter vor seinem Computer, aber ganz verschwinden taten sie nie. Architekt Hegemann hatte eine Vorliebe für Linien und Kreise, die sich quadratmetergroß ausdehnten und es ärgerte ihn ein bisschen, dass seine kleine Tochter viel mehr Begeisterung für die kleinen, aber beweglichen 3 D Modelle zeigte, die er am Computer erschaffen konnte. Wenn Julia heute an diese Zeit dachte, in der sie noch zusammengewohnt hatten, dann waren es diese Momente im Arbeitszimmer, die ihr am besten in Erinnerung geblieben waren. Zeit, die nur ihnen beiden gehörte. Sie konnte immer noch das Rasierwasser ihres Vaters riechen, wenn er sich vorbeugte, um ihr eine besonders gut gelungene oder eindrucksvolle Skizze zu zeigen, und sie erinnerte sich sogar an die schwarze Lampe über dem Zeichenbrett, die sie anknipsen durfte.
Sie hatte Bleistifte und Zeichengeräte ausprobieren dürfen, auf Pergamentpapier winzige Blumen gemalt und aus weißem Karton kleine Häuser gefaltet. Einmal hatte ihr Vater aus Frankfurt winzige Modelle von Bäumen, Menschen und Autos mitgebracht und zusammen hatten sie eine Schule mitsamt Schulhof und Parkplatz gebastelt, nach einem richtigen Konstruktionsplan. Es hatte lange gedauert, da jeder Gegenstand möglichst maßstabsgerecht sein sollte. Dann war das Modell endlich fertig, Julia hatte zum Schluss noch jede Menge kleine Figuren überall dort hin geklebt, wo es ihr sinnvoll erschienen war. Sie waren stolz auf ihr Werk gewesen und ihre Mutter

hatte ein Foto von Vater, Tochter und Schulmodell gemacht. Julia hatte damals darauf bestanden, dass ihr Vater das Modell mit in sein Büro nehmen sollte- als Vorlage für eine echte, wirkliche, richtige Schule. Später hatte er ihr dann erzählt, er habe die Schule- mit kleinen Veränderungen- tatsächlich gebaut. Damals hatte sie den Worten ihres Vaters geglaubt und es war ein tolles Gefühl gewesen. Heute war sie skeptischer und fast sicher, dass er damals gelogen hatte, um ihr eine Freude zu machen. Vielleicht sollte sie ihren Vater bitten, sich das gemeinsame Schulmodell doch mal in natura anzuschauen.. Julia grinste bei der Vorstellung, in welche Erklärungsnot sie ihren Papa bringen würde. Denn er konnte ihr nicht irgendeine Schule zeigen- das Foto existierte noch, es stand seit zehn Jahren auf ihrem Schreibtisch.
Aber sie würde es ihm nicht übelnehmen, wenn er gelogen hatte. Es war sozusagen eine Notlüge gewesen, weil er ihr eine Freude machen wollte.
Auf ihrer Einschulungsfeier waren ihre Eltern noch als Paar erschienen, ein paar Monate später hatten sie sich getrennt. Ihr Vater war mit all seinen Sachen nach Frankfurt gezogen und an den Wochenenden war sein Arbeitszimmer in Mariafeld nun leer.
Doch ihre Eltern hatten es geschafft, dass Julia die Trennung gut verkraftete. Sie verbrachte die Ferien zusammen mit ihrem Vater und als sie älter wurde, konnte sie ihn in seiner neuen Wohnung in Frankfurt besuchen.
Auch, als er vor fünf Jahren eine andere Frau heiratete, gab es keine Probleme. Julia verstand sich gut mit ihr und freute sich, als Max, ihr Halbbruder geboren wurde. Max war inzwischen vier Jahre alt und himmelte seine große Schwester an, was Julia richtig gut fand, auch wenn sie manchmal von seinem Geplapper

und seiner Tolpatschigkeit genervt war. Sie las ihm Pferdegeschichten vor und zeigte ihm Fotos von Rosalie und den Wildpferden. Irgendwann würden sie und Max gemeinsam über die Felder reiten- wenn sie Glück hatte und er zu den Jungen gehörte, die etwas mit Pferden anfangen konnten.

14

Julia saß auf ihrem Platz und starrte auf die Tafel ohne sie richtig wahrzunehmen. Sie wusste, dort vorne stand Herr Bodenberg und erklärte die Funktion einer Gleichung mit mehreren Unbekannten. Die Überprüfung der Hausaufgaben hatte ergeben, dass es noch einige Wissenslücken auf diesem Gebiet gab. Aber Julia hatte seine Erklärungen schon in der letzten Stunde verstanden und zu Hause keine Probleme mit ihren Gleichungen gehabt.
Also gönnte sie sich jetzt eine kleine Auszeit und ließ sie ihre Gedanken zur geplanten Reitershow wandern. Sie hatte immer noch keine Ahnung, ob dieses Unternehmen überhaupt Sinn machen würde. Alle waren mit Feuereifer bei der Sache, aber hatten sie auch nur die geringste Chance, die Hengste vor einem Verkauf an die Pferdehändler zu retten? Julia dachte voller Wut an Graf von Velenburg, der sich in ihren Augen aus der Verantwortung stahl. Es waren seine Tiere und er hatte dafür zu sorgen, dass sie in eine Umgebung kamen, wo sie ein gutes Leben hatten. Die Begründung, es gebe keine Nachfrage mehr und die Organisation der Auktion in der Wildpferdebahn sei einfach zu teuer, zählte in ihren Augen nicht. Warum machte der Graf nicht mehr Werbung für den Verkauf seiner Pferde? Viele Pferdefreunde aus weiterer Entfernung wussten einfach

nichts von der Versteigerung der jungen Hengste im Darumer Bruch. Wenn der Graf das nicht schaffte, dann mussten sie sich eben um die Öffentlichkeitsarbeit kümmern.
Julia sah geistesabwesend auf den Hinterkopf von Armin, der genau vor ihr saß und sich gerade so weit auf seinem Stuhl nach hinten lehnte, dass es eigentlich zu einem Unfall kommen musste, aber Julia wusste aus langjähriger Erfahrung, dass Armin niemals umkippte. Sie zischte ihm zu, er solle damit aufhören, irgendwann musste ja was passieren, aber Armin drehte sich in einer akrobatischen Windung zu ihr um und warf ihr einen schmatzenden Kuss zu. Die Aktion führte zu einer Ermahnung von Herrn Bodenberg, Armin knallte mit dem Stuhl wieder auf den Ausgangspunkt zurück, es gab ein kurzes Gekicher, dann hatten die Mathegleichungen wieder das Sagen. Auf geheimnisvolle Weise schien Herr Bodenberg genau die richtigen Windungen in ihrem Gehirn anzusprechen. Seit sie Mathe bei diesem Lehrer hatte- der so unauffällig aussah und sich auch so benahm, dass man ihn kaum beschreiben konnte- gab es keine Probleme mehr für sie in diesem Fach, das sie immer gehasst hatte. Es war wie ein kleines Wunder- was ihr vorher ein Rätsel gewesen war gliederte sich plötzlich in größere Zusammenhänge ein und bekam einen Sinn.
Es gab im Unterricht keine großartigen Ereignisse, die Minuten flossen ungestört dahin, ein Tafelbild entstand, es gab Fragen und Antworten, es herrschte ein angenehmes Arbeitsklima. Wahrscheinlich hatte Herr Bodenberg schon vor zwanzig Jahren genauso unterrichtet, die jüngeren Lehrer machten viel mehr Wirbel und überhäuften die Schüler mit Arbeitsblättern, ohne das dies einen Nutzen gehabt hätte. Es gab genug Lehrer, die Sachverhalte unnötig verkomplizierten, um sie anschließend unverständlich und umständlich zu erklären. Herr Bodenberg

gehörte jedenfalls nicht dazu, er kam schnell zum Kern
des Problems. Bei ihm wurde Mathematik zur logischen
Selbstverständlichkeit. Julia traute sich sogar, ab und zu eine
Frage zu stellen, was sie nach schlechten Erfahrungen in den
vergangenen Jahren eigentlich schon aufgegeben hatte.
Denn Herr Bodenberg freute sich über Fragen, die ernst gemeint
waren und nicht dazu dienten, den Unterricht zu verzögern oder
zu verhindern. Er kannte alle Tricks und ließ sich schon lange
nicht mehr an der Nase herumführen. Heute hatte Julia Probleme, sich zu konzentrieren, was ausschließlich daran lag, dass
ihre Gedanken immer wieder zur bevorstehenden Verabredung
mit einem seltsamen Jungen wanderten, der bei ihrer Rettungsaktion mitmachen wollte, was wirklich eine Überraschung war.
Denn die Jungen aus der Oberstufe waren seltene Gäste im
Reitstall, sie hatten meist kein Interesse an Pferden. Und auch
wenn sie reiten konnten- einige hatten sogar eigene Pferde zu
Hause auf ihrem Hof- die geplante Show war in ihren Augen
einfach uncool und sie hatten Angst, sich lächerlich zu machen.
Offenbar plagten den Neuen diese Ängste nicht. Julias Sympathie für Erik wuchs. Wer keine Angst davor hatte, sich auf diese
Weise zum Außenseiter zu machen und sich womöglich zu blamieren, der musste schon eine gehörige Portion Selbstbewusstsein haben. Aber noch war es ja nicht so weit. Noch musste er
erst einmal zum Treffen an der Scheune erscheinen. Gleich in
der Pause würde sie ihm die Wegbeschreibung geben. Sie war
gespannt darauf, wie der Nachmittag verlaufen würde. Ihr Herz
schlug plötzlich einen Takt schneller, dann merkte sie, dass sich
vorne an der Tafel einiges getan hatte und sie beschloss, sich
erst einmal den mathematischen Unbekannten zuzuwenden und
alles andere auf später zu verschieben.

15

Der Weg zur Scheune war nicht schwer zu finden, dank der detaillierten Skizze, die ihm Julia in der Pause in die Hand gedrückt hatte.
Sie hatten mitten auf dem Schulhof gestanden und sie hatte ihn eindringlich gebeten, auch wirklich zu ihrem Treffen zu kommen. Erik konnte ihre blauen Augen mit den violetten Einsprengseln ganz aus der Nähe betrachten. Natürlich war diese Szene interessiert beobachtet worden, mit Sicherheit von Carlo und Co., auch Tasse hatte er auf seinem Beobachtungsposten entdecken können. Julia schien es nicht das Geringste auszumachen, ihm öffentlich einen Zettel zuzustecken.
Das war ein sehr gutes Zeichen, wie er fand.
Erik beglückwünschte sich im Stillen, dass er auf sein Rennrad verzichtet und stattdessen das Mountainbike seines Vaters genommen hatte- eines von den vielen Sportgeräten, die sein Vater angeschafft hatte, um sie dann nie zu benutzen.
Der Weg führte zunächst über eine Asphaltstraße, dann weiter über holprige Feldwege, die sandig und schlecht zu befahren waren. Der Darfelder Bruch war eine abwechslungsreiche Landschaft mit Wiesen und sanften Hügeln, bewachsen mit Kiefern und Wacholderbüschen. Es gab undurchdringliches Gestrüpp, freie, sandige Flächen und kleine moorige Tümpel.
Nach zwanzig Minuten sah er in einiger Entfernung ein alleinstehendes, flaches Gebäude, das die Scheune sein musste. Er näherte sich langsam. Erst einmal musste er sich einen Überblick verschaffen.
Vor dem großen Fachwerkgebäude sah er grasende Pferde und eine Gruppe junger Menschen um ein loderndes Lagerfeuer geschart. Ihn beschlich das unangenehme Gefühl, in einem

Heimatfilm gelandet zu sein. Eine Gitarre lehnte an einem Baumstumpf und Erik hoffte inständig, dass niemand auf die Idee käme, sie in die Hand zu nehmen um darauf Wanderlieder zu zupfen. Julia war nicht zu sehen.

„Hallo", sagte er in die Runde. „Tolles Feuer. Ziemlich heiß hier." Er erntete kühle Blicke.

„Das ist bei Feuer immer so", sagte ein Mädchen spitz. Es spielte mit einer Reitgerte und hatte unglaublich viele, lockige rote Haare. „Hat dich jemand eingeladen?"

„Ja, ich", Julia kam in diesem Moment aus der Scheune, nickte Erik zu und setzte sich zu den anderen ins Gras. Erik setzte sich schräg hinter sie, beugte sich vor und flüsterte: „Ich hatte nicht mit so viel Wildwest- Romantik gerechnet."

Julia unterdrückte ein Lachen. „tut mir leid, ich hatte es vergessen, unser Pferdepfleger hat heute Geburtstag und er hat sich so etwas gewünscht..."

„Macht nichts, ich finde es toll", er grinste sie an und wusste, dass sie wusste, dass er log. Julia lächelte.

„Hast du was gegen Romantik?" Das rothaarige Mädchen schien eine ziemlich penetrante kleine Zicke zu sein und außerdem sehr gute Ohren zu haben.

„Nein, natürlich nicht", sagte er betont und dachte, dass kein Junge so blöd war, zuzugeben, dass er mit diesem ganzen Romantik-Getue nichts anfangen konnte.

Dann ergriff Julia das Wort. Sie erklärte, wie nach ihrer Meinung die Pferdeshow aussehen könnte. Die jungen Hengste sollten erst frei und dann an der Longe laufen, die verschiedenen Gangarten vorführen. Es gab ein paar Tricks, die man ihnen auch mit dem langen Handzügel beibringen konnte, was ziemlich spektakulär aussah. Kleine Hindernisse konnten übersprungen werden, dazu kam die Nummer mit der scheinbaren

Zähmung eines Wildpferdes und außerdem wollte sich Julia noch etwas mit Rosalie einfallen lassen. Man brauchte gute Musik, Lichteffekte und Kostüme.

Erik ließ währenddessen seinen Blick über die Gruppe der Retter schweifen. Da waren Julia und Lena, dann noch fünf Mädchen aus der Zehn oder Elf, acht Mädchen aus der Unter- und Mittelstufe, ein junger Mann, der wahrscheinlich für die Versorgung der Pferde verantwortlich war. Zu seiner Überraschung war auch Alex da, der Klassenclown, er hatte sich eine Kamera mit einem fetten Teleobjektiv um den Hals gehängt und lümmelte lässig im Gras herum.

Dieser Rettungstrupp macht keinen besonders schlagkräftigen Eindruck, dachte Erik und auf Alex hätte man seiner Meinung nach auch gut verzichten können.

Trotzdem hörte er aufmerksam zu, was Julia zu sagen hatte, das heißt, er war hauptsächlich damit beschäftigt, ihr Profil vor dem langsam verglühenden Lagerfeuer zu betrachten. Ihre schmale, gerade Nase und ihren Pferdeschwanz, der im Moment dabei war, sich langsam aufzulösen.

Als Julia ihren Vortrag beendet hatte, sagte er in das folgende Schweigen hinein: „Habe ich das richtig verstanden, die Hengste laufen im Kreis herum und werden gar nicht geritten?"

Alle sahen ihn an, als habe er die dümmste Bemerkung aller Zeiten gemacht.

„Das hast du richtig verstanden", sagte Julia und sah ihn misstrauisch an. „Die Hengste sind noch zu jung um sie zu reiten. Das geht erst, wenn sie drei Jahre alt sind. Besser noch älter."

Das hatte Erik nicht gewusst. Trotzdem fragte er weiter: „Aber ist es nicht ziemlich langweilig, Pferde so ohne Reiter im Kreis herumlaufen zu lassen?"

Die kleinen Mädchen schrien nach einer Schrecksekunde alle
zusammen auf ihn ein und schließlich hielt er sich die Ohren zu.
„Gut, ihr findet es nicht langweilig. Aber die Zuschauer
vielleicht. Ihr wollt doch Geld sammeln, oder? Dann müsst
ihr den Leuten auch was bieten!"
Wieder schrien die Mädchen durcheinander.
Erik sah zu Julia hinüber und zuckte hilflos mit den Schultern.
Julia fuhr sich mit der Hand durch die Haare und sah reichlich
zersaust aus.
„Es ist nicht so optimal, das stimmt. Und ich denke, wir sollten
ein paar ältere Hengste von den Reiterhöfen ausleihen, das wird
allerdings ein ziemlicher Aufwand werden. Aber wir müssen
das irgendwie schaffen."
„Gar keine schlechte Idee", sagte die rothaarige Zicke.
„Wenn die Besitzer da mitmachen", fügte Lena hinzu.
„Sie wollen doch sicher auch, dass die Hengste gerettet werden",
sagte die Zicke und alle nickten.
Dann meldete sich Lukas, der angehende Pferdewirt, zu Wort:
„Es sind doch bald Ferien und wir haben in jedem Jahr ein
paar ältere Hengste hier, die wir in den Ferienwochen betreuen.
Vielleicht sind die Besitzer damit einverstanden, wenn wir sie in
der Show vorführen."
Er erntete allgemeine Zustimmung für seinen Vorschlag.
Sie überlegten, wer zu den Pferdebesitzern gehen und sie überzeugen sollte, seinen Hengst für die Vorführung zur Verfügung
zu stellen. Alle waren sich einig, Lena war die dafür geeignete
Person. Die jüngeren Mädchen sollten sich um das Training an
der Longe und am Zügel kümmern. Lukas würde den Transport
und die Betreuung der Tiere übernehmen, auch Julias Mutter
konnte dabei helfen. Die älteren Mädchen sollten sich auf das
Training mit den schon eingerittenen Hengsten konzentrieren.

Alex, der sich seit geraumer Zeit auf dem Boden wälzte, um seiner Kamera ungewöhnliche Blickwinkel zu bieten, versprach, eine umfangreiche Ausstellung seiner Fotos zusammenzustellen, aber nur mit Julias Hilfe. Sie würden sich auch nach einem geeigneten Raum umsehen müssen.
„Du könntest auch noch die Lichtshow machen", sagte Julia ungerührt zu Alex gewandt. Er seufzte theatralisch „Okay, wenn's denn sein muss. Ich kann alles." Er richtete sein Objektiv wieder auf sein Lieblingsobjekt, das ihm die Zunge herausstreckte.
Julia würde sich um die Gesamtorganisation kümmern.
„Und du...", wandte sie sich an Erik, „könntest die Musik zusammenstellen."
„Musik ist total wichtig", sagte Lena und machte ein besorgtes Gesicht.
„Da hat sie recht" bestätigte Erik, „ und ich weiß nicht, ob ich der Richtige für diesen Job bin."
Tatsächlich hatte er die Befürchtung, dass sein Musikgeschmack sich meilenweit von dem der Rettungsgruppe unterscheiden könnte. Außerdem waren seine Bedenken, was die Erfolgsaussichten dieser Aktion betraf, nicht unbedingt geringer geworden. Und daran änderte seine Sympathie für die Gruppe und ihre Leiterin leider gar nichts.
„Warum nicht?" fragte Julia.
„Er ist total unmusikalisch", mischte sich Alex kichernd ein und hatte Julia dabei weiter im Visier seiner Kamera.
„Mein Musikgeschmack ist vielleicht... anders als eurer", antwortete Erik wahrheitsgemäß.
„Wir können ja noch darüber reden, das klappt schon", sagte Julia munter und sprang auf, eine Sekunde später fauchte sie Alex an: „Nimm endlich die Kamera von meiner Nase weg, die Pferde sind dahinten!"

Sie deutete auf die Pferdekoppel und Alex verzog beleidigt das Gesicht.

„Schon klar, Chef, ich habe verstanden." Er stand unter Stöhnen auf und schwankte theatralisch in Richtung der Pferdeweide.

„Und wo soll unsere Show stattfinden?" fragte die Rothaarige, als alle schon im Aufbruch waren. Julia, die bereits mit Lukas auf dem Weg zur Scheune war, drehte sich noch einmal um und rief: „Ich habe da eine Idee, wir reden das nächste Mal darüber!"

Erik hatte gehofft, zusammen mit Julia den Rückweg antreten zu können. Offenbar musste er jedoch noch eine Weile darauf warten und er machte es sich neben dem Feuer bequem. Einige Wolken zogen träge am Himmel dahin, die Sonne stand tief am Horizont, langsam kroch die Dämmerung über Wiesen und Felder. Das Feuer war fast herunter gebrannt, ab und zu hörte man ein Knacken, über den glühenden und schwarzen Holzscheiten flimmerte die heiße Luft. Erik stand auf, sammelte ein paar Stöcke und warf sie in die Glut, sie loderten nach einem kurzen Moment hell auf.

An dem Baumstumpf lehnte immer noch die Gitarre. Jemand hatte sie dort vergessen, vielleicht gehörte sie auch Julia oder Lukas. Er ging die paar Schritte zum Baum und nahm das Instrument in die Hand. Es war eine einfache Wandergitarre, aber als er den ersten Akkord anschlug, hörte er, dass sie richtig gestimmt war und einen guten Klang hatte.

Ohne lange zu überlegen, fing er an zu spielen, ein paar klassische spanische Gitarrenläufe. Er brauchte eine Weile, bis seine Finger wieder wie automatisch in die Saiten griffen. Es war das erste Mal seit Wochen, dass er wieder eine Gitarre in der Hand hielt. Abgesehen von den abgebrochen Versuchen, die er zu Hause gestartet hatte.

Er setzte sich auf einen alten Klappstuhl neben das nur noch schwach züngelnde Feuer und spielte, erst langsam und verhalten, dann immer schneller, schließlich wurde die wilde Melodie wie selbstverständlich zu einem Flamenco. Leidenschaft und Melancholie. Stolz und Hingabe- das ist es- dachte er.
Man muss die Gefühle hören können.
Als Julia ihm die Hand auf die Schulter legte, erschrak er und schlug einen falschen Akkord an. Sie setzte sich neben den Stuhl ins Gras und lächelte ihn an.
„Schön", sagte sie, „du spielst richtig gut...ich wusste schon, warum du die Musik für die Show machen sollst..."
„Du hattest keine Ahnung", sagte Erik streng.
„Ich habe eben eine sehr gute Intuition."
Erik sah ihr Lächeln und hatte Lust, seine Hand unter ihren zerzausten Pferdeschwanz zu schieben. Aber es war noch zu früh. „Wie romantisch", seufzte Julia theatralisch, „ein Lagerfeuer, Flamenco... ein Zigeuner mit einer Gitarre...."
Erik spielte noch ein paar Akkorde, brach dann ab.
„Wo ist der Zigeuner?" fragte er.
Julia lachte. „Ich bin es nicht."
Sie dachte flüchtig an das Gespräch , dass sie neulich mit Lena im Kunstunterricht geführt hatte. Die Roma- Romantik am Lagerfeuer. Als hätten sie diese Situation vorausgeahnt...
Erik blieb ernst und ging nicht auf ihren lockeren Ton ein.
 Er stand auf und lehnte die Gitarre wieder an den Baumstumpf.
Julia war verwirrt von seiner Reaktion. „Was ist los, warum spielst du nicht weiter?"
„Das nächste Mal".
„Die Gitarre gehört Lukas", sagte Julia, als habe Erik sie danach gefragt. Sie standen sich unschlüssig gegenüber.
„Ich muss nur noch Rosalie versorgen, dann komme ich mit."

Er schüttelte den Kopf. „Ich muss nach Hause. Wenn du willst, kümmere ich mich um die Musik für die Show."
 Er berührte Julia flüchtig an der Schulter, dann ging er zu seinem Fahrrad ohne sich noch einmal umzusehen.
Er verstand sich selber nicht. Von einem Moment zum anderen hatte er keine Lust mehr gehabt zu warten. Dabei hatte sie ihn gebeten zu bleiben. Irgendetwas war passiert, er wusste nur nicht, was es war. Weil sie ihn einen Zigeuner genannt hatte? Nur so, aus Spaß... Er hatte keine Erklärung.
Er würde sich Mühe geben bei der Zusammenstellung der Musik. Egal, ob die ganze Sache sinnlos war oder nicht.
Julia sah ihm nach, dann hielt sie die Hände vor das verglühende Feuer, es fing an, langsam kalt zu werden.

16

Sollte sie ihren Geburtstag feiern oder nicht? Es gab in diesem Jahr diese Pferdeshow, die all ihre Kraft erforderte, aber dennoch, sie wurde 16 Jahre alt und das gab es ja nur einmal im Leben.
Julia war sich nicht sicher. Sie lag auf ihrem gemütlichen Sofa und hatte einen Block auf den Knien, auf den immer wieder neue Namen gekritzelt und manchmal auch wieder durchgestrichen wurden. Wen sollte sie einladen.. bei einigen Namen musste sie keine Sekunde überlegen, bei anderen setzte sie mehrere Fragezeichen hintereinander.
Ihre Erfahrungen mit Geburtstagspartys waren gemischt.
Im letzten Jahr hatte es eine Party bei ihr zu Hause gegeben und sie würde sagen, mit aller Vorsicht, sie war nicht besonders gelungen. Es waren zehn Mädchen und nur zwei Jungen gekom-

men, obwohl sie sechs und sechs eingeladen hatte, sozusagen genau passend. Aber nichts hatte gepasst an diesem Abend. Die Musik war ein einziges Durcheinander, jeder hatte seine eigene Musik spielen wollen, am Ende hatte musikalisches Chaos geherrscht. Keiner hatte richtig tanzen können, Julia hätte eingreifen müssen, wollte aber nicht die energische Besserwisserin sein, die sie in den Augen vieler sowieso schon war. Die beiden Jungen, Armin und Nikolai aus ihrer Klasse, hatten den ganzen Abend zusammen gehockt und sich einige Flaschen Bier geteilt, die sie selber in einer Plastiktüte mitgebracht hatten. Alkohol war verboten, das hatte ihre Mutter angeordnet und sie hatte jede Stunde in der Tür gestanden um nach dem Rechten zu sehen. Sie hatten dennoch süße Säfte plus Alkohol aus der Dose getrunken, ihre Mutter hatte nichts gemerkt, aber es hatte keinen großen Spaß gemacht.

Aber nun wurde sie 16 und das strikte Alkoholverbot im Haus Hegemann sollte gelockert werden, davon hatte sie ihre Mutter bereits überzeugt. Wenn man 16 wurde, gehörte der eine oder andere Cocktail ganz offiziell zur Feier dazu, schließlich durfte sie ab jetzt auch in der Kneipe und der Disko Alkohol trinken.. Allerdings wurde Julia etwas nervös bei dem Gedanken, ihre Freunde und Mitschüler könnten Cocktails in rauen Mengen zu sich nehmen. Und ihre Mutter schürte ihre Bedenken- sie hatte Angst, dass ihre Teppiche und Polstermöbel den Abend vielleicht nicht unbeschadet überstehen würden.

Andere Eltern, deren Kinder auch schon 16 Jahre alt geworden waren, hatten Schauergeschichten erzählt, die nur noch von den Schauergeschichten übetroffen wurden, die von den Geburtstagsfeten der 18Jährigen handelten. Einiges war zu Bruch gegangen, die Reinigung der Wohnung hatte später viele Stunden in Anspruch genommen und die Nachbarn waren lärmgeschä-

digt hatte wochenlang nicht mehr mit den Partygastgebern gesprochen. Bei einigen war weit nach Mitternacht sogar die Polizei erschienen.
Julia musste zugeben- die meisten dieser Geschichten entsprachen vollkommen der Wahrheit. Ihr mulmiges Gefühl beruhte also auf Tatsachen. Das Ganze hörte sich mehr nach Ärger als nach Spaß an.
„ Soll ich oder soll ich nicht?" hatte sie Lena gefragt.
„Wen willst du einladen?" war Lenas Gegenfrage gewesen.
Julia hatte brav alle Namen aufgezählt, Mitschüler, Freunde aus der Reitergruppe, Mädchen und Jungen. Und ganz zum Schluss, als Lena sie immer noch fragend ansah, „Erik".
„Ach ja", sagte Lena und verzog keine Miene.
„Soll ich etwa nicht?" Julia tat ahnungslos.
„Klar, warum nicht."
Lena blieb gelassen. „Er ist ja nur der krasse Außenseiter. Jeder wird sich allerdings wundern, warum du ihn einlädst."
Lena machte eine bedeutungsvolle Pause. „ Es sei denn, du willst was von ihm."
„Es sei denn, ich will was von ihm.." wiederholte Julia betont affig. „Warum soll ich ihn nicht einladen?" Sie machte ein unschuldiges Gesicht. „Das ist sozusagen ein Beitrag zu.... seiner Integration."
Als Julias Lenas verblüfftes Gesicht sah fügte sie hinzu: „zu seiner Integration ins Landleben".
Lena nickte und grinste. „Klar, dabei musst du ihm unbedingt helfen. Der Arme, er braucht dringend eine Sozialarbeiterin. Aber beschwer dich nicht, das wird schwieriger, als du glaubst."
„Das ist mir egal. Ich liebe schwierige Fälle, egal ob bei Pferden oder Menschen."
„Na, dann los und viel Glück." Lena umarmte ihre Freundin, als

würde diese sofort auf eine lange Reise gehen oder auswandern. Und Julia fühlte sich so unsicher, wie schon lange nicht mehr- zumindest was die Auswahl ihrer Freunde anbetraf.
Dabei freute sie sich aufrichtig, ein Jahr älter zu werden.
Sechzehn Jahre sei „das beste Alter", das hatte ihre Mutter gesagt, als sie ihr das Geburtstagsgeschenk- einen Gutschein für ein weiteres Jahr Reitunterricht in der besten Reitschule von Dülmen und eine Jeans, die sie zusammen ausgesucht hatten- überreicht hatte.
Julia war stutzig geworden, immerhin hatte ihre Mutter diese Bestes- Alter- Bemerkung bei all ihren anderen Geburtstagen noch nie gemacht. Also hatte sie nachgefragt und ihre Mutter musste keine zwei Sekunden überlegen. „Du bist jung, aber kein Kind mehr, hast alles noch vor dir, brauchst dir keine Gedanken zu machen, hast noch keine Verantwortung."
Irgendwie stimmt das, dachte Julia, bis auf die Sache mit den Gedanken, die sie sich nicht machen musste oder sollte.
Sich Gedanken zu machen, das war quasi eine ihrer Lieblingsbeschäftigungen.
Als Kind hatte sie sich tausend Gedanken gemacht. Zum Beispiel über ihren Hund und wie man ihm Kunststücke beibringen könnte. Außerdem Gedanken, was man ihrer Oma und allen anderen zu Weihnachten schenken könnte, Gedanken, wie man Schlagertexte schreiben und Sängerin werden könnte, solche Dinge eben, über die man sich als Kind Gedanken macht.
Dann, mit dreizehn, ein Alter, in dem sich offenbar alles ändert, waren die Gedanken in andere Richtungen gegangen, von allen Seiten wurde sie plötzlich mit Problemen bombardiert.
Es fing mit der Schule an, mit Mathe und Chemie was immer komplizierter wurde, es ging weiter mit ihren Eltern, die plötzlich eine andere, ihr unverständliche Sprache zu sprechen und

sie ständig zu kritisieren schienen.
Am heftigsten waren jedoch die Problemen, die sie mit sich selber hatte. Wie sehe ich aus? Mache und sage ich auch immer das Richtige? Alle ihre Gedanken kreisten darum, wie sie es anstellen musste um zu der Gruppe zu gehören, die sie als cool und wichtig ausgemacht hatte. Sie hing quasi am Tropf der allgemeinen Meinung. Die tägliche Dosis von abschätzenden Blicken und Bemerkungen tröpfelte in sie hinein wie ein notwendiges Gift und machte sie immun gegen eigene Gefühle und Gedanken. Nur die Gedanken, die alle hatten, zählten, nur die Gefühle ihrer Gruppe waren die richtigen. Ein Überleben ohne diese Gruppe war undenkbar für die dreizehnjährige Julia. Die kindliche, unbeschwerte Julia gab es nicht mehr.
Jetzt hing an ihr, wie ein Felsbrocken, der Zwang dazu gehören zu müssen.
Drei Jahre später konnte sie lächeln über ihre Sorgen von damals- jetzt gehörte sie zu den Mädchen, mit denen jeder befreundet sein wollte.... Warum das so war? War es Schicksal oder hatte sie alles richtig gemacht mit ihren Bemühungen? Es war nicht leicht, die eigene Beliebtheit zu erklären. Es war grundsätzlich viel leichter zu ergründen, warum jemand unbeliebt war, wie Tasse zum Beispiel. Er sah einfach unmöglich aus, schwitzte die ganze Zeit, sagte niemals das Richtige im richtigen Augenblick und wehrte sich nicht, wenn er mal wieder fertig gemacht wurde. Das geborene Opfer eben.
Für das Beliebtsein dagegen gab es zwar auch einige Gründe, die auf der Hand lagen- wie zum Beispiel gutes Aussehen, Schlagfertigkeit, das Coolbleiben in brenzligen Situationen - aber erstaunlicherweise gab es auch einige Dinge, die im Grunde negativ sich hätten auswirken müssen, es aber nicht taten.
Da gab es zum Beispiel Armin. Er war eher klein als groß und

eher dick als dünn, hatte eine große Klappe, fransige rote Haare, blasse Haut mit Pickeln und trug auch noch an vier Tagen in der Woche das gleiche T-Shirt mit einem blöden Spruch auf der Brust- aber er gehörte trotzdem zu den Meinungsmachern in der Klasse. Ein Rätsel... oder lag es daran, dass man mit Armin lachen konnte, er sich selber nicht so ernst nahm, immer mit seinen Sprüchen den Nagel auf den Kopf traf und sich offenbar nichts daraus machte, dass er nicht als Adonis auf die Welt gekommen war? Wenn er mit seinem Aussehen ein Problem hatte, dann versteckte er es gut. Sein Selbstbewusstsein war jedenfalls beneidenswert. Auch, wenn er eine andere Meinung vertrat als alle anderen, was schon ziemlich mutig war, blieb er locker und rastete nie aus. Er war lustig und ernst zugleich, hörte zu, wenn es ein Problem gab und fand eine Lösung, ohne es an die große Glocke zu hängen. Insgeheim war dieser Armin, so unscheinbar und uncool er auf den ersten Blick auch wirken mochte, ein Vorbild für Julia, was sie natürlich nie jemanden erzählen würde.

Als Julia dank Armin- oder auch dank fortschreitenden Alters- zu neuen Erkenntnissen gekommen war, hörte sie damit auf, immer nach rechts zu schielen um zu erkunden, welche Meinung wohl gerade die richtige war. Sie fing an, ihre eigenen Interessen zu verfolgen. Sie hatte keine Lust mehr, den Felsbrocken der allgemeinen Meinung hinter sich herzuziehen.

Sie entdeckte dank Lena ihre Liebe zu den Pferden und ging zum Gitarrenunterricht. Sie flatterte nicht mehr wie ein aufgescheuchter Vogel durch die Schule und zu ihren Verabredungen, sie fing an zu überlegen und auszuwählen, nicht jede Mode war es wert, mitgemacht zu werden. Nicht jeder, der prahlte und obercool daherkam, musste beachtet und ein Freund werden. Hätte man Lena gefragt, was der Grund für Julias Beliebtheit

sei, hätte sie noch ein paar weitere Eigenschaften nennen können- ihre Freundin war klug und mutig, gab nicht auf, auch wenn es mal unbequem wurde. Was Lena allerdings nicht mochte, weil es sie manchmal zur Verzweiflung trieb, war Julias Hang zur Hartnäckigkeit, die sie an einem Thema oder einem Vorhaben wider alle Vernunft festhalten ließ. Mit dem Kopf durch die Wand, das war auch eine Charaktereigenschaft ihrer Freundin, so sah es Lena und so ein Verhalten konnte einfach nicht besonders gesund sein.
Außerdem war Lena davon überzeugt, dass ihre Freundin den falschen Männergeschmack hatte.
Julia stand auf die stillen Typen, die in der Pause den Mund kaum aufbekamen, aber ein tolles Physikreferat halten konnten. Was fand sie nur an diesen Strebern? Was war toll an einem Physikreferat? Aber Julia zuckte mit den Schultern und sagte immer das Gleiche- das seien die interessanten Typen, in ihnen stecke mehr, als man auf den ersten Blick erkennen könne. Und Intelligenz sei sexy.
Lena blieb skeptisch. Sie hielt nichts davon, wenn ein Junge das Mathegenie spielte und niemanden an sich heranließ. Hinter der gelehrten Schweigsamkeit konnte sich auch das große Nichts verbergen. Vielleicht gehörte der Neue aus Hamburg ja auch zu den schlauen Schweigern, die Julia so anziehend fand.
Aber eigentlich sprach eine Menge dagegen. Denn wie ein künftiger Professor sah dieser Erik nicht aus, wenn man bei einem Gelehrten an Brille, schüttere Haare und altmodische Hosen dachte.
Lena war nicht darüber informiert, wie seine Leistungen in der Schule aussahen. Aber seine Eltern hatten Geld, da konnte man auch die eine und andere Nachhilfestunde in Anspruch nehmen. Es gab genug Tricks und Kniffs, seine Note zu

verbessern, dazu musste man nicht unbedingt intelligent sein. Wie auch immer, Julia fiel auf die falschen Männer herein, davon war Lena überzeugt.
Tatsächlich gab es da eine peinliche Geschichte, die Julia ihrer Freundin verschwiegen hatte. Weil Lena sofort gerufen hätte siehst du, ich habe es dir immer gesagt!
Julia hatte auf einer dieser Feten, auf denen entweder wild getanzt oder möglichst cool herumgehangen wurde, plötzlich ihrem heimlichen Schwarm, Markus aus der zwölften Klasse, gegenüber gestanden. Schon lange hatte sie ihn von weitem beobachtet, wie er denkend am Rande einer Gruppe stand oder lesend im Pausenraum saß und offenbar die Welt um sich herum vergaß. Höchstwahrscheinlich vertieft in die philosophischen Werke von Hegel und Kant oder auf dem Weg, Einsteins Relativitätstheorie kritisch zu hinterfragen. Markus war groß und mager, seine Vorliebe für karierte Hemden war auch an diesem Abend sichtbar- er trug ein kurzärmliges Exemplar in den Farben grün und weiß, das seine dünnen Arme unvorteilhaft betonte. Markus erklärte Julia umständlich, dass er eigentlich gar nicht wisse, was er hier zu suchen habe, ein Freund habe ihn überredet mitzukommen. Das passt zu einem Philosophen, dachte Julia und war bereit, ihm zu erklären, wie eine Fete funktioniert. Julia wusste zum Glück, wo die Flasche mit dem Wodka versteckt war und goss sich und Markus einen ordentlichen Schuss in den Orangensaft. Dann unterhielten sie sich. Julia, die gehofft hatte, wissbegierig an Markus Lippen hängen zu können, um seinen Erklärungen zum Sinn des Lebens zu folgen, erlebte eine kleine Enttäuschung.
Markus dozierte lang und ausführlich über erneuerbare Energien, genauer gesagt ging es um Windkrafträder und deren Schlagschatten, dessen Ausdehnung nach einer bestimmten

mathematischen Formel berechnet werden konnte.
Und natürlich beherrschte Markus diese Formel, die er zur näheren Erläuterung auf eine Serviette kritzelte. Julia betrachtete seine blassblauen Augen, die flink hin und her huschten, seine schmalen Lippen, die er immer wieder mit der Zunge befeuchtete. Zwischendurch warf sie einen interessierten Blick auf das Gekritzel auf der Serviette, was nach dem zweiten Glas Wodka-Orange etwas unleserlicher wurde. Ihr Versuch, ein anderes Thema anzuschneiden scheiterte.
Dann beschloss sie, Markus auf die Tanzfläche zu zerren. Er tanzte mit ruckhaften Bewegungen und lächelte sie hin und wieder an, immerhin ein Fortschritt in ihrer Annäherungsphase. Dann näherte sich auch das Ende der Party, draußen war es dunkel und Markus bot ihr an, sie nach Hause zu bringen, was einen Weg von fünf Minuten bedeutete. Dummerweise sah man schon nach einer Minute Fußmarsch am Horizont die scharfe Silhouette eines Windrades vor dem grauen Abendhimmel. Ein Anlass für Markus, seinen Vortrag fortzusetzen, offenbar bemerkte er nicht, wie Julia näher an ihn heranrückte, er hätte bequem seinen Arm um sie legen können, es war kalt, er tat es aber nicht, sondern erklärte weiter die Vorzüge der Windenergie. Kurz vor Lenas Haus gab es eine kleine Baumgruppe am Straßenrand, wo man sich ungestört von elterlichen Blicken mit einem Kuss verabschieden konnte- was Julia schon hin und wieder erfolgreich ausprobiert hatte. Der alkoholisierte Orangensaft zeigte immer noch Wirkung und es fiel Julia leicht, den Kopf von Markus zu sich herunterzuziehen und ihre Lippen auf die seinen zu drücken. Vielleicht war Markus zu überrascht oder zu überwältigt um zu reagieren, denn es passierte erst einmal gar nichts.
„Was machst du da?" war seine wirklich dämliche Frage, als er

sie erschrocken von sich weggeschoben hatte.
„Entschuldigung"... Julia wusste nicht, was sie sagen oder tun sollte, es war eine peinliche Situation.
„Ich dachte, wir könnten..." sie brach ab. Wie sollte der Satz weitergehen? Wir könnten uns doch jetzt küssen... weil.. es gab einiges, was sie auf die Frage hätte antworten können.
Aber es ging ja nicht um die Frage, sondern darum, dass er sie nicht küssen wollte oder konnte.
Sie beschloss zu glauben, dass er es nicht konnte. Er stand vor ihr wie eine krumme Bohnenstange und rührte sich nicht.
„Willst du es nicht mal versuchen?" Sie dachte, ich muss nett sein, er ist so sensibel, klug und verletzlich.
„Versuchen?" Er starrte sie beinahe wütend an. „Warum?"
„Weil... es könnte Spaß machen."
„Spaaaß"... wiederholte Markus gedehnt. Julia roch seinen Wodka-Atem. Plötzlich ekelte sie sich- vor Markus und vor dieser ganzen verfahrenen Situation. Sie zuckte mit den Schultern, drehte sich um und lief nach Hause. Das hier sollte sie ganz schnell vergessen. Und sie musste sich ihre Vorliebe für stille Denker noch einmal durch den Kopf gehen lassen.
Seltsamerweise hatte sie in den nächsten Tagen keine Probleme damit, Markus über den Weg zu laufen. Während Markus mit leicht geröteten Wangen an ihr vorbei schlich, sagte sie demonstrativ fröhlich *Hallo* und schloss innerlich mit dem Kapitel Typ Markus ab. Lena hatte recht gehabt.
Aber das würde sie ihr nicht auf die Nase binden, jedenfalls nicht sofort. Irgendwann später, wenn sie eine ihrer Eis- und Chipsorgien vor dem Fernseher feierten, dann war die Zeit gekommen, sich gegenseitig peinliche Dinge zu beichten.

17

Am nächsten Tag zeigte das Thermometer schon siebzehn Grad und es war erst sieben Uhr morgens. Der Beginn eines weiteren heißen Tages. Die Schönwetterperiode schien nie mehr zu enden, aber Miriam van Boysen war es recht. Sie war in Hamburg geboren und nicht gerade verwöhnt, was gutes Wetter betraf.
Sie trat auf die Terrasse hinaus und bewunderte den Ausblick auf die üppigen Rosenbüsche, auf die Kornfelder und die grüne Parklandschaft des Münsterlandes.
Über den Feldern kreiste ein großer brauner Vogel, ein Bussard? Miriam van Boysen dachte an die Möwen im Hamburger Hafen, die sich kreischend auf die Fischabfälle stürzten und an den weißen Sandstrand der Elbe, an die riesigen Ozeandampfer mit ihrem durchdringenden Tuten, das die Grüße aus der fernen Welt überbrachte. Sie hatte die Schiffe sehen können, zumindest einen Teil von ihnen, von ihrem Balkon aus, wenn sie in den Hafen hineinfuhren oder wieder hinaus.
Sie schüttelte leicht den Kopf, während sie die Kaffeemaschine in Gang setzte. Manchmal hatte sie das Gefühl, nicht wirklich dort zu sein, wo sie sich befand. Es war alles viel zu schnell gegangen, für ihre Begriffe. Sie hatten nur zwei Monate Zeit gehabt um alles zu regeln, die Stelle des Geschäftsführers hatte sofort besetzt werden müssen.
Ihr Mann hatte zugesagt, mit ihrer Zustimmung. Das angebotene Gehalt war sehr gut. Und es gab keine berufliche Zukunft für ihren Mann im Hamburger Familienunternehmen- Georg van Boysen hatte noch drei Brüder, die sich die Leitung der Handelsgesellschaft teilten, für einen vierten leitenden Manager war auf Dauer einfach kein Platz mehr gewesen. Der Familienclan hatte sanft aber nachdrücklich für eine Veränderung plädiert.

Außerdem hatte sie an ihre Kinder gedacht- es war der richtige Zeitpunkt gewesen, sie aus den Fängen der Großstadt zu befreien.
Erik mit seinen nächtlichen Ausflügen, die er schon vor mehr als einem Jahr begonnen und die er trotz Verbot und Hausarrest einfach fortgesetzt hatte. Seine Probleme in der Schule. Er sei ein Außenseiter, sagten die Lehrer. Er widersetzte sich Anordnungen, man könne nicht mit ihm reden, er sei uneinsichtig. Es habe auch schon Prügeleien gegeben. Und Erik sei derjenige gewesen, der damit angefangen habe.
Erik hatte zu allen Vorwürfen geschwiegen. Aber er hatte gesagt, sie solle sich keine Sorgen machen. Er habe die Situation im Griff, das waren ungefähr seine Worte gewesen. Hier auf dem Land, fernab aller Versuchungen, so hoffte Miriam van Boysen, würden sich diese Probleme von selber lösen. Bisher war alles gut gegangen.
Die Kaffeemaschine gurgelte und die Küche füllte sich mit gemütlichem Kaffeegeruch. Sie ging zum Kühlschrank, die Schulbrote für ihre Kinder mussten zubereitet werden. Es gab Vollkornbrot mit Käse und Tomatenscheiben für Erik und Vollkornbrot mit Gurke für Viola. Gurken hatten die wenigsten Kalorien, darum hatten sie eine Chance, von ihrer Tochter akzeptiert und gegessen zu werden. Miriam van Boysen belegte die Brote sorgfältig.
Viola war ihr neues Sorgenkind. Die Pubertät, das hatte Miriam van Boysen schon oft gedacht, war wirklich eine Strafe- für die Eltern. Das hatte die Natur oder wer auch immer, ganz und gar nicht gut eingerichtet. Sie hasste die Anrufe aus der Schule, weil ihre Tochter wieder einmal einen Schwächeanfall gehabt hatte. Sie hatte das Gefühl, den Problemen von Viola hilflos ausgeliefert zu sein. Sie verstand die komplizierten Gedankengängen

und die Selbstzerstörung ihrer Tochter einfach nicht. Miriam van Boysen wusste, dass ihre Tochter stark war, viel stärker als ihre Mutter. Violas eisernem Willen hatte sie nichts entgegenzusetzen. Sie führte durch, was sie sich vorgenommen hatte, wenn es sein musste, gegen jede Vernunft.

Vielleicht konnte ihr wirklich niemand helfen. Auch nicht ihr gutmütiger Klassenlehrer, der eine Magersucht diagnostiziert hatte. Was stimmte, aber nur zum Teil. Violas Leiden war noch komplizierter. Eine Mutter spürte so etwas, auch wenn sie nicht helfen konnte. Ihre Tochter wollte ausprobieren, wie weit sie mit ihrem eisernen Willen ihren Körper beherrschen konnte.

Und Miriam hatte große Angst, dass sie diesen Versuch nicht mehr stoppen konnte. Weil irgendwann der Körper die Regie übernahm und der Wille dann nichts mehr zu sagen hatte.

Sie hatte Viola vorgeschlagen, noch einmal einen Psychologen aufzusuchen, das wäre dann bereits der dritte gewesen, der sich bemühen sollte, Viola zu helfen.

Sie hatte sofort zugestimmt, auch wieder eine unerwartete Reaktion ihrer Tochter. Dieses Kind war ihr sehr viel rätselhafter als der Junge, den sie aus einem rumänischen Waisenhaus geholt hatte. Und der jetzt die Treppe herunterpolterte, die Haare noch nass vom Duschen, sich seine Proviantdose schnappte, ihr ein *Morgen Ma und tschüss* zuwarf und schon verschwunden war. Miriam van Boysen lächelte kurz und trotz aller bedrückender Gedanken- ihr rumänischer Sohn hatte einen unüberhörbaren Hamburger Dialekt.

Violas Auftritt geschah beinahe geräuschlos, sie nuschelte ihren Morgengruß und wollte sich ohne Verpflegung aus der Küche stehlen, Miriam hielt sie zurück und stopfte die Butterbrotdose hinten in Violas Rucksack. Danach erkämpfte sie sich noch einen Kuss, und dann war ihre Tochter ebenfalls auf dem Weg.

Als letzter kam Georg van Boysen in die Küche, goss sich einen Kaffee ein und trank ihn ihm Stehen. Er frühstückte nie und behauptete, so früh noch nichts essen zu können. Er trug wie immer einen grauen Anzug, ein hellblaues Hemd und eine dezent gemusterte Krawatte.
Sie mochte dieses Ritual und den Anblick ihres Mannes, so dynamisch und frisch am frühen Morgen. Gleich zieht er hinaus in die Welt, dachte sie amüsiert, um die Produktion von Fischstäbchen und tiefgekühltem Spinat zu steigern und damit den Wohlstand der Firma und der Familie zu sichern und zu mehren. Miriam van Boysen trat zu ihrem Mann und küsste ihn auf die Wange. „Ich liebe dich. Lass uns mal wieder was unternehmen, nur wir beide."
„Gut" sagte er, „und was?" er stellte etwas irritiert die Tasse auf die Spüle.
„Mal sehen, ich finde schon etwas. Vielleicht fahren wir mal nach Paris!"
Georg van Boysen nickte zerstreut, er war mit seinen Gedanken wahrscheinlich schon in der Firma. Er küsste seine Frau auf die Wange, murmelte *bis heute Abend* und verschwand.
Miriam van Boysen sah ihm nach und lächelte. Im Grunde war sie zufrieden mit ihrem Leben auch wenn es im Moment manchmal schwierig war.
Sie war gerne Hausfrau und Mutter. Sie liebte ihren Mann und ihre Kinder. Sie werkelte gerne im Haus und im Garten herum. Aber sie hatte das Gefühl, dass die Fäden des Familienlebens ihr langsam aus den Händen glitten. Ein großer Sohn, der Probleme hatte und nicht darüber sprach, eine Tochter, die ihr ein Rätsel war. Hatte sie etwas falsch gemacht?
Sie goss sich noch einen Kaffee ein und setzte sich damit auf die Terrasse. Hier musste sie unbedingt noch ein paar Blumenkübel

aufstellen, aber die Gartenmöbel mit den edlen roten Leinenkissen und der weit ausladende Sonnenschirm verbreiteten jetzt schon eine heimelige und gleichzeitig elegante Atmosphäre.
Miriam van Boysen war dankbar für den Wohlstand, der sie umgab, für die Sicherheit, in der sie lebte. Dennoch- früher war alles besser gewesen. Das hörte sich an wie ein Klischee, aber es war die Wahrheit. Ihre Kinder wurden erwachsen und hatten große Probleme damit, und offenbar war sie nicht die richtige Person, um ihnen dabei zu helfen.
Dabei hatte sie sich nichts so sehr gewünscht, als eine Mutter zu sein. Sie hatte Georg geheiratet, vor- sie rechnete nach und kam auf 22 Jahre- und die ersten drei Jahre ihrer Ehe waren wie im Rausch vergangen, sie waren sehr verliebt gewesen. Sie hatte damals Klavier in einer Musikschule unterrichtet, Georg stand am Anfang seiner Managerkarriere.
Miriam hatte darauf gewartet, schwanger zu werden.
Doch dann hatten die Ärzte ihnen gesagt, sie würden keine eigenen Kinder bekommen. Eine Welt war für Miriam van Boysen zusammengebrochen. Nicht für Georg, er hätte sich damit abfinden können, keine Kinder zu bekommen. Aber sie wollte ein Kind, unter allen Umständen. Ohne Kinder schien ihr eine Ehe, vielleicht sogar ihr ganzes Leben, sinnlos zu sein.
Es waren schlimme Jahre gewesen, voller enttäuschter Hoffnungen. Doch eines Tages hatte das Warten ein Ende und die Adoptionsbehörde hatten ihnen ein Kind vermittelt, aus einem rumänischen Kinderheim. Sie wussten nur, es war ein Junge, zwei Jahre alt.
Sie waren nach Rumänien geflogen und dort hatte man ihnen Bela vorgestellt. Ein schwarzhaariger und schwarzäugiger Junge, dünn und scheu. Er sei ein Findelkind, erzählte man ihnen, eines Morgens habe er vor der Tür des Waisenhauses gelegen,

ein Baby von ungefähr drei Monaten.
Miriam van Boysen hatte ihre Hand ausgestreckt und Bela hatte sie festgehalten. Sie hatte sich sofort in ihn verliebt. In ihren Träumen hatte sie früher ihren Sohn gesehen, er war blond und blauäugig, trug eine Matrosenmütze und hieß Erik. Und dieses Kind war dunkel und fremd und trug ein viel zu großes orangefarbenes T-Shirt, das um seinem mageren Körper schlabberte. Aber Bela sah sie an mit seinen schwarzen Augen und all ihre aufgesparte Liebe ergoss sich über diesen fremden Jungen.
Wir wissen nicht, wer seine Eltern sind, hatte man ihnen mitgeteilt. Es könnten arme rumänische Bauern sein, die ihr Kind nicht ernähren konnten, oder auch Roma, die in der Nähe ihr Quartier aufgeschlagen hatten. Oder auch eine junge Mutter aus der Hauptstadt Bukarest, die weniger als hundert Kilometer entfernt war. Vielleicht hatte die junge Mutter gedacht, es sei besser für das Kind, auf dem Land groß zu werden statt im Armenviertel einer Großstadt...
Miriam van Boysen hatte genickt ohne zuzuhören, Georg hatte Bedenken geäußert. Wenn die Eltern wirklich Roma waren... und ihr Kind einfach seinem Schicksal überlassen hatten...
Aber er hatte keine Chance gehabt gegen seinen neuen Sohn. Miriam van Boysen lächelte bei diesem Gedanken.
Sie hatte keine Zweifel gehabt, von Anfang an nicht, dies war das Kind, das sie sich gewünscht hatte.
Sie hatten ihren Sohn Erik Bela genannt. Erik Bela van Boysen. Ein schöner Name, fast schon übertrieben schön, dachte Miriam. Sie wusste, dass Erik seinen zweiten Vornamen noch nie benutzt hatte.
Dann erinnerte sie sich an jenen Augenblick, als sie Belas Hand zum ersten Mal in der ihren gehalten hatte. Sie waren nach Hamburg zurückgeflogen, der kleine Junge hatte sich stumm

an seine neue Mutter geklammert, die ganze Zeit.
Miriam van Boysen war glücklich. Und Erik Bela war im Paradies gelandet- ein riesiges eigenes Zimmer in einer schönen Altbauwohnung, und eine Unmenge an Spielzeug, die er jeden Abend mit in sein Bett schleppte, aus Angst, sie könnten am nächsten Morgen wieder verschwunden sein.

Und dann, keine zwei Jahre später, war Miriam van Boysen plötzlich schwanger geworden, ein Wunder, wie die Ärzte sagten. Sie war irritiert gewesen, sie hatte dieses Wunder nicht herbei gewünscht, sie war vollkommen zufrieden mit ihrem Sohn, der fröhlich jeden Tag in den Kindergarten ging und nach kurzer Zeit sämtliche Kinderlieder komplett mit allen Strophen singen konnte.

Sie hatte überlegt, wieder mit dem Klavierspielen anzufangen, wieder in der Musikschule zu unterrichten. Das Baby brachte ihre Pläne durcheinander. Aber sie konnte diesem winzigen Wesen nichts übelnehmen, es eroberte ihr Herz, genauso wie es ihr Bruder getan hatte. Viola war ein blondes, zartes Mädchen, das Ebenbild ihrer Mutter.

Der vierjährige Erik hatte sich voller Begeisterung auf seine Schwester gestürzt und sie nicht mehr aus den Augen gelassen. Es war, als habe man ihm das schönste Geschenk seines Lebens gemacht. Mit großer Geduld spielte er mit der kleinen Viola, die frech und vorlaut war und ließ sich lachend alles von ihr gefallen. Der ernste, schwarzgelockte Junge und seine fröhliche, blonde Schwester. Ein Paar wie aus dem Bilderbuch. Es war eine Freude gewesen, den beiden beim Großwerden zuzusehen.

Miriam van Boysen stand auf, stellte die leere Kaffeetasse in die Spülmaschine und wanderte ruhelos durchs Haus, die Treppe hinauf. Sie zögerte kurz, dann betrat sie Violas Zimmer. Hier herrschte eine penible Ordnung. Im Kleiderschrank waren die

T-Shirts nach Farben geordnet. Die Schuhe standen geputzt auf einem Regal, das Bett mit der lavendelfarbenen Tagesdecke war gemacht, der Schreibtisch aufgeräumt- Miriam van Boysen widerstand dem Impuls, den Laptop aufzuklappen um vielleicht zu sehen, was ihre Tochter geschrieben hatte. Würde es ihr helfen, Viola besser zu verstehen? Sie war skeptisch. Aus Violas Andeutungen hatte sie geschlossen, dass sie sich mit einer Fantasy Geschichte beschäftigte, etwas, mit dem sie selber nichts anfangen konnte. War das Leben so langweilig, dass man sich eine andere Welt erschaffen musste? Obwohl- die Romane mit Harry Potter, die Viola mit atemberaubender Geschwindigkeit alle gelesen hatte, waren gar nicht so schlecht. Jedenfalls die wenigen Kapitel, die sie selber gelesen hatte. Dann war ihr die Fantasywelt ein bisschen auf die Nerven gegangen.
Sie hatte ein schlechtes Gewissen, dass sie im Zimmer ihrer Tochter herumschnüffelte, wo alles so ordentlich und sauber war. Sie öffnete das Fenster um Luft und Sonne hineinzulassen. Dann ging sie hinunter ins Wohnzimmer, hier musste sie die Zimmerpflanzen gießen. Sie liebte große Pflanzen im Haus, in der Hamburger Wohnung hatten zwei Palmen gestanden, die dann der neue Wohnungsbesitzer übernommen hatte, ihr Transport wäre zu umständlich gewesen.
Für ihr jetziges Haus hatte sie sich für meterhohen Bambus entschieden, die örtliche Gärtnerei hatte alles mit Hilfe von vier Mitarbeitern gut im Griff gehabt.
Miriam van Boysen musste mehrere Gießkannen mit Wasser füllen, aber die Tätigkeit verschaffte ihr ein gutes Gefühl.
Alles würde wachsen, Schönheit und gute Luft verbreiten.
Nach ihrer Gießaktion betrachtete sie den großen Flügel, der wie ein unberührtes Kunstwerk auf seinem Podest stand.
Vielleicht sollte sie ihn wieder einmal polieren. Das hatte sie

schon lange nicht mehr getan. Weil..sie wollte dem Flügel nicht
zu nahe kommen. Doch dann überwand sie sich und strich mit
der Hand über den schwarzen Lack. Es fühlte sich so gut an und
es tat dennoch weh.

Erik hatte jetzt seine Gitarre, was Miriam van Boysen als
musikalischen Abstieg empfand. Aber sie konnte ihm keine
Vorwürfe machen, sie selber spielte seit der Geburt von Viola
nicht mehr, jedenfalls nicht mehr die klassischen Stücke,
die sie früher immer wieder geübt hatte. Für die Konzerte
in der Musikschule.

Erik hatte viel mehr Talent als sie. Manchmal dachte sie,
*das Musiktalent hat er von mir geerb*t, was natürlich nicht
möglich war, aber es war dennoch ein netter Gedanke.
In solchen Augenblicken war sie seinen unbekannten Eltern
unendlich dankbar, für alles.

Ob sie manchmal an ihn dachten? An den Sohn, den sie aus
Armut und Verzweiflung- einen anderen Grund konnte sie sich
nicht vorstellen- auf die Stufen des Waisenhauses gelegt hatten.
Was würden sie empfinden, wenn sie wüssten, was aus ihm
geworden war? Sie hoffte, es würden Glück und Stolz sein,
genau die gleichen Gefühle, die auch sie empfand, wenn sie an
ihren Sohn dachte.

Sie klappte den Deckel vorsichtig auf und betrachtete die elfen-
beinfarbenen Tasten. Auch sie lange unberührt. Dann ging sie
in die Küche, um die Flasche mit der Politur und einen Lappen
zu holen.

18

Tassilo Tenhumberg stand wie immer in der Ecke des Pausenhofes, von wo man den besten Überblick über das Geschehen hatte. Die Gruppenbildungen interessierten ihn am meisten. Wer mit wem zusammenstand. Wer den Ton angab. Schon bei den Kleinen gab es eine Rangordnung, immer hatte einer das Sagen, einige wollten ständig die Spielregeln ändern und einer stand daneben und gehörte nicht dazu.
So wie Tassilo. Er war der Fußabtreter für alle. Jeder schien seine schlechte Laune an ihm auszulassen. Ihm kam es vor, als stünde er immer und überall im Weg, schon sein ganzes Leben lang. Das Netteste, was er erwarten konnte war ein „Hallo, Tasse, alles klar?"
Aber niemand wollte eine Antwort hören. Nichts war klar, das wusste er und alle anderen auch.
Das heißt, etwas war klar, glasklar sogar - er war das geborene Opfer. Das hatte er im Laufe seines, seit gestern 18 jährigen Lebens, begriffen. Und er wusste auch, warum das so war.
Er sah aus wie ein Schwamm: groß und ohne feste Konturen, schwabbelig und irgendwie knochenlos.
Und er benahm sich wie ein Schwamm: weich und nachgiebig. Wie etwas, auf das man draufhauen konnte, ohne sich selbst zu verletzen. Und tatsächlich, jeder, der es einmal ausprobiert hatte konnte den anderen mitteilen, dass es funktioniert hatte. Kein Widerstand, nur eine einzige schwammige Masse.
Seine Mutter versuchte ihn zu trösten. Er könne nichts dazu, es seien die Gene. Sie wusste nicht, wie viel Essen er in sich hineinstopfte, wenn sie nicht hinsah.
Aber auch die Gene waren wohl schuld. Seine Mutter sah ihm sehr ähnlich. Aber sie war eine Frau und irgendwie sah das

Schwammige an ihr sympathisch und mütterlich aus.
Es kommt auf die inneren Werte an, wie oft hatte er diesen Satz in seinem Leben schon gehört. Das Problem war nur - er stimmte einfach nicht. Er kam gar nicht dazu, seine inneren Werte zu zeigen, niemand wollte sie sehen.
Früher war es besser gewesen. Er konnte sich an fröhliche Spiele und Kindergeburtstage erinnern. Aber dann, vor ein paar Jahren, ging es plötzlich nur noch darum, sportlich oder irgendwie angesagt auszusehen - was auch immer das war. Oder sehr cool und witzig zu sein oder ersatzweise einen reichen Papa zu haben, am besten natürlich alles zusammen.
Er konnte das alles nicht vorweisen und war langsam in die Opferrolle gedrängt worden, zuerst hatte er sich gewehrt, war aggressiv geworden, hatte Schutz gesucht bei Lehrern, das hatte alles nur noch schlimmer gemacht.
Später, als es kaum noch einen Ausweg gab, hatte er beschlossen, sich vor der Welt zu verstecken, soweit dies eben möglich war. Er flüchtete in seine eigene Welt. Er musste die Schule besuchen, da gab es keine Rettung, aber nach der Schule begann sein zweites Leben.
Er war musikalisch, hatte Talent. Er lernte Klavierspielen, später entdeckte er die Orgel. In der Kirche konnte er ganz alleine sein, niemand war da, der seine Füße an ihm abstreifen wollte. Er beherrschte das riesige Instrument mühelos. Er spielte bald so gut, dass der Pastor der Kirchengemeinde ihn fragte, ob er bei den Gottesdiensten spielen wolle. Natürlich sagte er ja. Seine Mutter nahm einen Kredit auf, um ein Klavier zu kaufen, sie verzichtete auf Urlaubsreisen, um die teuren Orgelstunden zu bezahlen. Die Orgel hatte ihm das Leben gerettet, da war sich Tassilo ganz sicher.
Seine Übungsstunde in der Schulkapelle war eine Ausnahme

gewesen, er hatte einen der Mönche um Erlaubnis gefragt.
Die Kirche in Reken, wo er sonst spielte, wurde im
Augenblick renoviert.

Er grinste bei dem Gedanken an den Pater, der drei Mal
nachgefragt hatte, ob er, Tassilo, wirklich Orgel spielen könne.
Er hatte eine kurze Kostprobe geben müssen, das hatte ihn
überzeugt. Dummerweise war er dann ausgerechnet diesem
Hamburger – guter Name - über den Weg gelaufen. Was tat der
auch in der Kapelle am frühen Morgen? Aber eigentlich konnte
er unbesorgt sein, niemand sprach mit dem Hamburger und also
hatte dieser auch keine Gelegenheit, die Nachricht von Tasse als
Orgelspieler zu verbreiten. Und wenn doch... es würde sowieso
niemanden interessieren.

Es hatte bereits zum zweiten Mal geschellt und Tassilo war
der Letzte auf dem Hof, der sich auf den Weg zum Unterricht
machte. Aber es war ihm egal, wenn er zu spät kam. Die Lehrer
übersahen ihn, was eigentlich kaum möglich war, sie taten es
mit Absicht. Er wurde auch selten ermahnt, auch dann nicht,
wenn er es eigentlich verdient hatte. Zum Beispiel, wenn er im
Unterricht geistig abwesend war oder seine Hausaufgaben nicht
gemacht hatte. Warum hatte er diese Sonderstellung? Er ahnte,
dass es etwas mit seinem offenkundigen Schicksal als Opfer
zu tun hatte. Es war Mitleid. Aber gut, warum sollte er sich
dagegen wehren?

19

Viola hatte nicht damit gerechnet, dass sie hier in Mariafeld eine Freundin finden würde. Sie hatte in Hamburg einige Mädchen gekannt, aber nur eine, Lizzy, war ihre richtige Freundin gewesen. Das lag daran, dass Viola kein Interesse daran hatte, ständig sinnlose Informationen auszutauschen, sei es in echt oder am Handy. Das ständige Geplapper über Jungen, Klamotten und Kosmetik ging ihr auf die Nerven.
Aber es schien so, als sei Carina, auch Carrie genannt, an ihr interessiert. Trotz Violas Weigerung, sich den Mädchencliquen und den sozialen Medien wie Facebook, Snapchat und Instagram auszuliefern.
Carries Interesse äußerte sich darin, dass sie Viola zu ihrem Geburtstag einlud und ihr anbot, ihr in Physik zu helfen, dem einzigen Fach, in dem Viola wirklich schlecht war. Carrie dagegen war ein kleines Physikgenie, sie interessierte sich für die Erklärung der Welt, während Viola sich von ihrer Fantasie in andere Sphären entführen ließ.
Carrie hatte lange, knallrote, lockige Haare, die so aussahen, als sei es unmöglich, sie mit einem Kamm zu bändigen. Aber sie beneidete - oder tat wenigstens so - Viola um ihre glatten, blonden Haare.
„Blond und glatt ist viel angesagter als rot und lockig ", hatte sie übertrieben wehleidig gejammert und Viola hatte sich gefreut, ohne es zu zeigen. Sie wusste, dass ihre Haare im Moment das Einzige an ihr waren, das man anziehend finden konnte. Sie war so dünn, dass sie ihre Jeans nur noch mit einem breiten Gürtel, in den sie fünf zusätzliche Löcher gebohrt hatte, tragen konnte und immer noch drohten sie von den Hüften zu rutschen.
Im Gegensatz zu anderen dünnen Mädchen, mit denen Viola

früher im Netz kommuniziert hatte und die sich immer noch zu dick fanden, war es Viola vollkommen klar, dass sie erschreckend abgemagert war. Die weiten Sweatshirts, die sie jetzt immer trug, verdeckten ihren Zustand bis zu einem gewissen Grad. Niemandem schien es aufzufallen, dass Viola noch kein einziges Mal schwimmen gegangen war in diesem Sommer. Carrie aber durchschaute sie. Sie sprachen nicht über Dick- oder Dünnsein, aber Viola spürte, dass ihre neue Freundin eine Ahnung davon hatte, was in ihr vorging.
Carrie wusste auch, dass sie Schriftstellerin werden wollte. Sie hatte nicht eine Sekunde an ihrem Talent gezweifelt.
Sie saßen nebeneinander auf dem Sofa in Violas Zimmer und teilten sich eine Tüte Kartoffelchips, das heißt, Carrie griff fünf Mal so häufig hinein wie Viola.
„Warum schreibst du eigentlich?" fragte Carrie.
Viola zerbröselte einen Chip in ihrer Hand und betrachtete die feinen Krümel. Das war nicht einfach zu erklären.
Natürlich wollte sie vor allem einen Bestseller schreiben, reich und berühmt werden, aber keine ernsthafte Schriftstellerin hätte das als Grund für ihren Beruf genannt.
„Ich kann nicht anders", sagte sie theatralisch.
Als Carrie sie skeptisch ansah, fügte sie hinzu: „Es macht Spaß, Menschen zu erfinden. Ich weiß immer, was sie denken und tun. Ich kann jemanden sterben lassen, einfach so, mit einem einzigen Satz."
„Ach so, dein Wille geschehe, du hast alles unter Kontrolle. Ich verstehe."
Carrie stopfte sich eine Handvoll Kartoffelchips in den Mund.
„Aber du musst eine Menge erleben oder viel Fantasie haben, sonst kannst du wahrscheinlich gar nichts schreiben."
Viola hatte Mühe, die Worte trotz der knirschenden Geräu-

schen, die aus Carries Mund drangen, zu verstehen. Sie nickte.
„Das stimmt. Das mit der Fantasie klappt ganz gut, aber mit dem Erleben ist es schwierig, jedenfalls im Moment."
Carrie nickte verständnisvoll, schluckte dann geräuschvoll und fragte: „Und was ist der Grund.. warum machst du dieses Experiment, mit dem Essen, meine ich?"
Viola sah Carrie erstaunt an. Niemand hatte bisher verstanden, dass es ein Experiment war.
„Es geht um... Kontrolle... irgendwie... mein Körper soll machen, was ich will."
Es entstand eine Pause.
„Wann hörst du damit auf?" fragte Carrie dann.
„Wenn ich beschließe, dass es genug ist."
Carrie nickte und griff wieder in die Tüte. Viola fixierte ihre neue Freundin mit ihren grünen Augen.
„Ich möchte dir etwas erzählen. Es geht um Erik."
Carrie stoppte ihre Knirschgeräusche und sah Viola erwartungsvoll an.
„Er ist nicht mein Bruder."
Carrie war erstaunt, aber nicht übermäßig.
„Also, dann seid ihr so eine Art Patchworkfamilie?"
„Nein. Er ist adoptiert." Carrie überlegte einen Moment und sagte dann: „Stimmt, er sieht dir überhaupt nicht ähnlich und deinen Eltern auch nicht."
Carrie bemerkte es beiläufig und fügte dann hinzu: „Er sieht übrigens gut aus. Alle aus der Klasse finden das. Die Jungen natürlich nicht." Sie kicherte.
„Er war neulich bei unserer Pferderettungsaktion an der Scheune, jetzt kümmert er sich um die Musik für die Show. Ich glaube, er will was von Julia".
Viola schwieg. Sie hatte es gewusst, seit sich Erik wie nebenbei

nach Julia erkundigt hatte. Sie bereute es, das Thema „Bruder" angesprochen zu haben. Carrie schien die Dramatik ihrer Aussage nicht zu begreifen. Erik war nicht ihr Bruder. Sein Vater war nicht ihr Vater, seine Mutter war nicht ihre Mutter.
Und jetzt hatte er schon wieder ein Mädchen im Visier.
„Und?" fragte Carrie, „was wolltest du mir erzählen?" Viola zögerte, aber sie wollte mit jemandem reden.
„Er hat gesagt, ich soll mich nicht in seine Angelegenheiten einmischen, ich sei nicht seine Schwester."
„Und, was ist daran so schlimm? Er hat das sicher nur so gesagt."
„Nein, es war sein Ernst. Alles hat sich geändert."
„Tja, so sind Brüder eben. Wenn sie die erste Freundin haben, dann sind Schwestern abgemeldet. Stell ich mir so vor. Ich habe keinen Bruder, leider, ich habe nur eine blöde Schwester, die meine Klamotten klaut. „
Viola wunderte sich über die Leichtigkeit, mit der Carrie über das Thema reden konnte. Ihr dagegen lag es bleischwer auf der Seele.
„Vielleicht bist du ja verknallt in deinen Bruder, der gar nicht dein Bruder ist! Das wäre doch eine heiße Geschichte", Carrie lachte und begeisterte sich offenbar für diesen Gedanken.
„Ok, ich sehe, du nimmst die Sache nicht ernst. Lass uns das Thema wechseln", Viola war klar geworden, dass auch ihre neue Freundin kein Verständnis für sie hatte. Außerdem musste sie die Sache mit Julia erst einmal verdauen.
„In welcher Klasse ist diese Julia?"
„In der Zehn a, sie ist auch die Leiterin der Rettungsgruppe, du weißt, die Wildpferde.., wenn du mal mitkommen möchtest?"
„Ich kann nicht reiten und ich will es auch nicht lernen, glaube ich jedenfalls. Aber ich könnte trotzdem mal mitkommen."

Und mir Julia ansehen, dachte Viola.
„Das wäre toll. Sag mir Bescheid, dann nehme ich dich mit."
Draußen wurde es schon dunkel, als Carrie sich auf ihr Fahrrad schwang und nach Hause fuhr, sie wohnte nur fünf Minuten entfernt. Sie hatten das Thema Erik nicht weiter vertieft und Carrie hatte keine Ahnung, warum sich Viola so über ihren Bruder aufregte. Sie, Carrie, hätte ihre Schwester sofort gegen Erik van Boysen eingetauscht.

20

Zwei Tage später, nach einem stressigen Vormittag mit Doppelstunden in Englisch, Chemie und Mathematik, kam Carrie in der Mittagspause zu Viola.
„Kommst du heute Nachmittag mit auf eine Fahrradtour? Ich möchte dir etwas zeigen."
„Was denn?" Viola wunderte sich, was sollte man hier mit einem Fahrrad entdecken können...
„Etwas Schönes. Es wird dir gefallen."
Viola nickte zögernd und Carrie sagte schnell: „Gut, ich hole dich um vier Uhr ab."
Sie drehte sich um und schlenderte hinüber zu den drei anderen Mädchen, mit denen sie ständig zusammen war. Sie lachten und umarmten sich. Viola wandte sich ab. Sie spürte nichts, keinen Neid, keine Eifersucht, keine Trauer. Sie fühlte sich wie ausgehöhlt, so, als sei das Leben nur für die anderen da.
War das ein Ergebnis ihres Experiments? Konnte sie es ändern, wenn sie es wollte? Aber Carrie war ihre Freundin.
Und sie hatte eine Überraschung für sie!
Carrie war pünktlich und die beiden Mädchen radelten

sofort los. Sie fuhren in Richtung Darfelder Bruch, vorbei an Feldern, auf denen der Mais in den letzten Wochen mächtig in die Höhe geschossen war.

„Wir sind gleich da", sagte Carrie und Viola, die immer langsamer geworden war, trat wieder kräftiger in die Pedale. Sie war lange nicht so ausdauernd wie ihre neue Freundin, ihre Muskeln waren schwach, während Carrie offenbar stundenlang radeln und gleichzeitig ununterbrochen reden konnte. Außerdem fiel es ihr schwer, das Rad auf dem sandigen Boden in der Spur zu halten.

Endlich stoppte Carrie und sie mussten absteigen, der Weg wurde holprig und unbefahrbar, er schlängelte sich einen Hügel hinauf, zwischen Wacholderbeerbüschen und Kiefern.

Sie lehnten die Räder an einen Baum, weil auch das Schieben immer mühsamer wurde. Viola hatte Mühe, den schnellen Schritten ihrer Freundin zu folgen. Unter ihren Füßen knackten trockene Zweige, das Sonnenlicht flirrte durch die Kiefernzweige und fiel auf den hellen Sandboden. Es roch nach Sommer, nach warmem Holz, nach Blüten und Beeren.

Carrie blieb plötzlich stehen und packte Viola am Arm. „Siehst, du? Das wollte ich dir zeigen."

Auf einer Waldlichtung stand eine Gruppe Pferde. Sie grasten mit gesenkten Köpfen, setzten langsam ein Bein vor das andere. Eines der Tiere schnaubte und schaute zu den beiden Mädchen hinüber, dann senkte es wieder den Kopf ins Gras.

In der Mitte der kleinen Herde, und erst auf den zweiten Blick zu entdecken, stand ein winziges Fohlen. Es hatte helles, lockiges Fell und sehr lange und dünne Beine, die aussahen, als hätten sie einen Knoten in der Mitte.

„Es ist erst einen Tag alt", sagte Carrie leise. „Ich habe gesehen, wie es geboren wurde."

Viola hatte schon ein Weile unwillkürlich den Atem angehalten und flüsterte jetzt ungläubig: „Du warst dabei, als es geboren wurde?"
Carrie nickte. „Ich gehe oft hier vorbei, wenn ich von der Scheune komme. Es ist eine Stelle, wo die Pferde gerne grasen, vielleicht schmeckt das Gras hier besonders gut. Die Stuten bekommen ihre Fohlen in der freien Natur. Niemand ist dabei, wie bei den Reitpferden im Stall. Manchmal gibt es Komplikationen und ein Fohlen stirbt, manchmal stirbt auch die Stute. Aber du siehst, alles ist gut gegangen. Es ist auf den Boden geplumpst und die Mutter hat sofort angefangen, es zu säubern, ich habe noch gewartet, bis es aufgestanden ist."
Die beiden Mädchen standen dicht nebeneinander und betrachteten die grasenden Tiere. Das kleine Fohlen drängte sich an seine Mutter, die ab und zu ihren Kopf hob und sich vergewisserte, dass es ihrem Kind gut ging oder ob Gefahr drohte.
Die Sonne brannte und Viola fühlte sich schwindelig.
Sie konnte die Pferde sehen, hören und sogar riechen und trotzdem erschienen sie ihr unwirklich.
In ihrer Fantasie sah sie Sommerwiesen, fallende Blätter und tiefen Schnee, Winterstürme und sengende Sonne, ausgetrocknete Flüsse und Eis, das sich über Wiesen und Bäume legte und die Landschaft in eine kalte Wüste verwandelte.
Viola zog fröstelnd die Schultern hoch.
Sie sah weiße Pferde und Einhörner mit welligen Mähnen, die bis zum Boden reichten. Sie sah ein schwebendes Pferd mit Flügeln, Pegasus, vor einer runden Mondscheibe am sternklaren Abendhimmel.
Das Fohlen bohrte seinen Kopf unter den Bauch der Mutterstute und begann gierig zu trinken, der kurze Schweif bewegte sich heftig hin und her.

Carrie sagte: „Ich glaube, das Fohlen ist eine Stute. Dann hat es Glück und kann bei der Herde bleiben."
Plötzlich warf eines der Pferde den Kopf mit einem Ruck in die Höhe, es verharrte einen Augenblick in dieser Stellung, dann trabte es schnell und zielstrebig in die Richtung einer Kieferböschung. Die anderen folgten ihm ohne zu zögern, das Fohlen lief mit ihnen, eng an seine Mutter gepresst. Ein helles Wiehern tönte noch zu ihnen hinüber, dann waren die Pferde verschwunden.
Die Mädchen sahen sich an und lächelten.
Dann suchten sie sich eine Sandgrube zwischen Wacholderbüschen und setzten sich hinein.
Carrie öffnete ihren Rucksack.
Sie hatte alles mitgebracht, was man zu einem Picknick brauchte: Brötchen, Käse, ein paar Schokoriegel, hartgekochte Eier und eine Flasche Cola. Sie breitete alles auf einem karierten Küchenhandtuch aus und goss die Cola in zwei Plastikbecher. Viola nahm einen Becher und sagte: „Das Fohlen... war so klein. Hoffentlich passiert ihm nichts... im Winter..."
Carrie sagte beruhigend: „Keine Sorge, die Pferde halten den Winter aus, es gibt auch ein paar Futterstellen, wenn zu viel Schnee liegt. Und Löwen und Wölfe gibt es hier auch nicht, also, es hat gute Chancen, eine große Stute werden."
Viola nickte, griff zu einem Brötchen und biss hinein.
„Hast du es dir überlegt? Hast du Lust, bei unserer Aktion mitzumachen?" fragte Carrie nach einer Weile.
„Aha", sagte Viola, „darum hast du mich hierher geschleppt. Wildpferde gucken, und auch noch mit einem Fohlen!"
„Genau", sagte Carrie, „nur darum."
„Aber ich kann nichts, was euch helfen könnte."
„Du könntest schreiben – über die Wildpferde. Alex macht die

Fotos. So eine Art Dokumentation, und eine Reportage über unsere Rettungsaktion."
„Und warum fragst du gerade mich? Du kennst doch genug Leute!"
„Weil... du kannst schreiben und du bist ziemlich intelligent. Und ich glaube, dass du auch sonst ganz nett bist." Carrie hatte sich auf den Rücken geworfen und ganz ohne Pathos geredet. Viola verschluckte sich an ihrem Brötchen, das war ein richtiges Kompliment. Und es war auch die richtige Person, die es ausgesprochen hatte.
Carrie streckte ihre Beine aus und wühlte mit den Füßen im Sand. Dabei kam plötzlich ein grünliches, ballähnliches Ding zum Vorschein.
„Ich glaube, du hast gerade einen Pferdeapfel freigelegt", sagte Viola.
„Macht nichts", sagte Carrie, „ er riecht gut."
Viola betrachtete misstrauisch das riechende Objekt, das Carrie gerade in eine Ecke der Grube kickte. Dann sagte sie entschlossen: „Okay. Ich mache mit. Aber auf ein Pferd setze ich mich nicht."
„Das musst du auch nicht. Obwohl du etwas verpasst."
Viola schluckte den letzten Bissen des Brötchens hinunter, das sie vollständig gegessen hatte, ohne es zu bemerken. Dann teilten sie sich die hartgekochten Eier und die Schokoriegel und leerten die Colaflasche. Als die Picknickutensilien wieder im Rucksack verstaut waren, schlenderten sie zu ihren Fahrrädern zurück. Violas Gedanken schweiften noch einmal zurück zu dem blonden, winzigen Fohlen, zu den Winterstürmen, dem Schnee und der Kälte.
„Ich weiß nicht... hoffentlich geht alles gut...", sagte sie zögernd.
„Klar. Warum nicht ?"

„Es gibt so viele Gefahren hier draußen für die Wildpferde..."
„Sie leben schon sehr lange hier, also keine Sorge, mit der Natur kommen sie schon klar, die Gefahr lauert woanders, das wissen wir ja jetzt."
Carrie schnappte sich ihr Fahrrad und schob es auf den Feldweg zurück. Viola fogte ihre mühsam. Sie hatte Angst vor der Rückfahrt, sie würde nicht mit Carrie mithalten können und vollkommen erschöpft zu Hause ankommen.
Aber Carrie wartete auf sie und nachdem sie sich zu Hause eine Stunde ausgeruht hatte, setzte sie sich an den Laptop und fing an zu schreiben. Auf einmal klappte es.

21

Julia hatte die Idee, den Innenhof des Klosters und den angrenzenden Kreuzgang für die Pferdeshow in Anspruch zu nehmen. Sie stellte sich vor, wie die Reiter vor der Kulisse der Säulen und des alten Gewölbes ihre Kür vorführten, in einer mystischen Atmosphäre, Feen und Ritter auf edlen Pferden, in bläuliches Licht getaucht, wie aus einer anderen Welt. Dazu tolle Musik, bombastisch und romantisch...und natürlich Flamenco, spanische Gitarren und klappernde Castagnetten...
Doch bevor dieser Traum Wirklichkeit werden konnte, musste der Schulleiter und die Mönche davon überzeugt werden, dass der Innenhof des Kloster der geeignete Orte für ihre Pferdeshow waren.
Es dauerte eine Stunde Überzeugungsarbeit, dann war Direktor Albrecht einverstanden. Und auch Pater Franziskus hatte zugestimmt. Wider Erwarten stellten sich beide als Pferdefreunde heraus, die bereit waren, die Aktion in vollem Umfang zu un-

terstützen. Allerdings hatten sie auch Angst vor Verwüstungen und davor, sich mit einer schlechten Show zu blamieren.
Sie stellten also zur Bedingung, dass eventuelle Beschädigungen wieder beseitigt werden sollte und die Programmpunkte vorher mit ihnen durchgesprochen werden sollten. Ansonsten wünschten sie der Rettungsgruppe viel Glück.
Schulleiter Albrecht freute sich über das Engagement seiner Schüler und Schülerinnen. Auch aus pädagogischen Gründen.
Julia, der die pädagogischen Hintergründe der Aktion vollkommen egal waren, freute sich ebenfalls und teilte die gute Nachricht gleich beim nächsten Treffen der Rettungsgruppe mit.
Voller Eifer stürzten sich alle in die Vorbereitungen.
Das Training an der Longe lief an, Carrie schlug vor, dass Viola einen Bericht für die Zeitung schreiben sollte und sie versprach, ihre Freundin zum nächsten Treffen mitzubringen. Alex zeigte schon mal einige seiner Fotos. Außer Julia aus allen Blickwinkeln waren darauf auch einige Wildpferde zu sehen.
Julia trainierte mit Rosalie, sie übten die Nummer *Gezähmtes Wildpferd* ein, was bei ihrer ersten Aufführung- damals mit einem der Hengste- schon ein großer Erfolg gewesen war.
Es war nicht ganz so einfach, Rosalie dazu zu bringen, mit wilden Sprüngen über den Platz zu toben, sie war ein liebes und ruhiges Pferd, aber schließlich halfen sie ein bisschen mit einer flatternden und knisternden Plastiktüte nach und dann gab es einen Apfel zur Belohnung. Lena führte Gespräche mit mehreren Pferdebesitzern und es zeichnete sich ab, dass einige gerne berei waren, ihre Hengste für die Show zur Verfügung zu stellen.
Es kam jede Menge Arbeit auf die Rettungsgruppe zu.
Auch aus diesem Grund hatte Julia beschlossen, ihren Geburtstag in diesem Jahr nicht zu feiern. Es gab zuviele Gründe, die dagegen sprachen. Die Arbeit mit den Pferden ging vor, Julia

hatte keine Zeit, auch noch einen Geburtstag zu organisierten. Und sie hatte Angst, dass es eine schlechte Party werden könnte, langweilig oder mit zu viel Alkohol, auf beides hatte sie keine Lust. Außerdem hatte sie eine Art Geburtstagstrauma, wenn es so etwas geben sollte.
Auch ihr dreizehnter Geburtstag war eine totale Katastrophe gewesen. Es gab ein Foto, auf dem sie aus einer Gruppe hübscher Mädchen hervorstach, mit einem schiefen Mund, der wohl lächeln sollte aber nicht konnte, mit strähnigen Haaren- dabei waren sie frisch gewaschen gewesen- und in einem unvorteilhaften Rüschenkleid, aus dem knochige Arme und Beine herauswuchsen. Sie war zu schnell in die Höhe geschossen, war plötzlich größer und dünner als ihre Freundinnen, die niedlich und mit glänzenden Haaren in die Kamera lachten. Das Foto und die Erinnerung an einen missglückten Geburtstag, bei dem die Gäste sich demonstrativ gelangweilt hatten und früh nach Hause gegangen waren, hatten damals dazu geführt, dass sie sich verkrochen und nur noch das Nötigste geredet hatte. Die Schule war eine einzige Quälerei gewesen. Alle anderen schienen schlauer, amüsanter und hübscher zu sein als sie.
In ihrem Zimmer hatte sie die Fenster verdunkelt, wollte die Welt auf Abstand halten, nur noch über die Tastatur ihres Handys am Leben teilnehmen, aus Angst vor Ablehnung und aus Unsicherheit darüber, wer sie war und wer sie einmal sein würde. Damals hatte sie nicht daran geglaubt, dass die Zeiten einmal besser werden könnten, viel besser, obwohl ihre Mutter ihr das versprochen hatte, sie hatte ihr nicht geglaubt, wer kann schon so etwas glauben und dann noch einem Erwachsenen, aber.... es war tatsächlich besser geworden.
Julia erinnerte sich an Lena, an die Lena von damals, die immer schon ihre Freundin gewesen war und die sie, irgendwie, auch

gerettet hatte. Mit ihrer bedingungslosen Freundschaft- und mit den Pferden. Dabei war Lena nie eine wirkliche Leidensgenossin gewesen, was ihr Aussehen betraf. Lena war immer blond und hübsch und ein bisschen rundlich gewesen. Sie war gewachsen und älter geworden ohne sich großartig zu verändern, während Julia eine komplette Metamorphose durchleben musste- die Verwandlung eines niedlichen Kindes in ein vogelartiges, ungelenkes Zwischenwesen und dann Gott sei Dank in ein schlankes, sportliches Mädchen mit langen braunen Haaren.

22

Erik hatte noch nie ein Pferd aus der Nähe gesehen, geschweige denn angefasst und gar auf ihm gesessen, und er hatte auch jetzt kein Bedürfnis danach.
Diese Dinge fielen ihm ein, als er dem braunen Hengst in der Scheune Auge in Auge gegenüberstand. Er hieß Rambo, hatte eine schwarze Mähne und war ziemlich groß, jedenfalls hatte Erik den Eindruck, dass er die anderen Wildpferde um mehrere Zentimeter überragte.
Rambo war einer von vier älteren Hengsten, die der Rettungsgruppe von ihren Besitzern bisher zur Verfügung gestellt worden waren. Carrie würde mit ihm in der Show auftreten, als märchenhaftes Geschöpf, mit wallenden roten Haaren als Elfe oder Zauberin, sie hatte sich noch nicht entschieden, es kam auf das Kostüm an, das ihre Mutter noch nähen musste.
Im Moment war die Elfe jedoch damit beschäftigt, die Pferdeställe auszumisten.
Rambo war mit einem Strick, der an seinem Halfter befestigt

war, an einer der Boxen angebunden und knabberte gelangweilt an den Stäben herum.

„Gib ihm mal ein paar Möhren, sie liegen auf der Futtertruhe", rief die rothaarige Elfe aus dem Stall heraus.

Da niemand außer ihm auf der Stallgasse war, musste sich Erik wohl angesprochen fühlen. *Oh shit, die penetrante Zicke,* dachte er, *ausgerechnet die musste jetzt hier herumlaufen.*

Er holte trotzdem die Möhren und hielt sie dem Tier vor die Nase. Im letzten Moment fiel ihm ein, dass er auf seine Finger aufpassen musste, Pferde hatten kräftige Zähne, das immerhin war ihm bekannt. Das Tier nahm die erste Möhre und zeigte tatsächlich kräftige Zähne, lang und gelb. Es kaute geräuschvoll.

Erik berührte vorsichtig den Hals des Tieres, es fühlte sich warm an und es roch gut. Er fasste unter die Mähne des Pferdes und spürte überrascht die harten Muskeln unter dem weichen Fell.

Ein starkes Tier, dachte er, viel stärker als ein Mensch. Trotzdem ließ das Pferd es zu, dass ein Reiter auf seinem Rücken saß und es nach seinem Willen lenkte.

Erik sah prüfend in die dunklen Augen des Hengstes, die unerwartet lange Wimpern hatten. Der Blick des Pferdes ging an ihm vorbei. „Können wir uns ... verständigen?" fragte er vorsichtig und versuchte, einen Blickkontakt herzustellen.

„Willst du ihn mal reiten?" Julia stand plötzlich neben ihm, einen Sattel über dem Arm.

„Nein", sagte Erik entschieden, „auf keinen Fall."

Julia hob den Sattel schwungvoll auf den Rücken des Tieres und zog den Bauchgurt an.

„Schade. Dann muss ich noch eine Runde mit ihm drehen."

Erik seufzte innerlich und dachte daran, dass dies eine weitere Stunde Wartezeit bedeutete. Er hatte eine Liste mit Musiktiteln

dabei, die er mit ihr besprechen wollte. Sie wusste das, aber sie ließ ihn warten. Das Pferd war ihr natürlich wichtiger.
Er beschloss, sie noch ein bisschen aufzuhalten. Warum nicht über Pferde sprechen?
„Kannst du mir sagen, warum das Pferd den Reiter überhaupt auf seinem Rücken duldet? Es macht ihm doch keinen Spaß, ihn durch die Gegend zu schaukeln, oder?"
Rambo wandte ihm den Kopf zu, wahrscheinlich weil noch nie jemand eine so intelligente Frage gestellt hatte, und fing an, am Kragen seiner Jacke zu knabbern.
Erik schob das Maul vorsichtig in eine andere Richtung.
„Spaß? Ich weiß nicht..." Julia lachte. „Es geht ja nicht um Spaß. Jedenfalls ursprünglich ging es nicht darum. Pferde sollten für den Menschen nützlich sein."
„Und? Was haben sie davon? Sie brauchen den Menschen nicht... die Wildpferde zum Beispiel, sie kommen gut alleine klar.."
Julia setzte ein Bein in den Steigbügel und schwang sich mit einer leichten Drehung in den Sattel.
„Ich glaube, sie vergessen einfach, dass sie alleine leben könnten. Der Mensch gibt ihnen Futter und einen Stall. Es ist ein sicheres und bequemes Leben. Na ja...und sie bauen vielleicht auch eine Beziehung auf. Sie vertrauen dem Menschen." Sie schnalzte und das Pferd setzte sich in Bewegung. Erik würde sich also noch eine Weile gedulden müssen. Aber immerhin konnte er am Rand der Sandbahn stehen und die Reiterin bewundern. Wenn Carrie nicht gewesen wäre- mit wirren Haaren tauchte sie aus den Tiefen der Box auf und drückte Erik eine Mistgabel in die Hand. „Toll, dass du mir helfen kannst", meinte sie freundlich und weihte ihn in die Mysterien des Stallausmistens ein.

23

Lena und Alex unterzogen den Innenhof des Klosters einer genauen Inspektion. Hier sollte also das Spektakel stattfinden. Es war in der Tat eine ungewöhnliche Umgebung für eine Pferdevorführung, ganz so, wie es Julia angekündigt hatte. Von zwei Seiten wurde der Hof von einem historischen Kreuzgang begrenzt. Ein altes Kreuzgewölbe und hohe Sandsteinsäulen erhoben sich hinter einer niedrigen Mauer aus Bruchsteinen. Auf der gegenüberliegenden Seite befand sich die Schulkapelle, daneben führte ein Gang zum Schulhof und zum Schulgebäude.
„Wo sollen denn die Zuschauer hin?" Lena hatte leise Panik in der Stimme. Die Aktion nahm ihrer Meinung nach immer bedrohlichere Züge an. Das Ganze war einfach eine Nummer zu groß, nur Julia wollte das nicht wahrhaben. Sie wollte mit dem Kopf durch die Wand.
„Wir müssen eine Tribüne aufbauen." Alex hörte sich schon wie ein Profi an, der jede Woche eine Show à la Apassionata organisierte.
„Bloß nicht, du bist ja verrückt. Was ist denn mit dem Kreuzgang?" Lena hatte immer das realistisch Machbare im Blick.
„Gut", Alex war schnell zu überzeugen. „Dann stellen wir da noch ein paar Kisten hin, zum Draufsteigen". Lena seufzte erleichtert, Kisten waren besser als eine Tribüne, man konnte sie irgendwo beschaffen und einfach irgendwie aufstellen.
Sie schlenderten weiter den Gewölbegang entlang. Von hier aus gab es mehrere Türen und Gänge, die zu den Kammern der Mönche führten.
„Wir müssen die Mönche fragen, ob wir ihren Strom kriegen können", sagte Alex und kicherte, „für Licht und Musik", fügte er hinzu.

„Woher bekommen wir denn den ganzen technischen Kram?"
Lena war schon wieder besorgt.
„Ich habe einen Onkel, das heißt, ich habe eigentlich fünf, aber einer davon ist Elektriker. Und er ist ein Pferdefreund. Also alles im grünen Bereich."
Sie waren am Ende des Ganges angekommen und betraten den Innenhof. In den Ecken waren einige Blumenbeete angelegt und in der Mitte befand sich eine gepflegte Rasenfläche.
„Hoffentlich überlebt der Rasen unsere Show", sagte Lena.
Alex schüttelte den Kopf.
„Wird er nicht", stellte er sachlich fest.
„Weiß Herr Albrecht das?" fragte Lena erschrocken.
Alex nickte: „Lena hat doch mit ihm geredet. Wir müssen... äh... den Rasen später ausbessern."
„Oder neu anlegen", sagte Lena finster.
„Genau."
Alex nahm seine Kamera in die Hand, die er um den Hals hängen hatte und mit der er allmählich zusammenzuwachsen schien, und machte ein paar Bilder vom Kreuzgang und dann von Lena, die sich sträubte, aber dann in ihr Schicksal ergab.
Sie fand sich total unfotogen und das stimmte auch- auf Fotos sah sie wesentlich fülliger aus als in Wirklichkeit.
Sie hatte sich inzwischen eine Theorie zurechtgelegt: Die Kamera liebte scharfe Konturen. Alles, was weich und ohne scharfe Linie war, wirkte auf einem Foto verschwommen und viel dicker als in Wirklichkeit. So sah Lenas weiches Gesicht zu ihrem Kummer ziemlich rund aus, und nicht nur das Gesicht... andere Mädchen dagegen, die in der Realität wie Spitzmäuse aussahen, hätten aufgrund ihres Fotos auch bei *Germanys next Topmodel* mitmachen können. Das Leben war eben ungerecht.
Während Alex seine Fotos schoss und Lena im Kopf schon ein

paar wilde Hengste vor sich sah auf dem gepflegten Rasen, der bald etwas anders aussehen würde, hörten sie plötzlich Orgelmusik, die aus der Kapelle drang.
„Schön", sagte Lena, „ da spielt jemand!"
„Ja..." Alex war mit seinen Gedanken schon bei seiner Lichtinstallation. Er brauchte Trockeneis und ein paar Scheinwerfer, damit konnte man wunderbare, geisterhafte Nebelschwaden erzeugen.
Eine Orgel war nun gar nicht sein Ding und auch der Orgelspieler war ihm vollkommen gleichgültig.
Aber diese Lichtshow ... bläuliches Licht, auch grün und gelb, das hatten sich die Reiterinnen gewünscht, alles ein bisschen mysteriös und elfenhaft...
Alex war skeptisch. Die Mädels würden aussehen wie Wasserleichen - aber gut, sie wollten es nicht anders.
Er schoss noch schnell ein Foto von Lena, sie war zwar nicht so hübsch wie Julia, aber es machte immer Spaß, ein Mädchen zu fotografieren. Aber allmählich hatte er genug von diesem Ausflug ins Kloster.
„Was ist, wollen wir los?"
Lena sah ihn ein bisschen geistesabwesend an.
„Ich will mir noch was ansehen. Wir sehen uns morgen."
„Alles klar."
Alex ging mit schlenkernden Schritten quer durch den Innenhof und verschwand in Richtung Schule, wo er sein Fahrrad abgestellt hatte.
Lena verließ ebenfalls den Hof, aber sie ging in Richtung der Schulkapelle. Die Musik wurde lauter und strömte aus der geöffneten Tür der Kapelle hinaus. Sie betrat den Kirchenraum und sah zur Empore hinauf, sie konnte keinen Orgelspieler entdecken. Er oder sie war hinter der hohen Brüstung verborgen.

Lena setzte sich in eine der Kirchenbänke und hörte zu, sie tippte auf Barockmusik, Bach vielleicht oder Händel. Der gekreuzigte Christus hing über dem Altar und es war schön und gruselig zugleich. Dann wechselte die Musik und wurde fröhlicher, Lena sah plötzlich Pferde traben, im Rhythmus dieser Klänge, das wäre auch etwas für unsere Show, dachte sie. Klassische Musik, ob das den anderen auch gefallen würde? Sie bemerkte Tassilo Tenhumberg erst, als er direkt neben ihr stand.
„Tasse?" fragte sie erstaunt.
„Du bist die Freundin von Julia?" fragte er zurück. Tasse erschien ihr noch massiger als sonst, wie er so neben ihr aufragte. Er musste sehr leise hereingekommen sein.
„Ja, ich bin Lena".
„Hallo Lena."
„Hallo Tasse", wiederholte Lena seinen Namen, der ja nicht besonders schmeichelhaft war, aber zu ihm gehörte wie seine zu kurzen Hosen und seine altmodischen Hemden. Es war sehr still im Kirchenraum- jetzt erst fiel Lena auf, dass die Musik verstummt war. Schließlich fragte sie: „Wer hat da gerade auf der Orgel gespielt?"
Tasse sah sie mit einem merkwürdigen Blick an.
„Siehst du hier irgendjemanden?" fragte er.
„Nein", sagte sie spontan, dann fiel ihr ein, dass sie unhöflich war. „Ich sehe dich, natürlich."
„Gut, das ist ja schon mal was".
Tasse sah sie noch einmal an, dann drehte er sich um und ging zum Ausgang.
„Vergiss es", murmelte er vor sich hin.

24

Viola hörte, wie ihr Bruder die Tür zu seinem Zimmer öffnete und lautstark wieder schloss. Sie hatte ihre eigene Tür einen Spaltbreit offen gelassen, weil sie sicher sein wollte, die Heimkehr von Erik nicht zu verpassen.
Es war kurz nach halb elf und Viola lag schon seit einer Stunde im Bett. Sie wusste, dass er in der Scheune gewesen war.
Sie hatte mit Carrie telefoniert, wegen einer Matheaufgabe, und sie hatte ihr kichernd erzählt, dass ihr Bruder einen Pferdestall ausgemistet hatte.
Es war unfassbar: Ihr Bruder tat so, als ob er sich für Pferde interessiere! Dabei war doch sonnenklar, dass er auf etwas ganz anderes scharf war. Viola warf sich im Bett herum und zog sich die Decke über die Ohren. Sie wusste selber nicht, warum sie auf ihn gewartet hatte. Hatte sie damit gerechnet, dass er gar nicht nach Hause kommen würde?
Sie versuchte einzuschlafen. Morgen musste sie ausgeruht sein, eine Lateinarbeit wurde geschrieben. Sie hatte keine Bedenken, auch für diese Arbeit eine gute Note zu bekommen. Sie hatte ein beinahe fotografisches Gedächtnis für Texte. Das Gedächtnis funktionierte auch bei lateinischen Vokabeln. Ansonsten war ihr diese Sprache gleichgültig, sie war ein notwendiges Übel, man brauchte nicht weiter darüber nachzudenken.
Niemand auf der Welt sprach Latein.
Sie lag unter ihrer leichten Daunendecke, lauschte auf die Geräusche im Haus und war ärgerlich, weil sie eiskalte Füße hatte. Jetzt, da sie einschlafen könnte, nachdem Erik nach Hause gekommen war, war es ihr nicht möglich. Mit so kalten Füßen, das wusste sie genau, würde sie noch in drei Stunden wach im Bett liegen. Sie hatte in letzter Zeit oft kalte Füße, auch

am Tag und obwohl es Sommer war. Das ist der Kreislauf, hatte ihre Mutter gesagt und wahrscheinlich hatte sie recht.
Viola wälzte sich unruhig hin und her, zog die Knie bis ans Kinn, aber die Füße blieben kalt. Schließlich stand sie auf.
Im Badezimmer lag eine Wärmflasche, die war vielleicht die Rettung. Als sie die Tür zum Bad öffnete, sah sie Erik, wie er sich über das Wachbecken beugte und sich die Zähne putzte. Er trug eine altmodische, gestreifte Schlafanzughose.
Erik richtete sich auf und sah Viola an, die Zahnbürste im Mund.
„Was ist los? Warum schläfst du noch nicht?" nuschelte er kaum verständlich.
Viola antwortete nicht.
Sie nahm die rote Wärmflasche aus dem Regal und drehte das Wasser auf.
„Du musst wieder mehr essen", sagte Erik und sie bemerkte seinen Blick aus zusammengekniffenen Augen, der ihre dünnen Arme und Beine musterte, die aus dem riesigen Shirt herausragten.
„Du brauchst dich nicht um mich zu kümmern", erwiderte Viola schroff.
„Du musst mehr essen", wiederholte Erik. Er putzte weiter seine Zähne und trotzdem hörte sie die Besorgnis in seiner Stimme.
Wortlos füllte sie die Gummiflasche mit heißem Wasser, schraubte sie sorgfältig zu und schob sich an Erik vorbei aus dem Badezimmer. Sie ging in ihr Zimmer, legte die Wärmflasche ins Bett und presste die Füße dagegen. Langsam kroch die Wärme in ihre Beine. Erik machte sich Sorgen um sie. Sollte er. Geschah ihm recht. Es war ein angenehmer Gedanke.
Seit sie so dünn war, gingen alle sehr vorsichtig mit ihr um. Ihre Mutter ließ sie nicht mehr aus den Augen. Die Lehrer waren nett zu ihr und behandelten sie wie ein rohes Ei.

Als würde dies irgend etwas ändern.
Dann endlich kletterte die Wärme hinauf in ihren Bauch und zu ihrem Herzen und die Augen fielen ihr zu.

25

Die Vorbereitungen für die Show stießen immer wieder auf neue Schwierigkeiten. Mal waren Teile der Rettungsgruppe mit der Schule beschäftigt und konnten nicht kommen, mal waren ein oder zwei Mädchen krank, mal holten die Besitzer der Hengste ihre Tiere aus der Scheune ab, weil sie im eigenen Reitstall gebraucht wurden, dann fielen sie für die Proben aus. Dennoch waren die Treffen an der Scheune zu einem festen Ritual geworden, viermal in der Woche, meist direkt nach der Schule, trafen sich die Retter auf dem Reitgelände um ihre Aktion vorzubereiten.
Sie mussten ihre Bemühungen öffentlich machen und Viola wurde beauftragt, einen Artikel für die Zeitung zu schreiben. Außerdem war ihnen bewusst geworden, dass sie unbedingt mit Graf von Velenburg sprechen mussten. Es ging schließlich um *seine* Pferde. Er konnte ihnen wahrscheinlich nicht verbieten, eine Rettungsaktion ins Leben zu rufen, aber er konnte diese boykottieren, das heißt, er konnte seine Pferde an wen auch immer verkaufen, auch an die Händler, selbst wenn die Retter ihm mehr Geld als diese anbieten würden.
Lena wurde damit beauftragt, einen Kontakt zum Grafen herzustellen und sie hatte zähneknirschend zugestimmt,
es war eine unangenehme Aufgabe. Aber wer hätte sie sonst übernehmen sollen? Lenas Vater war Mitglied im Lions Club, wie der Graf, und es sollte eine persönliche Unterredung

werden, kein Gespräch am Telefon.

Doch trotz aller Schwierigkeiten war die Stimmung in der Gruppe gut und es gab Fortschritte. Die jungen Hengste trabten und galoppierten wunderbar an der Longe, die Reiterinnen übten mit den älteren Hengsten eine Kür ein, die bei jeder Leistungsschau den ersten Preis gewonnen hätte. Es gab Einzelvorführungen von Julia und Lena, die Dressurelemente einstudierten und Rosalie überraschte alle als das perfekte wilde Wildpferd.

Alex wuselte immer noch mit seiner Kamera durch die Gegend und bastelte an seiner Lichtinstallation, die noch niemand gesehen hatte, weil es abends einfach nicht schnell genug dunkel wurde und weil sie daher erst im Klosterhof zum Einsatz kommen würde.

Erik kam unregelmäßig zu den Treffen. Er half im Stall und schleppte alle möglichen Sachen, die für die kleinen Mädchen zu schwer waren, hin und her. Er mochte die endlosen Diskussionen nicht, die jeder kleinen Entscheidung voran gingen und er hasste es, wenn Lukas zur Gitarre griff, was regelmäßig gegen Ende der Treffen passierte. Er konnte diese Lagerfeuermusik nicht ausstehen und verstand einfach nicht, warum alle außer ihm diese Lieder offenbar mochten und voller Begeisterung mitsangen.. *country roads take me home...von den blauen Bergen kommen wir...* dieser altertümliche Heimatkram eben, dem auch Julia verfallen war, denn sie war die lauteste Sängerin überhaupt. Die beste dagegen war Carrie, die penetrante Zicke, die ihm dadurch etwas sympathischer wurde.

Die Liste seiner Musikstücke für die Show war erst einmal skeptisch aufgenommen worden. Spanischer Flamenco, klassische Gitarrenmusik von Joe Satriani, dann noch Barockmusik und zum Schluss richtig bombastischer Pop. Das war wirklich

eine krasse Mischung, so die einhellige Meinung.
Erik hatte noch eine Idee, die er der Rettungsgruppe schmackhaft machen wollte und trug sie beim letzten Treffen vor:
„Die Barockmusik könnte auch live gespielt werden, auf der Orgel zum Beispiel. In der Kapelle. Man könnte die Musik nach draußen leiten und Boxen aufstellen. Die Musik würde optimal zur Vorführung passen und wäre etwas Besonderes."
Die Rettungsgruppe hörte zu und staunte.
Dann sagte Alex: „Orgel... das klingt nach Gottesdienst, das ist doch total langweilig! Und wer soll die Orgel spielen?"
„Wir haben doch neulich Orgelmusik gehört, im Kreuzgang!" rief Lena. „Ich bin noch in die Kirche rein und die Musik war wirklich toll. Dann habe ich Tasse getroffen..."
„Was machte der denn in der Kirche?" fragte eine der jungen Reiterinnen.
„Tasse spielt Orgel", sagte Erik. Alle starrten ihn an.
„Tasse?" sagte Alex verächtlich, „der trifft mit seinen Wurstfingern doch keine einzige Taste. Außerdem kommt er die Empore nicht hoch. "
Die Mädchen kicherten.
„Er spielt sehr gut Orgel, ich habe es selbst gehört."
Erik ärgerte sich über Alex' Bemerkung. Auch, wenn Tasse tatsächlich Wurstfinger hatte.
„Ich finde die Idee sehr gut", bemerkte Julia.
„Ich nicht", sagte Alex, „ das ist total uncool."
„Wir sollten erst mal mit Tasse sprechen", warf Lena ein und alle schlossen sich diesem vernünftigen Vorschlag an.
Lena wurde damit beauftragt, möglichst schnell mit Tassilo Tenhumberg Kontakt aufzunehmen.
Lena hatte die Diskussion mit gemischten Gefühlen verfolgt. Tasse war also tatsächlich der Orgelspieler gewesen! Darum

hatte er sie so merkwürdig angesehen. Und er hatte recht gehabt- sie war einfach nicht auf den Gedanken gekommen, dass er es war, der diese Musik hervorbringen konnte- und das war beleidigend und gemein von ihr gewesen. Sie hoffte sehr, dass er zusagen würde.

Erik fasste an diesem Abend, als die Dämmerung schon über die Felder kroch und er in der Stallgasse stand, während Julia mit Rosalie beschäftigt war, die noch gestriegelt und gefüttert werden musste, einen Entschluss.

Er wollte versuchen zu reiten. Er war einfach neugierig. Er hatte gesehen, mit wie viel Begeisterung und Hingabe die Reiterinnen und Reiter mit ihren Pferden umgingen, sie schienen sich tatsächlich zu verstehen und eine Art Gemeinschaft zu bilden. Bisher hatte er alle Versuche Julias, die ihn zu überreden versuchte, endlich mal eine Reitstunde zu nehmen, vehement abgewehrt. Er hatte ganz einfach keinen Draht zu diesen Tieren, die ihm störrisch und nicht besonders intelligent erschienen. Allerdings mochte er ihre Bewegungen und ihr Aussehen.

Er hatte auch Lukas beobachtet, den Reitlehrer, er war streng zu den Schülern und sanft zu den Pferden. Das war eine Methode, die Erik überrascht hatte. Er hatte es umgekehrt erwartet, aber es schien gut zu funktionieren.

Erik schlenderte zu der Box, in der Rambo stand und sein Maul durch die Stäbe zwängte. Erik holte ein paar Möhren aus der Futterkiste und Rambo nahm sie vorsichtig aus seiner Hand.

Die Nüstern waren so weich wie Samt.

„Okay", sagte Erik, „wir versuchen es."

Als Julia ihre Stute in den Stall geführt und das Gitter geschlossen hatte, gab er sich einen Ruck.

„Wäre es möglich...könnte ich mal versuchen, auf Rambo zu reiten?"

„Klar, du könntest es versuchen", sagte Julia, „Rambo ist groß genug. Aber ich muss dich warnen, er heißt nicht ohne Grund Rambo", sie verzog leicht den Mund, und Erik wusste nicht, ob dies ein freundliches Lächeln war oder vielleicht doch Schadenfreude. Außerdem überraschte ihn ihre Reaktion, er hatte mehr Erstaunen erwartet oder vielleicht auch Begeisterung.
Schließlich war er endlich bereit, auf ein Pferd zu klettern.
Aber Julia schien sein Ansinnen vollkommen normal zu finden, so, als habe sie schon lange auf diese Frage gewartet.
Julia holte einen Sattel, öffnete die Box und in wenigen Minuten war Rambo startbereit.
„Wir müssen uns beeilen, es wird gleich dunkel", sagte Julia und hielt ihm auffordernd den Steigbügel hin.
Erik setzte einen Fuß in den eisernen Bügel, wie er es bei Julia gesehen hatte, und zog sich dann irgendwie hinauf in den Sattel. Der Abstand zum Boden war größer, als er vermutet hatte.
„Vorsicht, du könntest runterfallen", sagte Julia und grinste.
Dann drückte sie ihm die Zügel in die Hand und erklärte deren Gebrauch, führte dann Pferd und Reiter hinaus auf den Reitplatz vor der Scheune.
Erik rutschte auf dem Rücken des Tieres hin und her und verfluchte seine spontane Idee. Nie hätte er gedacht, dass es so schwer war, die Balance zu halten. Und das bei diesem Schneckentempo!
Gott sei Dank war außer Lukas niemand mehr da, der sich das folgende Drama ansehen konnte.
Erik befolgte die Anweisungen seiner Reitlehrerin, die seine Haltung und das Halten der Zügel betraf und hatte weiterhin Mühe, sich auf dem schwankenden Pferderücken im Gleichgewicht zu halten. Die ganze Zeit war er sich bewusst, dass er einen traurigen Anblick bot. Das Pferd war für ein Wildpferd

sehr groß, aber dennoch zu klein für ihn, seine Beine hingen zu weit nach unten. Sein Rücken war krumm und alle anderen Körperteile waren angespannt und verkrampft.
Dann trabte Rambo an und er rutschte gefährlich zur Seite. Julia rief ein Kommando nach dem nächsten und er fragte sich, wie man sich gleichzeitig auf das Tier und auf die Reitlehrerin konzentrieren sollte. Die Quälerei dauerte eine ganze Weile an. Aber immerhin hatte er langsam nicht mehr das ungute Gefühl, er könne jeden Moment aus dem Sattel kippen. Er spürte, dass es da einen gewissen Rhythmus gab, dem er folgen sollte. Plötzlich wurde das Pferd schneller, ohne dass Julia dies angekündigt hatte und er ahnte, dass dies nicht richtig sein konnte. Rambo preschte über den Reitplatz und Erik klammerte sich an den Sattelknauf. Er hörte Julia etwas rufen, verstand sie aber nicht. Und dann passierte ein kleines Wunder. Sein Körper passte sich den Bewegungen des Pferderückens an, alles fühlte sich plötzlich leicht und selbstverständlich an. Er fühlte sich frei und stark. Ungefähr zehn Sekunden lang. Dann geriet er wieder in Schieflage und zog instinktiv die Zügel an, das Pferd wurde langsamer, drehte noch eine Runde und blieb dann neben Julia stehen.
„Gar nicht so schlecht für's erste Mal", sagte Julia lachend und tätschelte Rambos Hals, „keine Ahnung, warum er plötzlich losgegangen ist. Irgendwas muss ihn erschreckt haben."
Erik hatte mehr Anteilnahme erwartet, aber dieses Reitervolk war eben nicht besonders sensibel. Er war froh, diesen wilden Ritt überlebt zu haben.
Er versuchte, so geschickt wie möglich den Pferderücken zu verlassen und hoffte, Julia würde gerade nicht hinsehen.
„Wenn du so weitermachst, kannst du gerne bei der Pferdeshow mitmachen", sagte sie und lächelte ihn an.

„Klar, gar kein Problem." Erik merkte er jetzt, dass seine Beinmuskeln zitterten, wahrscheinlich würde er einen mörderischen Muskelkater bekommen, das alles nach nur einer Stunde auf einem Pferderücken.
Julia hatte die Zügel von Rambo ergriffen und sie gingen zu Dritt zurück in die Scheune.
„Aber es hat dir gefallen, oder?" Julia sah ihn prüfend an.
Erik zuckte die Schultern. „Ich wäre beinahe runtergefallen."
Sie grinsten beide. Dann fügte er hinzu: „Aber es war gar nicht so schlecht, zehn Sekunden lang."
„Das ist doch ein Anfang." Julia führte Rambo in seine Box und tätschelte noch mal seinen Hals.
„Du hast es faustdick hinter in deinen hübschen Ohren", murmelte sie.
Lukas kam die Stallgasse herunter und rief ihnen zu, er wolle jetzt endlich nach Hause und die Scheune abschließen, sie sollten sich auf ihre Räder schwingen.
„Wir müssen uns wegen der Musik mal zusammensetzen, kannst du morgen zu mir kommen?" fragte Erik, als sie draußen bei den Fahrrädern standen. Er wollte mit ihr auch den Aufbau der Anlage besprechen, was einige Vorbereitung in Anspruch nehmen würde.
Julia schüttelte den Kopf. „Nein, tut mir leid. Ich muss mich um die Lichtanlage kümmern, Alex hat da Problem mit den Anschlüssen. Und ein Mönch hat sich über irgend etwas beschwert, er will aber nur mit mir reden."
Klar, dachte Erik, *es hätte mich auch gewundert, wenn Alex kein Problem gehabt hätte*. Und auch, dass der Mönch lieber mit Julia als mit Alex reden wollte, leuchtete ihm sofort ein.
„Vielleicht am Wochenende." Julia stieg auf ihr Fahrrad.
„Ich muss noch zu jemandem aus meiner Klasse, er wohnt hier

in der Bauernschaft. Ciao."
Sie fuhr nicht in die gewohnte Richtung, sondern nahm Kurs auf einen in der Ferne noch gerade sichtbares Hofgebäude.
Erik sah misstrauisch und ärgerlich hinter ihr her, bis sie in der Dämmerung verschwunden war. Welchen „jemand" wollte sie besuchen? In einer Bauernschaft? Ein Wort, das er nie vorher gehört hatte. Wahrscheinlich handelte es sich dabei um eine Ansammlung von Kuh- und Schweineställen. Er musste sich also alleine auf den Weg machen.
Erik trat so wütend in die Pedale, dass er einen neuen Geschwindigkeitsrekord aufstellte. Er war nassgeschwitzt, als er zu Hause ankam.
Er war sich nicht mehr sicher, ob er morgen noch ein Mitglied dieser kindischen Rettungsgruppe sein würde.
Diese Julia war ein kompliziertes Mädchen. Und das war eigentlich nicht das, was er sich gewünscht hatte.

26

In der Biologiestunde wurden zu Eriks großer Verwunderung Rinderaugen zerschnitten. So etwas Krasses hatte es in Hamburg nicht gegeben. Vielleicht lag es daran, dass der Biologielehrer auf einem
Bauernhof wohnte und daher eine besonders pragmatische Beziehung zu Tieren hatte. Oder er wollte seinen Schülern etwas bieten, wovon sie noch ihren Enkeln erzählen konnten. Auf jeden Fall hatte er in einer Tupperdose neun Augen mitgebracht, die er nun auf vier Gruppen verteilte.
Während Herr Wessels eines der glitschigen Augen ergriff, es in der Mitte durchschnitt und über Glaskörper, Sehnerv

und Hornhaut referierte, unterdrückte Erik mühsam seine Übelkeit. Dummerweise war er in einer Gruppe mit Carlo und Co. gelandet. Und Carlo drückte ihm sofort das Schneidemesser in die Hand, als ihr gruppeneigenes Auge vor ihnen auf einem kleinen Plastikbrettchen lag. Erik war wütend über sich und seinen schwachen Magen und über diese Landeier, die wahrscheinlich jeden Tag mit den ekeligsten tierischen Produkten in Berührung kamen und die nichts mehr erschrecken konnte. Keinesfalls durfte er sich seinen Ekel anmerken lassen, dann war es mit seiner coolen Nummer für immer vorbei.
Er sah das Auge an und dieses blickte zurück. Er biss die Zähne zusammen und setzte das Messer auf die höchste Stelle des Augapfels, dann schnitt er. Doch das Auge glitt geschmeidig zur Seite und rollte ein paar Zentimeter über das Brettchen. Drei Mal versuchte Erik, diese Aufgabe zu lösen, schließlich gab er auf und legte das Messer auf den Tisch. Ihm war speiübel. Grinsend nahm Carlo das Messer in die Hand, hielt das Auge mit der anderen Hand fest und zerteilte es mit einem zügigen Schnitt. Die Mädchen in der Gruppe flüsterten sich etwas zu. Erik hatte Mühe, seinen Mageninhalt bei sich zu behalten und ihm waren sämtliche Bemerkungen vollkommen egal. Er sah, wie seine Mitschüler die nun etwas schlafferen Augapfelhälften in ihre Bestandteile zerlegten und wünschte sich von ganzem Herzen nach Hamburg zurück. Das zweite Auge wurde zerteilt und seziert, ganz ohne seine Beteiligung, Biologielehrer Wessels verschonte ihn, nach einem Blick in sein weißes Gesicht. Endlich schellte es zur Pause.
Erik flüchtete auf den Flur hinaus und stellte sich an ein offenes Fenster, er brauchte dringend frische Luft. Er konnte nur hoffen, dass dies seine erste und letzte Begegnung mit tierischen Produkten im Biounterricht gewesen war.

Plötzlich fühlte er, wie jemand sein T-Shirt vom Hals riss und gleich darauf lief eine glitschige Masse seinen Rücken hinunter.
„Eine kleine Erfrischung, du Weichei!"
Carlo und Co. zeigten ihm den bekannten Mittelfinger und verschwanden grölend und feixend im nächsten Klassenraum.
Erik stand wie versteinert. Er sah, wie die vorbeigehenden Schüler ihn mit breitem Grinsen musterten. Die zerschnittenen Rinderaugen rutschten tiefer. Mit einem Ruck zog er das T-Shirt aus, wischte sich damit über den Rücken, knüllte es zusammen und warf es in den nächsten Papierkorb.
Mädchen aus der Unterstufe blieben kichernd stehen.
Mit nacktem Oberkörper lief er den Flur hinunter, verließ das Schulgebäude und fuhr mit dem Fahrrad nach Hause. Er fühlte sich hilflos und wütend zugleich. Das Rad schlingerte unter seinen heftigen Tritten, so dass er beinahe stürzte. Diese nach Kuhmist stinkenden hirnlosen Bauern....sie würden es büßen....
Seine Mutter war nicht zu Hause, um so besser. Das Wasser der Dusche war so heiß, dass er es kaum aushalten konnte.
Dann holte er sich neue Jeans und ein sauberes T-Shirt, zog sich an und fuhr wieder zurück zur Schule.
Er hatte seine Wut unter Kontrolle. Es war wichtig, präsent zu sein, keine Schwäche zu zeigen. Und die ganze Zeit überlegte er, wie er sich rächen konnte.
Er musste sich rächen. Ansonsten stand ihm eine lange Leidenszeit bevor.
Und er musste zu einem Entschluss kommen, was Julia betraf.

27

Viola wartete auf Inspiration. Das war, wenn sie ehrlich sein sollte, in letzter Zeit ihre Hauptbeschäftigung. Immer, wenn sie keine Lust auf irgendetwas anderes hatte, zum Beispiel auf Hausaufgaben oder Zimmeraufräumen, lehnte sie sich zurück und wartete.
Sie hatte gelesen, dass die Menschheit über ein kollektives Unterbewusstsein verfügte, das man, wenn man über die nötige Sensibilität verfügte, für seine Zwecke sozusagen anzapfen konnte. Alles, was Menschen je gedacht und getan hatten, schwebte als geistige Wolke im All herum. Die Schwierigkeit war jedoch, diesen ungeheuren Schatz für sich nutzbar zu machen oder anders gesagt, man musste mit dieser Wolke in Verbindung treten.
In dem Artikel hatte gestanden, einige Künstler würden es schaffen und erst dann ihre großen Werke vollbringen können. Aber wie? Wie trat man mit einer Wolke in Verbindung? Mit dem kollektiven Unterbewusstsein der Menschheit?
Viola fand keine Antwort und stellte fest, dass es ihr im Moment nicht möglich war, diese Inspirationsquelle anzuzapfen. Vielleicht sollte sie besser ihr Zimmer aufräumen.
Sie warf lustlos ein paar Kleidungsstücke in ihren Schrank, dann holte sie wieder hervor und faltete sie ordentlich zusammen. Sie hatte festgestellt, dass ihre penible Ordnung hier und da brüchig wurde. Das konnte sie nicht zulassen. Sie faltete und betrachtete ihre Klamotten mit Widerwillen. Sie waren hässlich, genauso wie sie selbst. Seit Monaten hatte sie nichts Neues mehr gekauft. Sie hasste es, in der Kabine zu stehen und sich zu betrachten.
Ihre Gedanken wanderten zu Julia, der neuen Flamme ihres

Bruders. Sie hatte sie auf dem Schulhof beobachtet und demnächst würde sie mit Carrie zu den Pferderettern gehen. Dann konnte sie ihre Studien aus der Nähe fortsetzen. Julia sah gut aus, vielleicht nicht schön, aber anziehend. Sportlich und schlank, nicht dünn.
Obwohl, wenn Viola es sich aussuchen könnte, würde sie später lieber anders aussehen als Julia. Viola fand zarte Mädchen hübscher, blonde Haare ebenfalls, auch grüne Augen, ihre Augen, waren nicht schlecht, besser als blaue Allerweltsaugen. Viola war sich nicht sicher, ob sie jemals gut aussehen würde. Aber sie hatte Hoffnung. Ihr jetziger Zustand war zwar die Realität, aber nicht die Wahrheit. Die wahre Viola versteckte sich und würde irgendwann hervorkommen. Sie sah ihrer Mutter ähnlich, das sagten alle, und ihre Mutter war eine sehr hübsche Frau.
Sie faltete eine schmutzige Jogginghose gedankenlos zusammen und legte sie zurück in den Schrank. In Hamburg hatte sie viel Sport getrieben, war im Volleyballverein gewesen und hatte sogar in der Mädchenfußballmannschaft der Schule mitgespielt. Das war nun vorbei. Sie hatte keine Lust mehr an der Falterei und warf den Rest der Klamotten einfach unten in den Schrank. Hauptsache, sie waren erst einmal aus dem Weg. Es war ungeheuer anstrengend, immer die Kontrolle, in diesem Fall über ihre Kleidungsstücke, zu behalten. Dieser alltägliche Kleinkram raubte ihre Energien, dazu gehörte auch die Schule und das leidige Thema der Nahrungsaufnahme.
Sie musste an ihrem Roman weiterschreiben. Die Wanderin zwischen den Welten. Viola hatte ihr mittlerweile einen Adler an die Seite gegeben, mit einem goldenen Gefieder, mutig und schlau, er war ein Freund, der vor herannahenden Gefahren warnte. Und es gab einen verwandelten Prinzen. Na ja, es war

kein echter Prinz, aber ein junge Mann, der stark und schön war. Das war kitschig, irgendwie, das wusste Viola, aber sie wollte keine Angst vor großen Gefühlen haben.

Es war sehr schwer, über die Liebe zu schreiben, ohne kitschig oder peinlich zu werden. Es war sogar unmöglich. Sie wusste nicht, was sie schreiben sollte. Wie sollte sie über etwas schreiben, von dem sie keine Ahnung hatte?

Das Handy klingelte und Viola war froh über die Ablenkung. Es war Carrie. Viola war nicht überrascht, eigentlich war Carrie die Einzige, die sie anrief, von ihrer Mutter einmal abgesehen.

„Ich wollte dich daran erinnern, dass wir uns morgen an der Scheune treffen. Und du wolltest einen Bericht für die Zeitung schreiben. Hast du schon was recherchiert?"

Viola schluckte- den Zeitungsartikel hatte sie komplett vergessen. Aber sie konnte nur schreiben, wenn sie Informationen hatte. Da hatte Carrie recht, sie musste recherchieren.

„Ich habe mir auf You Tube etwas über die Auktion angesehen. Vom letzten Jahr. Und jetzt die Pferderettungsaktion....
ich brauche mehr Informationen. Ich komme morgen mit.
Ihr müsst mir was darüber erzählen."

„Gut, ich verstehe. Das machen wir. Und vielleicht springst du ja doch noch aufs Pferd..." Carrie lachte.

„Auf keinen Fall", Viola war sich da sicher, „ ich will nur schreiben, nichts weiter. Ich finde Pferde ja interessant, aber ich will... keinen näheren Kontakt zu ihnen haben." Carrie lachte wieder und sie beendeten das Gespräch.

Viola schaltete den Laptop ein und vertiefte ihr Wissen über die Wildpferde, über Graf von Velenburg und den Darfelder Bruch. Sie wollte nicht unvorbereitet auf die Retter treffen und vor allem nicht auf Julia.

Am nächsten Tag war sie gut auf das Treffen an der Scheune

vorbereitet. Sie hatte ihre Aufgaben gemacht und umfangreiches Material über Wildpferde gefunden und zu einem lesbaren Text zusammengefasst. Außerdem hatte sie einen Bericht für die Lokalzeitung geschrieben, den sie aber noch mit den Informationen von der Rettungsgruppe vervollständigen musste.
Viola war zusammen mit Carrie zur Scheune geradelt, dann war Carrie in der Scheune verschwunden, Viola war draußen geblieben, sie wollte sich erst einmal umsehen und die Atmosphäre begutachten.
Es war angenehm, im Gras zu sitzen, einem hübschen, dunkelgrauen Pferd auf der Reitbahn zuzusehen, das geduldig an der Longe lief und den Befehlen eines jungen Mannes gehorchte, der kaum hörbar schnalzte und leise Kommandos rief. Neben ihm stand eine Schülerin, wahrscheinlich aus der sechsten Klasse, Viola hatte sie schon einmal auf dem Schulhof gesehen, und beobachtete jede Regung von Mann und Pferd. Das Mädchen lächelte erfreut, als ihr der junge Mann die langen Zügel in die Hand drückte und tatsächlich gehorchte das Pferd auch ihren Anweisungen.
Nach und nach trudelten auch die anderen Mitglieder der Rettungsgruppe ein. Alle nickten ihr freundlich zu.
Carrie hatte sie wahrscheinlich schon angekündigt.
Dann kamen Julia und Carrie zusammen aus der Scheune und setzten sich zu den anderen in den Kreis. Jeder berichtete von seinen Bemühungen, den Fortschritten und den Schwierigkeiten. Julia leitete das Gespräch, sie war ruhig und sachlich und scheute sich auch nicht, einen weitschweifigen Bericht mit einer knappen Bemerkung abzukürzen. Sie trug ein weißes Polohemd und kurze Jeansshorts und Viola stellte gegen ihren Willen fest, dass an ihren braunen Beinen absolut nichts auszusetzen war. Als die Reihe an ihr war etwas vorzutragen,

holte sie mehrere ausgedruckte Seiten aus der Tasche und erklärte ihren Inhalt. „Wenn ihr einverstanden seid, dann könnten wir daraus eine Dokumentation über die Wildpferde machen, zusammen mit den Fotografien." Alle nickten, und Viola ließ die Seiten zur Begutachtung herumgehen.
Aber das Wichtigste kam erst jetzt. „Ich habe auch einen Text für die Zeitung vorbereitet, aber ich brauche noch mehr Informationen. Es geht um die Arbeit der Rettungsgruppe." Viola holte ihren Notizbuch hervor und fing an, Fragen zu stellen. Was plante die Gruppe? Warum war sie gegründet worden? Wer war daran beteiligt? Wie sollte die Show aussehen, wo sollte sie stattfinden? Was sagte der Graf zu dieser Aktion? Wieviel Geld sollte eingesammelt werden? Welche Probleme gab es? Wie schätzten sie die Chancen ein, die Hengste zu retten? Die Mitglieder der Rettungsgruppe bemühten sich, umfangreich zu antworten, bei manchen Fragen mussten sie etwas länger überlegen. Viola machte sich Notizen.
Sie versprach, spätestens übermorgen den Bericht an die Lokalzeitung zu schicken. Am Ende bedankte sich Julia bei ihr und alle klatschten freundlich.
Viola hatte das Gefühl, einen sinnvollen Beitrag geleistet zu haben und sah zu Carrie hinüber, die ihr einen erhobenen Daumen zeigte und ihr zulächelte. Viola dachte an das neugeborene Fohlen, es sollte eine gute Zukunft haben.

28

Es waren ein paar Tage vergangen, seitdem die Rinderaugen in Eriks T-Shirt gelandet und ihm den Rücken heruntergerutscht waren und es wurde Zeit, Carlo und Co. daran zu erinnern und zwar so, dass sie es nie wieder vergessen würden.
Er hatte inzwischen erfahren, dass ein Film bei Facebook existierte über diese Aktion- allerdings nur wenige Sekunden lang und nicht in der besten Qualität, man sah die Rückenansicht eines Jungen, der einem anderen von oben etwas ins T-Shirt kippte und dieser ziemlich schnell reagierte und sich das Shirt über den Kopf zog, etwas Glibbriges rann über seinen nackten Rücken, dann verwackelte die Aufnahme.
Eriks Rachegedanken nahmen ungeahnte Ausmaße an. Als er einen Hundehaufen vor dem Gartentor entdeckte, betrachtete er ihn nachdenklich. Er könnte ihn in Carlos Tasche deponieren...
Eriks Magen meldete sich und er nahm von seinem Plan Abstand. Er dachte an Regenwürmer, Maden, tote Mäuse, Fischabfall und faule Eier. Doch er ahnte, dass er Carlo und Co. damit wahrscheinlich nicht beeindrucken konnte und sich selbst bestrafen würde, wenn er mit diesen Ekligkeiten hantieren musste. Außerdem war das alles Kinderkram.
Etwas Wirkungsvolleres musste gefunden werden und zwar schnell. Sein Ansehen war dabei, auf Tasses Niveau abzusinken.
Erik erinnerte sich an die Zeiten in Hamburg, als er zum Außenseiter geworden war. Es waren schwirige Monate, vielleicht auch Jahre gewesen, dann hatte sich die Situation beruhigt, ohne dass es ein besonderes Ereignis gegeben hätte.
Er hatte sich selber zum Außenseiter gemacht und das ärgerte offenbar seine Mitschüler. Er entzog sich vielen Aktivitäten, war

oft anderer Meinung als die Meinungsmacher, schwieg, wenn andere brüllend lachten. Er konnte es nicht ändern, er fühlte sich tatsächlich oft nicht dazugehörig, es gab keinen offensichtlichen Grund, es war einfach so. Er litt nicht unter diesem Zustand, aber offenbar war sein Verhalten vielen anderen ein Dorn im Auge. Er sei arrogant, hieß es. Den Mädchen gefiel er, sie mochten offenbar sein Anderssein, was jedoch nicht zu seiner Beliebtheit bei den Jungen beitrug.
In der achten Klasse kam es zu einem ersten Eklat. Auf dem Schulhof hörte er, wie jemand hinter ihm zischte „Achtung, Abstand halten, er stinkt". Er drehte sich um und sah, wie drei Jungen aus seiner Klasse sich feixend die Nasen zuhielten.
Es war nicht das erste Mal gewesen.
Ohne einen Moment zu zögern hatte er sich auf einen der Jungen gestürzt. Dummerweise hatte er sich den größten und kräftigsten ausgesucht und es kam zu einem verbissenen Kampf. Seine Mitschüler bildeten blitzschnell einen Kreis und feuerten die Kämpfer an.
Erik blutete aus eine Kopfwunde, Hose und Hemd waren zerrissen, als ein aufgebrachter Lehrer die beiden voneinander trennte. Der andere Junge musste ins Krankenhaus. Er hatte eine angebrochene Nase und musste wochenlang mit einer interessanten Plastikkonstruktion im Gesicht herumlaufen, was Erik damals gut und richtig gefunden hatte...
Es hatte eine Klassenkonferenz gegeben, seine Eltern wurden eingeladen, Erik sollte sich entschuldigen. Erik weigerte sich. Warum hätte er heucheln sollen? Eine Entschuldigung wäre nicht die Wahrheit gewesen. Wie hätte er sich sonst wehren sollen? Mit Worten? Er war dreizehn Jahre alt und nicht in der Lage gewesen, die passenden Worte zu finden.
Die Pädagogen waren sich einig: Körperliche Gewalt war

eindeutig schlimmer als ein Angriff mit Worten. Ganz egal, was der Angreifer gesagt haben mochte. Erik war nicht dieser Meinung. Auch Worte konnten verletzen. Man musste daran denken, immer wieder. Und immer wieder tat es weh.
Beinahe hätte er die Schule verlassen müssen, auch wegen seiner Uneinsichtigkeit, aber dann beließ man es bei der Androhung eines Schulverweises und er durfte bleiben. Nie wieder hatte ihn jemand beleidigt. Es hatte andere Auseinandersetzungen gegeben, aber keine Demütigungen mehr.
Daran erinnerte sich Erik und zog seine Schlussfolgerung.
Er würde Carlo auffordern, mit ihm zu kämpfen. Mann gegen Mann. Wie in alten Zeiten. Möglichst irgendwo außerhalb der Schule, er wollte keine Zuschauer haben und auch keinen Film im Netz. Es gab da einige Leute, die nicht sehen sollten, wie er sich prügelte. Er dachte da vor allem an eine komplizierte Pferdeflüsterin, die er seit Tagen nicht mehr gesehen hatte. Seit er nicht mehr wusste, wie er sich verhalten sollte. Wahrscheinlich war eine Prügelei mit Carlo wegen dieser Rinderaugen nicht das, was Julia von einem ernsthaften Menschen erwartete... es lag ihm etwas an ihrer Meinung, das jedenfalls hatte er festgestellt, trotz dieser verworrenen Situation.

29

Julia fing an, sich ernsthafte Sorgen zu machen. Und zwar um sich selber- sie legte ein Verhalten an den Tag, das absolut nicht typisch für sie war. Die Peinlichkeiten begannen, als sie sich im Sekretariat nach den Stundenplänen der Oberstufe erkundigt und sich einen Plan hatte aushändigen lassen. Mit der Begründung, sie brauche diese Unterlagen für die Organisation der

Pferdeshow. Die Sekretärin war sehr hilfsbereit, hatte ihr einen Ausdruck in die Hand gedrückt und ihr viel Erfolg bei der Rettungsaktion gewünscht.

Nur hatte diese Aktion überhaupt nichts mit ihrer Show zu tun, sie diente allein dazu, Julia darüber zu informieren, wo sich Erik zu bestimmten Zeiten in der Schule aufhielt.

Denn wenn Julia wusste, dass er zum Beispiel gerade im Bioraum Unterricht hatte, dann konnte sie den Bioraum und die Zugänge dorthin weiträumig umgehen. Denn Erik hatte sich seit seinem Auftritt als Reiter bei der Scheune nicht mehr blicken lassen. Und Julia hatte das ungute Gefühl, dass er sich verabschieden wollte von ihrer Rettungsaktion. Und von ihr. Und sie wollte ihm auf keinen Fall begegnen, jedenfalls nicht in der nächsten Zeit.

Dass ihr System seine Tücken hatte und es einfach nicht machbar war, auch nicht in einer großen Schule mit fast tausend Schülern, sich geplant aus dem Weg zu gehen, merkte Julia schon am zweiten Tag, nachdem sie ihren Treffen- Vermeidungs-Plan ausgetüftelt hatte.

Erik stand in voller Größe vor ihr, gerade, als sie in ihr Butterbrot biss.

„Guten Appetit!"

„Danke", murmelte Julia mit vollem Mund.

Erik räusperte sich. „Es tut mir leid, dass ich in der letzten Woche nicht gekommen bin. Ich hatte viel zu tun, Chemie und Latein. Wenn ich nichts tue, kann ich mein Abizeugnis jetzt schon vergessen."

Julia nickte und schluckte. Eriks Abizeugnis war ihr herzlich egal. „Du hättest anrufen können. Wir wollten die Musikliste besprechen."

„Ja, ich weiß. Es tut mir leid."

Das hast du schon mal gesagt, dachte Julia und ärgerte sich.
Was sollte sie tun oder sagen? Das Lernenmüssen war eine
Ausrede und keine besonders originelle.
„Wenn du keine Lust mehr hast, musst du es nur sagen."
Erik sah sie an mit seinen dunklen Auge und das Schweigen
zwischen ihnen war angefüllt mit hundert Zweifeln.
„Ja, ich weiß. Aber das ist es nicht." Wieder gab es eine Pause.
„Ok, was ist es dann?"
„Es ist ... komplizierter." Er berührte leicht ihren Oberarm.
„Ich muss es dir erklären, aber nicht hier."
Julia hatte zunehmend beunruhigt zugehört. Die Welt schien
nur noch aus Kompliziertheiten zu bestehen. Aber es schien
eine Erklärung zu geben. Eine gute oder eine schlechte?
Julia stopfte den Rest des Butterbrotes zurück in die Dose,
die mit einem pinkfarbenen Einhorn verziert war. Sie registrierte
den amüsierten Blick von Erik.
„Ja, ich weiß, ich habe sie geschenkt bekommen, da war ich
zehn „", sagte sie ungeduldig.
„Mir gefällt sie", sagte Erik.
Er lächelte sie an. Julia seufzte stumm. Jetzt standen sie hier
und er amüsierte sich über ihre Butterbrotdose. Besonders cool
war das nicht.
Und sie hatte alles versucht, ihm aus dem Weg zu gehen.
„Schön, ich bin heute Nachmittag an der Scheune", sagte sie.
„Gut, ich komme."
Erik verschwand im nächst gelegenen Klassenraum und Julia
musste sich beeilen, wenn sie nicht zu spät zum Kunstunterricht
kommen wollte, obwohl Frau Schumann gnädig sein würde,
sie brauchte nur das Stichwort
Wildpferde in den Raum zu werfen.
Jetzt hatte sie also eine Verabredung, die sie vor einer Stunde

noch mit allen Mitteln hatte vermeiden wollen. Das war wirklich beunruhigend und unlogisch und passte absolut nicht zu der Julia, die sie bisher gekannt hatte.
Wieder einmal hatte er einen ganzen langen Tag in der Schule verbracht, das jedenfalls sagte ihm sein Gefühl. Erst Unterricht, dann Mittagessen, dann Musik AG. Aber es war erst halb vier, der Tag war noch lange nicht zu Ende - er wollte sich mit Julia an der Scheune treffen.
Er machte sich auf den Weg zum nächstgelegenen Waschraum, um sich ein paar Handvoll Wasser ins Gesicht zu werfen, im Musikraum war es unerträglich heiß gewesen.
Er ging rasch den Gang entlang, vorbei an Klassenräumen, in denen jetzt eine ungewohnte Ruhe herrschte. An dem noch feucht glänzenden Bodenbelag konnte er erkennen, dass die Putzkolonne bereits hier gewesen war, das ließ ihn hoffen- auch die Waschräume könnten sich in einem akzeptablen Zustand befinden. Es kostete ihn jedes Mal Überwindung, in der Schule auf die Toilette zu gehen, in der Regel herrschte dort ein unappetitliches Chaos von herumfliegendem Toilettenpapier, bekleckerten Klodeckeln, zotigen Sprüchen an der Wand, gewürzt mit dem Geruch von Urin, der sich ein Duell lieferte mit dem der scharfen Putzmitteln, die hier üppigst versprüht wurden. Aber diesmal hatte er Glück, der hässliche weiß gekachelten Raum mit den abgenutzten Becken befand sich in einem akzeptablen Zustand. Ein Vorteil des Landlebens, dachte er, in Hamburg war die Toilettensituation eindeutig unerfreulicher gewesen. Und es gab sogar einen Stapel grüne Papierhandtücher auf der Ablage über dem Waschbecken, ein unerhörter Luxus auf einer Schultoilette.
Er spritze sich kaltes Wasser ins Gesicht und sah anschließend in den Spiegel, seine Augen sahen müde aus, die Haut erschien

ihm heller als sonst, vielleicht lag es auch an der grellen
Beleuchtung durch die Neonröhre unter der Decke.
Er nahm noch einen Schluck Wasser aus dem Kran, fuhr sich
mit den nassen Händen durch die Haare. Was um Himmels
willen wollte er Julia eigentlich sagen? Dass er eigentlich nur
bei der Aktion mitgemacht hatte, um in ihrer Nähe zu sein?
Dass er aber keine Lust auf komplizierte Dinge hatte?
Dass er sich nicht zum Hampelmann machen wollte?
Er dachte an seinen seltsamen Ritt auf der Sandbahn, an einen
kurzen Augenblick, in dem er sich frei und stark gefühlt hatte,
weit weg vom Trott der langweiligen Tage, dem er nicht entrinnen konnte. Es war ein neues Gefühl gewesen, eine Mischung
aus Freude und Erstaunen. Mit Julia hatte das nichts zu tun,
davon war er überzeugt. Er musste sich beeilen, vielleicht sollte
er die Sache beenden, bevor sie angefangen hatte.
Er holte sein Fahrrad aus dem Unterstand und prüfte routinemäßig den Druck in den Reifen, alles war in Ordnung und niemand
hatte sich wieder einmal an den Ventilen zu schaffen gemacht.
Erleichtert schwang er sich in den Sattel.
Der sandige Weg schlängelte sich durch blühende Wiesen,
Kühe und Schafe hoben träge die Köpfe, als er vorbei sauste.
Hendrik bemerkte nichts von seiner Umgebung, in seinem Kopf
drehte sich alles um die bevorstehende Unterredung. Was wollte
er, was sollte er sagen? Er hoffte inständig, die Antwort in
ungefähr zehn Minuten parat zu haben. Je näher er der Scheune
kam, desto langsamer kam sein Fahrrad voran. Er hatte Angst
vor Julias Reaktion. Schließlich war er gerade kurz davor, sie
schwer zu enttäuschen, erst seine Zusage, dann eine Absage
ohne triftigen Grund. Er müsse für Chemie und Latein lernen,
das war wirklich eine dämliche Ausrede gewesen.
Als er endlich vor der Scheune ankam, sah er schon von

weitem, dass Julia mit zwei Pferden auf der Koppel stand, sie hielt die beiden Tiere am Halfter fest, eines der Pferde tänzelte nervös, warf den Kopf zurück und wieherte hell.
Die anderen Mitglieder der Gruppe waren noch nicht da.
Erik stellte das Fahrrad ab und ging auf Julia zu, vorsichtig, weil ihm tänzelnde Pferde nicht ganz geheuer waren.
„Hi, ich kann Hilfe gebrauchen! Nimm mir bitte mal Rosalie ab, unser Rambo hier dreht gerade ein bisschen durch."
Julias Stimme war energisch, gleichzeitig lächelte sie ihn an und Erik befolgte gehorsam ihre Anweisungen.
Sie drückte ihm die Zügel der Stute in die Hand und dirigierte dann den nervösen Hengst zur Scheune.
Erik hatte inzwischen nichts weiter zu tun, als darauf zu achten, alles richtig zu machen, um der Stute keinen Grund zu geben, ebenfalls ein bisschen durchzudrehen.
Als Julia wieder auftauchte und sich der Koppel näherte, konnte er nicht anders, als sie wie eine Erscheinung anzustarren. Dabei sah sie aus wie immer- Jeans, schwarze Stiefel, T-Shirt, brauner Pferdeschwanz, kurz vor der Auflösung.
Dennoch, etwas war anders. Hendrik sah ihr vorsichtiges Lächeln ihre geröteten Wangen und er spürte ihre Anspannung.
Sie war darauf gefasst, dass er ihr gleich eine Absage erteilen würde. Dann stand sie neben ihm und nahm ihm die Zügel von Rosalie aus der Hand. Ihre Stimme klag bemüht munter.
„Das war gerade eine blöde Situation. Die beiden wollten einfach nicht in den Stall und schon gar nicht zusammen.
Und dann hat Rambo auch noch seinen Rappel gekriegt.
Wenn ich ihn losgelassen hätte, wäre er los gerannt und wir hätten ihn wieder einfangen müssen."
Sie sah ihn an, „kein Problem für dich, oder? Du kennst das schließlich schon!"

„Nein, kein Problem."
Er sah in Julias dunkelblaue Augen, sah den Zweifel und die Besorgnis und einen Anflug von Traurigkeit.
Erik wusste, dass es jetzt an ihm war, das Gespräch auf seine Abwesenheit und die Gründe dafür zu bringen. Wie er es angekündigt hatte. Und seit zehn Sekunden wusste er genau, was er sagen wollte.
„Ich komme wieder, wenn ihr mich noch haben wollt.
Es gab ein Problem, aber das gibt es jetzt nicht mehr.
Also, du musst entscheiden..."
Julia sah in verwirrt an. „Ich habe gedacht, du wolltest mir irgendetwas Kompliziertes erklären, warum du nicht mehr mitmachen möchtest.."
„Ja, das wollte ich auch", sagte Erik wahrheitsgemäß. „Aber.. es gibt die Komplikation nicht mehr."
„Und du willst mir nicht erzählen, worum es eigentlich ging?"
„Nein, es hat keine Bedeutung".
„Okay." Julia nickte.
„Also, morgen wollen wir mit der Kür anfangen und ein paar Figuren einüben. Es wäre toll, wenn du einen der Hengste auf der Show vorführen könntest. Du wirst zwar nicht der perfekte Reiter sein, aber für ein paar Schritte wird es schon reichen. Es wäre ein... Signal für die anderen..."
Julia geriet ins Stottern.
„Es wird eine Katastrophe", sagte Erik. Aber gut, es war seine Entscheidung. Dann würde er eben reiten lernen und sich wahrscheinlich zum Hampelmann machen.
Er sah Julia vorsichtig von der Seite an, eine braune Haarsträhne kringelte sich in den Kragen ihres hellblauen Shirts. Sie lachte.
„Ja, wahrscheinlich. Aber es wird bestimmt lustig."

Julia schenkte ihm noch ein kurzes Lächeln und drehte ihm schon halb den Rücken zu: „Ich muss jetzt zu den anderen, wenn du willst, kannst du ja bleiben und schon mal zugucken. Oder einen Stall ausmisten!"
Erik hob abwehrend die Hand, keinesfalls wollte er jetzt irgendwo am Rande der Reitbahn stehen und zusehen, wie kleine Mädchen mit ihren Pferden perfekt über die Sandbahn schwebten. Und sich ausmalen, wie es wäre, wenn er hinter ihnen her schwanken würde.
Da lieber einen Stall ausmisten.

30

In der achten Klasse war die Atmosphäre seit Tagen angespannt. Jede Menge Gespräche hatten stattgefunden und niemand wusste, ob sie auch etwas genützt hatten.
Eltern hatten sich beschwert, Schüler wollten nicht mehr in die Schule gehen, andere hatten sich zu Unrecht beschuldigt gefühlt. Klassenlehrer Terhorst hatte keine Lust mehr, ans Telefon zu gehen, da ihm die aufgebrachten Eltern allmählich auf die Nerven gingen. Der Schulleiter musste andere Termine streichen, um alle Parteien an einen Tisch zu bringen und um eine Lösung des Problems zu ringen.
Zwei Schüler und eine Schülerin hatten sich über extremes Mobbing durch ihre Mitschüler beklagt.
Hätte irgendjemand Viola zu diesem Thema befragt, hätte sie sehr viel dazu sagen können, aber niemand kam auf diesen Gedanken.
Seit sie in diese Klasse gekommen war, hatte sie die Entwicklung der Täter-Opfer-Beziehungen beobachtet und ihr war klar

gewesen, dass sich die Situation eines Tages zuspitzen musste.
Viola betrachtete ihre Mitschüler mit den Augen einer Forscherin
und natürlich waren diejenigen, die nicht ganz der Norm entsprachen, die interessantesten Forschungsobjekte.
Mobbingfall Nummer eins war Kerstin, die sehr unvorteilhaft
in einer zu kurzen und zu engen Hose fotografiert worden war.
Wahrscheinlich auf einem Gartenfest. Kerstin war etwas
moppelig und ihr runder Bauch war nicht zu übersehen auf
diesem Foto. Dieses Bild war im Internet gelandet und hatte
viele hämische Kommentare hervorgerufen.
Kerstin weigerte sich, weiter die Schule zu besuchen.
Das verstand Viola, aber so konnte das Problem nicht gelöst
werden. Es gab eine Vorgeschichte zu diesem Bild und zu den
Kommentaren. Kerstin war schon lange eine Außenseiterin
gewesen, schon lange vor diesem Hosenfoto. Das Foto war
sozusagen nur die Spitze des Eisberges. Es war falsch und
gemein, das Foto ins Internet zu stellen und die Kommentare
zeigten nur wie dumm, feige und gedankenlos viele ihrer
Mitschüler waren.
Allerdings war Kerstin auch eine seltsame Person.
Warum kam ihre Mutter mitten in der Stunde, um ihr den
Turnbeutel zu bringen oder das Butterbrot? Waren sie denn im
Kindergarten? Konnte Kerstin nicht mal zu Hause auf den Tisch
hauen und sagen, ich will das nicht? Eltern brauchten ab und
zu eine klare Ansage, weil sie einfach nicht wussten, was so
abging in der Schule. Kerstin verströmte außerdem den Geruch
von Ängstlichkeit, und es wusste doch jeder, dass dieser
Umstand in der freien Wildbahn die Raubtiere anlockte.
Und genauso war es in der Schule.
Wenn Kerstin überleben wollte, musste sie diesen Geruch
loswerden. Viola zweifelte, ob ihre Eltern ihr dabei helfen

konnten. Das musste Kerstin alleine erledigen. Und sie musste 10 Kilo abnehmen.

Fall zwei war Yannik. Er war ein blondgelockter Junge mit großen Augen. Viola konnte sich gut vorstellen, wie alle seine Tanten und Omas vor ihm standen und *oh, wie süß* riefen. Und das war Yanniks Problem. Er war süß, aber nicht in dem Sinne, wie Mädchen einen Jungen süß finden und das als Kompliment meinen. Sondern er war so süß wie ein kleines, unschuldiges Plüschtier. Leider hatte man in einer achten Klasse für Plüschtiere dieser Art kein Verständnis. Daher kippte man den Inhalt seines Rucksacks in die Mülltonne und schrieb und malte allerlei sehr witzige Beleidigungen an die Tafel. Dann verschwanden seine Schuhe, dann klebte er an seinem Stuhl fest. Dann flog sein Etui mal wieder zum Fenster hinaus. Viola hätte Yannik als erstes zum Friseur geschickt und ihn von seinen Locken befreit. Anschließend hinein in die richtigen Klamottenläden. Alles nur Äußerlichkeiten, es war eine primitive Strategie, aber in diesem Fall notwendig. Außerdem hätte sie Yannik verboten, so zu tun, als merke er von dieser gemeinen Mobbinggeschichte nichts. Er musste sich wehren, auch wenn das nicht ganz leicht war und er Angst hatte. Aber wollte er ewig das Opfer sein?

Vielleicht sollte er sich Freunde suchen, nach dem uralten Motto *Gemeinsam sind wir stark*. Er musste natürlich die richtigen Freunde finden. Und der Erfolg war keineswegs garantiert. Viola sah schwarz für Yanniks nahe Zukunft. Er musste darauf vertrauen, älter zu werden und seine Niedlichkeit in irgend etwas Knuddeliges verwandeln, was dann auch etwas Anziehendes an sich haben konnte...

Dann war da noch der dritte Fall. Benni, zwei Jahre jünger als die anderen Schüler in der Klasse, hochbegabt, viel kleiner

als alle anderen in der Klasse, eigentlich sah er aus wie
ein Neunjähriger.
Er wehrte sich verbissen und scharfzüngig gegen alle Angriffe,
die oft gar keine waren, teilte Beleidigungen aus, als sei dies
sein gutes Recht. Einmal hatte Viola einen Streit schlichten
wollen, da hatte er nach ihr getreten und versucht, sie zu beißen.
Was sollte man also machen?
Benni hätte auf eine andere Schule gehen müssen, eine Schule
für Hochbegabte. Aber aus Gründen, die Viola nicht kannte,
tat er das nicht. Die Mitschüler versuchten im Grunde ihr
Bestes, kannten die Probleme, aber sie verstanden ihn trotzdem
nicht, hassten seine Sonderstellung bei den Lehrern.
Viola verstand Benni gut, konnte viele seiner Reaktionen
nachvollziehen. Er war zu jung, um vernünftig zu reagieren.
Sie verstand aber auch ihre Mitschüler, sie waren überfordert
mit der ständig von ihnen erwarteten Rücksichtnahme.
Sie drückte Benni die Daumen, vielleicht hatten seine Eltern
ein Einsehen und er durfte die Schule wechseln.
Ansonsten musste auch er älter werden. Und einsehen,
dass er keine Sonderbehandlung verdiente.
Intelligenz ist kein Verdienst, sondern ein Geschenk. Das war
ein Satz ihres Großvaters, den er gerne in den verschiedensten
Situationen anwendete- er wäre lieber Philosophie Professor
geworden, statt in die Handelsfirma der Familie van Boysen
einzutreten, aber dann hatte er sich doch für ein Betriebswirt-
schaftsstudium entschieden. Das Geld und der Druck der Familie hatten ihn umgestimmt. Aber er hatte sich zu Hause eine eigene Bibliothek eingerichtet und Viola, seine Lieblingsenkelin,
war oft dort zu Besuch gewesen. Nicht um zu lesen, sondern um
zu staunen und die Atmosphäre zu genießen- die hohen Bücher-
regale bis unter die Decke, die man nur mit Hilfe einer Leiter

erreichen konnte, die schönen Tische aus Mahagoniholz, die Leselampen aus Messing mit grünem Glasschirm, die chinesischen Seidenteppiche auf dem Parkett und natürlich ihren Opa, der ihr alles erklärte und erwartete, dass sie auch alles verstand.
Sie hatte sich bei jedem Besuch zwei Bücher ausleihen dürfen und war dazu regelmäßig auf die Leiter geklettert und hatte dort oben irgendein Buch gewählt, dessen Titel ihr gefiel oder das besonders beeindruckend ausgesehen hatte. Zu Hause hatte sie dann ein bisschen darin herumgeblättert, ein paar Zeilen gelesen und es beiseite gelegt. Sie war beeindruckt, zu welchen Gedanken Menschen fähig waren, sie ahnte ihre Bedeutung, aber sie verstand nichts von dem, was sie gelesen hatte.
Aber das machte nichts. Die letzte Begegnung mit ihrem Großvater war nicht gut verlaufen. Er hatte ihre dünnen Arme gesehen und sie von oben bis unten gemustert.
Dann hatte er gesagt: *Du bist krank. Wenn du nicht krank bist, dann hast du eine falsche Entscheidung getroffen. Du solltest dankbar sein. Für dein Leben. Aber das kannst du nicht, weil du erst 13 Jahre alt bist. Aber du kannst deine Entscheidung rückgängig machen. Weil du ein intelligentes Mädchen bist.* Das waren ungefähr seine Worte gewesen und seitdem
hatte sie keinen Kontakt mehr zu ihm. Sie fürchtete sich vor seinen Kommentaren.
Viola war gespannt, was die einberufene Konferenz für Ergebnisse brachte. Ihr Herz schlug für die Mobbingopfer, aber offen gezeigte Sympathie konnte sie sich nicht leisten. Sie hatte keine Lust, selbst als Opfer ins Visier zu geraten. Der Grat zwischen Opfer und Außenseiter war sowieso ein sehr schmaler.
Sie fasste ihre Beobachtungen und Gedanken in einer Art Thesenpapier zusammen und überreichte dieses in der Pause ihrem Klassenlehrer.

Herr Terhorst nahm das Papier etwas irritiert entgegen und überflog den Inhalt. „ Ich dachte, du wolltest Schriftstellerin werden? Das hier hört sich mehr nach Psychologin an." Er sah sie mit hochgezogenen Augenbrauen an.
„Vielleicht können Sie es gebrauchen", sagte Viola, „ es gibt doch demnächst diese Konferenz."
„Warum hast du das geschrieben?"
„Ich habe mir Gedanken gemacht."
„Über deine Mitschüler?"
Viola überlegte einen Moment.
„Ja, natürlich. Und über die Menschen im allgemeinen", sagte sie dann, „ich forsche danach, was sie beeinflusst, warum sie so handeln, wie sie handeln und warum sie zu Tätern oder zu Opfern werden."
Lehrer Terhorst stand schweigend da, die Blätter in der Hand.
Viola fuhr fort: „Und dann ist da noch die Seele - und das Unterbewusstsein. Es gibt da etwas... wie eine Wolke... dort sammelt sich das unbewusste Wissen aller Menschen."
„Oh, gut, ja, danke. Eine Wolke also." Terhorst schloss einen Moment die Augen. Er sah eine dampfende Tasse Kaffee vor sich und wünschte sich an einen ruhigen Ort.
Zum Beispiel ins Lehrerzimmer.
Er steckte die Blätter sorgfältig in seine Aktentasche.
Dieses Mädchen hatte kein leichtes Leben vor sich.
Aber - er konnte sich natürlich täuschen - sie war nicht mehr ganz so dünn und blass wie noch vor ein paar Wochen.
Vielleicht tat es ihr ja gut, sich mit Mobbingopfern und den Seelen ihrer Mitmenschen zu beschäftigen.
Er würde ihre Aufzeichnungen lesen. Es war nicht auszuschließen, dass er sie tatsächlich gebrauchen konnte.
Zu Hause setzte sich Viola vor ihren Laptop und mühte sich wie

schon seit Tagen, ihrem Fantasyroman ein paar weitere Seiten hinzuzufügen. Es war wirklich mühsam, aber sie war entschlossen, die Sache zu Ende zu bringen. Aufgeben kam für sie nicht in Frage. Andererseits war ihr klar geworden, dass sie eine Alternative brauchte, sie musste sich andere Inhalte suchen, es konnte nicht sein, dass einer Schriftstellerin tagelang nichts einfiel oder dass sie das Gefühl hatte, nur Schrott zu produzieren. Also musste das Thema gewechselt werden, beim nächsten Roman. Die Überlegungen zum Thesenpapier, das sie für ihren Klassenlehrer zu den Mobbingopfern geschrieben hatte, hatten ihr Spaß gemacht .... aber das war natürlich kein Stoff für einen Roman. Sie sollte sich mehr an der Wirklichkeit orientieren. Ein spannender Roman mit realistischem Hintergrund, darüber wollte sie nachdenken. *Bye, Bye Harry Potter*, dachte sie wehmütig. Aber J.K. Rowling hatte auch das Genre gewechselt und schrieb jetzt Kriminalromane.

Und sie konnte gleich mit der Recherche anfangen, in ihrem eigenen Haus. Schließlich wohnte hier jemand, der ein Geheimnis mit sich herumtrug. Von dem er allerdings nichts wissen wollte, aber sie fand, es war an der Zeit, dieses Geheimnis zu erforschen. Die Wanderin zwischen den Welten musste ab und zu eine kleine Pause einlegen.

Erik hatte gerade angefangen, das Internet zum Problem der Fotosynthese zu befragen, als die Tür sich öffnete und seine Schwester hereinkam. Er starrte weiter auf den Monitor und betätigte den Drucker.

„Ist es wichtig?" fragte er schließlich.

„Ja."

Erik holte das Blatt aus dem Drucker, warf einen kurzen Blick darauf und legte es mit einem Seufzer zur Seite. „Was gibt's?"

„Ich muss mit dir sprechen."

„Genau das tust du gerade. Also?"
Erik sah Viola an und ihm wurde schlagartig klar, dass sie seit einem Jahr nicht mehr in sein Zimmer gekommen war, um mit ihm zu reden.
„Setz´ dich doch", sagte er, auf einmal freundlich geworden.
Viola setzte sich und verschwand beinahe in dem großkarierten Ohrensessel, den Erik gegen den Widerstand seiner Mutter auf dem Flohmarkt in der Schule erstanden und in sein Zimmer geschleppt hatte. Erik stand auf und setzte sich ihr gegenüber auf sein rotes Kussmundsofa.
„Ich habe mir überlegt... ich möchte gerne nach unseren Ahnen forschen."
„Unsere Ahnen?" Erik wusste nicht genau, was er erwartet hatte, aber das sicher nicht. Obwohl er bei seiner Schwester auf alles gefasst sein musste.
„Jeder Mensch hat Vorfahren. Und es wichtig zu wissen, wer sie waren."
„Warum? Warum ist das wichtig?"
Erik versuchte, nicht allzu genervt zu klingen, dass Viola jetzt auch noch Ahnenforscherin werden wollte, fand er wirklich übertrieben.
„Es geht um die Wurzeln. Man muss die Menschen verstehen, ihre Taten verstehen, aber das kann man nur, wenn man weiß, woher sie kommen. Wo zum Beispiel die Urgroßeltern gelebt haben, was sie gemacht haben. Das finde ich sehr interessant."
Und dann erzählte Viola von einer Fernsehsendung, in der die befragten Personen erstaunliche Dinge von ihren Ahnen erzählt hatten. Von mongolischen Ur-Großmüttern und von Großvätern, die früher Großgrundbesitzern in Argentinien gewesen waren.
„Und du möchtest jetzt deine mongolische Ur-Großmutter entdecken?" fragte Erik schließlich, als Viola eine Pause einlegte.

„Ja, genau. Aber nicht meine, sondern deine."
Erik lachte. „Da kannst du lange suchen. Mir ist meine Uroma jedenfalls völlig egal. Ob sie jetzt in der Mongolei oder auf dem Mond gelebt hat. Mir reicht meine Familie hier in der Gegenwart... einschließlich meiner Schwester", fügte er freundlich hinzu.
„Aber du bist ein Teil meines Forschungsprojekts", sagte Viola ernsthaft. Erik betrachtete die kleine dünne Gestalt in dem wuchtigen Sessel, die so klug, fantasievoll und für ihre Umwelt so anstrengend war.
Er war froh, dass sie wieder miteinander sprachen. Er hatte also keine Wahl.
„In Ordnung, dann forsche. Du kannst mich alles fragen, was du willst, aber ich weiß wahrscheinlich keine Antworten."
„Gut. Wir werden sehen."
„Vielleicht fange ich auch mit Papa an", rief Viola plötzlich überschwänglich und war wieder das kleine fröhliche Mädchen von früher.
„Sein Ur-Großvater war wahrscheinlich Mönch in einem Schweigekloster", sagte Erik und Viola kicherte, „das ist unmöglich. Ein Mönch kann kein Großvater sein."
Erik grinste. Seine kleine Schwester kehrte offenbar wieder ins normale Leben zurück. Aber sie würde sich an seiner Herkunft die Zähne ausbeißen, da war er sicher. Ein Kinderheim irgendwo in Rumänien...wie und was wollte sie dort erfahren?
Es gab keine Hinweise auf seine Herkunft.
Er brauchte keine Ahnen, und wenn er welche hatte, würde er sie ignorieren. Er brauchte keinen armen Bauern aus Rumänien als Vater oder eine Romafrau als Mutter. Aber Viola kehrte wieder ins Leben zurück, da wollte er kein Spielverderber sein.

31

„Hi, Rinderauge." Carlos Begrüßung war unüberhörbar und
Erik nahm sie scheinbar gleichmütig hin. Er setzte sich auf
seinen Platz im Biologieraum und packte sein Lateinbuch aus.
Es stand morgen eine lästige Lateinarbeit an und er wollte die
Minuten, in denen der Biolehrer noch nicht da war, nutzen.
Dann hatte er zu Hause seine Ruhe. Aber Carlos Unverschämt-
heit ärgerte ihn.
Sein ursprünglicher Plan, ein Kampf Mann gegen Mann,
war bisher daran gescheitert, dass sich noch nicht die richtige
Gelegenheit dafür ergeben hatte, nicht für eine Ankündigung
und nicht für die Durchführung.
Und es waren ihm Zweifel gekommen. Es war ihm plötzlich
seltsam erschienen, sich zu einer Prügelei zu verabreden.
Mit kühlem Herzen und Verstand so etwas zu planen- das
ging einfach nicht. Und die Umstände hatten sich geändert.
Die Sache mit Carlo und Co. verlor langsam an Bedeutung.
Natürlich sollte er etwas unternehmen, aber es gab im Moment
andere, wichtigere Dinge, die ihn beschäftigten, heute Nachmittag würde er wieder bei einer Pferdeflüsterin sein...
Der Vertretungslehrer für Herrn Wessels, der mit einem Hör-
sturz im Krankenhaus lag und wohl einige Wochen ausfallen
würde, gab sich alle Mühe, die Klasse bei Laune zu halten.
Er hatte einen aufwendigen Versuch aufgebaut, der die Fotosynthese verdeutlichen sollte. Carlo und Co. waren jedoch nicht
in Stimmung, seinen Erläuterungen zu folgen. Sie hatten sich
schon in der vergangenen Stunde auf lateinische Grammatik
konzentrieren müssen, so dass nun Entspannung angesagt war.
Unterrichtsvermeidung hieß für sie das Programm dieser
Stunde. Provokative und sinnlose Fragen bestimmten den

Unterricht, wobei Carlo und Co., geschult durch lange Jahre der Übung, nie die Grenze zur Unverschämtheit überschritten, sondern haarscharf darunter blieben. Denn sonst hätte der Lehrer eventuell Maßnahmen ergreifen können.
Erik beobachtete interessiert das angestrengte Bemühen des Lehrers, doch noch zur Besprechung seines Versuches zu kommen. Doch statt der unnötigen Fragerei ein Ende zu setzen, bemühte er sich weiter um vernünftige Antworten. Dabei wurde er zunehmend nervöser, gut möglich, dass er doch die Beherrschung verlor.
Erik beobachtete, wie Carlo unter der Bank sein Handy in Stellung brachte. Er sah aus dem Fenster- das hatte er schon einige Male erlebt, aber was konnte er tun, was ging ihn dieser Lehrer an? *Augen auf bei der Berufswahl*, das hätte er ihm gerne zugerufen. Draußen schien die Sonne, ein kleiner Vogel landete kurz auf der Fensterbank, wippte auf und ab und flog dann weiter. In den blauen Himmel. Erik wendete seinen Blick wieder dem Geschehen in der Klasse zu, er sah die nervösen Handbewegungen des Lehrers und zu seiner eigenen Überraschung hörte er sich sagen:
„Können wir bitte mit dem Versuch jetzt anfangen, die Stunde ist gleich vorbei!"
Der Lehrer sah ihn überrascht an und war ihm offensichtlich dankbar für diese Aufforderung. Erik biss die Zähne zusammen. Er hatte es nicht seinetwegen getan, sondern, weil die Situation es erfordert hatte. Sie war ...unwürdig gewesen.
Aus dem hintersten Winkel des Biologieraumes ertönte plötzlich eine tiefe Stimme und alle drehten sich um. Tassilo Tenhumberg stellte eine Frage zur Fotosynthese. Ein seltenes Ereignis. Dieser Schüler war normalerweise stumm.
Der Lehrer ging erfreut auf die Frage ein, hantierte mit seiner

Apparatur, allerdings nur für zehn Minuten, dann schellte es.
Die Schüler drängten zur Tür hinaus und Erik achtete darauf,
nicht in die Nähe von Tasse zu kommen. Schön, dass er sich
gerade auf seine Seite geschlagen hatte, aber Freunde waren sie
deswegen noch lange nicht.
Auf dem Gang hörte Erik hinter seinem Rücken die Bemerkungen von Carlo und Co..
„Unsere beiden Schleimis... bald halten sie Händchen... fett und
schwul..das passt perfekt ..das geilste Paar der Schule...
" Es war eine Situation, die er so ähnlich vor ein paar Jahren
schon einmal erlebt hatte und die ganze Wut von damals und
die Wut von heute explodierten ihn ihm.
Er machte eine blitzschnelle Drehung nach hinten und packte
Carlo am Kragen seiner Jacke.
„Halt endlich deine Scheißklappe."
Carlo grinste schief: „Du hast mir gar nichts zu
sagen, Schleimer."
Erik griff fester zu und warf sich voller Wucht gegen Carlo,
der stolperte rückwärts und fiel auf den Boden, riss Erik mit
sich. Ineinander verhakt wälzten sie sich über den hellgrünen
Bodenbelag. Carlo war kräftig, doch Erik kannte einige spezielle
Griffe, um ihn ruhigzustellen und auf den Boden zu pressen.
Er roch den Atem seines Gegners, aus seinem Mund kam der
Geruch von Knoblauch, als er versuchte, nach Erik zu spucken,
was ihm nicht gelang. Der Speichel lief ihm am Kinn hinunter
und in seinen Kragen hinein.
„Hast du überhaupt irgendetwas in deinem Kopf außer
Scheiße?" zischte Erik ihm ins Gesicht.
Die ersten Zuschauer hatten sich eingestellt und betrachteten
das Geschehen interessiert. Es sah alles nach einem guten
Kampf aus. Carlos Kopf wurde langsam rot, er fing an zu treten,

seine Arme hielten Erik umklammert.
Niemand griff ein.
Dann tauchte der Vertretungslehrer aus dem Klassenraum auf und versuchte, die beiden Kämpfer auseinander zu bringen.
Nach einer Weile fühlten sich einige ältere Schüler verpflichtet, ihm zu helfen und einen Moment später standen Erik und Carlo drei Meter voneinander entfernt und starrten sich hasserfüllt an.
„Ihr kommt jetzt mit zum Schulleiter", sagte der Vertretungslehrer. Er war sehr blass.
„Nein", sagte Erik, machte sich von den beiden Schülern los, die ihn festhielten, hob seinen Rucksack vom Boden auf, ging den Gang hinunter und verschwand im Treppenhaus.
Tassilo Tenhumberg hatte währenddessen stumm an der Wand gelehnt. Er dachte daran, dass es gefährlich war für Erik, sich so zu verhalten. Auch, wenn er diesen Kampf gewinnen würde, die anderen waren in der Überzahl.
Sie konnten jederzeit zurückschlagen.
Andererseits - Erik war stark. Stärker als Carlo, wie er feststellen konnte und viel stärker als er selbst, was ja auch irgendwie klar war. Aber das würde ihm nicht viel nützen in den nächsten Wochen und Monaten.
Er betrachtete die sich wälzenden Körper auf dem glatten Boden und sah seine Mitschüler, die ihre Smartphones zückten und sich über das spannende Motiv freuten, das ihnen hier unerwartet geboten wurde. Dann war die Prügelei vorbei, Lehrer und Oberstufenschüler hatten eingegriffen.
Was schade war, denn Erik hätte diesen Kampf gewonnen.
Tassilo ging rasch in Richtung Pausenhalle, er brauchte dringend eine Stärkung in Form von zwei oder drei Käsebrötchen und mindestens zwei Tüten Kakao.
Diese Sache gerade in der Biostunde... das war ein spontaner

Ausrutscher von ihm gewesen.
Er hatte die Folgen nicht bedacht.
Der Lehrer war eigentlich ganz nett und hatte ihm leid getan.
Er hatte sich große Mühe gegeben, diesen Versuch aufzubauen.
Das machte nicht jeder. Aber Carlo und Co. war so etwas
natürlich egal. Tassilo war sicher, dass ihnen sowieso alles
egal war, was mit Schule zusammenhing. Es sei denn, sie
konnten hier ihren Spaß haben. Nun würde er, Tassilo,
wieder höllisch aufpassen müssen. Dabei war eigentlich
alles gerade auf einem guten Weg gewesen und es hatte Ruhe
geherrscht an der Mobbingfront.
Er stellte sich in die lange Schlange vor dem Kiosk.
Ein Fünftklässler sah staunend an ihm hoch und stieß seinen
Vordermann an, der Tasse ebenfalls anstarrte.
Blöde Kids, hatten sie kein Benehmen?
Tassilo wusste aus Erfahrung, dass Pöbeleien und Provokati-
onen nicht nur von oben nach unten, sondern auch von unten
nach oben funktionierten. Und zwar besonders gut: Schüler aus
der Sechs und Sieben machten sich einen Spaß daraus, ältere
Schüler zu provozieren und zu ärgern, und wenn diese dann
auch mal handgreiflich wurden, wenn nichts anderes mehr half,
einen Oberarm fassten oder eine Kopfnuss verteilten, dann war
das Geschrei groß. Und der ältere Schüler war natürlich immer
der Schuldige. Ein sehr beliebtes Spiel, das Tasse seit Jahren
stoisch über sich ergehen ließ.
Er sah sich um, vielleicht konnte er Lena irgendwo entdecken.
Er hatte oft an ihre Begegnung in der Kirche denken müssen,
Lena war nett gewesen, ruhig und .... irgendwie angenehm
hübsch und weich.
Und dann war ein kleines Wunder geschehen. Gestern hatte sie
ihn angerufen, ihm war kurz die Luft weggeblieben, sie hatte

ihn gefragt, ob er bei der Pferdeshow mitmachen wollte. Er sollte Orgel spielen, in der Kapelle. Den Rest hatte er nur halb verstanden. Er war damit beschäftigt gewesen, seine Nervosität zu unterdrücken, noch nie hatte ihn ein Mädchen angerufen. Auf jeden Fall hatte er zugesagt, daran konnte er sich erinnern. Vor allem, weil er Lena nicht enttäuschen wollte. Sie hatte ihn so freundlich gefragt. Dann war es jetzt eben soweit, sein Coming out als Orgelspieler. Dass dies in Verbindung mit einer Pferdeschau passieren würde, damit hatte er nicht gerechnet. Ihm war diese Schau nicht ganz geheuer, er wusste zwar, dass es Wildpferde hier in der Gegend gab, aber er hatte noch nie eines in freier Wildbahn gesehen und der Gedanke, man könnte mit diesen Tieren irgendetwas anderes tun, als sie vielleicht aus sicherer Entfernung zu betrachten, war ihm fremd. Aber Lena war da offensichtlich vollkommen anderer Meinung und er hatte gar kein Problem damit, sich ihrer Meinung anzuschließen. Er würde sich also aufmachen zu dieser Scheune, gleich morgen nach der Schule. Dort sollte dann alles besprochen werden. Es schien, als würde endlich ein bisschen Bewegung in sein Leben kommen.

32

Erik wurde am nächsten Tag zum Schulleiter zitiert.
„Du solltest schon gestern kommen", sagte Herr Albrecht streng.
„Ich weiß. Aber ich konnte gestern mit niemandem mehr reden."
„Du musstest dich beruhigen, nehme ich an."
Der Direktor betrachtete seinen neuen Schüler nachdenklich.
Er sah einen gutaussehenden jungen Mann mit schulterlangen dunklen Haaren, in einem weißen Hemd über einer verwasche-

nen Jeans. Das also war der Sohn des neuen Tiefkühlkost-Geschäftsführers van Boysen. Eine wohlhabende hanseatische Familie, die eine große Villa etwas außerhalb von Mariafeld gemietet hatte. Und zur Familie gehörte auch dieses magersüchtige, intelligente Mädchen aus der Acht, Viola, das war ihr Name. Eine interessante Familie.
„Also", sagte er, „ ich höre."
Erik erklärte, er habe sich provoziert gefühlt und dann habe er sich Carlo vorgenommen. Es tue ihm leid, Gewalt sei dumm, aber er habe sich nicht beherrschen können. Es sei nicht die erste Provokation von Carlo gewesen, es gehe schon eine ganze Weile so, er habe diesen Zustand beenden wollen.
„Was hat Carlo zu dir gesagt?"
„Das Übliche...Schleimer, Schwuler und so weiter."
„Das ist kein Grund, so zu reagieren, wie du es getan hast."
„Ich weiß. Aber es ist die einzige Sprache, die Carlo versteht."
Erik hatte keine Lust, seinen Peiniger in irgendeiner Weise zu schonen. Es gab dafür keinen Grund.
Direktor Albrecht hörte zu und überlegte, wie er sich verhalten sollte. Die Situation war eindeutig- Erik hatte mit der Prügelei angefangen. Das hatte gestern Carlo beteuert und mehrere Zeugen gaben ihm recht. Eine Provokation habe es nicht gegeben- das sagte Carlo und die Zeugen hatten angeblich nichts gehört. Aber selbst wenn- Erik hatte mit der Prügelei angefangen. Carlo hatte, wenig überraschend- angekündigt, dass sein Vater sich beim Schulleiter melden werde.
Albrecht seufzte tief und aus vollem Herzen. Carlos Vater war eine Plage und leider auch noch Rechtsanwalt.
Eine Prügelei war zu verurteilen, dennoch... er war ein altmodischer Lehrer. Es gab Situationen, wo die Gefühle explodierten und wo Worte nichts mehr regeln konnten.

Das war schlecht, aber menschlich. Es hatte immer schon Prügeleien in der Schule gegeben.
Jetzt allerdings gab es, im Gegensatz zu früher, keine Hemmschwelle mehr. Schüler wurden gequält und gemobbt, auch mit Worten, immer öfter, immer brutaler, gerne mit Hilfe der sogenannten sozialen Medien. Das Opfer war seinen Peinigern hilflos ausgeliefert, wusste oft nicht einmal, wer ihn drangsalierte. Und die anderen weideten sich an seinem Leiden. Gott sei Dank hielten sich die Prügeleien an seiner Schule in Grenzen, aber er hörte von Kollegen, dass es an manchen Schulen schon an der Tagesordnung war, Peinlichkeiten und gefilmte Gewalttaten ins Netz zu stellen. Dass sofort die Handys gezückt wurden, wenn es spannend zu werden versprach, niemand griff ein, alle waren damit beschäftigt, das Geschehen zu dokumentieren. Ein großer Spaß. Die Kollegen sahen sich dieser Entwicklung hilflos ausgeliefert.
Das alles sollte an seiner Schule nicht passieren.
Die Schüler taten entsetzt, wenn das Thema offiziell behandelt wurde- aber konnte er ihnen ihre Betroffenheit abnehmen? Waren es immer die anderen, die quälten, traten und filmten? Vielleicht merkten die Schüler gar nicht, wie gedankenlos sie sich dem Zeitgeist angepasst hatten...
Die Sucht nach Aufmerksamkeit hatte sich in der Gesellschaft breitgemacht, dabei wurden Werte wie Rücksicht, Ehrlichkeit und Respekt gnadenlos über Bord geworfen. Total altmodisch. Smart und cool sollte man sein, chillen und Spaß haben waren angesagt. Und immer den bequemsten Weg im Leben suchen, jeder Anstrengung möglichst geschickt aus dem Weg gehen.
Aber er, Direktor Bernhard Albrecht, wollte und konnte nicht zulassen, dass die Faulen, Dummen und Dreisten das Zepter in die Hand bekamen. Er lächelte grimmig. Diesen Satz durfte er

nur denken und niemals sagen.
Manchmal fragte sich Albrecht, ob er nicht besser die Lampenfabrik seines Vaters hätte leiten sollen. Aber er war Lehrer geworden, aus Überzeugung. Die Lampenfabrik hatte sein Bruder übernommen. In letzter Zeit hatte Albrecht immer öfter das Gefühl, eine falsche Entscheidung getroffen zu haben.
Und jetzt stand hier dieser Erik. Er hatte zu diesem Gespräch nicht seine Eltern mitgebracht und auch keinen Anwalt.
Damit war er schon mal eine positive Ausnahme. Andere klammerten sich an die Hand von Mama und Papa und wollten keine Verantwortung übernehmen.
Dieser junge Mann war offenbar anders. Er leugnete nichts.
Er hatte sich geprügelt, nachdem er provoziert worden war.
Von Carlo, der seit Jahren in Streitereien und Prügeleien verwickelt war.
„Gut", sagte er. „Der Schulgarten braucht viel Zuwendung und Pflege. Ich hoffe, du verfügst über einige gärtnerische Fähigkeiten, wenn nicht, ist dies ein gute Gelegenheit, sie zu erwerben. Unser Biologielehrer wird dir sagen, was du zu tun hast."
Erik nickte und Albrecht fuhr fort: „Ich werde auch Carlo im Auge behalten. Wenn es Probleme gibt - komm zu mir, möglichst vor einer Prügelei." Er drückte Erik fest die Hand und die Unterredung war beendet.
Als der Junge die Tür hinter sich zugemacht hatte, starrte der Schulleiter auf das gegenüberliegende Regal, in dem sich die pädagogische Fachliteratur meterweise aneinanderreihte.
Wo sollte er nach einer Lösung suchen? Er bezweifelte inzwischen, dass sie dort im Regal zu finden war.
Erik war nicht das Problem. Sondern Carlo. Seit Jahren gab es Ärger mit ihm. Er hätte nie auf dieser Schule aufgenommen werden dürfen. Weil er überfordert war mit dem Lernstoff,

weil er seine Bestätigung woanders suchen musste.
Aber nach zwei oder drei Jahren war es meist zu spät für einen Schulwechsel, die Eltern sträubten sich, drohten damit, die Schulbehörde oder einen Anwalt einzuschalten, sämtliche Noten des Schülers standen auf dem Prüfstand, sogar die mündlichen Leistungen mussten dokumentiert werden.
Wenn es nicht gelang, den Schüler wegen seiner schlechten Leistungen von der Schule zu entfernen, dann wurde ein Schulverweis fast unmöglich.
Was musste alles passieren..... Albrecht konnte sich an lediglich zwei Schüler erinnern, die von der Gesamtschule im Nachbarort geflogen waren. Der eine hatte immer wieder jüngere Schüler belästigt und sexuell bedrängt und war offensichtlich psychisch krank gewesen, der andere hatte eine Lehrerin krankenhausreif geschlagen und dann Fotos von ihr gemacht und diese mit diffamierenden Kommentaren ins Internet gestellt.
Schreckliche Geschichten.
Dagegen waren die Vergehen von Carlo beinahe harmlos.
Die Schmiereien an der Toilettenwand und anderswo, die Prügeleien auf dem Schulhof, die Lehrer Beleidigungen, der Alkohol auf der Klassenfahrt und so weiter. Dieser dreiste Junge konnte jahrelang seine Umgebung drangsalieren, ohne dass ernsthafte Konsequenzen gezogen wurden. Es hatte Klassen- und Schulkonferenzen gegeben, Verwarnungen und Elterngespräche. Nichts hatte geholfen.
Direktor Albrecht stand auf und trat ans Fenster, von hier aus konnte er den Schulhof überblicken, der im Moment leer und friedlich in der Sonne lag.
Er wusste, dass er es war, der handeln musste. Manchmal geriet ihm das vor lauter Verordnungen, Konferenzen und Elterngesprächen aus dem Blickfeld.

Was er dagegen immer deutlich im Blick hatte, war der Ruf
seiner Schule. Die Schülerzahlen sanken seit Jahren, und die
kaum zehn Kilometer weit entfernte Gesamtschule war eine
ernsthafte Konkurrenz. Es hatte sich herumgesprochen, dass
man dort das Abitur wesentlich leichter ablegen konnte als an
seiner Schule. Und das war das Credo der neuen Schülergenera-
tion- Erfolg haben, ohne sich anstrengen zu müssen.
Er befand sich seit Jahren in einer Zwickmühle. Im Moment
konnte er noch jedes Jahr vier Eingangsklassen bilden, aber
es wurde immer schwieriger, bald waren sie bei drei Klassen
angelangt, und das war noch nicht das Ende, fürchtete Albrecht.
Musste er bald einige seiner Lehrerkollegen entlassen? Wurden
die Gelder gekürzt? Was sollte er tun, wenn immer mehr Eltern
es vorzogen, den leichteren Weg für ihre Kinder zu wählen?
Es ging den Eltern nicht mehr um eine bessere Bildung, sondern
nur noch um die bessere Abiturnote. Bei den Schülern gab es
diese Einstellung schon viel länger- es wurde nur noch gelernt,
wenn es Einfluss auf die Note hatte und hier wurden alle Tricks
und rechnerischen Finessen angewendet, die das System zuließ.
Ein verbissener Kampf um eine Stelle nach dem Komma, das
war heute das, was von der Bildung übriggeblieben war.
Schulleiter Albrecht fühlte sich plötzlich überraschend
tatendurstig. Der schwere Vorhang der Resignation begann sich
langsam zu heben. Es konnte sein, dass diese erneute Prügelei,
die eine lange Vorgeschichte hatte, das Fass zum Überlaufen
gebracht hatte. Man konnte nicht die Augen verschließen vor
allem, was unbequem war und Widerstand provozierte.
Er würde sich das allgemeine Carlo- Problem noch einmal
gründlich und mit Argusaugen ansehen. Dieser Störenfried
war nicht der einzige, der endlich in seine Grenzen verwiesen
werden musste. Er würde Mobbing und unverschämtes

Verhalten nicht mehr dulden, nicht auf seiner Schule.
Der Pausengong ertönte und langsam füllte sich der Schulhof.
Albrecht sah das gewohnte Bild. Schlendernde Oberstufenschüler, den Blick fest auf ihre Smartphones gerichtet, wuselige Fünftklässler, die sich auf die Tischtennisplatten aus Beton stürzten und ihre Schläger schon in der Hand hielten, Mädchenrunden, die die Köpfe zusammensteckten, Handys fest umklammert. Überall wurden die kleinen Geräte aus der Tasche geholt, die Finger flogen über die Tasten.
Albrecht fragte sich, wie lange er schon an diesen Anblick gewöhnt war. Vor Jahren hatte es schleichend begonnen, jetzt war es Alltag geworden. Eine plötzliche, heftige Abneigung überfiel ihn.
Er würde ab sofort auch in der Pause das Benutzen der Handys verbieten. Was hatten die Schüler eigentlich in der Prä-Smartphone-Zeit gemacht? Hatten sie sich unterhalten, von Angesicht zu Angesicht? Heute waren sie offenbar unfähig, auch nur ein paar Minuten ohne optische Reize und mediales BlaBla auszuhalten. Früher, zu einfachen Handyzeiten, hatten sie wenigstens noch telefoniert und eine andere Stimme gehört- heute wurde nur noch getippt. Emotionen wurden körperlos. Vielleicht noch mit einem genormten Bildchen versehen und weg waren sie.
Er musste zugeben, dass er selbst gerne solche Nachrichten versendete an sämtliche Familienmitglieder, gerne auch mit lustigen Emojis. Diese Nachrichtenübermittlung faszinierte ihn. Aber er las auch Bücher und ging ins Theater und er redete mit der Familie.
Er sah in letzter Zeit immer wieder zwei- und dreijährige Kinder, die auf ihr Tablet starrten, anstatt im Sandkasten zu spielen. Wohin sollte das führen? Wie viel Reize konnte das menschliche Gehirn verkraften, welche Bereiche wurden

umprogrammiert, um die immer größer werdende Informations- und Spaßflut zu überstehen?
Ihm war aufgefallen, dass die einfache Frage nach dem „Warum"- egal auf welchem Gebiet- von den Schülern kaum noch gestellt wurde. Es wurde hingenommen, was an Informationen von Lehrern und Medien, vom Internet oder wem auch immer, serviert wurde. Es schien, als gebe es keine offenen Fragen mehr. Warum auch fragen- es war unbequem und irgendwie war die Antwort auch egal.
Albrecht würde sich wünschen, dass seine Schüler ihn bei dem einen oder anderen Thema auch mal fragen würden, warum sie so etwas lernen müssten. Es würde ihn dazu zwingen, sich dieselbe Frage zu stellen und eine Antwort darauf zu finden. Was bei verschiedenen Unterrichtsinhalten tatsächlich schwer werden könnte. Natürlich musste nicht jede Aufgabe gleich einen praktischen Nutzen haben, aber dann sollte man dies den Schülern erklären können- wenn sie denn fragen würden.
Er wandte sich vom Fenster ab und setzte sich an seinen Schreibtisch. Er musste nachdenken. Es würde nicht leicht werden.

33

Die Nachricht löste einen Schock aus: Die jungen Hengste sollten bereits vier Wochen vor dem sonst üblichen Termin gefangen und verkauft werden.
Die Rettungsgruppe war entsetzt. Die Proben für die Show liefen auf Hochtouren, aber in den zwei Wochen, die sie jetzt noch zur Verfügung hatten, war es unmöglich, die Vorführung auf die Beine zu stellen.

Bei dem Versuch, einen Gesprächstermin zwischen der
Rettungsgruppe und dem Grafen auszumachen, bei einem
ihrer Treffen im Lions Club, hatte Lenas Vater diese Information
erhalten. Das Lagerfeuer vor der Scheune war herunter gebrannt
und es herrschte Weltuntergangsstimmung.
Je nach Temperament und Charakter weinten die Mädchen
oder waren wütend.
Julia war wütend. „Warum ändert er einfach den Termin?
Das kann er doch nicht machen! Wir müssen mit ihm reden."
„Er will nicht mit uns reden. Er hat uns bis jetzt noch keinen
Termin für ein Gespräch gegeben. Was hat der Graf davon,
wenn er mit uns redet?"
Lena war wie immer pessimistisch.
„Er ist doch kein Ungeheuer. Er könnte einfach abwarten,
ob die Pferdeshow etwas einbringt und ob wir die Pferde
kaufen können oder ob sich andere Käufer melden."
Julia bemühte sich, einen klaren Kopf zu behalten.
Ratlosigkeit und Schweigen senkten sich über die Gruppe.
Ihr schöner Plan, ihre Wünsche und Hoffnungen hatten sich
mit einem Schlag einfach aufgelöst. Niemand hatte damit
gerechnet, dass der Graf den Termin ändern würde.
Und es war auch müßig darüber nachzugrübeln, was die
Gründe dafür sein mochten - die Tatsache allein zählte.
Diese bittere Erkenntnis lähmte sämtlichen Tatendrang.
Warum sollten sie jetzt noch proben?
Julia spürte, dass sie kurz davor war, die Beherrschung
zu verlieren. Aber eine heulende Julia wollte sie der Gruppe
nicht antun.
Sie sprang auf und lief zur Scheune hinüber. Hier wartete
Rosalie auf sie, der sie alles erzählen konnte. Das warme
Fell des Pferdes, die Geräusche und Gerüche in der Scheune

spendeten zuverlässig Trost. Aber diesmal war es schwer,
Trost zu finden. War wirklich alles umsonst gewesen?
Es musste eine Lösung geben. Julia war nicht bereit, ihren
Kampf verloren zu geben. Sie mussten mit Graf von Velenburg
reden, sie mussten ihn davon überzeugen, der Rettungsgruppe
eine Chance zu geben.
Julia hauchte einen Kuss auf die samtigen Nüstern von Rosalie
und diese schnaubt leise und zufrieden.
„Wir fahren einfach zu ihm hin, und er wird uns zuhören und
uns recht geben. Und dann kann die Show beginnen." Rosalie
malmte ihre Möhre und schwieg.
Entschlossen verließ Julia die Scheune, um den anderen ihren
Plan zu erläutern.
Schon am nächsten Tag, gleich nach der Schule, wollten sie
Graf von Velenburg aufsuchen, in seinem Wasserschloss bei
Reken, eine Viertelstunde Autofahrt von Mariafeld entfernt.
Sie würden sich nicht anmelden- es musste ein Überraschungs-
besuch werden, wenn sie eine Chance haben wollten, von ihm
angehört zu werden. Eine Delegation wurde bestimmt: Julia,
Carrie und Lena, das Auto sollte Tasse fahren. Er hatte gerade
seinen Führerschein gemacht und Lena hatte ihn als Fahrer
vorgeschlagen. Alle waren einverstanden gewesen, inklusive
Tassilo, der sich plötzlich nützlich und wichtig vorkam.
Sie wollten an den Grafen als Tierfreund appellieren und von
all ihren Bemühungen zur Rettung der Pferde berichten.
Wahrscheinlich wusste der Graf von ihren Aktionen, ohne
dass er sich bisher dazu geäußert hatte.
Er wird seine Gründe für alles haben, dachte Julia, der das
bevorstehende Gespräch große Bauchschmerzen bereitete.
Der Graf sollte ihnen seine Gründe für den Verkauf der
Pferde ins Gesicht sagen.

Schloss Velenburg lag in einer prächtigen Parklandschaft, schwarze Schwäne schwammen gemächlich auf dem dunkelgrünen Wasser des Schlossgrabens.
Tasse fuhr das Auto auf den Parkplatz und parkte es langsam und vorsichtig zwischen einem schicken Cabriolet und einer schwarzen Mercedes Limousine. Der alte Golf von Tassilos Mutter sah aus wie ein Fremdkörper neben all den Luxuskarossen, die wahrscheinlich den Hotelgästen des Grafen gehörten.
Julia kannte das Schloss von einigen Nachmittagsausflügen, auf der Terrasse konnte man stilvoll Kaffee und Kuchen zu sich nehmen. Außerdem hatten ihre Eltern hier geheiratet, das wusste sie aus Erzählungen.
Tasse stellte den Motor ab. „Viel Glück. Ich warte hier."
Die drei Mädchen stiegen aus und standen unschlüssig auf dem Parkplatz herum. Sie waren schon auf der Fahrt hierher nicht sehr gesprächig gewesen- was auch an Tasses unsicherer und schleichender Fahrweise lag, er hatte mit der Nase fast an der Scheibe geklebt- aber nun waren sie völlig verstummt.
Die prächtige Barockfassade des alten Gebäudes, der gepflegte Park mit den vielen Statuen aus Stein und Marmor, die alte Zugbrücke über der Gräfte: all das bewirkte, dass sie sich klein und unsicher fühlten. Vor allem bei dem Gedanken, gleich den Besitzer dieser pompösen Anlage mit ihrem Anliegen quasi zu überfallen.
„Wo sollen wir denn hier reingehen?" brach Carrie schließlich das Schweigen angesichts der vielen Türen in dem riesigen Schlossgebäude.
„Es wird ja wohl irgendwo einen Briefkasten und ein Namensschild geben", sagte Julia entschlossen und ging einfach los in Richtung des nächst gelegenen Einganges.
„Ich finde, Tasse sollte mitkommen", Lena war stehengeblie-

ben und sah zum Wagen zurück, wo Tassilo gerade Anstalten machte, auf dem Rücksitz ein Schläfchen zu halten. Die anderen nickten und Lena ging zum Wagen zurück.

„Warum ich?" Tasse erhob sich aus den Polstern und wischte sich mit einem blau karierten Tuch, das aussah, als habe er es aus der Küchenschublade geholt, über das verschwitzte Gesicht. Darauf gab es nicht so schnell eine schlüssige Antwort. Dann hatte Lena einen Geistesblitz. „Du bist.... ein Mann, und schon volljährig, wir brauchen deine Unterstützung. Außerdem gehörst du jetzt zu unserer Rettungsgruppe."

Tasse starrte sie verblüfft an und vergaß zu protestieren. Er stopfte das Tuch in seine Hosentasche und kletterte aus dem Wagen.

Bei der fünften Tür, die sie ansteuerten, wurden sie tatsächlich fündig. Es gab einen Briefkasten und ein kleines Messingschild mit dem Namen Friedrich Graf von Velenburg.

„Los", sagte Carrie und drückte beherzt auf die ebenfalls messingfarbene Klingel. Nach einer Weile knisterte es in der Gegensprechanlage: „Wer ist da, bitte?" Es war eine weibliche Stimme.

Julia räusperte sich: „Wir sind... wir möchten mit dem Grafen sprechen. Es geht um die Wildpferde."

„Und wer sind Sie?"

Die vier sahen sich an. Sollte ihre Mission bereits hier zu Ende sein?

Tasse näherte seinen Mund der Anlage. Seine tiefe Stimme dröhnte: „Wir sind eine Delegation aus Mariafeld und müssen dringend mit Graf von Velenburg sprechen. Bitte lassen Sie uns hinein."

Die Anlage knisterte.

Dann summte der Türöffner und Carrie machte das Victory-

Zeichen. Sie traten in eine Eingangshalle mit einem großzügigen Treppenaufgang, ein riesiger Kronleuchter hing von einer stuckverzierten Decke herab. An den Wänden sahen Männer und Frauen in altmodischen Gewändern und in Goldrahmen streng auf sie hinunter.
Auf dem obersten Absatz der geschwungenen Treppe aus dunklem Holz stand eine ältere Dame in einem schwarzen Kostüm- die Schwester des Grafen, Amelie Comtesse von Velenburg. Langsam stieg sie die Stufen herab, ohne die kleine Gruppe aus den Augen zu lassen.
Dann stand sie vor Carrie, musterte sie von oben bis unten, und sagte: „Eine recht junge Delegation wie mir scheint."
Carrie lächelte verlegen und Julia holte tief Luft.
Jetzt oder nie. „Wir müssen dringend mit Graf von Velenburg sprechen. Wir haben gehört, dass die Wildpferde schon in zwei Wochen verkauft werden sollen. Das ist doch viel zu früh! Wir bereiten eine Schau vor, um Geld einzusammeln, für den Kauf der Pferde. Damit sie nicht von Pferdehändlern gekauft werden. Bitte, können Sie..."
Die Comtesse hatte aufmerksam zugehört, dann unterbrach sie Julia. „ Der Graf weiß das alles. Er hat seine Gründe, so zu handeln. Und er will nicht mit euch... Kindern... darüber diskutieren. „
Sie ließ ihren Blick über die Gruppe streifen, verharrte einen Moment beim Anblick von Tasse. Aus irgendeinem Grund verzog sie den Mund zu einem kaum merklichen Lächeln.
„Na gut. Ich werde meinem Bruder trotzdem Bescheid sagen. Wartet hier."
Sie zeigte auf eine üppig geschwungene Sitzgruppe direkt unter dem Kronleuchter und verschwand die Treppe hinauf.
Die Vier setzten sich vorsichtig und versanken fast in den

geblümten Polstern.

„Das war seine Schwester", sagte Lena, um das Schweigen zu brechen. Es gab jedoch nichts, was man darauf hätte antworten können und also warteten sie weiter schweigend.

Als der Graf endlich oben auf der Treppe erschien, hatte Tasse den Kopf auf die Rückenlehne des Sofas gelegt und schnarchte leise. Lena trat ihn gegen das Schienbein und er erwachte mit einem kurzen Grunzen.

Der Graf kam langsam auf sie zu, er stützte sich auf einen Stock, und alle standen gleichzeitig auf.

„Es geht also um die Wildpferde." Seine Stimme klang gleichgültig und alt.

„Was wollt ihr mir mitteilen?"

Julia räusperte sich. Der alte Mann mit dem Stock flößte ihr Angst ein. Vielleicht war es auch Respekt.

„Wir wollten Sie bitten, die Pferde nicht jetzt, sondern erst im August einzufangen, wie sonst auch. Wir wollen eine Pferdeschau aufführen, um Geld zu sammeln, aber in zwei Wochen.. das ist zu früh. „

Der Graf sah sie schweigend an. Sein Blick wanderte von einem zum anderen, dann sagte er: „ Ich habe von eurer Aktion gehört- ich habe auch eure Unterschriftensammlung bekommen. Ich halte es allerdings für sehr unwahrscheinlich, dass eure Spendenaktion Erfolg hat. Ich werden die Hengste an die Pferdehändler verkaufen, es besteht hier in der Umgebung keine Nachfrage mehr nach Wildpferden. Die Händler werden sie weiterverkaufen, auch nach Holland und Frankreich. Und zwar werden sie in genau zwei Wochen eingefangen und anschließend verkauft. Ich möchte nicht, dass ihr euch weiter in meine Angelegenheiten einmischt".

Der Graf stampfte kurz mit seinem Stock auf die Erde und

wandte sich zum Gehen.

„Warten Sie", Carries Stimme klang schrill und hilflos.
„Wissen Sie, dass die Pferde in Frankreich im Schlachthof landen? Wollen Sie das zulassen?"
Der Graf sah Carrie aus halb geschlossenen Augen an.
„Junge Dame, das alles geht dich nichts an. Im übrigen glaube ich nicht, dass die Tiere im Schlachthaus landen. Sie erzielen als Reitpferde einen viel höheren Preis, das wissen auch die Händler."
„Aber Sie haben keine Kontrolle darüber, wo sie landen werden" , rief Carrie verzweifelt.
Der Graf nickte. „Da muss ich den Händlern vertrauen. Es ist die beste Lösung."
Julia überlegte fieberhaft, wie Sie den alten Mann noch umstimmen könnten. „Und wenn wir das Geld aufbringen, verkaufen Sie dann an uns? Sie haben doch gesagt, Sie verkaufen an den Höchstbietenden..."
„Ach so, meine Gespräche im Club werden also auch schon weitergeleitet...aber ja....30 Pferde, jedes für 400 Euro, dann kommen wir ins Geschäft. „
„Das sind 12 000 Euro!" Tasse war endgültig aufgewacht und der Graf zuckte leicht zusammen bei diesem lauten Einwurf.
„Das ist richtig. Und jetzt möchte ich euch bitten, mein Haus zu verlassen. Ihr hättet euch anmelden sollen."
Er schritt zur Treppe und ging mühsam Stufe für Stufe hinauf.
 Die kleine Gruppe unter dem riesigen Kronleuchter verfolgte seinen Weg mit den Augen und mit einem unguten Gefühl.
„Lasst uns schnell von hier verschwinden", sagte Tasse schließlich so laut, dass der Graf noch einen letzten, irritierten Blick nach unten warf.
Die Schwester des Grafen tauchte plötzlich aus dem Halbdunkel

der Eingangshalle auf, es musste außer der Treppe noch einen
anderen Zugang geben. Sie stand kerzengerade direkt unter dem
Kronleuchter und ließ ihre Augen
erneut von einem zum anderen wandern:
„Ihr habt es gehört, man muss den Händlern vertrauen.
Aber ich werde noch einmal mit meinem Bruder reden..."
Dann blieben ihre Augen an Tassilo haften. „Übrigens, junger
Mann, haben Sie nicht vor ein paar Wochen beim Gottesdienst
in Reken die Orgel gespielt?"
Tasse nickte verblüfft. „Ja, das habe ich."
„Das dachte ich mir. Ich habe mich erkundigt. Und ich bin ein
Stück weit auf die Empore geklettert, sie lächelte kurz.
„Es war sehr gut, machen Sie weiter so."
„Ja, das mache ich", Tasse war immer noch verblüfft.
Dann verschwand die Comtesse wieder im Halbdunkel
der Halle. Die Vier sahen sich an, Julia machte eine Kopf-
bewegung in Richtung der Tür und sie traten ins Freie.
Die schwere Haustür schloss sich hinter ihnen. Carrie hatte
rote Wangen vor Aufregung, fast so rot wie ihre Haare.
„Wie kann man nur so kaltherzig und gemein sein."
Lena schüttelte den Kopf.
„ Ich glaube, er braucht das Geld. Und er hat einfach nicht
richtig nachgedacht, jetzt kann er nicht mehr zurück."
Julia versuchte, vernünftig zu bleiben.
„Und was machen wir jetzt?" Carries Stimme war immer
noch hell und verzweifelt.
„Das ist eine gute Frage", sagte Tasse bedächtig. Er war
in Gedanken noch bei dem Kompliment, das ihm die
Comtesse gemacht hatte.
Julia wollte das Bild des alten, hageren Mannes und der
schwarzgekleideten Frau nicht aus dem Kopf gehen.

Wussten die beiden überhaupt, wie es aussah, wenn ein junges
Wildpferd über die Weide tobte? Wie lange war es wohl her,
dass sie draußen im Darfelder Bruch gewesen waren?
In ihr reifte ein Plan, bei dem Alex eine entscheidende
Rolle spielen würde.
„Wir geben nicht auf, wir müssen weiter proben. Und ich
habe eine Idee."

34

Viola hatte fast hundert Seiten geschrieben- über das Mädchen
zwischen den Welten und dem Adler mit den vergoldeten Flügeln. Sie hatte sich entschlossen, ihr erstes Manuskript an einen
bekannten Fantasy Jugendbuchverlag zu schicken. Sie hatte in
Hamburg angerufen und ein freundlicher Verlagsmitarbeiter
hatte vorgeschlagen, sie solle ihr Manuskript per Post an den
Verlag schicken, nicht per Mail, sie hätten gerne die Printversion.
Und es sei nicht notwendig, den vollständigen Buchtext zu
schicken, eine Inhaltsangabe reiche erst einmal aus. Der Verlag
könne nach hundert Seiten beurteilen, ob die Geschichte gut sei
und man sich eine Veröffentlichung vorstellen könne. Der Mann
hatte sie Gott sei Dank nicht nach ihrem Alter gefragt, sonst
hätte es vielleicht ein Problem gegeben.
Während der Drucker die hundert Seiten ausgespuckt
hatte, hatte sie sich gewundert, dass sie es tatsächlich geschafft
hatte, so viel zu schreiben. Aber sie war plötzlich wie in einem
Rausch gewesen, hatte jeden Abend am Computer gesessen,
ihre Hausaufgaben hatten darunter gelitten, aber das würden
ihre Noten aushalten, außerdem hatte sie ihren Klassenlehrer
eingeweiht und er hatte ihr beigepflichtet- wenn man einen

Bestseller schreiben wollte, dann hatte das Vorrang vor allen anderen Dingen.

Viola machte sich auf den Weg und brachte den prall gefüllten braunen Briefumschlag zur Post- diese befand sich in den Räumen einer Bäckerei im Zentrum des Dorfes.

Die Verkäuferin, die auch die Briefe annahm, sah interessiert auf die Hamburger Adresse, sie lächelte Viola an und klebte jede Menge Briefmarken auf den dicken Umschlag.

Dann verschwand dieser in einem gelben Postsack.

Viola verließ die Postbäckerei mit einem beschwingten Gefühl.

Ihr erstes Manuskript war auf dem Weg.

Vor der Post lief sie beinah in eine Mädchengruppe hinein, die eisschleckend auf der Dorfhauptstraße hin und her promenierte.

Die neu gepflasterte Straße war seit kurzem autofrei, wie eine richtige Fußgängerzone, und damit der Mittelpunkt des Dorflebens. Es gab sogar zwei neue Bänke, die fürsorglich in der Nähe des angrenzenden Friedhofs aufgestellt worden waren.

Hier befand sich der Treffpunkt der Jugendlichen, meist am späten Nachmittag, bevor zu Hause das Abendessen auf den Tisch kam. Viola hatte diese Treffen bisher gemieden, obwohl Carrie sie unbedingt dorthin hatte mitschleppen wollen.

Sie wusste nicht, was der Sinn oder der Reiz dieser Treffen vor dem Friedhof waren.

Man stand herum, man machte Bemerkungen und Andeutungen, beobachtete die anderen und gab sich Mühe, möglichst witzig und cool zu sein. Viola fand das alles extrem anstrengend, sie hatte keine Lust, unter ständiger Beobachtung zu stehen. Aus der Gruppe der eisschleckenden Mädchen löste sich eine rothaarige Gestalt und näherte sich Viola. Es war unübersehbar Carrie. „Hi Viola, hast du dich mal aufgerafft? Komm zu uns!" Viola sah an Carrie vorbei und zu den Mädchen

hinüber, die sie beobachteten, sie flüsterten und kicherten.
Sie wurde sich bewusst, dass sie ein unförmiges
Sweatshirt trug und eine schlabberige Jogginghose und dass sie
unbedingt ihre Haare waschen musste. Dann dachte sie an ihren
künftigen Bestseller und ihre Schultern strafften sich.
„Sorry, keine Zeit. Ich habe noch nichts getan für morgen."
„Ach ja, du hast ja anderes zu tun, du bist ja eine fleißige
Schriftstellerin…was macht das Buch? Wolltest du nicht bald
damit fertig sein?" fragte Carrie freundlich und neugierig.
Viola fiel ein, dass sie in den letzten Tagen kaum miteinander
geredet hatten.
„Ich habe das Manuskript gerade zur Post gebracht."
„Hey, das ist ja super", sagte Carrie fröhlich und klang
beeindruckt.
„Das müssen wir unbedingt feiern. Ich komme heute Abend
und bringe was zum Knabbern mit. Wir müssen auch noch
einiges besprechen."
„Ich weiß nicht", sagte Viola zögernd und beobachtete die gut
gelaunte Mädchengruppe aus den Augenwinkeln.
„Ich komme."
Carrie lachte, drehte sich um und schlenderte zu ihren Freundinnen zurück. Ohne Viola weiter zu beachten, wanderte die
Gruppe hinüber zu den Friedhofsbänken, wo schon drei ältere
Jungen lässig auf der Lehne saßen, Getränkedosen in der Hand.
Viola beschloss, einen Umweg zu machen, um nicht an dieser
Versammlung vorbeigehen zu müssen. Es war ein Umweg von
mindestens zehn Minuten, aber das nahm sie gerne in Kauf.
Sie sind mir egal, dachte Viola und bog schnell in eine
Seitenstraße ein.
Zu Hause ging sie in ihr Zimmer und zog sich um. Sie hatte
plötzlich das Bedürfnis, sich ihrer schlabbrigen Klamotten zu

entledigen und einfach besser auszusehen. Aber was sie auch
anprobierte, sie sah dünn, unscheinbar und unmodern aus.
Seit Monaten war sie nicht mehr shoppen gewesen.
Trotzig sah sie in den Spiegel. Sie würde sich nicht dem Druck
beugen, immer das Neueste und Schickste zu tragen. Das alles
war doch nur die Oberfläche. Dennoch durchforstete sie weiter
ihren Kleiderschrank. Sie wählte schließlich eine Jeans,
die früher einmal eng gewesen war und ein graues Sweatshirt,
das mit einer großen weißen Feder bedruckt war. Es stand ihr
gut, und *es ist passend,* dachte sie.
Später, am Abendbrottisch, saß sie schweigend vor ihrem
Teller und stocherte im Kartoffelsalat herum. Das Würstchen
dazu würde sie auf keinen Fall anrühren.
Miriam van Boysen unterdrückte ihre Kommentare dazu.
Fachleute hatten ihr geraten, die Essgewohnheiten ihrer Tochter
einfach zu ignorieren. Vorwürfe, Ermahnungen oder gar
Strafandrohungen würden nichts bewirken. Allerdings fragte
sie sich, was denn dann etwas bewirken würde. Eine konkrete
Antwort darauf gab es offenbar nicht. Ihre Tochter, so war ihr
erklärt worden, wehre sich gegen das Erwachsenwerden.
Sie wolle den kindlichen Zustand ihres Körpers erhalten.
Man müsse ihr Selbstbewusstsein stärken...dies war ein Rat,
der wahrscheinlich immer passte, *Selbstbewusstsein* war das
Zauberwort der Psychologen.
Miriam van Boysen war in diesem Punkt mehr als skeptisch.
Ihre Tochter hatte ihrer Meinung nach ein sehr ausgeprägtes
Selbstbewusstsein.
Erik unterbrach plötzlich seine schnelle und zielgerichtete
Nahrungszufuhr.
„Ein paar Hengste sind gestern schon eingefangen worden
und sie sind jetzt auf der Koppel, die anderen werden in den

nächsten Tagen dazukommen."
Niemand hatte das Thema angesprochen, aber Erik wollte einfach der Fragerei seiner Mutter nach seinen schulischen Leistungen zuvorkommen. Viola hob den Kopf und sah ihn ungläubig an.
„Jetzt schon? Woher weißt du das?"
„Alex hat es heute Morgen erzählt. Er wollte gestern noch Fotos machen, da sind ihm die Fänger über den Weg gelaufen."
Vor Violas innerem Auge tauchte das Bild des Fohlens auf. Sie spürte, wie sie eine Gänsehaut bekam und ihr Tränen in die Augen stiegen.
Sie sagte mit gepresster Stimme: „Man müsste sie befreien. Dann laufen sie zurück zu ihrer Herde."
Georg van Boysen hob den Kopf und mischte sich unvermittelt ins Gespräch ein: „Das wäre eine Straftat, der Graf würde mit Sicherheit eine Anzeige erstatten. Die Tiere sind sein Eigentum und die Freilassung so gut wie ein Diebstahl. Außerdem würde er sie wieder einfangen und die ganze Aktion wäre also nur eine Verzögerung."
Miriam van Boysen pflichtete ihrem Mann bei. „Außerdem steht doch gar nicht fest, ob die Händler die Tiere tatsächlich an Schlachtereien verkaufen."
„Fest steht es nicht", sagte Erik mit vollem Mund, „aber Pferdefleisch scheint in einigen Ländern eine Delikatesse zu sein, und die Tiere sollen auch ins Ausland verkauft werden."
„Pferdefleisch", wiederholte Miriam van Boysen voller Abscheu und schickte einen vorwurfsvollen Blick zu ihrem Sohn hinüber.
Viola wurde blass. „Wir müssen die Leute auf das Schicksal der Pferde aufmerksam machen. In der Zeitung hat ein Artikel gestanden. Etwas anderes können wir nicht tun.

Das hat auch Julia gesagt."
Erik war kaum merklich zusammengezuckt, als der Name
Julia fiel. Nur Viola hatte es bemerkt, sie aß demonstrativ noch
zwei Gabeln vom Kartoffelsalat und sah den erleichterten Blick
ihrer Mutter.
„Eine Show hilft wahrscheinlich nicht den Hengsten in
diesem Jahr." Erik sprach ungewohnt ernst.
„Aber vielleicht den Tieren in den nächsten Jahren.
Ich bezweifle allerdings, dass die Rettungsgruppe jetzt noch
Lust hat, irgendeine Aktion auf die Beine zu stellen.."
„Die Proben gehen weiter, das hat Carrie gesagt."
„Da waren auch noch keine Hengste gefangen worden."
„Da hat Erik recht", mischte sich Georg van Boysen ein,
„die Tiere werden in den nächsten Tagen verkauft, da wird man
nichts mehr machen können. Aber man sollte die Öffentlichkeit
darüber informieren. Dann könnte vielleicht im nächsten Jahr
wieder eine Auktion stattfinden, der Graf wird sich nicht überall
unbeliebt machen wollen."
Viola stand unvermittelt auf und stieß dabei beinahe ihren Stuhl
um. „Ich muss noch etwas erledigen, es ist wichtig... und Carrie
wollte noch vorbeikommen."
Bevor ihre Mutter protestieren konnte, war sie schon die Treppe
hoch gelaufen.
Sie musste etwas tun, sie würde jetzt sofort eine E-mail an die
Lokalzeitung schicken, an den netten Redakteur, der sie gebeten
hatte ihn zu benachrichtigen, wenn es neue Ereignisse gebe.
Und das war ein neues Ereignis, und ein sehr schlechtes.
Sie formulierte sorgfältig einen Text, der darüber informierte,
dass die Hengste bereits in den nächsten Tagen eingefangen und
verkauft werden sollten und dass es keine Pferdeshow
mehr geben würde und schickte ihn an die Lokalzeitung.

Dann beschloss sie, jeden Gedanken an Pferde erst einmal aus ihren Gedanken zu verbannen.

Sie hatte sich für Carries Besuch eine Überraschung ausgedacht und hoffte, das sie ihrer Freundin gefallen würde.

Carrie war außer Atem, als sie in Violas Zimmer stürmte.

Sie war so schnell gefahren wie es ging, sie hatte zwei große Portionen Eis mit Sahne mitgebracht und wollte nicht, dass sie mit einer Eissoße ihr Ziel erreichte.

„Weißt du es schon? Ein paar Hengste sind schon auf der Koppel, es wird nicht lange dauern, dann kommen auch die Händler", stieß sie hervor.

„Ja. Es ist schrecklich." Viola ließ das Eis und die leicht angefrorene Sahne auf der Zunge zergehen. Sie wollte nicht über die Pferde reden, nicht jetzt. Ihr Magen war damit beschäftigt, die ungewohnte Speise zu überprüfen und darüber zu entscheiden, ob er sie behalten wollte oder nicht.

„Bitte, lass uns jetzt nicht davon reden. Ich habe eine Nachricht an die Lokalzeitung geschickt. Mehr können wir nicht machen."

Carrie nickte stumm. Ihr ging es genauso wie Viola. Das Hoffen und Bangen der letzten Wochen hatten an ihren Nerven gezerrt.

„Okay, keine Pferde. Und was machen wir dann?" Carrie hatte es sich auf dem Sofa gemütlich gemacht. Viola hatte auf einen Augenblick wie diesen gewartet.

„Ich möchte dir einen Videofilm zeigen, wenn du dazu Lust hast."

„Einen Videofilm? Worüber?" fragte Carrie überrascht.

„Über mich und meinen Bruder."

„Okay. Warum nicht. Gucken wir Video."

Carrie stopfte sich ein Kissen in den Nacken. Viola stellte die Geräte an.

Nach längerem Geflimmer erkannte man einen Raum,

in dessen Mitte ein großer Weihnachtsbaum stand.
Die Bilder wackelten heftig, dann beruhigten sie sich und man sah zwei Kinder,
die Musikinstrumente in den Händen hielten und in die Kamera lächelten.
„Hat mein Vater an Weihnachten gedreht", erklärte Viola, „vor sechs Jahren ungefähr."
Der Junge mit den dunklen Locken hatte seine Geige ans Kinn gesetzt und spielte eine altmodische, weihnachtliche Melodie.
Er spielte sehr gut, gefühlvoll und technisch perfekt, soweit Carrie das beurteilen konnte.
„Das ist Erik?" fragte sie und Viola nickte.
„Und das bin ich." Auf dem Schirm erschien ein niedliches blondes Mädchen in einem weißen Spitzenkleid und mit einer Blockflöte in den Händen. Es hielt die Augen gesenkt und schien sich sehr zu konzentrieren. Carrie musste sich auf die Lippen beißen, um nicht zu lachen. Denn das Spiel klang so dürftig und langweilig, wie es schlimmer eigentlich gar nicht sein konnte.
Schließlich übernahm Erik wieder die Melodie und verzauberte seine Zuhörer, wie ein Schwenk der Kamera auf die Gesichter der Familienmitglieder zeigte. Als er die Geige sinken ließ und mit einem breiten Grinsen in die Kamera sah, applaudierten alle, Carrie einschließlich.
„Dein Bruder ist wirklich ein süßer Typ", sagte sie, „auch damals schon."
„Ja, das...war er", bestätigte Viola ernsthaft.
Dann fragte sie: „Und, was sagst du zu meiner Blockflöte?"
Carrie zögerte. Viola kam ihr zuvor: „Es ist grauenvoll.
Ich bin nicht musikalisch, kein bisschen."
„Blockflöte ist einfach ein blödes Instrument", tröstete Carrie.

„Und was fällt dir noch auf?" fragte Viola. Carrie zuckte die Schultern: „Ihr habt einen sehr großen Weihnachtsbaum."
„Blödsinn", fauchte Viola. „ Alle gucken nur Erik an.
Und man sieht sofort, dass wir keine Geschwister sind!"
Carrie guckte verwirrt. „Ja und?"
Sie konnte die Eifersucht, die aus Violas Worten sprach, nicht nachvollziehen. Ihr Bruder, egal ob falsch oder richtig, hatte eben ganz andere Talente als sie. Viola dagegen konnte schreiben. Wo war das Problem?
„Warum hat er aufgehört, Geige zu spielen?" fragte sie, das Thema wechselnd. Viola sah sie irritiert an, ging aber darauf ein: „Ich glaube, er wurde in der Schule damit aufgezogen. Geige ist wahrscheinlich nicht das richtige Instrument für einen Jungen. Oder er hat aufgehört, weil die Geige ihn an seine Herkunft erinnert hat!"
„Was soll das denn heißen?"
„Er möchte nicht daran erinnert werden. Er hat Angst davor, von Zigeunern abzustammen, von Roma, wie man sagen sollte. Weißt du...Geige und Zigeuner, das ist so ein Klischee... Zigeunerromantik..."
„Aber was ist schlimm daran?"
„Er will eben kein... Zigeuner sein. Er hasst ihre Lebensweise. Es gab da so ein Lager in Hamburg-Harburg, ein freies Feld, wo die Roma ihr Lager aufgeschlagen hatten, er ist einmal da gewesen, dann wollte er nie wieder etwas davon hören."
„Ist es denn sicher, dass er ....?"
„Nein. Er ist ein Findelkind. Seine Mutter hat ihn auf die Treppe von einem Kinderheim gelegt, in Rumänien."
„Oh", sagte Carrie, „das ist hart. Aber auch irgendwie romantisch."
„Niemand hat das jemals romantisch gefunden",

sagte Viola streng.
„Nein, natürlich nicht. Es ist ein hartes Schicksal.
Aber schließlich gibt es ein Happy End."
„Ja sicher. Aber er hat andere Eltern als ich. Und er kennt sie
nicht! Ich habe vor, etwas über seine Herkunft herauszufinden."
„Oh, gut, warum nicht...und was meint Erik dazu?"
„Er ist der Meinung, dass ich sowieso keine Chance habe etwas
herauszufinden. Und es ist ihm auch egal."
„Und warum willst du es dann tun?"
„Es geht um die Herkunft, um die Wurzeln. Man muss sie
einfach kennen. Und es gibt doch einen wunderbaren Stoff
für einen Roman ab."
Carrie sah ihre Freundin skeptisch an. „Du bist komisch.
Was nützt es einem denn, wenn man „seine Wurzeln" kennt?
Ich meine, wenn sie irgendwo verborgen sind und du keine
Verbindung dazu hast...es wird dein Leben doch nicht ändern!
Es sei denn, du stammst von einem Milliardär ab und erbst sein
ganzes Vermögen!" Carrie kicherte.
„Aber... es geht doch um viel mehr, um.. die Seele.
Sie muss ihre Heimat kennen", sagte Viola trotzig.
„Stell dir vor, deine Eltern sind nicht deine richtigen Eltern.
Willst du nicht deine richtigen Eltern kennen lernen?
Willst du nicht wissen, woher du kommst? Vielleicht aus einem
anderen Land...deine richtigen Eltern sind bitterarm und du hast
noch acht Geschwister, die sehnsüchtig auf dich warten....."
„Viola, hör auf, du spinnst. Ich will keine bitterarmen Eltern
haben und auf gar keinen Fall acht Geschwister, mir reicht eine
Schwester vollkommen aus."
Carrie wurde ungeduldig. „Weißt du, Erik wird es nicht so toll
finden, wenn du seine Roma-Herkunft entdecken solltest.
Also lass es einfach bleiben."

Viola biss sich auf die Lippen und betrachtete ihre Freundin, die ganz entspannt auf dem Sofa saß, die Beine über die Lehne gehängt.
„Ich werde ein Buch darüber schreiben." Violas Stimme klang entschlossen. Carrie zuckte mit den Schultern.
„Gut, wenn du es für richtig hältst."
Es war der Abschluss des Gespräches. Beide wussten, dass eine Fortführung wahrscheinlich in einem Streit geendet hätte.
Ein ungemütliches Schweigen breitete sich aus. Viola starrte auf Carries wippende Sandalen.
Schließlich sagte sie: „Ich habe Kopfschmerzen."
Carrie schwang ihre Füße über die Lehne des Sofas und stand drei Sekunden später an der Tür.
„Kein Problem. Ich gehe."
Es war schon spät und eigentlich sprach nichts dagegen, sofort ins Bett zu gehen. Viola hatte keine Lust mehr, sich über irgend etwas Gedanken zu machen. Und sie hatte tatsächlich Kopfschmerzen. Sie würde die Decke über sich ziehen und sich fühlen wie ein Tier in einer warmen Höhle. Sie hatte gehofft, ihre Freundin würde die Problematik ihrer Schwester-Bruder-Beziehung erkennen und auch die Problematik, die darin lag, dass ihr Bruder seine Herkunft nicht kannte. Aber Carrie war in manchen Dingen ebenso oberflächlich wie die meisten anderen Menschen auch.
Sie stand auf und ging ins Badezimmer, um sich eine Wärmflasche zu holen. Kalte Füße waren das Letzte, was sie jetzt gebrauchen konnte.

35

Die Rettungsgruppe traf sich am folgenden Nachmittag an der Pferdekoppel. Alex ging langsam an der Koppel entlang, die Kamera aufnahmebereit. Er hatte noch kein Wort gesprochen, was sehr ungewöhnlich war.
Die Mädchen standen stumm neben dem hölzernen Gatter, das schwer und von den Jahren angenagt in seiner Verankerung hing. Die Bänder des Elektrozauns bewegten sich leicht im Wind. Julia sah zu den Pferden hinüber, die auf dem hinteren Teil der Koppel grasten. Es waren noch nicht alle Hengste eingefangen worden, aber dies würde sicher in den nächsten Tagen passieren. Ab und zu hob einer der Hengste den Kopf, schüttelte die schwarze Mähne und setzte zu einem kurzen Galopp über die Wiese an. Dann ließ sich ein weiterer dazu animieren, hinter ihm her zu traben und die beiden führten einen spielerischen Kampf vor, in dem sie sich gegenseitig in die Mähne bissen und mit den Hinterbeinen kurz und kräftig in die Luft traten. Die Sonne ließ die falbenfarbigen, noch lockigen Felle der Tiere heller erscheinen, und es sah aus, als läge ein goldener Schimmer über der Weide. Die Pferde waren noch nicht ausgewachsen, sie waren mager und wild. Immer wieder warf einer der jungen Hengste den Kopf zurück und ließ ein helles Wiehern hören. Ein Ruf nach seiner Mutter, nach seiner Herde?
Lena unterbrach das Schweigen.
„Wann kommen die Händler?" Julia zuckte die Schultern.
„In den nächsten Tagen, wenn alle Hengste eingefangen sind."
Sie schwiegen. Es gab nichts mehr, was man hätte sagen oder tun können.
„Lass uns gehen", sagte Lena schließlich mit gepresster Stimme, „ich halte es hier nicht mehr aus."

Julia sah den davon radelnden Mädchen nach. Ihr taten die Sechs- und Siebtklässler leid, die vollkommen von ihren Gefühlen überwältigt worden waren.

„Ich komme gleich", sagte sie. Sie musste einen Moment allein sein. Es würde keine Show geben, alle ihre Anstrengungen waren umsonst gewesen. Den Pferden stand ein ungewisses Schicksal bevor.

Julia spürte eine große Hilflosigkeit und lehnte sich mit geschlossenen Augen gegen das von der Sonne aufgeheizte rissige Holz des alten Gatters.

„Julia?" Sie öffnete erschrocken die Augen, sie hatte nicht gehört, dass sich jemand genähert hatte. Es war Erik. Wieder fiel ihr auf, wie dunkel seine Augen waren, fast schwarz. Julia hatte plötzlich das Gefühl, einem völlig Fremden gegenüberzustehen. Was wusste sie von ihm?

„Du bist ja doch noch gekommen", sagte sie und versuchte, ihre Verwirrung in den Griff zu bekommen. „Die anderen sind schon nach Hause gefahren."

Erik trat an das Gatter heran und ihre Schultern berührten sich leicht. Schweigend sahen sie zu den Pferden hinüber. Ein seltsamer Ausdruck erschien auf Eriks Gesicht. „Man sollte sie nicht einsperren", sagte er schließlich.

„Es geht nicht anders. Wenn man sie bei der Herde lässt, gibt es Kämpfe, die Herde spaltet sich und es ist nicht genug Platz für alle da."

„Ich weiß. Und trotzdem. Es ist gegen die Natur... sie sollten frei sein."

Julia sah Erik von der Seite an und wieder hatte sie das Gefühl von etwas Unbekanntem, das tief unter der Oberfläche schlummerte.

„Das wäre schön. Aber es geht nicht."

Die Nachmittagssonne brannte immer noch heiß und Julia war sich der Gegenwart eines anderen Menschen so bewusst, wie noch nie in ihrem Leben. Wenn Erik jetzt den Arm um sie gelegt hätte, sie hätte den Kopf an seine Schulter gelegt und vielleicht hätte sie endlich geweint. So viele Tränen waren schon geflossen, nur Julia hatte sie immer zurückhalten können. Jetzt wäre der Moment gekommen um nachzugeben.
„Es gibt also keine Show?" Julia schüttelte stumm den Kopf. Erik sah hinüber zu den Pferden, die jetzt wieder friedlich grasend einen Schritt vor den anderen setzten.
„Das tut mir leid."
„Ja. Und du musst auch nicht mehr reiten lernen.
" Trotz aller Traurigkeit sahen sie sich an und mussten lächeln. Sie hörten, wie Lukas nach Julia rief.
„Ich muss noch mal zum Stall", sagte Julia. Erik nickte, dann drehte er sich abrupt um und ging den Feldweg hinunter.
Er spürte Julias Augen in seinem Rücken.
In Eriks Kopf herrschte Chaos. Er war unfähig, seine Gefühle zu ordnen und schon gar nicht, sie zu deuten. Julia, die wilden Pferde...Was hatte er gefühlt beim Anblick der gefangenen Tiere? Diese Tiere, die ihn bisher überhaupt nicht interessiert hatten? Er wusste, es hatte nichts mit dieser missglückten Rettungsaktion zu tun. Es war ein Gefühl gewesen, das sich ganz tief in seinem Innern befunden haben musste: Eine Ahnung von Freiheit und von Stolz. Und davon, wie es sein musste, beides zu verlieren.
Dann dachte er an Julia. An ihre Schulter, die ihn berührt hatte, an ihr trauriges Gesicht, ihre weichen Haare und ihre vom Kummer belegte Stimme. Er hätte sie in die Arme nehmen müssen, es wäre der richtige Moment gewesen. Warum hatte er es nicht getan? Er biss sich auf die Lippen, bis er Blut schmeckte.

Julia war ein tolles Mädchen. Er wünschte sich eine lockere, leichte Geschichte, er wollte dieses Mädchen, und er hatte auch nichts dagegen, dass alle davon erfuhren. Aber er hatte Angst, sich auf etwas einzulassen, aus dem der er nicht mehr locker und leicht herauskommen würde.
Dann konzentrierte er sich auf sein Rad und auf den holprigen Feldweg und fuhr so schnell er konnte, er wollte möglichst schnell weit weg von hier.

36

Viola saß in der letzten Reihe und starrte auf den Hinterkopf von Yannik. Noch immer trug er seine blonde Lockenpracht und sah aus wie ein flauschiges Plüschtier. Irgendwie passten auch sein blauer Nickipullover und seine ebenso blaue Hose zu diesem niedlichen Image. Er saß nur halb auf seinem Stuhl und sah unbehaglich aus, so als wolle er gleich die Flucht ergreifen. Auf dem Boden lag sein Etui, der Inhalt hatte sich über den Boden verteilt.
„Was ist denn jetzt schon wieder?" fragte Klassenlehrer Terhorst und sah ungehalten zu Yannik hinüber. Dieser zuckte mit den Schultern und bückte sich, um seine Utensilien wieder einzusammeln.
Viola hätte sagen können, dass Simon das Etui vom Tisch gefegt hatte, zum dritten Mal an diesem Vormittag. Aber sie sagte nichts, wie alle anderen auch.
Franz-Josef Terhorst ahnte, was vorgefallen war, schüttelte den Kopf und fuhr mit dem Unterricht fort. Auf die Frage: Wer war das? hätte sich sowieso niemand gemeldet.
Er hasste diese ständigen Unterbrechungen und die hinterhälti-

gen Angriffe, mit denen die Schwachen gequält wurden.
Aus Lust, aus Frust, aus Grausamkeit, aus Langeweile... es gab viele Gründe. Diese lächerliche Demonstration von Überlegenheit hatte früher bei ihm Aggressionen ausgelöst. Aber mit den Jahren war er gelassener geworden, vielleicht auch nur abgestumpft, immer wieder passierte genau das Gleiche, Jahr für Jahr. Eines hatte sich jedoch geändert: Er hatte keine Lust mehr, nach möglichen Motiven der Täter zu forschen. Hinter einem Täter musste kein ein schlimmes Elternhaus oder irgendein Trauma stecken, das hatte er gelernt. Die Tat diente dem Lustgewinn des Täters, das war offensichtlich, aber auf die Frage, warum das so war, gab es seiner Meinung nach keine oder auch sehr viele unterschiedliche Antworten.
Terhorst bestrafte die Täter, wenn er sie denn auf frischer Tat ertappte. Am besten mit Nachsitzen am Nachmittag. Was auch eine Strafe für ihn bedeutete- denn irgendjemand musste die nachsitzenden Schüler betreuen. Noch besser wäre es gewesen, die Täter dazu zu verdonnern, eine Woche lang die Toiletten zu putzen, das wäre sein einfaches pädagogisches Konzept gewesen, das leider nicht zur Anwendung kam, weil es bei Kollegen und Eltern auf Widerstand stieß.
Lehrer Terhorst sah zu Kerstin und Benni hinüber, den beiden anderen Außenseitern neben Yannik, sie schrieben jetzt fleißig, die Köpfe über die Hefte gebeugt. Einige andere täuschten Arbeit vor und beobachteten das Verhalten der Schreibenden mit Misstrauen. Ein fleißiger Schüler könnte auch ein Streber zu sein und damit ein potenzielles Mobbingopfer.
Terhorst dachte an die Klassenkonferenz, in der es um genau dieses Thema gegangen war. Die Eltern der drei betroffenen Schüler hatten viele Beispiele dafür angeführt, wie sehr ihre Kinder von anderen drangsaliert wurden. Und sie hatten

Abhilfe gefordert. Terhorst hatte einen Schulpsychologen zur Konferenz eingeladen und er erfüllte seinen Job und forderte mehr Selbstbewusstsein bei den Opfern und eine Hinterfragung der Gründe bei den Tätern. Terhorst erwähnte seine Kloputzpädagogik nicht, um nicht als unzurechnungsfähig zu gelten. Und natürlich sollten sich die Opfer Hilfe holen- was allerdings passierte, wenn sie dies taten und einen Täter benannten, blieb ungesagt. Und natürlich sollten die Täter verwarnt werden, wenn man sie denn erwischte. Verwarnung war ein sehr dehnbarer Begriff und jagte schon lange niemandem mehr Respekt oder gar Furcht ein.
Terhorst blickte zu Viola van Boysen hinüber, die in der letzten Reihe saß und längst schon fertig war mit ihrer Aufgabe.
Es ging darum, einen Pro und Contra Text vorzubereiten zum Thema Schuluniformen, ein interessantes Thema, wie Terhorst fand, zu dem es viele Für und Wider Argumente gab.
Die Schüler sprachen sich eigentlich immer gegen eine Schuluniform aus, wenn sie auch zugaben, dass es den Zwang zum Tragen von Markenklamotten gab. Was die Schüler, einsichtig, wie sie in Klassenarbeiten waren, auch verurteilten. Aber dann kamen die Argumente vom Bewahren der Individualität und der Freiheit und Terhorst fragte sich, ob ihnen nicht bewusst war, dass der Druck, nur mit bestimmten Klamotten Anerkennung zu finden, nicht noch schlimmer war als der Umstand, in einer unindividuellen Uniform zu stecken.
Viola hatte wahrscheinlich schon mehrere Seiten Text verfasst und sah nun aus dem Fenster. Auch sie versuchte, ihr Interesse und ihr Talent zu verstecken um sich nicht von den anderen zu unterscheiden. Aber es würde der Tag kommen, da würde sie stark genug sein- das konnte er in ihren Augen sehen.
Ein Talent konnte man nicht auf Dauer unterdrücken oder

geheim halten. Irgendwann musste man sozusagen Farbe bekennen. Dann war die Stunde vorbei und die Schüler drängten in die Pause. Er musste noch seine Eintragungen ins Klassenbuch machen und darauf achten, dass der Ordnungsdienst die Tafel putzte und den Boden fegte. Wie nach jeder Stunde lagen zerknüllte Papiere, Bonbonhüllen und sogar ein zermatschtes Butterbrot herum, ohne dass er gemerkt hatte, dass jemand irgendetwas hatte fallen lassen. Während der kleine, kluge Benni ungeschickt mit dem Besen hantierte, war Viola nach vorne gekommen und stand abwartend vor dem Pult.
„Viola, was gibt's?" fragte er freundlich. Er war darauf gefasst, wieder eine pädagogische oder psychologische Beratung zu bekommen.
„Wissen Sie, ich habe etwas gelesen, was vielleicht helfen könnte."
„Wobei helfen? Wem helfen?"
„Den Mobbingopfern. Sie sollten so sein, wie es ein französischer Philosoph beschreibt, den Namen habe ich vergessen. Selbstbewusst, freundlich und mutig."
Klassenlehrer Terhorst staunte.
„Dieser französische Philosoph hat sich mit Mobbing beschäftigt?"
„Nein, er ist schon ziemlich lange tot. Er meinte damit, jeder Mensch sollte so sein, dann wäre die Welt optimal. Ich finde, er hat recht. "
Selbstbewusst, freundlich und mutig - wirklich eine gute Mischung dachte Terhorst und sagte: „Man muss jetzt nur noch rausfinden, wie man das alles wird. Und das ist das Schwierige an der Sache. Wenn man, sagen wir mal, klein und schwach ist, dann ist es nicht leicht, diese Kombination hinzukriegen."

Viola nickte. „Man muss es versuchen."
„Das stimmt. Aber vielleicht sollten erst mal die Starken und Frechen damit anfangen, so zu sein, wie dein französischer Philosoph es sich gewünscht hat."
Der Lehrer klappte entschlossen das Klassenbuch zu.
„Und es wäre sicher ganz gut, bei sich selbst anzufangen."
Er lächelte seiner Schülerin zu und scheuchte sich vor sich her aus dem Klassenraum.
Er brauchte jetzt dringend einen starken Kaffee, die Pause war gleich schon wieder vorbei. Außerdem hatte er noch einen Termin beim Schulleiter. Er war gespannt, was dieser so dringend mit ihm besprechen wollte. Lehrer Terhorst eilte die zwei Treppen hinunter zum Büro von Direktor Albrecht, grüßte flüchtig nach rechts und links, überlegte, ob es in letzter Zeit irgend etwas an seiner Arbeit zu beanstanden gegeben hatte, wahrscheinlicher aber ging es um organisatorische Dinge.
Im Büro wartete außer Schulleiter Albrecht auch noch sein Stellvertreter Pater Franziskus, alias Studiendirektor Dr. Johannes Wiggert. Die Männer begrüßten sich, sie waren sich heute noch nicht über den Weg gelaufen.
Terhorst setzte sich an den Tisch, auf dem Gott sei Dank schon eine Thermoskanne mit Kaffee stand. Bernhard Albrecht ging noch einmal zum Telefon als es klingelte, und Terhorst schenkte sich und seinem Kollegen einen Kaffee ein. Pater Franziskus sah müde aus und war nicht zu einem Plausch aufgelegt.
Terhorst ließ seine Augen wandern.
Das Zimmer des Schulleiters verwandelte sich langsam von einem Büroraum in ein Raritätenkabinett- an der Wand hingen drei Uhren, eine aus Holz geschnitzt, die beiden anderen hochmodern und ohne Zahlen aber immerhin mit Zeigern, so dass man die Uhrzeit doch noch erahnen konnte.

Dann war da das Regal mit der pädagogischen Fachliteratur und den zahlreichen Ordnern mit den Lerninhalten der verschiedenen Jahrgangsstufen, der Schulordnung und den unterschiedlichsten Korrespondenzen. Neben einem schmucklosen Holzkreuz hingen zwei Wandbehänge, kunstvoll geknüpft der eine und der andere aus schrillbunten Stoffstücken zusammengenäht. Außerdem standen in den Ecken verteilt diverse Statuen aus Gips und Messing, von denen man nicht wusste, ob es sich um Kunst oder Kitsch handelte- all diese Dinge waren Geschenke von Schülern, Austauschlehrern, Eltern und Kollegen zu den unterschiedlichsten Anlässen. Terhorst war sicher, dass sich außerdem noch einige originelle Brieföffner und Beschwerer, sowie Kugelschreiber und Füllfederhalter im und auf dem Schreibtisch des Schulleiters befanden.

Direktor Albrecht kehrte zum Tisch zurück, schenkte sich ebenfalls einen Kaffee ein und kam sofort zur Sache.

„Schon wieder eine Prügelei, Carlo und der Junge aus Hamburg. Carlo hat provoziert, Erik hat zugeschlagen. Ich habe ihn zur Gartenarbeit geschickt. Der Besuch von Carlos Vater steht mir noch bevor. Diesmal ist sein Sohn ja das Opfer, mal was Neues, da wird er natürlich sofort auf der Matte stehen."

„Und sich über die Zustände hier an der Schule beklagen.."

Terhorst wusste genau, welche Prozedur nun auf sie zukam.

„So ist es. Und ich denke, wir sollten etwas ändern. Etwas Grundsätzliches. Ich möchte nämlich nicht, dass die Carlos dieser Welt das Zepter an sich reißen. Das wollte ich mit euch besprechen."

Terhorst nickte. Er fand ebenfalls, dass sich etwas Grundsätzlich ändern sollte. Nur hatte bisher niemand auf ihn gehört.

Pater Franziskus erwachte aus seiner Schläfrigkeit und rückte seine Brille zurecht.

Albrecht holte seinen Laptop und stellte ihn auf den Tisch. „
Ich möchte gerne die Schulordnung ändern und auch ein neues
Schulprogramm verfassen."
„Gute Idee" , meinte Terhorst trocken.
„Oh", sagte Pater Franziskus und zog die Augenbrauen hoch.
Der Schulleiter startete den Laptop. „ Also, das ist jetzt ein
Entwurf für eine neue Schulordnung. Das Schulprogramm
müssen wir später ändern, das schaffen wir nicht mehr vor
den Ferien."
Direktor Albrecht las vor:
„*1. Handyverbot auf dem gesamten Schulgelände, also auch
auf dem Schulhof. 2. Mehr und wirkungsvollere Hilfe für
Mobbingopfer. Anzeigen gegen Täter unterstützen, Polizei
einschalten 3. Schulverweise früher und konsequenter aussprechen. 4. Unverschämtheiten und Respektlosigkeiten gegenüber
Schülern und Lehrern stärker zur Kenntnis nehmen und Sanktionen ergreifen- bis hin zum Schulverweis. 5. Sanktionen müssen
wirkungsvoll sein- z.B. in Form von Arbeit für das Gemeinwohl-
Putzarbeiten innerhalb der Schule, Gartenarbeit, Hilfe für den
Hausmeister.... 6. Einführung einer Schuluniform?? Kleiderordnung! Muss diskutiert werden 7. Kein vorauseilender Gehorsam
mehr- wenn Eltern klagen wollen, sollen sie es tun (muss anders
formuliert werden) 8. Stärkung von Lehrern- Anweisungen
müssen zwingend befolgt werden 9. Und noch ein paar weitere
Punkte, die schon in der alten Schulordnung vorhanden sind
und die ich noch formulieren muss."*
Direktor Albrecht sah seine Kollegen fragend an.
„Du weißt schon, dass wir uns nicht auf einer Gesamtschule
in Dortmund Nordwest befinden.."
Lehrer Terhorsts Stimme klang amüsiert.
„Das kommt ziemlich überraschend", bemerkte Pater

Franziskus und machte große Augen hinter seiner Brille.
„Und das mit der Schuluniform ist wirklich illusorisch.
Ich glaube, dann gibt es einen Aufstand... aber eine
Kleiderordnung finde ich sehr gut."
Terhorst stimmte zu, ihm gefielen die Vorschläge, aber er sah
schon die verblüfften Gesichtet auf der Schulkonferenz vor sich,
das wurde sicher lustig. Schulleiter Albrecht fuhr mit seinen
Erläuterungen fort:
„Ich denke, alle sollten sich angemessen anziehen und
benehmen, ganz einfach. Es stimmt, wir befinden uns nicht
in Dortmund Nordwest, aber auch nicht in der Disko oder auf
dem Sportplatz. Und ich möchte auch nicht, dass wir uns jemals
dort befinden werden, daher müssen wir vorbeugen. Ich denke,
es ist an der Zeit."
„Gut, es ist an der Zeit, wir machen das. Oder was meinst du?"
Lehrer Terhorst wandte sich an Pater Franziskus. Dieser nickte
und hatte keinerlei Einwände.
„Wann ist die nächste Schulkonferenz?"
Terhorst wunderte sich etwas, wie schnell er mit den Vorschlägen
einverstanden war. Aber Bernhard Albrecht hatte ihm aus dem
Herzen gesprochen. Er konnte sich zwar im Moment noch nicht
vorstellen, dass eine so radikale neue Schulordnung
tatsächlich in Kraft treten könnte, aber einen Versuch war
es wert. Er wusste auch nicht, was die plötzliche Gesinnungs-
änderung beim sonst so zurückhaltenden Schulleiter hervorgerufen hatte. Vielleicht war diese Schlägerei ja der berühmte
Tropfen gewesen, der das Fass zum Überlaufen gebracht hatte.
„Ich werde die Konferenz noch vor den Ferien einberufen",
sagte Schulleiter Albrecht. „Wegen besonderer Dringlichkeit."
Terhorst war gespannt. Vielleicht würde es ja so eine Art
Überrumplungseffekt geben. Oder die berühmte schweigende

Mehrheit, die sie unerwartet unterstützen würde- unter den
Kollegen, den Eltern und wer weiß, vielleicht sogar unter
den Schülern. Obwohl dieser Fall sehr unwahrscheinlich war.
Er trank noch einen Schluck Kaffee, der inzwischen kalt geworden war. Es hatte längst zur nächsten Stunde gegongt, aber die
drei Männer saßen vor ihren leeren Kaffeetassen und fühlten
sich wie Verschwörer und Revolutionäre. Und dieser Zustand
musste noch eine Weile ausgekostet werden.
Nach einem langen Schultag kam Franz- Josef Terhorst gegen
fünf Uhr nach Hause, er hatte noch die Stundenpläne für die
nächste Woche mit Hilfe des Computers aktualisieren müssen,
wieder waren einige Kollegen krank und er hatte komplizierte
Vertretungspläne ausgetüftelt. Er schmierte sich ein Butterbrot
mit Leberwurst, legte sich aufs Sofa und sah sich die Nachrichten im Fernsehen an. Heute Abend musste er noch ein
paar Klassenarbeiten korrigieren, sonst wurde die Zeit knapp,
ihm graute schon jetzt davor.
Neben den beiden Heftestapeln, die auf seinem Schreibtisch auf
ihn warteten, stand ein kleines gerahmtes Foto, es war vielleicht
zwanzig Jahre alt und es zeigte eine Familie- einen etwas
beleibten, nicht mehr ganz jungen Vater, eine etwas mollige
junge Frau mit einer modischen runden Brille und ein Kind.
Berit, er erinnerte sich genau, war damals zehn Jahre alt
gewesen und gerade in die fünfte Klasse gekommen war.
Manchmal betrachtete Franz-Josef Terhorst dieses Bild und
fühlte sich wie in einem anderen Leben. Seine Ehe schien schon
Ewigkeiten zurückzuliegen.
Kurz nachdem dieses Foto gemacht worden war- eine
Urlaubsbekanntschaft hatte es am Strand von Borkum
aufgenommen- hatten seine Frau Bettina und er sich getrennt.
Sie hätten sich schon viel früher dazu entschließen sollen,

ihre Ehe war von Anfang an nicht gut gewesen, aber dann gab es das Kind und sie wollten ihm eine Familie bieten.
Heute erschien ihm seine Ehe als eine kurze, unbedeutende Episode in seinem Leben, an die er sich kaum noch erinnern konnte. Warum hatten sie geheiratet? Bettina hatte ihn gedrängt - sie war schwanger gewesen.
Nach ihrer Trennung war er zurückgekehrt zu seinen Büchern, Bettina war nach Köln gezogen und hatte Berit mitgenommen. Manchmal telefonierten sie noch miteinander, gratulierten sich zum Geburtstag, Bettina hatte wieder geheiratet, aber das interessierte ihn eigentlich nicht.
Aber seine Tochter hatte er regelmäßig besucht und gestaunt, wie aus der kleinen Berit eine große, blonde und sportliche Frau wurde. Weder Bettina noch er waren groß, blond und sportlich, er hatte jedoch keinen Grund, an seiner Vaterschaft zu zweifeln, da mussten sich wohl die Gene ihrer Urahnen vererbt haben.
Er verstand sich gut mit Berit und war auch nicht enttäuscht- im Gegensatz zu ihrer Mutter- als sie ihr Sportstudium in Köln schon nach dem dritten Semester abbrach. Sie hatte eine attraktive Alternative gefunden- einen jungen Mann, dem eine Tauchschule auf Bonair, einer kleinen Karibikinsel, gehörte und dem sie ohne lange zu überlegen in eine exotische Zukunft folgte.
Inzwischen war sie Mutter von zwei Kindern und beherbergte in ihrer Pension junge Leute aus aller Welt, die in den türkisfarbenen karibischen Gewässern das Tauchen erlernen wollten.
Er hatte Berit bereits mehrmals besucht, immer in den Sommerferien, hatte mit seinen Enkeln gespielt an einem traumhaften Strand und hatte sogar einen Grundkurs im Tauchen absolviert.
Er mochte das bunte und leicht chaotische Leben um ihn herum, aber er freute sich auch, wenn er wieder in den Flieger steigen und dann im kühlen Mariafeld sein Fahrrad aus dem Schuppen

holte konnte. Er hatte in seinen kühnsten Träumen nicht damit gerechnet, dass er jemals eine Familie in der Karibik haben würde, aber es war gut so, wie es war. Er vermisste seine Tochter und seine Enkel nicht, es ging ihnen gut, er konnte sie besuchen, das reichte ihm. Er verstand seinen Gleichmut in dieser Beziehung selber nicht so ganz, aber es hatte eben keinen Sinn, etwas zu vermissen, das unerreichbar war.

Seine Frau hatte ihm vorgeworfen, er sei ein Eigenbrötler, er brauche andere Menschen nicht, und letztlich hatte sie ihn aus diesem Grund verlassen.

Und sie hatte nicht ganz unrecht. Er war zwar ein aufmerksamer und mitfühlender Beobachter des Lebens um ihn herum, aber er musste sich nicht unbedingt daran beteiligen.

Lehrer Terhorst rückte das Bild ein wenig zurecht. Dann griff er seufzend zum ersten Heft des Neuner Stapels, zusammen mit den Heften aus der Sieben waren es rund 60 Klassenarbeiten, die auf ihre gerechte Benotung warteten. Das Korrigieren und Benoten von Klassenarbeiten gehörten eindeutig zu den Tiefpunkten im Leben eines Lehrers. Besonders im Leben eines Deutschlehrers. Er kannte Kollegen, die schrieben mit Vorliebe Grammatikarbeiten, da stand fest, was richtig und falsch war und die Note war schnell zu ermitteln. Bei Aufsätzen dagegen musste man lesen, korrigieren, überlegen, vergleichen.

Er stand auf und suchte einen Dokumentationsfilm im Fernsehen. Heute fand er die Südtiroler Alpen und stellte den Ton auf die leiseste Stufe, dann holte er eine Flasche Rotwein und öffnete sie. Wenigstens sein Umfeld sollte angenehm sein, wenn er sich jetzt an die Arbeit machte.

Später, als er sich durch das achtzehnte Heft, mal wieder mit einer unleserlichen Handschrift, gekämpft hatte und sämtliche Argumente kannte, die für und gegen eine Ernährung ohne

Fleisch sprachen, beschloss er, dass es für heute genug war.
Er kramte in dem bereitstehenden kleinen Kästchen auf dem
Tisch und holte einen kleinen, braunen Zigarillo heraus. Er
schnupperte an dem würzigen Tabak, der Rauch schmeckte
erfrischend und er ließ ihn eine Weile im Mund, bevor er ihn
als kleine weiße Fahne wieder ins Freie entließ.

Auch in diesem Jahr würde er wieder nach Bonair fliegen, er
hatte das Flugticket schon vor Wochen gekauft, auch diesmal
startete der Flieger ab Amsterdam, die ferne Karibikinsel
gehörte einst zum niederländischen Kolonialreich. Eine umständliche und lange Reise stand ihm bevor, aber er freute sich
darauf. Eine Familie in Oberhausen wäre sicher leichter zu
erreichen gewesen, aber schön, dass es anders gekommen war.
Vor seinem Abflug musste er noch einiges erledigen, die letzten
Klassenarbeiten korrigieren, das Schulfest mitorganisieren,
ebenso die Schulkonferenz, die Albrecht noch kurzfristig
einberufen wollte.

Er nahm einen Schluck Rotwein und zappte sich durchs
Fernsehprogramm, blieb schließlich bei einer unterirdisch
dummen, aber sehr lustigen amerikanischen TV Serie hängendabei konnte er in aller Ruhe einschlafen.

37

Erik hatte mal wieder bis zur letzten Sekunde im Bett gelegen
und musste sich nun beeilen. Er stolperte die Treppe hinunter
in die Küche und schnappte sich die Dose mit den Broten, die
seine Mutter auf der Küchentheke deponiert hatte. Er wusste,
wenn er schon nicht frühstückte und dann auch noch die Dose
nicht mitnahm- dann gab es Ärger. Draußen schien die Sonne,

aber es war noch kühl, angenehm, wie zu Hause, wie in
Hamburg, dachte er.
Dort hatte er sich immer eingebildet, auch noch das Meer zu
riechen. Dagegen war das Meer in Mariafeld ferner als eine
Fata Morgana.
Er holte das Rad aus der Garage und kaum spürte er den harten
Sattel und konnte in die Pedale treten, verschwand das Heimwehgefühl. Er mochte es, hier über die schmalen Straßen, durch
Kornfelder und blühende Wiesen zu flitzen, den Wind im
Gesicht, den Geruch nach Erde und Sommer in der Nase.
Es war nur eine kurze Fahrt von zehn Minuten, aber die Zeit
reichte aus, um seine Laune zu heben, und das war auch notwendig, weil ihm auch heute wieder ein langer Schultag
bevorstand. An diesem Tag war jedoch alles anders. Kurz bevor
Erik die Schule erreichte, wurde er von einem Polizeiwagen
überholt. Was ungewöhnlich war, denn es gab sonst keine sichtbare Polizei in Mariafeld. Jedenfalls war Erik bisher
noch keinem Polizisten begegnet, geschweige denn einem
Polizeiwagen. Als er vor der Schule ankam, stand der Wagen
direkt vor dem Haupteingang, er war leer, die Beamten mussten
schon im Gebäude sein.
Er stellte sein Rad ab, warf sich den Rucksack über die Schulter
und reihte sich in die Schar der Schüler ein, die in die Schule
strömten. Mehr oder weniger witzige Kommentare über die
Anwesenheit der Polizei flogen durch die Luft. „Hey Tasse,
du wirst endlich abgeholt"..." hoffentlich passt du ins Auto
rein." „Carlo, lass den Stoff verschwinden, jemand hat
dich verpfiffen..."
Der Geografielehrer, der als erster an diesem Morgen in
der Elf Unterricht hatte, wusste offenbar nicht, was los war.
Er stellte Vermutungen an - vielleicht handele es sich um einen

Routinebesuch zur Überprüfung der Alarmanlagen. Schließlich
habe man ein neues System einbauen müssen, nachdem sich die
Anzahl der Amokläufe an Schulen erschreckend erhöht hatte.
„So ein Amoklauf wäre jetzt gar nicht schlecht", verkündete
Daniel gut gelaunt, „kein Unterricht und endlich mal Action
hier", einige lachten.
„Lass die blöden Witze", sagte der Erdkundelehrer streng und
versuchte, mit dem Unterricht zu beginnen und seine Schüler
für den Zusammenhang zwischen Bodenschätzen und außenpolitischen Beziehungen zu interessieren. Was fast unmöglich war,
denn alle horchten auf die Geräusche, die vom Flur oder vom
Hof in den Klassenraum drangen. Die Polizei in der Schule,
das war wirklich mal etwas Neues. Es sollte ja Schulen geben,
in denen das an der Tagesordnung war, aber hier, am Mariafelder Gymnasium, war es eine seltene Aktion, die man jetzt
richtig auskosten musste.
Dann, zu Beginn der zweiten Stunde, wurden Alex, Erik und
Tasse aus dem Unterricht gerufen. Die Vertrauenslehrerin
begleitete die drei in den Konferenzraum neben dem Schulleiterzimmer. An den vier Tischen im Raum saßen bereits
die anderen Mitglieder der Pferderettungsgruppe.
„Ich nehme an, wir sind nun komplett", sagte der Schulleiter
und blickte mit hochgezogenen Augenbrauen über die Runde
der versammelten Schüler. Neben der Tür standen die beiden
Beamten in ihren grünen Uniformen.
„Dann können wir ja anfangen. Die Polizei ist hier, weil heute
Nacht im Darfelder Bruch etwas geschehen ist, von dem ihr
auch betroffen seid. Wie ihr seht, haben wir alle Schüler und
Schülerinnen zusammengerufen, die sich für die Rettung der
Wildpferde eingesetzt haben. Der Polizeibeamte hier wird euch
das alles nun näher erläutern. Dann wird es eine Anhörung

geben. Wenn ihr mir anschließend etwas mitteilen möchtet- ihr wisst ja, wo ich zu finden bin. Und jetzt bitte...", der Direktor machte eine auffordernde Geste in Richtung der beiden Polizeibeamten. Der jüngere Beamte begann:
„Heute Nacht sind die eingefangenen Wildpferde, die dem Graf von Velenburg gehören, von ihrer Koppel entwichen. Jemand hat das Gatter widerrechtlich geöffnet. Einige Tiere sind über die Bundesstraße gelaufen und haben einen Unfall verursacht. Es kam zu einem Zusammenstoß zwischen einem Pferd und einem Personenwagen. Die Insassen, eine Mutter und ihre Tochter, sind zum Teil schwerverletzt und mussten ins Krankenhaus eingeliefert werden. Ein Pferd musste aufgrund der schweren Verletzungen erschossen werden."
Der junge Beamte war nervös und versprach sich einige Male, aber das änderte nichts am erschreckenden Inhalt seiner Rede. Das anschließende lähmende Schweigen wurde schließlich von Lena durchbrochen: „Wer... wer hat das getan, wer hat das Gatter geöffnet?"
Der zweite Beamte ergriff das Wort: „Das wissen wir noch nicht. Aber wir werden es herausfinden. Der Graf hat uns heute Morgen benachrichtigt. Ein Pferdepfleger hat das offene Gatter entdeckt. Der Täter hat sehr verantwortungslos gehandelt. Die Tiere haben nicht alle den Weg zurück zu ihrer Herde gefunden. Es kann sein, dass noch weitere Unfälle passieren. Wir sind hier, weil wir mit euch reden möchten. Wir möchten euch bitten, uns alles zu sagen, was zur Klärung dieses Falles beitragen kann."
Die letzten Worte hatte der Beamte mit allem Nachdruck gesprochen. Die versteinerten Gesichter der Mädchen und Jungen bildeten eine schweigende Mauer. Bis Julia schließlich fragte: „Sie glauben, jemand von uns hat die Pferde... befreit?"

„Wir müssen jedem Verdacht nachgehen. Der Graf hat uns von eurer geplanten Rettungsaktion erzählt." Viola sagte mit ihrer lauten und klaren Stimme:.
„Das ist schrecklich - der Unfall mit der verletzten Frau und ihrer Tochter, aber... der Täter", sie zögerte bei diesem Wort, „hat bestimmt nicht daran gedacht, dass so etwas passieren könnte..."
„Das kann schon sein", sagte der ältere Polizist, der den Eindruck machte, als könne er sehr gut erkennen, ob jemand die Wahrheit sagte oder nicht, „aber es ist leider passiert. Ich möchte jetzt mit jedem Einzelnen der hier Anwesenden unter vier Augen reden."
Der Direktor stand auf und verkündete, er stelle das Elternsprechzimmer für die Gespräche zur Verfügung und verließ den Raum. Der junge Polizist setzte sich auf einen Stuhl nahe bei der Tür, der andere Beamte forderte Alex, der ihm am nächsten saß, auf, ihn als erster zu begleiten.
Im Konferenzraum war es totenstill, alle hingen ihren eigenen Gedanken nach. Erik versuchte ein paar Mal vergeblich, mit Julia und Viola Blickkontakt aufzunehmen, doch seine Schwester sah demonstrativ an ihm vorbei und Julia war mit Lena beschäftigt, die ihren Kopf auf die Schulter ihrer Freundin gelegt hatte. Einmal kreuzten sich ihre Blicke, aber Julia senkte schnell die Augen und betrachtete ihre Schuhe oder irgend etwas anderes auf dem Fußboden.
Julia und Viola wurden herausgerufen, dann Tasse und Lena, dann die Schülerinnen der Unterstufe, die sich verängstigt an den Händen hielten.
Endlich auch Erik. Er war froh, der gedrückten Atmosphäre des Konferenzraumes zu entkommen. Und gespannt, was jetzt auf ihn zukam. Der Polizeibeamte hatte ein aufgeschlagenes

Notizbuch vor sich liegen und erklärte, dass dies keine offizielle Vernehmung sei, sondern nur eine erste Sammlung von Informationen. Er klang sachlich und routiniert, nahm zunächst die Personalien von Erik auf. Dann fragte er:
„Können Sie sich vorstellen, dass jemand von der Aktionsgruppe die Tiere befreit hat?"
Natürlich, dachte Erik , kann ich mir das vorstellen. Man muss sich nur mal eine andere Vorstellung vor Augen führen: Die Wildpferde auf ihrem letzten Gang ins Schlachthaus. Er stand nicht auf Seiten der Polizei, das musste der Beamte eigentlich wissen. Und von daher war das eine ungeschickte Frage.
„Nein", sagte er, „die Gefahr, dass etwas passieren könnte, wäre uns klar gewesen. Ein Pferdekenner weiß doch so etwas."
„Aha. Und Sie sind auch ein Pferdekenner?"
Erik nickte. „Ja, sicher. Sonst hätte ich doch nicht mitgemacht bei dieser Aktion."
Der Beamte blätterte in seinem Notizbuch. „Wo waren Sie in der letzten Nacht?"
Erik musste grinsen, trotz der traurigen Umstände. Es gab da nicht allzu viele Möglichkeiten. „Im Bett. Alleine".
Er konnte sich diesen Zusatz nicht verkneifen, zu oft schon hatte er diese Aussage in diversen TV- Krimis gehört.
Der Beamte schien das nicht besonders lustig zu finden, sondern machte sich mit unbewegtem Gesicht eine Notiz.
„Welche Aufgabe hatten Sie innerhalb der Rettungsgruppe?"
„Ich habe ab und zu ein paar Ställe ausgemistet. Und mich um die Musik gekümmert."
Der Beamte sah ihn fragend an und Erik ergänzte:" Die Pferde sollten nach der Musik eine Kür vorführen, eine Lichtshow sollte es auch geben und noch ein paar andere Reitvorführungen".
„Aha..." der Polizist machte sich Notizen. Dann stellte er noch

ein paar allgemeine Fragen zur Arbeit der Rettungsgruppe, die er wahrscheinlich allen Mitgliedern gestellt hatte, nach wenigen Minuten war die Anhörung beendet.
Erik verließ den Raum, wanderte durch die verschachtelten Gänge der Schule, ging in den Nebentrakt und die Treppe hinauf. Er war auf dem Weg zum Biologieraum, die vierte Stunde hatte schon angefangen. Dieses Verhör, das angeblich keines war, konnte er einfach nicht ernst nehmen. Hatte die Polizei in diesem Kaff überhaupt Erfahrung darin, ein Verbrechen aufzuklären? War hier jemals schon irgend etwas passiert, das über den Diebstahl eines Kasten Biers hinausging?
In Hamburg dagegen... er verwarf den Gedanken. Er war in einer anderen Welt und in einem anderen Leben gelandet.
Und jetzt auch noch in einem Kriminalfall.
Den Täter würde man nie zu fassen kriegen, da war sich Erik sicher. Und er fand diesen Gedanken gar nicht so schlecht.
Hinter den Türen war es je nach Unterricht und Lehrer mehr oder weniger laut, man hörte einzelne Stimmen, die etwas vortrugen. Manchmal schrien alle durcheinander und Erik wusste inzwischen schon, welcher Lehrer dort höchstwahrscheinlich unterrichtete und diesen Lärm zuließ.
Er war mit seinen Gedanken bei Julia- ihr blasses Gesicht, er hatte die Tränen in ihren Augen gesehen, obwohl sie versucht hatte, sie zu verbergen. Welche Gedanken mochten ihr durch den Kopf gehen? War sie, neben allem Entsetzten über den Unfall, vielleicht auch froh, dass jemand auf diese Weise ein Zeichen gesetzt hatte? Diese Tat würde bestimmt Aufmerksamkeit erregen, sicher waren morgen die Zeitungen voll mit Berichten über die Wildpferde und die Hintergründe, die zu ihrer Freilassung geführt hatten.
Dann stand er vor der Tür des Biologieraumes und überlegte

kurz, ob er hineingehen sollte oder nicht. Aber der Gedanke an Tasse und Alex, die von ihrem Verhör schon wieder zurück sein mussten, ließ ihn schließlich die Klinke hinunter drücken.
Er wollte nicht als Einziger die Flucht ergreifen.
Als er den Biologieraum betrat, sahen ihn fünfundzwanzig Augenpaare an. Die meisten davon vollkommen ausdruckslos, wie es üblich war, nur keine Gefühle zeigen. Aber damit kannte sich Erik bestens aus.
Allerdings glaubte er ein angedeutetes Kopfnicken bei Alex und Tasse zu erkennen. Sie drei zählten nun zum Kreis der Verdächtigen - das schweißte zusammen. Aber ausgerechnet Tasse... mit ihm wollte Erik in seinen schlimmsten Träumen nicht zusammengeschweißt sein. Carlo und Daniel steckten kurz die Köpfe zusammen und beschäftigten sich dann weiter mit ihren Handys, die sie unter dem Tisch bedienten. Der Biolehrer war so damit beschäftigt, ein Rinderherz zu zerlegen, dass er den Überblick über seine Schüler verloren hatte.
Erik setzte sich und versuchte, an überhaupt nichts zu denken. Er hatte das Gefühl, sein Gehirn brauche eine Erholungspause. Aus weiter Ferne hörte er eine Stimme, die über Herzklappen, Vorhöfe und Reizleitungssysteme referierte. Das Lehrerpult glich einem Seziertisch, blutige Fleischfetzen lagen herum und Erik musste kurz einen Würgereiz unterdrücken. Aber er war nicht mehr so heftig wie bei der Aktion mit den Rinderaugen. Man konnte sich eben an alles gewöhnen.
Seltsamerweise fühlte er sich wie unter einer Glasglocke, weit entfernt von allem, er schmeckte lauwarmen Milchreis mit Zucker und Zimt auf der Zunge. Alles war in Ordnung. Es gab kein Dorf am Ende der Welt, keine Biostunden mit Rinderaugen und -herzen, keine Julia, keine wilden Pferde, keine Täter, keinen Unfall, keinen Carlo und keine Schule.

Dann war die Stunde vorbei. Der Biolehrer stopfte die Reste des Herzens in eine Plastiktüte und versuchte im allgemeinen Aufbruch noch seine Aufgaben für die nächste Stunde zu stellen.
„Wir treffen uns heute Nachmittag am Stall", sagte Alex, der plötzlich neben Erik herging.
„Ich habe keine Zeit", erwiderte dieser schroff und beschleunigte seine Schritte. Ich will mit der Sache nichts mehr zu tun haben, hätte er hinzufügen können, es reicht allmählich.
Viola war nach der Anhörung in ihre Klasse zurückgekehrt und hatte sich möglichst unauffällig auf ihren Platz gesetzt. Sie hatte so getan, als sähe sie die verstohlenen Blicke der anderen nicht, nur Carries aufmunterndes Lächeln erwiderte sie kaum merklich und nur für ihre Freundin sichtbar.
Viola versuchte, nicht mehr an die letzten Stunden zu denken. Nicht daran, dass sie von der Polizei verhört worden war und nicht daran, dass sie kurz davor gewesen war, Julia einer Tat zu beschuldigen, die sie sicher nicht begangen hatte.
Etwas war mit ihr passiert, als sie dort in dem kargen Elternsprechzimmer vor dem aufmerksam zuhörenden Polizisten gesessen hatte. Sie hatte sich wichtig gefühlt und hatte etwas Wichtiges sagen wollen. Das war eine primitive Regung von ihr gewesen, vollkommen unüberlegt.
Aber sie hatte gedacht - warum nicht Julia? Natürlich hatte Julia nur das Beste gewollt, sie war mutig, sie musste handeln, sie war die Anführerin, die große, starke Julia.... und nun war sie vielleicht schuld am Tod von zwei Menschen!
Im allerletzten Moment hatte sie geschwiegen. Sie hatte diesen schlimmen Verdacht nicht geäußert. Aber sie war kurz davor gewesen und darum fühlte sie sich schuldig.
Viola hatte dem Beamten nicht viel berichten können.
Sie war nur zwei Mal bei den Rettungstreffen mit dabei

gewesen, das Einzige, was sie getan hatte war, einen Text für die Zeitung zu schreiben. Der war, sehr verkürzt und verändert in der Lokalausgabe auch erschienen. Und noch eine E-Mail, als die Hengste früher als geplant eingefangen wurden. Außerdem hatte sie eine Dokumentation über Wildpferde vorbereitet. Das war alles, ihre Beteiligung hielt sich also in Grenzen. Und jetzt gab es diese dramatische Wendung.
Sie spürte, wie ihr Schriftstellerherz schneller klopfte.
Ein Drama, ein echtes Drama, keine Fantasy- Story, sie würde die Augen offen halten, das war die wahre Wirklichkeit.
Diese letzte Schulstunde zog sich wie immer wie Kaugummi endlos dahin. Eigentlich mochte Viola den Deutschunterricht, auch wenn sie alles tat, um sich nicht in den Vordergrund zu spielen. In den anderen Fächern gelang ihr die Zurückhaltung besser, sie langweilte sich oft so heftig, dass sie kurz vorm Einschlafen war.
Sie starrte auf das Tafelbild, auf dem die Merkmale von Kurzgeschichten festgehalten waren und stellte fest, dass sie beim Schreiben keine einzige dieser Regeln beachtete. Musste man Regeln beachten, wenn man Schriftstellerin werden wollte- oder schon war? Eine Geschichte musste interessant sein, auf keinen Fall langweilig, gut geschrieben, spannend und vielleicht sogar lustig, obwohl das nicht ihr Stil war. Ein Buch musste sie in seinen Bann schlagen, sie hineinsaugen in seine Welt, dann war es gut.
Und was sollte diese blöde Regel mit dem offenen Schluss? Der Leser wollte doch wissen, wie eine Geschichte ausging! Und das Gute musste gewinnen, am Ende und nach vielen Wirrungen... in der Wirklichkeit siegte das Gute keineswegs immer, das war Viola vollkommen klar. Umso wichtiger war das Happyend in einem Roman. Denn dort konnte man die

Wirklichkeit manipulieren und warum sollte man den Leser
enttäuschen und erschrecken mit einem schlimmen Schluss?
Sie jedenfalls würde sich weigern ein Buch zu lesen, von dem
sie wusste, dass die Geschichte keinen guten Ausgang nahm.
Sie dachte unvermittelt an Erik. Er war ihr so fremd erschienen,
heute im Konferenzraum, sie war seinem Blick ausgewichen,
war der Fremde dort wirklich ihr Bruder?
Sie hatte gesehen, wie er Julia angeschaut hatte. Aber Julia hatte
seinen Blick nicht erwidert. Was passierte da mit den beiden?
Wie gut kannten sie sich? Ihr fremder Bruder war doch sonst
nicht so zimperlich, was seine Freundinnen anging, sie kamen
gerne auch zu ihm nach Hause.. Julia war jedenfalls noch nicht
bei ihm gewesen. Viola sah auf die Uhr, gleich war es vorbei.
Sie musste mit Carrie über das Drama reden, jetzt gleich,
sofort nach der Stunde.

38

Miriam van Boysen fing an, sich mit dem Leben auf dem Land
anzufreunden. Sie genoss die Tage und Abende in ihrem Garten
und überlegte, endlich einen Hund anzuschaffen. Violas neue
Begeisterung für Pferde hatte auch sie angesteckt und sie trug
sich mit dem Gedanken, Reitstunden zu nehmen und vielleicht
irgendwann auch noch ein eigenes Pferd zu kaufen....
Außerdem schien die frische Landluft auch die Flausen aus
Eriks Kopf zu vertreiben.
Seine Trinkgelage, die sie in Hamburg zum Verzweifeln
gebracht hatten, gab es nicht mehr, auch die Diskobesuche
gehörten der Vergangenheit an.
Miriam van Boysen lächelte vor sich hin. Was sollte ihr Sohn

machen, wenn es weit und breit keine Diskothek mehr gab und offenbar auch keine neuen Freunde? Sie war nicht so naiv zu glauben, dass Trinkgelage hier auf dem Dorf nicht stattfanden, ganz im Gegenteil, aber ihr Sohn gehörte offenbar nicht zu der Clique, die diese Gelage organisierte. Keine Freunde zu haben hatte mitunter auch Vorteile.
Sie setzte das Wasser für den Reis auf, in einer halben Stunde würden ihre Kinder von der Schule nach Hause kommen.
Es war heute der einzige Tag, an dem beide gleichzeitig schon früher als sonst Schulschluss hatten und sie freute sich auf das gemeinsame Mittagessen. Sie holte die Hähnchenfilets aus dem Kühlschrank und überlegte, welche Sauce sie zubereiten sollte. Sie musste Viola schmecken, das war die Hauptsache, Erik aß so gut wie alles. Vielleicht Curry mit Ananas, sie hatte noch eine Dose in der Vorratskammer entdeckt. Wenn es Viola schmeckte und sie die kleine Portion auf ihrem Teller vollständig aufaß, dann hatte sie das Gefühl, der Normalität wieder ein Stück näher gekommen zu sein.
Miriam van Boysen stellte das Radio an und sang gut gelaunt einen uralten Song von Mungo Jerry mit- sie musste bei seinem Erscheinen noch ein Baby gewesen sein- aber dieses Lied machte einfach gute Laune: *In the summertime, when the weather is high, you can strech right on and touch the sky...*
Sie schnitt gerade die Ananas in kleine Stücke, als die Nachrichten gesendet wurden: „Zu einem schweren Unfall kam es heute in den frühen Morgenstunden auf der B 75 in der Nähe des Darfelder Bruchs. Eine Gruppe von Wildpferden überquerte die Straße, wobei eines der Tiere von einem Auto erfasst wurde. Die Fahrerin des Wagens und ihre sechzehnjährige Tochter wurden schwer verletzt und schweben nach Aussage der Ärzte in Lebensgefahr. Es handelt sich bei den Tieren um einjährige

Hengste, die von ihrer eingezäunten Koppel entweichen konnte. Die Ursachen hierfür sind bisher unbekannt. Die Polizei hat in Zusammenarbeit mit der Forstbehörde die Ermittlungen aufgenommen..."
Miriam van Boysen hielt inne und lauschte angestrengt. Die Wildpferde waren ausgebrochen...zwei Verletzte, eine Frau und ihre Tochter...oh Gott wie schrecklich, hoffentlich überlebten sie den Unfall...
Die Polizei hat die Ermittlungen aufgenommen... wie bedrohlich sich das alles anhörte!
Konnte es sein, dass die Rettungsgruppe etwas mit der Sache zu tun hatte? Aber nein, den jungen Leuten musste doch klar sein, dass das Freilassen der Pferde keine Lösung war und außerdem gefährlich...
Sie versuchte, sich wieder auf die Herstellung des Mittagessens zu konzentriere und zerschnitt die Hähnchenfilets in mundgerechte Stücke. Dann briet sie die Stücke an, fügte Sahne hinzu und schmeckte die Soße mit Curry und etwas Orangensaft ab.
Trotzdem konnte sie den Gedanken an den Unfall nicht verdrängen... auch ihre Kinder waren von dieser Sache betroffen...
Als Viola und Erik im Abstand von fünf Minuten eintrafen, war der Tisch gedeckt und das Essen stand bereit.
Doch das gemeinsame Mittagessen, auf das sich Miriam van Boysen gefreut hatte, verlief in angespannter Atmosphäre.
Viola erzählte wortreich und mit einigen Ausschmückungen vom Auftauchen der Polizei und den Verhören, Erik meldete sich erst zu Wort, als Viola andeutete, es könne durchaus jemand aus der Rettungsgruppe gewesen sein, der die Hengste freigelassen habe.
„Ich kann mir nicht vorstellen, dass ein kleines Mädchen sich nachts zur Koppel schleicht und das schwere Gatter

aufstemmt"...sagte er zweifelnd.

„Das Mädchen war vielleicht gar nicht so klein", entgegnete Viola und beobachtete ihren Bruder scharf. Erik sah sie an, seine Augen waren undurchdringlich schwarz.

„Wenn du damit Julia meinst, oder Lena, bist du nicht so intelligent, wie ich immer gedacht habe." Viola starrte ihren Bruder an, aber sie erwiderte nichts.

Erik widmete sich dem Hähnchencurry auf seinem Teller.

„Schmeckt gut", sagte er und seine Mutter lächelte ihn dankbar an. Viola schob ab und zu einen winzigen Bissen in den Mund.

„Heute Nachmittag ist ein Treffen am Stall", sagte sie ohne Erik dabei anzusehen. „Ich gehe hin."

„Ich nicht", sagte Erik.

„Was wollt ihr tun?" fragte Miriam van Boysen und Besorgnis lag in ihrer Stimme.

„Keine Ahnung. Wir müssen herausfinden, wer es getan hat."

„Und dann?" fragte Erik

„Dann ... werden wir mit ihm oder ihr reden."

„Und ihn der Polizei melden", sagte Frau van Boysen
mit Betonung.

„Das weiß ich nicht. Wir müssen darüber diskutieren."

Viola hatte noch nicht über die Konsequenzen nachgedacht, die eine Entlarvung des Täters nach sich ziehen würde. Überhaupt hatte sie sich noch nicht viele Gedanken gemacht, Gedanken brachten sie im Moment nicht weiter. Sie drehten sich sowieso nur im Kreis.

„Ich finde es sehr gut, wie ihr euch für die Pferde engagiert", hörte sie ihre Mutter sagen, „aber soweit darf man natürlich nicht gehen. Diese Aktion war sehr unüberlegt."

Viola widersprach: „Aber man muss doch was tun. Ich verstehe den Täter. Er wollte ein Zeichen setzen. Die Leute aufmerksam

machen. Er hat geglaubt, die Pferde laufen einfach wieder zur Herde zurück. An einen Unfall hat er natürlich nicht gedacht."
Erik nickte. „Das könnte stimmen. Aber trotzdem, es war bestimmt niemand aus der Rettungsgruppe, das glaube ich einfach nicht". Er hörte schweigend zu, wie seine Mutter und Viola noch weiter diskutierten über die Beweggründe, die ein Täter gehabt haben könnte, dann legte er sein Besteck sorgfältig auf den leeren Teller. „Danke für das Essen", sagte er höflich zu seiner Mutter gewandt und stand auf. Er dachte an Julia und daran, ob er sie anrufen sollte.

38

Der Schweiß rann ihr den Rücken hinunter. Seltsam, nach einer Weile fühlte er sich kalt an - eine physikalisches Phänomen, das man am eigenen Leibe erfahren konnte. Julia dachte über Verdunstung und damit verbundene Abkühlung nach, als sie durch die Felder, auf denen das Korn kurz vor der Ernte stand, zur Scheune fuhr.
Es war ein gedankliches Ablenkungsmanöver, das ihr gut tat. Außerdem musste sie sich auf das Schlingern ihres Rades konzentrieren und darauf, dass die Sonne ihr nicht vollkommen die Sinne raubte. Sie hätte einen Hut aufsetzen müssen. Und dieses verdammte Fahrrad hatte zu wenig Luft auf den Reifen und war außerdem schrottreif.
Es war vollkommen windstill und die einzelne Lerche, die oben in der Luft stand und sang, hörte sich an, als habe sie ein Mikrofon vor dem Schnabel, so laut tönte ihr melodisches Gezwitscher über die Felder.
Die geflohenen Hengste, die Polizei, die beiden Schwerverletz-

ten, das tote Pferd, das alles war beinahe unwirklich und sie hatte es immer noch nicht richtig begriffen.
Julia musste vom Rad absteigen, um eine besonders tiefe und sandige Stelle zu umgehen, es war mühsam, das Rad zu schieben, alles war auf einmal zur Qual geworden.
Sie spürte den Druck der Verantwortung auf ihren Schultern. Alle erwarteten eine Stellungnahme von ihr. War der Pferdebefreier tatsächlich einer aus ihrer Gruppe? Julia wusste es nicht. Sie wäre glücklich gewesen, wenn jemand bereit gewesen wäre, diesen Druck von ihr zu nehmen oder zumindest mit ihr zu teilen. Sie hatte mit Lena gesprochen, aber ihre Freundin war in Tränen aufgelöst und zu keiner vernünftigen Reaktion mehr fähig gewesen. Sie kämpfte mit ihrem Fahrrad und wollte nur noch ankommen und die Versammlung hinter sich bringen.
Alle waren gekommen, bis auf Erik.
Julia wusste, warum. Er hatte sie angerufen und sie hatten über die Ereignisse geredet, aber es hatte angestrengt und unehrlich geklungen, so, als habe er eine lästige Pflicht erfüllen wollen.
„Warum hast du mich angerufen?" hatte sie schließlich gefragt und er hatte gesagt, „ich wollte wissen, wie es dir geht."
Sie hatte das Gespräch ziemlich schnell beendet. Sie brauchte einen Rat, jemanden, der die Situation überblickte und seine Hilfe anbot und niemanden, der sich nach ihrem Befinden erkundigte. Reden war leicht, Handeln war viel schwerer, aber es war das, was zählte.
An der Scheune bot sich äußerlich ein friedliches Bild.
Die älteren Hengste grasten auf der Weide, es waren nur noch vier Tiere, die anderen hatten ihre Besitzer bereits am Morgen abgeholt.
„Sie hatten Angst, dass mit ihnen auch etwas passiert", hatte ihr Lukas schon am Telefon berichtet.

Julia warf ihr Rad auf die Wiese, blieb stehen und sah in den wolkenlosen Himmel über sich. Sie brauchte einen Moment, um ihre Kräfte zu sammeln. Dann ging sie zu den anderen und setzte sich in ihren Kreis auf dem Rasen.

Bevor Julia anfangen konnte zu reden, sagte eine tiefe Stimme: „Also, wer war's?" Alle starrten Tasse an, der sich so selten zu Wort meldete, dass man schon vergessen hatte, wie seine Stimme klang.

Lena sagte in das Schweigen hinein: „Du glaubst also, dass es jemand von uns war?"

„Ja, das glaube ich. Wer sonst?"

Carrie hob den Kopf: „Das ganze Dorf wusste doch, dass die Pferde auf der Koppel standen. Ich glaube nicht, dass wir die Einzigen sind, die etwas dagegen haben, dass sie an die Händler verkauft werden sollen." Alle nickten zustimmend.

Bis auf Viola. „Ich glaube auch, dass es jemand von uns war. Und er sollte sich jetzt dazu bekennen. Wir haben alle Verständnis dafür und wir sollten ihn unterstützen und ihm helfen."

„Und ihn der Polizei melden?" fragte Carrie aufgebracht.

Sie sahen sich an, niemand meldete sich oder ergriff das Wort.

„Die Befreiung der Hengste war eine große Dummheit", sagte Julia nach einer Weile, „und wir können nur hoffen, dass nicht noch mehr passiert. Aber wir sind nicht die Polizei. Ob er oder sie sich stellen will, das muss derjenige selbst entscheiden, das ist meine Meinung."

Alle nickten, bis auf Tasse. „Wir sind hier unter uns. Er oder sie sollte sich jetzt melden. Ich möchte einfach wissen, wer es getan hat."

Es war so still, dass man den Mähdrescher, der in weiter Ferne seine Bahnen zog, brummen hörte. Ein Pferd wieherte auf der Koppel. Viola räusperte sich.

„Julia", sagte sie vorsichtig, „wir hätten alle Verständnis dafür, wenn du...ich meine, keiner hätte sonst den Mut gehabt...", sie brach ab, als Julia sie entgeistert ansah. „Du spinnst wohl!"
Lena war ebenfalls empört: „Wie kannst du so was überhaupt nur denken!"
„Ist doch klar", meldete sich Alex zum ersten Mal zu Wort, „sie will nicht, dass Julia mit ihrem Bruder rummacht!"
Diese plumpe Bemerkung schockte die Gruppe.
„Das hat doch überhaupt nichts miteinander zu tun", rief Carrie empört.
„Wir machen nicht rum, wie du das ausdrückst! Und wenn es so wäre, geht es niemanden etwas an", fauchte Julia Alex an.
„Okay, okay", Alex legte sich zufrieden grinsend ins Gras zurück. Er hatte nur ausgesprochen, was seiner Meinung nach alle dachten.
Julia war wütend, aber sie riss sich zusammen. Es ging hier nicht um irgendwelche Beziehungen, sondern darum, dass zwei Frauen schwer verletzt worden waren durch die unbedachte Tat eines Pferdefreundes, der diesen Namen nicht verdiente. Sie war entschlossen, bei der Sache zu bleiben.
„Also, wenn es einer von uns war, er sollte zur Polizei gehen und sich stellen."
„Und was passiert dann mit ihm?" wollte eine Sechsklässlerin wissen. Alle sahen Julia an. Sie fuhr sich mit der Hand durch die Haare, ihr Pferdeschwanz hatte sich schon lange aufgelöst. „Ich weiß es nicht."
„Muss der, der das getan hat, ins Gefängnis?" wollte eine andere junge Reiterin wissen.
„Nein", rief Carrie in die Runde „wenn du unter vierzehn Jahre alt bist, dann passiert dir gar nichts, du bis dann noch zu jung. Aber die Eltern werden viel Geld bezahlen müssen, es gibt

Verletzte, ein kaputtes Auto und ein totes Pferd..."
Alle schwiegen und starrten vor sich hin. Es gab eine kurze
Diskussion über die Zukunft der Rettungsgruppe.
Es würde keine Show mehr geben. Alle waren sich einig.
Man konnte nichts Schönes machen und zeigen nach so einem
Ereignis. Man konnte nicht so tun, als sei nichts geschehen.
Tasse und Alex waren die ersten, die grußlos verschwanden.
Einen Moment lang hatte Julia das Gefühl, als wolle Tasse noch
etwas sagen, aber er wuchtete nur seinen schweren Körper aus
dem Gras und schlurfte davon.
Die jüngeren Mädchen umarmten sich stumm und stiegen auf
ihre Fahrräder. Viola und Carrie folgten in einigem Abstand.
„Und", sagte Carrie, „hat Alex Recht? Willst du Julia fertig
machen, weil du eifersüchtig bist?"
„Bist du verrückt? Außerdem will ich niemanden
fertig machen."
Carrie sah prüfend zu Viola hinüber. Sie sah ihr zartes Profil
und den mageren Körper, sie sah auch das energisch vorgescho-
benen Kinn und wusste, dass Viola längst nicht so zerbrechlich
war, wie ihr Aussehen es glauben machen wollte.
Sie radelten eine Weile, dann redete Viola laut vor sich hin:
„Stell dir vor, Julia hat es wirklich getan...., es ist Nacht,
der Mond steht am Himmel, die Pferde galoppieren durch
das Gatter, sie wiehern, die Mähnen fliegen, sie streifen Julia
fast, als sie das schwere Gatter zur Seite schiebt, sie spürt die
warmen Körper der Pferde, sie kann sie riechen, kann sie fast
berühren, als sie in die Freiheit stürmen...weit weg von den
Schlächtern, wieder zurück zu ihrer Herde, das muss das geilste
Gefühl überhaupt gewesen sein!"
„Hey Viola, komm wieder zu dir", sagte Carrie und betrachtete
ihre neue Freundin mit gemischten Gefühlen. Sie ärgerte sich

über die Verdächtigung, hatte Viola es wirklich ernst gemeint? Sie beschloss, die wirren Gedanken ihrer Freundin auf eine andere Fährte zu locken.

„Ich glaube, du irrst dich gewaltig, ich jedenfalls denke bei deiner Fantasy- Geschichte nicht an Julia, sondern an jemand anderen..." sagte sie geheimnisvoll.

„Und an wen?" Viola spitzte neugierig die Ohren.

„An deinen Bruder, natürlich". Carrie sagte das ganz ernsthaft und Violas Rad machte einen heftigen Schwenker und sie hatte Mühe, das Gleichgewicht zu halten.

„Erik? Das ist vollkommener Quatsch, er würde niemals so etwas tun, schon gar nicht für diese Pferde, die sind ihm wirklich egal!"

„Da hast du vielleicht recht. Aber Julia ist ihm nicht egal. Er wollte etwas tun, was ihr imponiert."

„Und da lässt er eine Herde Wildpferde frei?
Das ist doch hirnrissig!"

„Liebe macht blind. Und dumm." Carrie grinste und wusste, dass sie Viola zum Nachdenken gebracht hatte, so unwahrscheinlich das alles auch sein mochte. Diese ganzen Verdächtigungen waren ein großer Unsinn. Das musste Viola jetzt ganz schnell begreifen.

„Wir sollten aufhören, uns gegenseitig zu beschuldigen", sagte Carrie und winkte Viola zum Abschied zu, als sie auf einen anderen Weg abbog. Es musste eine andere Erklärung geben, davon war Carrie überzeugt.

Lena und Julia waren alleine an der Scheune zurückgeblieben.

„Irgendwie habe ich geahnt, dass es so kommen würde", sagte Lena.

„Ich nicht." Julias Stimme war trotzig. „Ich war...ziemlich sicher, dass wir es schaffen würden."

Die beiden Freundinnen lagen nebeneinander im Gras.
Sie lauschten auf die Geräusche des Sommers um sich herum:
Das gleichmäßige Brummen des weit entfernten Mähdreschers,
die zwitschernden Schwalben, die oben an der Scheune ihre
Nester angeklebt hatten, das laute Summen einer Hummel, die
von einer Kleeblüte zur nächsten flog. Ein schwacher Wind
strich über ihre Gesichter, Gräser kitzelten an den nackten
Beinen. Lenas Tränen waren getrocknet. Sie konnten jetzt nur
noch abwarten. Nach einer gefühlt sehr langen Zeit fragte Lena:
„Und, was ist jetzt mit Erik?"
Julia stieß einen tiefen Seufzer aus, bevor sie antwortete:
„Ich habe keine Ahnung, was mit ihm ist, ich schwöre".
Dann erzählte sie von ihrem Telefongespräch und dass sie einen
Rat und Unterstützung erwartet hatte und er im Grunde nichts
gesagt hatte, außer sich nach ihrem Befinden zu erkundigen.
„Aber das ist doch super nett von ihm, er denkt an dich und
will wissen, wie es dir geht. Einen Rat kann er dir sowieso nicht
geben!" Lena regte sich tatsächlich über Julias Verhalten auf.
Julia runzelte die Stirn. Mit dieser Reaktion von ihrer Freundin
hatte sie nicht gerechnet. Aber vielleicht hatte sie ja recht,
wie so oft. Sie musste darüber nachdenken.
„Aber du magst ihn." sagte Lena dann. Das war eine Feststellung und keine Frage und Julia nickte folgsam.
„Und bevor du weiter fragst, ja, er mag mich auch, glaube ich
jedenfalls. Er hat es allerdings noch nicht gesagt. Und ich weiß
auch nicht, ob das je passieren wird."
„Oh, da wäre ich nicht so pessimistisch. Denk mal an Alex
und noch ein paar andere Jungs. Warum sollte es bei diesem
Erik anders sein? Und ich weiß wirklich nicht, warum er
sonst die ganze Zeit bei uns an der Scheune war und zig Ställe
ausgemistet hat!"

„Okay, kann sein. Aber es ist alles ist so anders mit ihm, und frag mich nicht warum, ich weiß es auch nicht!"
Lena fragte zögernd: „Und es gibt gar nichts, was du mir erzählen könntest?"
Julias Antwort klang ungeduldig: „Nein, ehrlich, du nervst jetzt...es gibt einfach nichts, was ich dir erzählen könnte! Es ist absolut nichts passiert!"
Lena seufzte.„Irgendwie schade."
Julia seufzte ebenfalls, „ ja,.. irgendwie...
Nach einer längeren Pause fragte sie: „Du glaubst aber nicht, dass Erik etwas mit der Befreiungsaktion zu tun hat, oder?"
„Nein, wie kommst du denn da drauf?" Lena war ehrlich erschrocken.
Julia zögerte einen Moment mit der Antwort.
„Wir hatten ein Gespräch, neulich vor dem Gatter, er hat gesagt, er fände es nicht gut, wenn die Hengste eingefangen würden. Sie müssten frei sein, alles andere wäre gegen ihre Natur."
Lena nickte nachdenklich. „Ja, es ist auch gegen ihre Natur. Aber es gibt eben keine andere Möglichkeit, wenn man die Herde erhalten will. Das hast du ihm ja wohl erklärt. Und auch wenn man so etwas sagt, dann handelt man doch nicht so.. Erik hat doch noch alle Sinne
beieinander.... hoffentlich." Lena warf ihrer Freundin einen forschenden Blick zu.
„Ja, ja, er hat seine Sinne beieinander..." sie mussten lachen, trotz allem.
Es war schön, hier in der warmen Abenddämmerung zu sein, mit einem Menschen, dem man bedingungslos vertrauen konnte.
„Kommst du mit oder musst du Rosalie noch versorgen?" fragte Lena, wieder ernst geworden.

„Ich bleibe noch, ich lasse sie noch mal raus."
Julia brauchte jetzt dringend die Nähe des kleinen Pferdes, sein zufriedenes Schnauben und das warme Fell unter ihren Händen. Lena nickte und sie umarmten sich, als ginge einen von ihnen auf eine lange Reise, dann verschwand Lena mit ihrem klapprigen Fahrrad zwischen den Walcholdersträuchern. Julia ging zur Scheune. Sie holte Rosalie aus dem Stall, striegelte sie und ließ sie ein paar Möhren fressen. Dann nahm sie ihr Handy aus der Tasche und hielt es in der Hand. Sie war unschlüssig. Sollte sie Erik anrufen? Das Gespräch mit Lena hatte sie nachdenklich gemacht. Vielleicht hatte sie wirklich falsch reagiert, als sie ihr Telefonat so schnell beendet hatte. Aber- was sollte sie sagen?

39

Erik saß zu Hause vor dem Computer und überlegte, ob er nach langer Zeit mal wieder mit seinen beiden Hamburger Freunden, Mattes und Tom, in Verbindung treten sollte. Er hatte ihre Kommunikationsversuche bisher nur sehr sparsam beachtet und wusste nicht, ob es Sinn machte, diese Kontakte aufrecht zu erhalten. Aus den Augen, aus dem Sinn, das traf für ihn beinahe hundertprozentig zu.
Die beiden waren gute Kumpel gewesen für die Piste, ansonsten hatten sie sich nicht viel zu sagen. Das Problem war nur- er hatte im Moment einfach niemanden, mit dem er überhaupt kommunizieren konnte. Die Kontakte zu seinen neuen Mitschülern beliefen sich auf Null oder sie waren nicht von der Art, die man sich wünschte. Auch seine Besuche an der Scheune hatten daran nichts geändert.

Julia hatte recht gehabt mit ihrer Bemerkung, Oberstufenschüler könnten nichts mit Pferden anfangen. Dies ändere sich erst später- wenn Geld und Ruhm eine Rolle spielten, dann wären auch männliche Wesen plötzlich an Pferden interessiert.
Er würde diese Situation überleben- trotzdem, ein bisschen Quatschen wäre jetzt nicht schlecht. Er könnte auch ein Foto von Julia verschicken, neulich am Stall hatte er sie fotografiert, als sie mit Rosalie beschäftigt war...und dann gab es diese Pferdegeschichte, das würde ziemlich exotisch klingen für jemanden in der Großstadt. Oder war es total uncool, überhaupt einen Gedanken an... Wildpferde zu verschwenden?
Die beiden würden denken, er suche verzweifelt Kontakt zu gleichgesinnten Wesen. Leider war es genauso.
Auch über das seltsame Telefongespräch mit Julia hatte er mit niemandem reden können. Sie hatte es abrupt beendet und er hatte keine Ahnung, warum sie das getan hatte.
Erik beschloss, etwas unglaublich Sinnvolles tun und an seinem Referat für Geografie weiterschreiben. Es ging darin um das Vorkommen und den Einsatz von alternativen Energien, dieses Thema war so abgegriffen, dass er nur noch gähnen konnte... er betrachtete sein rotes Kussmundsofa. Ein Referat darüber wäre viel sinnvoller gewesen. Warum gab es diesen unnötigen Luxus um ihn herum? Was brauchte der Mensch eigentlich zum Leben? Eriks Blick fiel auf den Computer und das Tablet, sein Smartphone und die neue Musikanlage, auf den Flachbildfernsehen, auf das Regal mit den Turnschuhen und den Stapel teure Marken-Jeans , seine neue Gitarre, die er kaum noch in die Hand nahm, seit er hier am Ende der Welt gelandet war.
Er sah das T-Shirt, zerknüllt auf einem Stuhl, das er neulich in Oberhausen gekauft hatte, für 89 Euro. Viel Geld für ein Stück Baumwolle mit Aufdruck. Ein Monatsverdienst für ..

einen Inder vielleicht.
Aber was sollte er tun? Er war auf der besseren Seite des Lebens gelandet. Es war nicht sein Verdienst, aber auch nicht seine Schuld.
Es war Schicksal, er hatte Glück gehabt.
Er warf sich aufs Bett, wälzte sich auf den Bauch und vergrub den Kopf in den Kissen. Man konnte seine Gedanken einfach nicht abstellen. Das war eindeutig ein großer Fehler bei der Konstruktion des Menschen gewesen.
Und Julia. Und diese nervige Rettungsaktion, die nun auch noch gescheitert war, ganz wie er es vorausgesehen hatte.
Schon wieder dachte er an Julia und an den Moment, wo sie Schulter an Schulter vor der Koppel gestanden hatten. Sie war so schwach gewesen in diesem Augenblick, sie hätte seine Hilfe gebraucht. Er war wie gelähmt gewesen.
Warum?
Er hatte kein Problem damit, ein Mädchen in den Arm zu nehmen. Warum also klappte es nicht bei Julia?
Er musste an Alice denken, die aus Kalifornien nach Hamburg gezogen und verrückt nach Inlineskating gewesen war. Stundenlang waren sie an der Alster entlanggelaufen, Erik hatte das Skaten ihr zuliebe gelernt und immer gehofft, sie möge den Spaß daran verlieren, auf den vielen holprigen Wegen, die sie auf ihren Ausflügen bewältigen mussten.
Es war einfach nicht seine Sportart, er fühlte sich unsicher auf diesen unberechenbaren Rollen, die er nicht richtig beherrschen konnte. Aber Alice hielt durch auf den holprigen Wegen, wobei sie ständig von der breiten Seepromenade in Santa Monica schwärmte, wo sie wahrscheinlich die Skater-Queen gewesen war.
Alice war seine erste richtige Freundin gewesen und es erfüllte

ihn immer noch mit Genugtuung, wenn er daran dachte, wie die anderen ihn um dieses Beachgirl beneidetet hatten.
Dann war Alice weggezogen, nach Süddeutschland. Erik hatte das Inlineskating sofort eingestellt, das war die positive Seite ihrer Trennung gewesen. Sie hatten sich noch ein paar Wochen lang geschrieben, dann nicht mehr.
Im Nachhinein dachte er, dass die Beziehung zu diesem Mädchen auch dazu beigetragen hatte, ihn in seiner Außenseiterrolle zu bestätigen. Jeder wollte mit ihr befreundet sein, aber sie hatte sich Erik ausgesucht. Da waren Neid und Eifersucht im Spiel gewesen und die Tatsache, dass Erik die anderen nicht hatte teilnehmen lassen an seiner Lovestory.
Er hatte geschwiegen und das hatten ihm seine Mitschüler übel genommen.
Er hatte sich mit anderen Mädchen getroffen, als Alice in den Süden verschwunden war. Er war mit ihnen in die Disko und auf Partys gegangen und mit zwei von ihnen später nach Hause, als ihre Eltern verreist waren. Alles ganz unkompliziert. Spaß haben und dann ciao, das war's. Keine Liebesschwüre, keine tiefsinnigen Gespräche, alles ganz easy. Und die Mädchen hatten das genau so gesehen. Was daran war falsch?
Er schwang sich in einem Anfall von Energie aus dem Bett, holte den Basketball aus der Ecke, knallte ihn einige Male auf den Boden und an die Wand und warf ihn dann schwungvoll in den Korb über der Tür. Nichts, dachte er, gar nichts daran ist falsch.
Als sein Handy klingelte, hatte er gerade zwei Seiten für sein todlangweiliges Geografiereferat getippt und war dankbar über die Unterbrechung. Auf dem Display stand Julias Name.
Er merkte, wie sein Herzschlag sich erhöhte.
„Hallo, Julia."

„Hallo Erik. Bist du zu Hause?"
„Ja, ich versuche, ein blödes Referat auf die Reihe zu kriegen."
„Oh, du bist fleißig... Ich bin noch an der Scheune. Ich.. es tut mir leid, dass ich gestern so ... reagiert habe. Ich bin durcheinander, wegen der Pferde...sorry also."
„Schon gut", Erik wusste nicht, was er sonst noch sagen sollte.
„Gut", sagte Julia nach einer abwartenden Pause. „Das wollte ich dir nur sagen."
„In Ordnung."
„Dann noch viel Spaß bei deinem Referat."
„Danke, werde ich haben. Bis morgen."
„Bis morgen."
Erik legte das Handy vorsichtig neben den Computer.
Als wolle er nichts kaputtmachen. Konnte die Pferdeflüsterin auch menschliche Gedanken lesen? Hatte sie gewusst, dass er an sie gedacht hatte und an ihr seltsames Telefongespräch?
Dann widmete er sich wieder den alternativen Energien und spürte, wie seine eigene Energie plötzlich wieder zum Leben erwacht war. Schuld daran war das Gespräch mit Julia.
Alles war möglich in diesem Leben...
Er überlegte, welche Suchbegriffe er bei Google eingeben könnte. Ein bisschen Kritik an hässlichen Windkrafträdern, die die Umwelt verschandelten, konnte nicht schaden....

40

Die heiße Luft flimmerte über trockenen Wiesen und Wäldern. Viola hatte ihren Laptop nach draußen auf den Gartentisch gestellt und hoffte auf Inspiration durch die üppig wuchernde Natur um sie herum. Seit Tagen kämpfte sie gegen Schreibunlust und allgemeine Erschöpfung. Seit die Wildpferde befreit worden waren, hatte es einige Turbulenzen gegeben und davon musste sie sich erst einmal erholen.

Sie klickte sich durch die verschiedenen Texte, die sie für die Fortsetzung ihrer Fantasy Story geschrieben hatte, es waren nur Entwürfe und ihr war klar, dass es ein hartes Stück Arbeit werden würde, wenn die Zusage des Verlages kam, ihr Manuskript zu veröffentlichen. Aber noch hatten sie sich nicht gemeldet. Ihr war es recht. Die Fantasy Geschichten verloren immer mehr an Bedeutung für sie.

Aber das würde sich ändern, wenn es darum ging, einen künftigen Bestseller zu vollenden. Und wer weiß, es konnte ja sein, dass ihr Interesse zurückkehrte an den imaginären Welten. Nur im Moment war die Wirklichkeit interessanter und spannender.

Es hatte nur wenige Tage gedauert, dann waren auch die anderen Hengste wieder eingefangen und auf die Koppel gestellt worden. Gott sei Dank hatte es keine weiteren Unfälle gegeben und den beiden verletzten Frauen ging es langsam besser.

Viola hatte bei der Zeitung angerufen und mit dem Redakteur gesprochen. Er war höflich und interessiert gewesen, allerdings wusste er eigentlich schon alles, was sie ihm hatte erzählen wollen. Aber er hatte sich den Namen von Julia Hegemann notiert- um sie, als Leiterin der Rettungsgruppe, zu dem Vorfall zu befragen.

Schon am nächsten Tag hatte ein langer Artikel in der Zeitung gestanden und auch der Graf hatte seine Meinung geäußert. Er sprach davon, wie sehr das Interesse an den Wildpferden nachgelassen habe und er auch darum die Händler beauftragt hatte. Jetzt wurde überall diskutiert- über die ausgefallene Auktion, über das ungewisse Schicksal der jungen Wild-

pferde. Und der Graf kam nicht gut weg bei diesen Diskussionen. Niemand wollte, dass auch nur ein einziges der Pferde in einem französischen Schlachthaus landete.
Die Pferderettungsgruppe berichtete von ihren Aktivitäten und von der Pferdeshow, die nun nicht mehr stattfinden würde. Der Graf hatte abschließend erklärt, dass er sich eine Einmischung in seine Angelegenheiten verbitte. Er allein würde bestimmen, an wen die Pferde verkauft würden. Zunächst sollten die Pferde nun auf der Koppel bleiben, bis eine Lösung gefunden würde. Nach dem Täter werde weiter gefahndet.
Bei den Diskussionen gab es immer häufiger auch Stimmen, die davon sprachen, dass nicht ein angeblicher Pferdefreund das Dilemma verursacht hatte, sondern ein oder mehrere nächtliche Wanderer, die betrunken oder übermütig, die Pferde aus der Nähe hatten sehen wollen, vielleicht auch einen Ritt wagen wollten, und die dann vergessen hatten, das Gatter wieder zu schließen.
Eine recht plausible Theorie, das fand auch die Rettungsgruppe. Alle wunderten sich, dass bisher noch niemand auf diesen Gedanken gekommen war- eine Nachlässigkeit, ein dummer Streich unter dem Einfluss von Alkohol, das klang logisch. Der Verdacht, der auf der Gruppe lastete, war nicht mehr ganz so drückend, sondern es gab andere mögliche Szenarien, die wahrscheinlich auch von der Polizei beachtet wurden.
Viola verscheuchte eine Wespe vom Rand ihres Wasserglases und betrachtet die rosa Blütenpracht direkt vor dem Gartentisch. Für viele berühmte Schriftsteller, das hatte sie gelesen, war die Natur eine wichtige Quelle ihres Schaffens gewesen und Viola wollte nichts unversucht lassen.
Sie musste jedoch feststellen, dass die Natur keinen Einfluss auf ihre schriftstellerischen Fähigkeiten hatte.

Die Erforschung von Ursache und Wirkung des Mobbing-Phänomens in der Schule und auch die Suche nach der Vergangenheit ihres falschen Bruders waren ins Stocken geraten.
Die aktuellen Mobbing-Opfer hatten sich geweigert, mit ihr über ihre Probleme zu sprechen und keinen Grund dafür genannt. Viola redete sich ein, dass sie noch nicht lange genug in der Klasse war, um ihr Vertrauen zu gewinnen und beschloss, Geduld zu haben.
Auch ihr anderes Vorhaben war auf Schwierigkeiten gestoßen. Ihre Mutter hatte das Fotoalbum geholt und ihr die schon bekannten Bilder gezeigt:
Erik, damals noch Bela, in Rumänien. Auf einem ärmlichen Spielplatz mit einem rostigen Klettergerüst, in einer zu großen braunen Hose und mit einem grauen Pullover. Mit riesigen dunklen Augen in einem ernsten kleinen Gesicht.
Dann Erik auf dem Weg nach Deutschland, auf dem Arm ihrer Mutter, jetzt in einem lustigen bunten T-Shirt, aber immer noch ohne ein Lächeln.
Dann lernte Erik das Lachen. Es gab zahllose Fotos von Kindergeburtstagen und Ausflügen mit einem strahlenden kleinen Jungen, von Ballspielen am Strand, dem ersten Fahrrad und einem riesigen Teddybär, den er heftig umarmte.
Dann Erik mit einem Baby auf dem Arm. Das war sie, seine Schwester Viola. Er strahlte in die Kamera.
Ihre Mutter hatte ihr den Ort in Rumänien genannt, in den sie damals gereist waren, mehr nicht. Sie könne sich nicht mehr an den Namen des Heims erinnern, sie war nicht begeistert von Violas Nachforschungen.
Viola hatte im Internet den Ort gefunden, aber kein Kinderheim. Sie brauchte jemanden, der rumänisch sprach, wenn sie weiterkommen wollte. Sie musste Kontakt aufnehmen, mit dem

Bürgermeister vielleicht, irgendjemand musste doch wissen,
ob es dieses Heim noch gab und wenn nicht, wo man die
Betreuer finden konnte, die vor 17 Jahren dort gearbeitet hatten,
17 Jahre waren doch keine Ewigkeit.
Erik war keine Hilfe. Er wollte nicht unfreundlich sein,
das merkte sie, immerhin sprachen sie auf diese Weise wieder
miteinander, aber helfen wollte er ihr nicht.
Viola schob ihren Laptop seufzend ein Stück weiter in den
Schatten, damit sie die wenigen Stichworte auf dem Bildschirm
besser lesen konnte. Die Luft war getränkt mit Sonne und
Blütenduft, eine Biene summte zwischen den halbverblühten
Rosen hin und her, aus dem Wohnraum klang eine verträumte
Melodie. Viola hob den Kopf und lauschte, ihre Mutter hatte
wieder angefangen, Klavier zu spielen. Keine klassischen
Sachen wie Beethoven oder Mozart, sondern moderner,
es klang nach einem schönen Sommertag, nach einem
plätschernden Wasserfall, angenehm und harmonisch.
Viola wiederholte ihren Seufzer und betrachtete nachdenklich
ihre untätigen Finger, die eigentlich über die Tasten ihres
Laptops flitzen sollten. Ihre Fingernägel waren kurz und
farblos, ihre Hände blass. Vielleicht sollte sie es einmal mit
Nagellack probieren, so wie es alle Mädchen in ihrer Klasse
taten. Es wäre vielleicht nicht schlecht, mit etwas Farbe an der
richtigen Stelle ihr Aussehen zu modernisieren. Violett, dachte
sie, und merkte, wie eine kleine Flamme der Inspiration in ihr
aufzuckte. Das war's – ein dunkles Violett, eine geheimnisvolle
Farbe, kein Grün oder Gelb, nicht eine von diesen fröhlichen
Sommerfarben...
Viola klappte den Laptop zu und ging zurück ins Haus,
hinauf in ihr Zimmer. Sie zog die Vorhänge zu und setzte sich
auf ihr Bett, den Laptop auf dem Schoß. Das Licht war dämm-

rig, die Schönheit des Tages hatte sie ausgesperrt. Violett, ein Farbe und ein Geheimnis. Viola war entschlossen, ein Geheimnis zu entschlüsseln. Rumänien, die Farbe Violett, Dracula (er musste nicht wirklich eine Rolle spielen, es ging um die Atmosphäre)...ein Waisenhaus und ein kleiner Junge, der Bela hieß. Das waren die Zutaten für ihren neuen Roman. In dem sich Wirklichkeit und Fantasy vermischen sollten...

42

Miriam van Boysen versuchte gerade, einen großen Strauß gelber Rosen in einer antiken chinesischen Vase so zu arrangieren, dass die Stiele nicht zu tief im Wasser versanken und damit die Harmonie der Proportionen zerstört wurde, als der tiefe Gong an der Haustür ertönte und sie zusammenzucken ließ.
Ihr Mann war noch in der Firma, Erik und Viola befanden sich in ihren Zimmern, wer also konnte das sein?
Unangemeldeter Besuch war selten bei den van Boysens.
Widerwillig löste sie sich von ihrem kleinen Kunstwerk und ging zur Tür.
Draußen standen eine Frau mit einem blonden Kurzhaarschnitt und ein Mann in einer schwarzen Lederjacke. Beide streckten ihr Plastikkarten entgegen, auf denen ihre Porträtfotos und einige Stempel zu sehen waren.
„Frau van Boysen? Wir sind von der Kriminalpolizei und möchten gerne mit Ihnen und Ihren beiden Kindern sprechen."
Miriam van Boysen nickte erschrocken und ließ die beiden eintreten.
„Um was geht es?"
„Um die Befreiung der Wildpferde." Die beiden Beamten

betraten das Wohnzimmer und ließen ihre Blicke schweifen.
Miriam van Boysen beruhigte diese Aussage, Erik und Viola hatten ja, wenn auch nur ab und zu, bei dieser Rettungsgruppe mitgemacht und es handelte sich sicher um eine Routinebefragung. Sie bot den Beamten einen Platz an. Sie selbst setzte sich auf die Kante des weißen Ledersofas.
Die junge Kriminalbeamtin lehnte sich auf ihrem Sessel ein Stück nach vorne: „Es geht um die Freilassung der Wildpferde im Darumer Bruch. Wir haben inzwischen mit vielen Beteiligten gesprochen und dabei haben wir einige Hinweise erhalten, dass ihr Sohn Erik in diese Tat verwickelt sein könnte. Können Sie uns dazu etwas sagen?"
Miriam van Boysen starrte die Frau ungläubig an.
„Erik? Er soll die Pferde freigelassen haben? Welche Hinweise soll es denn geben? Wer hat denn so etwas behauptet?"
„Wir haben mehrere Zeugenaussagen, in denen behauptet wird, Ihr Sohn habe der Schülerin Julia Hegemann mit dieser Tat imponieren wollen. Allerdings habe er wenig Ahnung von Pferden - im Gegensatz zu den meisten anderen in der Rettungsgruppe - und daher wahrscheinlich die Folgen seiner Tat nicht absehen können. War ihr Sohn in der Nacht zum 8. Juli zu Hause? "
„Natürlich war er zu Hause, da bin ich ganz sicher."
Miriam van Boysens Stimme bebte.
„Er ist nachts immer zu Hause."
„Aber... Sie haben geschlafen, oder?"
„Natürlich habe ich geschlafen!" Miriam van Boysen merkte zu spät, dass dies keine günstige Aussage war, aber nun war es zu spät, sie zurücknehmen. Aber was hätte sie auch sagen sollen? Sie hatte geschlafen und nichts gehört. Weil es nichts zu hören gab.

Der Beamte fuhr fort: „Wir haben einige Klassenkameraden von Erik befragt und sie haben gesagt, es gäbe Probleme in der Schule. Es sei sogar vor einiger Zeit zu einer Schlägerei gekommen, bei der Erik einen Mitschüler ohne Grund angegriffen habe."
„Davon weiß ich nichts." Miriam van Boysen wurde langsam wütend auf diese beiden Fremden, die hier einfach hereinkamen und Unwahrheiten verbreiteten.
„Wer hat denn diese Anschuldigungen überhaupt in die Welt gesetzt?"
„Wir haben zwei Zeugenaussagen von Schülern und auch einen Brief, der ist allerdings anonym."
„Ich habe immer gedacht, dass die Polizei anonyme Hinweise nicht aufgreifen darf."
„Darum waren wir auch in der Schule und haben uns dort umgehört."
Die blonde Polizistin sagte nach einem Moment des Schweigens: „Wir würden jetzt gerne mit Ihren Kindern reden.. Zuerst bitte mit Ihrem Sohn Erik."
Miriam van Boysen stand wie betäubt auf. Sie wünschte, ihr Mann wäre hier, um ihnen beizustehen. Dann rief sie Erik.
Erik setzte sich betont lässig auf das weiße Sofa und sah die Beamten abwartend an. Der männliche Polizist war ein anderer, als der, der in der Schule die Befragung durchgeführt hatte.
Der Beamte fragte höflich: „ Dürfen wir Sie duzen?"
Erik nickte.
„Wir haben einen anonymen Brief bekommen, in dem du beschimpft und beschuldigt wirst. Einige Mitschüler haben ausgesagt, sie können sich vorstellen, dass du die Hengste freigelassen hast. Du hättest es für deine Freundin Julia getan. Es sei vielleicht eine spontane Tat gewesen, du hättest nicht

wissen können, dass die Tiere in Panik geraten würden."
Erik schwieg einen Moment und sagte dann sehr gefasst: „
Diese Freilassungsaktion war eine Dummheit. Was soll
das bringen- ein paar Tage später waren alle Pferde wieder
eingefangen. So etwas würde mir nie einfallen.
Und Julia ist nicht meine Freundin."
Der Beamte machte sich Notizen. Die junge Polizistin
fragte: „Was könnten die Zeugen für einen Grund haben,
dich zu beschuldigen?"
Erik überlegte einen Moment. Er wusste nicht, ob er der Polizei
alles erzählen sollte, was in letzter Zeit vorgefallen war, denn
es konnten eigentlich nur Carlo und Co. sein, die ihn auf diese
Weise fertig machen wollten. Er entschloss sich, die Wahrheit
zu dosieren. „Ich glaube, die Zeugen wollen mir etwas anhän-
gen, weil ich ... Julia kenne, sie ist sehr beliebt. Es ist möglich,
dass einige das nicht gut finden und mich daher beschuldigen.
Aber ich habe mir der Sache nichts zu tun. „
„Gut. Und du warst in der Nacht zum 8. Juli hier zu Hause?"
„Natürlich. Es gibt keine Zeugen, wenn Sie danach fragen
wollten. Ich habe das auch schon bei der ersten...
Vernehmung gesagt."
Der Beamte nickte. Man konnte ihm nicht ansehen, ob er
ihm glaubte oder nicht.
„Und wer hat mich beschuldigt?" Erik wollte den Namen Carlo
aus dem Mund der Beamten hören, ganz offiziell. Die junge
Polizistin schüttelte den Kopf. „Das dürfen wir nicht sagen,
aber vielleicht kannst du es dir ja denken. Es hat da ja auch eine
Schlägerei gegeben.. du bist provoziert worden..." Erik nickte,
sie hatten offenbar auch mit dem Schulleiter geredet. Und viel-
leicht hatte sich dieser gar nicht so abwertend über ihn geäußert.
Dann fiel ihm noch etwas ein: „Und was ist mit dem Brief?"

Die beiden Beamten sahen sich an. „Das sind Schmieereien, anonymer Dreck. Wir werden so etwas nicht gegen jemanden verwenden."
Erik lehnte sich vor: „Was soll das heißen? Was stand denn in dem Brief?"
Die blonde Beamtin sagte zögernd: „ Darin steht etwas von einem verlogenen Bastard, der das Klauen und Lügen schon als Baby gelernt hat, ein Asi, dem alle möglichen Taten zuzutrauen sind... und dein Name taucht auf", die Polizistin schüttelte den Kopf, „ wir geben nichts auf so ein Geschmier."
„Können Sie nicht feststellen, wer den Brief geschrieben hat?"
„Das wird schwierig. Er oder sie hat den Text aus Zeitungen ausgeschnitten."
„Ziemlich altmodisch", konnte Erik sich nicht verkneifen zu sagen. Der Beamte nickte. „Aber immer noch eine beliebte Methode. Man kann keinen Computer finden, auf dem der Dreck geschrieben wurde."
Die Beamten wechselten einen kurzen Blick.
„Das war's dann für heute. Jetzt möchten wir noch mit deiner Schwester sprechen."
Viola trug ein kurzärmliges, rosa T-Shirt, das den Blick auf ihre dünnen Arme freigab. Die Caprihose zeigte deutlich, wie abgemagert ihre Oberschenkel waren, und die Beamten hatten Mühe, ihr Erschrecken darüber zu verbergen.
Dann stellten sie ihre Fragen und das kleine dünne Mädchen überraschte sie mit ihrer lauten Stimme und ihren geschliffenen Formulierungen.
Sie gab an, in der Nacht keinerlei Geräusche gehört zu haben. Sie habe einen sehr leichten Schlaf und hätte sicher gehört, wenn eine Tür zugeschlagen worden wäre. Ihr Bruder habe noch nie einem Mädchen imponieren wollen. Er sei außerdem

unfähig, nachts aufzustehen, um Pferde aus einer Koppel
zu befreien. Das sei ganz einfach gegen seine Natur.
Sie schien sich mehr und mehr aufzuregen und schließlich
sagte der Beamte beschwichtigend: „Du musst deinen Bruder
auch nicht belasten,"
Viola sah ihn durchdringend mit ihren grünen Augen an und
der Beamte lehnte sich unbehaglich in seinem Sessel zurück,
wahrscheinlich um mehr Abstand zwischen sich und diese
Augen zu bringen.
„Ich würde ihn belasten, wenn es die Wahrheit wäre."
Viola heftete ihre Augen weiter auf das Gesicht des Beamten.
Die blonde Polizistin schrieb etwas in ihr Notizbuch. Dann sah
sie Viola an. „Gut. Es gibt bis jetzt nur Verdächtigungen und
keine Beweise. Darum müssen wir uns zunächst an die
Verdächtigungen halten und sie auf ihre Glaubwürdigkeit
prüfen. Wer glaubst du, hat die Pferde freigelassen?"
Viola zuckte die Schultern und sie registrierte den scharfen
Blick der Beamtin, der ihre knochigen Arme
betrachtete.
„Bestimmt niemand aus der Rettungsgruppe. Wahrscheinlich
jemand aus dem Dorf, dem die Pferde leid taten. Oder es war
ein Versehen, jemand hat das Gatter aufgelassen. Jemand wollte
in der Nacht zu den Pferden, er war vielleicht betrunken..."
Viola traf ein prüfender Blick. „Die Aktion hat für viel Wirbel
gesorgt. Und wir haben gehört, dass du auch einen Artikel
für die Zeitung geschrieben hast."
Viola nickte: „Ja, aber sie haben ihn vollkommen umgeschrieben." Man hörte immer noch den Ärger in ihrer Stimme.
„Und du wusstest, dass die Medien über die Befreiung der
Pferde schreiben würden, es gab ja sogar einen Bericht im
Fernsehen..."

Viola nickte wieder. „Und das ist sehr gut so. Jetzt wissen alle, dass die Pferde in Gefahr sind."
„Die Aktion hat viel Aufmerksamkeit erregt. Vielleicht war das der Grund für die Freilassung der Pferde."
Viola musste der Beamtin im Stillen recht geben.
Das konnte tatsächlich auch der Grund gewesen sein.
Und unter diesem Gesichtspunkt war es tatsächlich eine sehr erfogreiche Aktion gewesen.
„Niemand von uns hat an so etwas gedacht", sagte sie.
„Du bist noch keine vierzehn Jahre alt, oder?" fragte die blonde Frau.
„Nein, erst in drei Monaten. Und darum können Sie mich auch nicht verhaften." Viola war diese Feststellung gegen ihren Willen herausgerutscht, es war eine kindische, überflüssige Bemerkung.
„Wir haben nicht vor, dich festzunehmen."
Die Beamtin sah Viola halb amüsiert und halb misstrauisch an.
Miriam van Boysen, die die ganze Zeit angespannt in einer Ecke des Sofas gesessen hatte, sprang auf.
„Ich finde, es ist jetzt genug. Ich möchte, dass Sie jetzt gehen!"
Die beiden Kriminalbeamten verständigten sich mit einem Blick und standen auf.
Miriam van Boysen brachte die beiden zur Tür.
„Ich glaube, Ihre Tochter braucht Hilfe", sagte die Polizistin beim Hinausgehen. „Viola will Aufmerksamkeit, um jeden Preis. Sie sollten sie zu einem Therapeuten schicken."
„Danke, aber wir wissen, was wir tun müssen", Miriam van Boysens Stimme war kalt. Sie brauchte keine psychologischen Ratschläge von der Polizei. Mit Nachdruck schloss sie die Tür hinter den beiden Beamten.

43

Wenn Julia den Sattel vorsichtig auf den Rücken von Rosalie legte, ging ein leichtes Zittern durch den Körper des Pferdes. Aber Julia schien es, als stecke keine Abwehr, sondern eher Erwartung hinter dieser kaum wahrnehmbaren Bewegung.
Noch ein oder zwei Wochen, dann würde sie sich zum ersten Mal in den Sattel setzen. „Dann bist du endlich drei Jahre alt", raunte sie dem kleinen Pferd zu und wie zur Bestätigung senkte Rosalie den Kopf und prustete laut.
Julia freute sich schon jetzt auf den Augenblick, in dem das Pferd sie als Reiterin anerkennen und ihr sein Vertrauen schenken würde. Wenn sie zusammen durch den Darumer Bruch reiten konnten.
Bis es soweit war, musste Rosalie mit dem Sattel an der Leine traben, bis sie sich an das neue Gewicht gewöhnt hatte.
Julia liebte die friedliche Atmosphäre, die sich nach einer Weile einstellte, wenn das Pferd an der langen Leine seine Runden trabte, ab und zu schnaubte oder die Mähne schüttelte.
Sie war alleine draußen auf der Anlage, Lukas mistete drinnen in der Scheune die Ställe aus und befüllte die Futtertröge.
Es befanden sich nach wie vor nur vier Hengste in der Scheune, wie am ersten Tag nach dem Unglück. Die meisten Besitzer hielten ihre Tiere noch zu Hause im eigenen Stall, die Lage war ungeklärt, der Befreier der Wildpferde noch nicht ermittelt.
Nach einer Viertelstunde Trab und Galopp ließ Julia das Pferd anhalten und nahm ihm den Sattel wieder ab. Sie klopfte Rosalie kräftig auf den Hals und führte sie zurück in die Scheune.
Julia hielt nach Lukas Ausschau, sie mussten noch den Zeitplan durchsprechen, unter anderem, wann und von wem die Hengste geritten werden sollten.

Der junge Mann stand in einer der Boxen und schaufelte
mit der Mistgabel schmutziges Stroh in eine Schubkarre auf
der Stallgasse.
„Lukas, du arbeitest zu viel! Mach mal Pause! Wir müssen
den Zeitplan besprechen!" rief sie ihm zu.
Lukas hob erschrocken den Kopf und sah Julia an, als wäre sie
ein Geist. „ Oh, Julia... ja, einen Moment... ich komme gleich."
„Gut, ich bin bei Rosalie", sagte Julia und holte das Putzzeug.
Lukas war ihr manchmal ein Rätsel, er war schüchtern und
aufbrausend zugleich, es war schwierig mit ihm ein Gespräch
zu führen- es sei denn, es ging darin um Pferde. Er war
unglaublich einfühlsam und manchmal hatte sie schon
gedacht, ein bisschen Strenge könne auch nicht schaden,
im richtigen Augenblick.
Rosalie war weder schmutzig noch verschwitzt, aber das
Putzritual musste sein, wie jeden Tag, es gehörte einfach dazu.
Am Anfang war Julia dieses Ritual überflüssig und lästig
vorgekommen, aber im Laufe der Zeit änderte sie ihre Meinung.
Jetzt fand sie es angenehm und beruhigend, die weit ausholen-
den Bewegungen mit Bürste und Striegel auszuführen
und dabei die warme Nähe des Tieres zu spüren, die noch
ungebändigte Kraft unter dem glatten Fell.
Nach einer Weile legte sie das Putzzeug beiseite und tätschelte
den Hals des Pferdes. Sie dachte an die vielen Geschichten, die
sie Rosalie schon erzählt hatte. Alle ihre Freuden, Sorgen und
Ängste. Immer hatte sie sich verstanden und getröstet gefühlt.
Früher hatte sie fest daran geglaubt, das Pferd verstehe jedes
Wort von ihr, heute war sie da nicht mehr so sicher.
Aber das machte nichts. Ihre Stute war die beste Zuhörerin
der Welt, sogar noch besser als Lena. Rosalie stellte niemals
skeptische Fragen.

„Weißt du", flüsterte sie der Stute in das flauschige Ohr:
„Ich kenne da einen Jungen, du kennst ihn auch, er hat
schwarze Haare und er hat neulich Rambo geritten, du weißt
schon, das ist beinah schief gegangen. Aber das lag an Rambo,
ich hätte das nicht erlauben sollen...ich weiß nicht, was ich tun
soll. Er fragt mich nicht, ob ich mich mit ihm treffen will.
Aber er kommt hierher in die Scheune..und er sieht mich so
an.. und er hat versucht, reiten zu lernen, das macht sonst
kein einziger Junge, was meinst du..?
Rosalie schnaubte ein wenig, wahrscheinlich kitzelte der Atem
in ihrem Ohr.
„Du verstehst mich, ich weiß, es ist ein schwieriges Problem.
Er hat übrigens schwarze Augen. Fast so wie du. Ich wusste gar
nicht, dass es so etwas gibt, bei Menschen, meine ich. Aber sie
sind wirklich schwarz...",
Wieder gab es ein kleines Schnauben, außerdem scharrte das
Pferd beharrlich mit dem rechten Vorderlauf. Julia nickte und
holte einen Apfel aus der Jackentasche.
„Gut, dass du mich daran erinnerst." Sie hielt Rosalie den Apfel
hin und sie fing an, laut und genüsslich zu kauen. Julia seufzte.
„Du denkst immer nur ans Fressen."
Sie musste ihre Probleme wohl oder übel alleine lösen.
Langsam fuhr sie mit einem groben Kamm durch die zottelige
Mähne des Pferdes.
„Bald flechte ich dir ein paar Zöpfchen. Zum Schulfest.
Da dürfen manchmal auch Pferde mitmachen, na ja, eigentlich
nur ein einziges Pferd. Vielleicht bist du das ja in diesem Jahr.
Und dann sollst du richtig hübsch sein, du bist doch ein
Mädchen und das soll man ruhig sehen."
Julia grinste und stellte sich vor, wie Rosalie mit Zöpfen und
Bändern geschmückt über den Schulhof trabte und zuckersüß

dabei aussah. Ein typisches Wildpferd!
Lukas fuhr mit einer Schubkarre voller Mist an ihr vorbei ohne sie zu beachten, obwohl sie ihn freundlich anlächelte.
Ein komischer Kerl, dachte sie wieder einmal. Er hielt sich aus allen Gesprächen heraus und keiner wusste, wer er eigentlich war. Er schien keine Freizeit zu kennen, immer war er mit den Pferden beschäftigt.
Julia brachte Rosalie in ihren Stall und schob die schwere Tür zu. Das Pferd wandte sich sofort dem Futtertrog zu und kurz darauf hörte sie das gleichmäßige Mahlen der Zähne. Sie ging die Stallgasse entlang auf der Suche nach Lukas.
Er stand am Eingang zur Scheune, lehnte an der Wand und hielt ein schwarz-weißes kleines Ding in der Hand. Beim Näherkommen erkannte Julia, dass es eine von den jungen Katzen war, die vor drei oder vier Wochen geboren worden waren.
Die Katze lag still in der Hand des jungen Mannes.
„Sie ist tot", sagte Lukas. Seine Stimme war tonlos. Julia sah auf das stille kleine Fellbündel und dann in Lukas Gesicht.
Er weinte.
„Wie ist das passiert?" fragte sie.
„Ich weiß nicht. Sie hat keine Verletzungen. Sie ist einfach tot."
Seine Stimme zitterte.
„Komm", sagte Julia, „wir begraben sie draußen unter einem Baum."
Sie holte eine Schaufel, dann gingen sie über die Wiese, wo sich die Rettungsgruppe so viele Nachmittage und Abende getroffen und Pläne geschmiedet hatte.
Julia betrachtete Lukas, der stumm mit der toten Katze in der Hand neben ihr herging.
Er war bleich und die Tränen schimmerten noch auf seinen Wangen. Wie alt mochte Lukas sein? Sicher schon zwanzig oder

älter, dachte Julia. Weinte ein erwachsener Mann, wenn er eine tote kleine Katze fand? Nein, beantwortete Julia ihre eigene Frage, das tut er eigentlich nicht.
Sie fanden eine Weide, deren Zweige bis fast auf den Boden hingen und beschlossen, dass hier die richtige Stelle für die letzte Ruhestätte der kleinen Katze sei.
Lukas legte das tote Tier vorsichtig auf die Wiese, nahm Julia die Schaufel aus der Hand und grub schnell und geschickt eine Grube aus. Dann legten sie das Tier hinein, bedeckten es mit Gras und Feldblumen und schaufelten die Erde wieder in die Grube zurück. Julia fand, dass sie nun genug für die tote Katze getan hatten, aber Lukas wollte unbedingt noch ein Holzkreuz aufstellen und blieb zurück, während Julia ihr Fahrrad holte und sich auf den Heimweg machte.
Der Anblick des weinenden Lukas ging ihr nicht aus dem Kopf. Welches Problem schleppte Lukas mit sich herum? Konnte sie ihn darauf ansprechen, konnte sie ihm irgendwie helfen? Aber sie ahnte schon, dass sie keine Antwort auf ihre Fragen bekommen würde.
Sie fuhr so schnell, wie sie konnte über den sandigen Feldweg mit den tiefen Rillen, dann bog sie auf die asphaltierte Straße ab. Der Weg nach Hause war dann zwar weiter, aber sie kam schneller voran und konnte sich den Fahrtwind um die Ohren wehen lassen. Der schwarze Asphalt glitt schnell und glatt unter den Reifen dahin, die Sonne stand tief am Horizont und Julia musste die Augen senken, um nicht geblendet zu werden.
Noch eine Woche, dachte sie, dann gibt es sechs Wochen Freiheit. Ferien, endlich.
In den Tag hinein leben, reiten, lesen, schwimmen oder einfach nichts tun. Sie würde mit ihrer Mutter verreisen, nach Südfrankreich ans Meer, dann noch eine Woche nach

Frankfurt zu ihrem Vater und ihrem kleinen Bruder.
Er war sicher wieder einen halben Kopf größer geworden und würde sie nerven ohne Ende. Sie freute sich darauf, eine Weile konnte sie das gut aushalten.
Aber die ersten drei Wochen würde sie planlos verbummeln. Das hatte sie sich fest vorgenommen. Bis auf die Pflichtstunden in der Scheune, aber die konnte sie sich ganz nach ihrem Geschmack frei einteilen. Ob Erik in den Ferien zu Hause war?

44

Die Rettungsgruppe hatte im letzten Augenblick beschlossen, doch noch eine Mini-Show ins Leben zu rufen, denn der Frust darüber, jetzt gar nichts mehr tun zu können, war groß und so würde es wenigstens einen kleinen Ersatz für ihren großen Auftritt geben.
Es sollten keine Spenden gesammelt werden und es würde keine Aufrufe geben, die Hengste zu retten- der Graf hatte sich schließlich nachdrücklich jede Einmischung verbeten. Alex hatte die Idee gehabt und das Schulfest ins Gespräch gebracht, das in jedem Jahr kurz vor den Sommerferien stattfand. Es war auch in den vergangenen Jahren so üblich gewesen, ab und zu ein Pferd vorzuführen, entweder aus der Scheune oder aus einem privaten Reitstall. Meistens hatten der Besitzer oder auch die jungen Reiterinnen eine kleine Vorführung gezeigt, an der Longe oder auch beim Voltigieren. Konnten in diesem Jahr nicht die Hengste, die noch in der Scheune standen, gezeigt werden? Die Besucher würden so noch einmal auf das Schicksal der Wildpferde aufmerksam gemacht, die noch auf der Koppel standen, ohne dass man

direkt darauf hinwies. Dagegen konnte der Graf schlecht
etwas unternehmen. Eine gute Idee, das fanden alle. So waren
die vielen Proben nicht ganz umsonst gewesen und die Besucher
konnten sich von der Schönheit und Anmut der Pferde überzeugen. Außerdem sollte Alex seine Fotos ausstellen, dazu noch die
Dokumentation von Viola über Verbreitung und Abstammung
der Wildpferde und die Arbeit der Rettungsgruppe.
Das war alles, was sie noch tun konnten. Aber es war besser
als nichts. Die Schülerinnen aus der Unterstufe sollten die
Hengste reiten. Julia plante einen Auftritt mit Rosalie und
wollte im letzten Augenblick noch eine Idee verwirklichen,
die sie schon seit ihrem Besuch im Schloss Velenburg mit sich
herumtrug. Damals war ihr der Gedanke gekommen, dass der
Graf vielleicht gar nicht mehr wusste, wie schön seine Pferde
waren. Der Graf und seine Schwester sollten eine Einladung
zum Schulfest erhalten. Sie sollten ihre Pferde ganz aus der
Nähe betrachten können- bei der Kür der vier Hengste und
auch auf den Fotografien von Alex. Die Wahrscheinlichkeit
ihres Besuchs war gering, aber auch da hatte Julia eine Idee.
Schulleiter Albrecht sollte den Grafen persönlich einladen.
Vielleicht kannten sich die beiden ja ... oder der Graf hatte
ein Enkelkind auf der Schule... sie mussten alles versuchen,
sie hatten nichts zu verlieren.
Alex und Viola informierten die Lokalzeitung über das bevorstehende Schulfest, auf dem nun vier Hengste und eine Stute
aus den Fängen der letzten Jahre gezeigt werden sollten.
Alex´ Engagement war nicht ganz uneigennützig, denn
seine Fotoausstellung sollte auf diese Weise auch die richtige
Beachtung finden. Erik überarbeitete noch einmal die Musikstücke, die er zusammengestellt hatte, eine kurze Fassung musste
her und es war noch nicht einmal sicher, ob und wo die Musik

überhaupt gespielt werden konnte. Es musste improvisiert
werden, und während Erik an einem Flamenco herumbastelte,
dachte er daran, wie viel besser es wäre, wenn Tasse
in der Kirche seine Musik live zum Besten geben könnte.
Aber die Übertragung der Musik war kompliziert und der
Aufwand zu groß für die kurze Vorführung.
Erik nahm seine Gitarre und begann zu spielen, Variationen
zur ursprünglichen Melodie entstanden und er hörte nicht,
wie sich die Zimmertür öffnete.
Erst als seine Vater direkt neben ihm stand, schrak er zusammen. Er konnte sich nicht erinnern, seinen Vater in den letzten
Jahren in seinem Zimmer gesehen zu haben und starrte ihn
dementsprechend verblüfft an.
„Ich möchte nicht stören, aber ich muss etwas mit
dir besprechen."
Georg van Boysen stand wie ein Besucher aus der VIP Lounge
der Lufthansa im Raum, er trug seinen hellgrauen Anzug mit
Hemd und Krawatte.
Erik sah sich genötigt, ihm einen Platz auf dem
Kussmundsofa anzubieten.
„Deine Mutter hat mir erzählt, dass die Kriminalpolizei
hier war." Erik nickte.
„Ich möchte nicht, dass du oder deine Schwester noch
irgendeine Aussage zu dieser Pferdebefreiung macht.
Ich werde einen Anwalt einschalten."
Erik nickte erneut, ohne richtig verstanden zu haben.
Er war immer noch irritiert. Was sollte die Geschichte
mit einem Anwalt?
Georg van Boysen saß steif und deplatziert auf dem roten Sofa
und fuhr mit seinen Ausführungen fort: „Es geht nicht nur um
die Pferde, sondern auch um Geld: Die Versicherungen streiten

sich, wer den Schaden bezahlen muss, und der Täter ist unter Umständen derjenige, der für alles aufkommen muss. Für den Totalschaden am Auto, für Schmerzensgeld für die Frauen, für die Kosten für die Pferdefänger und so weiter. Also, kein Gespräch mehr ohne Anwalt."

Georg van Boysen erhob sich. „Du spielst übrigens sehr gut. Schöne Melodie."

Er war schon an der Tür, als Erik sagte: „Du hast mich gar nicht gefragt, ob ich was mit der Sache zu tun habe."

Georg van Boysen sah seinen Sohn überrascht an.

„Aber du hast doch nichts damit zu tun. Davon gehe ich aus."

Er nickte Erik kurz zu und verschwand. Erik starrte auf die geschlossene Tür und hatte das Gefühl, ein Geist sei im Raum gewesen.

Traute sein Vater ihm die Tat nicht zu, oder traute er sie ihm zu und wollte die Wahrheit nicht wissen? Erik hatte keine Ahnung, wie sein Vater ihn einschätzte.

Ihr distanziertes Verhältnis währte schon so lange, wie sich Erik erinnern konnte. Es gab hin und wieder eine Frage nach seinen schulischen Leistungen, aber sein Vater gab sich mit knappen Informationen zufrieden und hakte auch nicht nach, wenn etwas unklar oder unwahrscheinlich erschien, dafür war dann seine Mutter zuständig.

Früher hatten sie versucht, miteinander Fußball zu spielen, aber es hatte nicht lange funktioniert, da Erik seinem Vater bald haushoch überlegen war und es dann keinen richtigen Spaß mehr machte. Erik mochte Ball- und Wettkampfspiele, sein Vater wollte laufen, Rad fahren oder Hanteln stemmen.

Was er aber aus Zeitmangel so gut wie nie auch tat.

Später waren sie stillschweigend übereinkommen, sich gegenseitig in Ruhe zu lassen. Erik sah das ernste, strenge Gesicht

seines Vaters vor sich, seine dünner werdenden blonden Haare.
Er trug eine randlose, modische Brille und Erik konnte sich
nicht daran erinnern, ihn jemals unrasiert gesehen zu haben.
Unterschiedlicher als Erik und Georg van Boysen konnten
Vater und Sohn nicht sein. Weder von außen noch von innen.
Trotzdem hatten weder sein Vater noch er ihre Verbundenheit
jemals in Frage gestellt. Und noch nie hatte Erik die Ursache
ihrer Verschiedenheit in seiner Herkunft gesehen. Georg war
sein Vater, er wollte keinen anderen. Er konnte sich auf ihn
verlassen. Er redete nicht viel, aber was er sagte, hatte Hand
und Fuß und er hielt seine Versprechen.
Früher hatte er manchmal einen Vater vermisst, der öfter
zu Hause war und mit ihm spielte, aber das war lange her.
Sein Vater verdiente das Geld, das ihnen allen dieses komfortable Leben ermöglichte. Er war ein erfolgreicher Geschäftsmann.
Kein Hippie und kein Loser, der zu Hause abhing.
Erik hatte Respekt vor seinem Vater, weil er diesen Respekt
auch verdiente.
Er war inzwischen froh, nicht ständig unter väterlicher Aufsicht
zu stehen. Diese Anwaltsgeschichte schien allerdings etwas
Ernstes zu sein, sonst hätte es den Auftritt in seinem Zimmer
nicht gegeben.
Er nahm die Gitarre wieder in die Hand und schon bei den
ersten Akkorden der spanischen Melodie entspannte sich sein
Körper und seine Gedanken und Gefühle wanderten in seine
Hände, die die Saiten in immer schnellerem Rhythmus
bearbeiteten. Väter und Pferde verschwanden spurlos in
einem Wirbel aus wilden Klängen.

45

Für die Schulkonferenz war die Pausenhalle umgestaltet worden. In der Mitte standen lange Tische in U-Form, dahinter genau 31 Stühle, so viele Mitglieder hatte die Konferenz, bestehend aus Eltern, Schülern und Lehrern.
Den Vorsitz hatte wie immer der Schulleiter, er war es auch, der bei einem Abstimmungsergebnis, wenn es eine Pattsituation geben sollte, die entscheidende Stimme abgeben musste.
Bernhard Albrecht war nervös an diesem Tag, er hatte in der letzten Minute, kurz vor Ferienbeginn, die Mitglieder zu dieser Sitzung eingeladen. Und wer ein bisschen Ahnung von Psychologie hatte, wusste auch, warum der Zeitpunkt geschickt gewählt war. Aufregungen, die entstehen konnten, hatten während der Ferien Zeit, sich wieder abzukühlen oder einfach in Vergessenheit zu geraten. Gerüchte konnten sich schlecht verbreiten und für alle gab es Zeit, in Ruhe nachzudenken.
Auf der Tagesordnung stand nämlich die neue Schulordnung und die hatte es in sich, das war jedem klar, der sie schon vorab gelesen hatte.
Im Lehrerzimmer hatte es in den letzten Tagen kaum einen anderen Gesprächsstoff gegeben. Die meisten Pro Stimmen gab es für die schnelleren und effektiveren Konsequenzen bei Regelverstößen, die wenigsten für die Einführung einer Kleiderordnung. Albrecht ahnte schon, dass dieser Punkt auch bei Schülern und Eltern auf Widerstand stoßen würde.
Er erinnerte sich gut an die Anfeindungen, die eine Schulleiterin aus dem Ruhrgebiet hatte aushalten müssen.
Sie hatte versucht, eine Kleiderordnung an ihrer Gesamtschule durchzusetzen. Die Medien hatten sich auf sie gestürzt und Dutzende von Schülern und Eltern durften wütend öffentlich

protestieren - dies sei eine Beschneidung ihrer Individualität, jeder dürfe anziehen, was er wolle und so weiter.
Und die Direktorin hatte einen Rückzieher gemacht, wahrscheinlich hatte sich das Schulamt eingemischt, dem der öffentliche Wirbel unangenehm war.
Sehr bedauerlich- eine mutige Frau und eine richtige und vernünftige Maßnahme, die mit gedankenlosen und vordergründigen Argumenten zunichte gemacht worden war.
Direktor Albrecht war entschlossen, seiner Schule eine neue Richtung zu geben. Mehr Disziplin und Strenge, mehr Gerechtigkeit und Respekt, weniger Nachgiebigkeit und Wegsehen, mehr Kommunikation und mehr Mut. Die neue Schulordnung sollte nur der Anfang sein. Ein neues Schulprogramm würde folgen. Er machte sich auf einen harten Kampf gefasst und fragte sich, wann sich das Schulamt, der Bischof und die Medien einschalten würden.
Franz-Josef Terhorst war einer der ersten in der Pausenhalle.
Er suchte sich einen Platz in der Nähe des Schulleiters, hier saßen die Lehrer, außer ihm wurden noch neun weitere Kollegen erwartet. Von den Eltern waren bereits fünf Vertreter von zehn anwesend, sie grüßten freundlich zu ihm herüber.
Die Schülerschaft ließ auf sich warten, Terhorst schätzte, dass von den zehn Vertretern nicht einmal die Hälfte erscheinen würde. Krankheit, Arbeitsüberlastung, Termine, das waren die üblichen Entschuldigungen, die ja auch viel besser klangen als einfaches Desinteresse.
Aber Terhorst sollte sich täuschen- die Brisanz der neuen Schulordnung hatte sich wohl herumgesprochen und am Ende waren die Mitglieder der Konferenz fast vollständig erschienen, und das galt auch für die Schülervertreter.
Terhorst goss sich ein Glas lauwarmes Wasser ein und

vermisste ein kühles Bier, das bei diesen Temperaturen auch nicht schlecht gewesen wäre.
Der Schulleiter eröffnete die Konferenz, es gab einige Regularien, dann die mit Spannung erwartete Vorstellung der neuen Schulordnung. Albrecht ließ sich seine Nervosität nicht anmerken. Er erläuterte die einzelnen Punkte, beantwortete alle eventuell auftretende Fragen schon im Voraus und sehr souverän.
Pater Franziskus leitete die anschließende Diskussion und am Ende wurde über die neue Schulordnung abgestimmt.
Der Elternvertreter beantragte eine geheime Abstimmung und so musste am Ende Zettel für Zettel aufgefaltet, gelesen und registriert werden.
Dann erhob sich Pater Franziskus, rückte seine Brille zurecht und gab das Ergebnis bekannt: Die Schulordnung war mit einer Zweidrittel Mehrheit angenommen worden. Terhorst und Schulleiter Albrecht tauschten einen Blick, der zugleich Verblüffung und Triumph signalisierte.
Terhorst ahnte, dass die Neinsager in den Reihen seiner Kollegen zu finden waren, wenn er deren nachdenkliche und verblüfften Mienen richtig deutete. Wahrscheinlich hatten sie Angst vor unbequemen Reaktionen- von wem auch immer.
Eltern und Schüler waren gleichzeitig überrascht und erfreut.
Eigentlich hatte niemand mit diesem Ergebnis gerechnet.
Direktor Albrecht konnte mit Erleichterung und Freude die Annahme der neuen Regeln verkünden. Es gab ein allgemeines Händeschütteln und eine stille Verblüffung darüber, was sich da gerade ereignet hatte. Terhorst vermutete, dass im Stillen alle schon lange auf diese Neuerung gewartet hatten. Nur hatte es keiner dem anderen verraten.
Schulleiter Albrecht ging beschwingt zurück in sein Büro.
Dieses Ergebnis hatte er in seinen kühnsten Träumen nicht

erwartet. Alle Punkte der neuen Schulordnung waren beschlossen worden! Es geschahen tatsächlich noch Wunder.
Der erste Schritt war getan. Der nächste war die gründliche Überarbeitung des Schulprogramms, diese würde er sofort nach den Ferien in Angriff nehmen.
Albrecht setzte sich an seinen Schreibtisch, ordnete seine Papiere und wunderte sich immer noch- sogar die Schüler, die die neuen Regeln auch als einen Angriff auf ihre Freiheiten hätten sehen können, hatten zugestimmt. Hoffentlich bekamen sie jetzt keinen Ärger mit ihren Mitschülern. Er würde die Entwicklung im Auge behalten.
Dann griff zum Telefon, er musste noch einen Auftrag erledigen. Bevor es in die Ferien ging und er mit seiner Familie an die Ostsee fuhr, wollte er heute noch ein Gespräch mit Graf von Velenburg führen. Schülerin Julia aus der 10 hatte ihn darum gebeten, es ging mal wieder um die Rettung der Wildpferde. Er seufzte, als er an das anstrengende Gespräch mit dem netten Mädchen dachte. Aber sie hatte ihm sehr eindringlich erklärt, wie notwendig es sei, dass der Graf die Vorführung der Hengste und auch die Fotoausstellung besuche.
„Der Graf weiß vielleicht gar nicht mehr, wie schön die Pferde sind und was sie leisten können". Der Schulleiter hätte fast geantwortet, der Graf wisse das höchstwahrscheinlich, aber er habe finanzielle Probleme und auch keine Lust und Kraft mehr, sich um alles und jeden zu kümmern und auch nicht um seine Wildpferde. Er kannte den Grafen recht gut von einigen gemeinsamen Terminen, doch in letzter Zeit hatte er sich zurückgezogen, er war alt geworden. Das alles sagte er seiner Schülerin nicht, er wollte ihr Engagement nicht bremsen und ihr den Glauben an das Gute nicht vorzeitig nehmen.
Der Graf war sofort am Telefon und hörte sich das Anliegen

des Schulleiters geduldig an. Er war durch nichts so schnell aus der Ruhe zu bringen.

„Die junge Dame war schon bei mir zu Hause", sagte er streng, als Albrecht den Namen Julia Hegemann nannte. „"Unangemeldet", fügte er noch hinzu.

„Können Sie sich denn vorstellen, unser Schulfest zu besuchen? Wir würden uns sehr freuen", sagte der Schulleiter schon mit weniger Hoffnung. Der Graf hustete. „Ich bin erkältet, wie Sie hören können", er machte eine bedeutungsvolle Pause und Direktor Albrecht wusste nicht, was er darauf erwidern sollte.

„Ich werde meine Schwester fragen. Sie hat, glaube ich, ein Patenkind auf der Schule, das demnächst Abitur machen will."

Aha, dachte Albrecht.

„Ich kenne dieses Kind aber nicht", schon wieder hörte sich der Graf ausgesprochen streng an.

„Aha", sagte Albrecht. „Es wäre sehr schön, wenn die Comtesse kommen könnte. Vielleicht ja zusammen mit ihrem Patenkind."

„Ja, warum nicht. Dann hätten wir das geklärt", sagte der Graf und fuhr fort: „ Ich möchte noch hinzufügen, dass wir die Suche nach diesem Menschen, der die Pferde freigelassen hat, natürlich fortsetzen werden. Das sagen Sie bitte dieser Rettungsgruppe oder dieser Julia Wer- auch- immer..."

„Das mache ich. Und wir freuen uns auf den Besuch ihrer Schwester."

Das Gespräch war beendet. Der Graf ist ein harter Brocken, dachte Albrecht. Hoffentlich mit einem weichen Kern. Er würde Julia sagen, dass die Schwester des Grafen vielleicht zum Schulfest kommen würde, sie solle ihre Hoffnungen aber bitte nicht allzu hoch schrauben.

49

Das Schulfest fand traditionell am letzten Samstag vor den großen Ferien statt und wie immer gab es vorher Diskussionen und Auseinandersetzungen auf allen Ebenen:
Welche Klasse bot welche Attraktionen an, wer durfte Pommes und Cola verkaufen und wer musste die langweiligen Ballwurfspiele organisieren? Wer beschaffte die Preise, die diesmal nicht nur aus Kugelschreibern, Werbegeschenken und Luftballons bestehen sollten?
Die eigenwillige Idee eines Klassenlehrers aus der Sieben, ein Schrottauto zur Zertrümmerung bereit zu stellen, stieß auf Widerstand von Kollegen und Eltern, rief aber Begeisterung bei den Schülern hervor. Und tatsächlich wurde später die Idee in die Tat umgesetzt, als man beschlossen hatte, den Erlös der spektakulären Aktion für einen guten Zweck- nämlich für ein Waisenhaus in Südafrika- zu spenden.
Wie immer hatte die Oberstufe versucht, sich den Festaktivitäten zu entziehen und wie immer war es ihr nur teilweise gelungen. Daniel und Tasse wurden für die Kuchentheke eingeteilt, Erik sollte Ballspiele mit der Unterstufe organisieren. Carlo durfte bei den Staffeln an der Startlinie stehen und mit der Pistole in die Luft schießen, eine beliebte Aufgabe, die er aus ungeklärten Gründen (Bestechung? Erpressung?) zugeteilt bekommen hatte.
Die Mädchen aus der Acht b hatten ihren Klassenlehrer Terhorst davon überzeugt, bei der improvisierten Pferdeshow mitzumachen. Unter der Leitung von Carrie und Viola wurden farbenfrohe Plakate gemalt und überall verteilt.
In der Nacht hatte es heftig geregnet, aber am nächsten Tag schien wieder die Sonne und das Schulfest nahm seinen

gewohnten Lauf unter einem blauen Sommerhimmel.
Die Stände mit den verschiedenen Attraktionen waren mehr oder weniger belagert. Am beliebtesten war der Pommes- und Hamburger Stand, dann folgte das Schrottauto, das sofort mit großer Energie und einem schweren Hammer in seine Einzelteile zerlegt wurde.
Julia machte sich auf den Weg zur Kuchentheke, sie brauchte dringend eine Stärkung, bevor die Aufführung mit den Pferden begann.
Sie schlenderte über den Schulhof und kam an der Torwand vorbei, wo gerade ein kleiner stoppelhaariger Junge schon zum dritten Mal den Ball weit über das Tor hinausschoss.
„Vielleicht solltet ihr etwas näher ans Tor ran gehen", sagte Julia spontan und erntete sofort böse Blicke.
„Der Abstand ist genormt", klärte sie ein Fünfklässler auf.
Dann sah sie Erik neben der Torwand stehen. Er grinste sie an: „Versuch es doch selbst mal."
Er kickte den Ball zu ihr rüber. Julia fand es albern sich zu zieren, noch alberner jedenfalls, als jetzt diesen Ball sechs Mal neben das Tor zu schießen.
„Lieber Gott, lass ihn wenigstens einmal drin sein", betete sie stumm. Ihr Gebet wurde erhört. Der letzte Schuss traf tatsächlich ins obere Loch. Das war der reinste Zufall, *aber man kann ja auch einfach mal Glück haben im Leben,* dachte sie zufrieden.
Die Schüler johlten und Julia bekam als Preis einen Pappstreifen mit bunten Wäscheklammern in die Hand gedrückt.
„Jetzt bist du dran", sagte sie zu Erik.
Eine Sekunde später war ihr klar, dass diese Situation für ihn sehr unangenehm sein musste. Er konnte sich schlecht weigern, das wäre irgendwie zickig gewesen - alle Zuschauer fingen

schon an zu klatschen und zu johlen- und er musste gut schießen, wenn er nicht eine Menge Ansehen verspielen wollte.
Bei ihr war es anders gewesen- niemand hatte erwartet, dass sie überhaupt einen Treffer landen würde.
Eriks schwarze Augen streiften sie einen Moment mit einem unergründlichen Ausdruck, dann legte er sich den Ball zurecht..
Julia wünschte sich von ganzem Herzen, dass diese Torschussaktion gut ausgehen möge.
Erik konzentrierte sich kurz, dann schoss er mit einer knappen, präzisen Bewegung und der Ball flog durch das Loch in der Torwand. Das Schauspiel wiederholte sich vier Mal, die anderen zwei Bälle knallten gegen das Holz. Die Schüler klatschten und schrien vor Begeisterung.
„Du solltest Profi werden", sagte Julia und fühlte sich schlecht.
„Gute Idee. Habe ich auch schon dran gedacht." Erik wandte sich von Julia ab und kümmerte sich weiter um seine Schüler.
Julia stand noch einen Moment unschlüssig herum, setzte dann ihren Weg zur Kuchentheke fort. Okay, es war schließlich gut gegangen, niemand hatte sich blamiert. Sie hatte nicht darüber nachgedacht, dass genau das passieren konnte, als sie ihn zum Schießen aufforderte.
Und Erik glaubte, sie wolle ihn bloßstellen... warum..
ein Missverständnis jagte das nächste, sie sollte sich die ganze Sache aus dem Kopf schlagen. Sie brauchte niemanden, der wie ein fleischgewordenes Rätsel durch die Gegend lief...und schweigsam wie ein Grab war...
Hinter sich hörte sie die Jungen lachen und johlen, sie warf einen Blick auf die Wäscheklammern in ihrer Hand und legte sie auf die Theke des Flohmarkt Standes, an dem sie gerade vorbeikam.
Die selbstgebackenen Torten waren im Innenhof aufgebaut

worden. Im Kreuzgang standen Tische und Stühle, überall
gab es plaudernde Menschen, es war ein ungewohntes Bild.
Die ehrfürchtige Stille, die sonst hier herrschte, war einem
fröhlichen Durcheinander gewichen.
Hinter der Kuchentheke standen Felix und Daniel, beide mit
leicht gequältem Gesichtsausdruck. Die Kuchentheke war nicht
gerade der Traumjob beim Schulfest. Denn man musste auch die
Reste einsammeln und entsorgen, die Tische abwischen, Kaffee
kochen und geschickt mit Torten und Sahne umgehen können.
Wahrscheinlich war den beiden diese Aufgabe per Los
zugewiesen worden.
„Na, wie läuft das Geschäft?" Julia musste sich das Grinsen
verkneifen. Sie hatte nicht ernsthaft mit einer Antwort
gerechnet und bekam auch keine. Sie bestellte stattdessen
zwei Stück Rhabarber-Baiser-Torte, die ihr Daniel wortlos
auf einen Pappteller knallte.
„Super Service", sagte sie freundlich und stellte sich noch
für einen Kaffee an. Dabei fiel ihr Blick auf ein Info-Blatt,
das neben der Apfeltorte lag.
Orgelspiel für die Rettung der Hengste. In der Klosterkirche
um 16 Uhr. Spenden erwünscht. TT.
TT? Das konnte nur Tasse sein.
Das sah Tasse ähnlich, so einen Alleingang zu starten,
niemand hatte etwas von seinem Vorhaben gewusst.
Auf der Suche nach einem freien Platz entdeckte Julia ihre
Freundin Lena, die zusammen mit ihren Eltern an einem der
Tische saß und sie beschloss, ihnen Gesellschaft zu leisten.
Obwohl sie wusste, dass Lena sehr anstrengende Eltern hatte,
die sie mit Fragen geradezu durchlöcherten. Aber eine gute
Freundin musste so etwas aushalten.
Und tatsächlich ging es sofort los mit der Fragerei- nach dem

Stand der polizeilichen Ermittlungen, die ja wohl in einer Sackgasse steckten, nach der abgesagten Show, nach den Hengsten, die gleich zum Einsatz kamen, nach der Begegnung mit dem Grafen und nach dem Orgelkonzert, das heute stattfinden sollte...mit einem oder einer TT, wer das denn sei?
Julia sah Lena fragend an. Hatte sie ihren Eltern nichts von Tasse erzählt? Lena schüttelte unmerklich den Kopf und wurde flüchtig rot. Was ist denn hier los, dachte Julia. Lena war die ganze Situation peinlich und Julia versuchte, ihr zu signalisieren, dass sie kein Problem mit der Fragerei hatte. Eltern waren nun mal so. Die Peinlichkeit musste man einfach ertragen.
Bevor Julia eine Erklärung über TT abgeben konnte, fluteten die Orgelklänge unvermittelt und kraftvoll durch den Kreuzgang. Die Türen der angrenzenden Kapelle waren weit geöffnet und die Musik drang heraus und legte sich wie ein Teppich aus Klängen über den Innenhof.
„Das ist Händel", sagte Lenas Vater mit Kennermiene.
„Das ist Tasse", sagte Julia und freute sich über die verblüfften Gesichter um sich herum.
„Tassilo Tenhumberg", fügte sie hinzu. Er hatte sich also tatsächlich getraut.
Die Gespräche im Hof waren verstummt, alle lauschten dem mächtigen Spiel der Orgel.
Julia schluckte das letzte Stück ihrer Baisertorte hinunter, stand auf und ging hinüber zur Kapelle. Sie wollte die Musik aus der Nähe hören. Und vor allem wollte sie Tasse Orgelspielen sehen. In der Kapelle musste sie sich einen Moment an das schummrige Licht gewöhnen. In den Bänken saßen bereits mehrere Zuhörer und lauschten andächtig. Mitten im Gang stand ein gläserner Behälter, wahrscheinlich ein altes Aquarium,

in dem sich schon einige Scheine und Münzen befanden. Julia seufzte. Okay, es sollte keine Spenden geben... aber das Geld würde auf irgendeine Weise den Pferden zugute kommen.
Julia setzte sich ans Ende einer Bank und versuchte, auf der Empore einen Zipfel von Tassilo Tenhumberg zu entdecken, was doch nicht allzu schwierig sein konnte. Sie verrenkte sich noch den Kopf, als jemand sie anstieß und ihr bedeutete, ein Stück aufzurücken und dann neben sie glitt, es war Lena.
„Ich habe ihm gesagt, dass er spielen soll", flüsterte sie.
„Warum wusste ich davon nichts?" Julia war beleidigt, ihre beste Freundin hätte sie informieren können.
„Du musst nicht alles wissen. Du erzählst mir ja auch nichts."
Die Freundinnen schwiegen, während die Orgel immer lauter brauste und jubilierte.
„Ist da was - mit dir und Tasse?" Julias Stimme war voller Ungläubigkeit.
„Nein. Was denkst du denn? Aber er spielt toll, oder?" Julia nickte. Sie war beeindruckt, sie erinnerte sich, dass Erik und Lena das Orgelspiel von Tasse gelobt hatten, aber so perfekt hatte sie es sich nicht vorgestellt. Sie sah ihre Freundin heimlich von der Seite an- Lena hatte glühende Wangen und ihr Mund war leicht geöffnet. Aber Lena und Tasse.. das war einfach unmöglich.
„Ich muss mal nachsehen, ob das tatsächlich Tasse ist", flüsterte sie ihrer Freundin zu und schlängelte sich aus der Kirchenbank heraus. Unter der Empore konnte sie einen seitlichen Blick auf den Spieler werfen. Tassilo Tenhumberg saß schwitzend über die zweistöckige Klaviatur gebeugt, seine großen Hände mit den kurzen Fingern griffen zielsicher immer neue Akkorde. Er war so in sein Spiel vertieft, dass er sie auch dann nicht bemerkt hätte, wenn sie direkt hinter ihm gestanden hätte.

Julia sah die braunen Kunstlederslipper, mit denen Tasse die hölzernen Pedale traktierte. Sie betrachtete die Tennissocken mit den bunten Ringeln und die zu kurzen Hosenbeine, das zu enge Hemd mit den großen Schweißflecken unter den Achseln.
Sie ging zu Lena zurück.
„Du musst etwas mit ihm unternehmen", flüsterte sie, „er spielt toll, aber er sieht total grauenvoll aus."
Lena nickte zustimmend. „Genau das habe ich vor", flüsterte sie zurück.
„Und wir hatten beschlossen, dass keine Spenden gesammelt werden sollten."
Lena zuckte mit den Schultern."Ich weiß, aber Tasse meinte, die Leute könnten ruhig was bezahlen, wenn sie in ein Konzert gehen..." sie kicherte leise. Und für irgendwas können wir das Geld bestimmt gebrauchen."
Dann stieß Julia ihre Freundin in die Seite: „Komm, wir müssen uns um den Auftritt kümmern, lass den jungen Organisten mal einen Moment aus den Augen..."
Lena verdrehte die Augen, begleitete Julia dann aber nach draußen. Julia hatte recht, die jungen Reiterinnen brauchten ihre Hilfe, auch wenn der Rest der Rettungsgruppe, Lukas und auch Julias Mutter mitgekommen waren, um die Pferde zu betreuen und die Vorführung vorzubereiten.
Erik hatte seinen Einsatz an der Torwand beendet, das heißt, ein anderer Oberstufenschüler hatte ihn abgelöst. Das Intermezzo mit Julia hatte ihn irritiert. Hatte sie ihn bewusst in diese unangenehme Situation gebracht? Wenn er sechs Mal daneben geschossen hätte, wäre sein Ruf bei den Fußballern in der Unterstufe nicht mehr der beste gewesen. Keine schlimme Sache, aber ärgerlich.
Warum also? Kompliziert, dachte er, schon wieder.

Er betrat das Schulgebäude und folgte den Pfeilen, auf denen *Alex Kruse Fotografien* stand.

Alex hatte angekündigt, seine Fotos auszustellen, die er während der Proben zur Pferdeshow aufgenommen hatte und Erik erinnerte sich an einen sich auf dem Rasen wälzenden Alex, der das Objektiv seiner Kamera hauptsächlich auf Julia gerichtet hatte. Er konnte nur hoffen, dass die Peinlichkeiten sich in Grenzen hielten.

Immerhin hatte sich Alex den größten und schönsten und vor allem saubersten Klassenraum für seine Präsentation ausgesucht und sämtliche Tische und Stühle heraus geräumt. An den Wänden hingen große schwarz-weiß Fotos in schlichten Glasrahmen. Sie zeigten Wildpferde: mal im Detail, mal im Großformat, mal auf der Weide im Gegenlicht, mal im wilden Galopp. Lediglich auf zwei Fotos war Julia zu sehen, im Profil, ihr Kopf an den Hals eines jungen Hengstes gelehnt. Erik stand minutenlang davor. Das Bild war wie eine Liebeserklärung- an die Pferde, an das Leben, an Julia.

Dann riss er sich los, ging ein paar Schritte weiter und blieb vor einer bunten Pinnwand stehen. Sie war gespickt mit Farbfotos: Reiterinnen und Pferde bei der Probe, mit farbigen Schleiern und Bändern, voltigierend auf dem Pferderücken, überall lachende Gesichter.

Erik sah sich um und suchte Alex. Die Bilder gefielen ihm. Er musste sich eingestehen, dass er Alex unterschätzt hatte, er konnte sehr gut fotografieren, hatte den richtigen Blick dafür. Der junge Fotograf war beschäftigt. Er führte die Besucher herum, erklärte, beschrieb Motive und Fototechnik und freute sich, wenn er Lob erntete. Nichts erinnerte an Alex, den Klassenclown, der sich ständig und gerne im Gras gewälzt hatte. Er freute sich, als Erik sich für seine Fotos interessierte

und bot ihm an, sich ein Foto auszusuchen, von dem er
ihm dann einen Abzug machen wollte.
Erik wählte das Bild von Julia, an den Hals des Wildpferdes
gelehnt, und Alex machte keine einzige dumme Bemerkung
zu seiner Wahl.
Nachdem Erik noch einmal eine Runde durch den Klassenraum
gedreht hatte, verließ er das Schulgebäude und ging hinüber zur
Kuchentheke, vielleicht fand er Julia ja irgendwo.
Außerdem aß er gerne Kuchen, am liebsten Stachelbeer
mit Baiser. Julia war nirgendwo zu sehen, aber er hörte die
Orgelmusik. Das war gut, Tassilo Tenhumberg griff in die
Tasten und rockte die Kirche.
Hinter der Kuchentheke stand Daniel, der Diener von Carlo.
„Hi Daniel, krieg ich ein Stück Kuchen? Stachelbeere, bitte."
Erik hatte kein Problem damit, höflich zu sein. Daniel war
nur der Befehlsempfänger von Carlo und konnte einem im
Grunde leid tun.
„Ich glaube, Stachelbeeren sind aus."
Erik zeigte auf ein Kuchenblech, das noch halb mit der
Baisertorte belegt war.
„Was ist das hier?"
„Das ist Erdbeertorte, sieht man doch." Daniel lehnte sich
lässig zurück, die Arme verschränkt.
„Gut, dann gib mir die Erdbeertorte."
„Wolltest du nicht Stachelbeer-Baiser? Du musst dich schon
entscheiden."
Daniel grinste. Erik griff nach dem Tortenheber und schaufelte
sich das Stück Baiserkuchen eigenhändig auf seinen Teller.
„Und ich möchte noch einen Kaffee."
„Hey, hier ist keine Selbstbedienung! Kaffee ist aus.
Muss erst noch gekocht werden. Sorry."

Erik griff nach einer der Thermoskannen, Daniel versuchte, sie festzuhalten. Erik hielt den Pappteller mit dem Kuchen in seiner linken Hand, Daniel war damit beschäftigt, die Kaffeekanne zu bewachen, als ihn der Kuchen mitten ins Gesicht traf, dann abrutschte und sein neues, teures Sweatshirt ruinierte. Er richtete sich auf und starrte Erik wütend an, Sahne und Stachelbeeren klebten an Nase und Kinn.
„Das hast du mit Absicht getan!"
„Niemals." Erik schüttete sich eine Tasse Kaffee ein.
„Ich möchte bezahlen. Nur den Kaffee, bitte".
Aber Daniel hatte seinen Posten hinter der Theke verlassen, wahrscheinlich war er auf dem Weg zur nächsten Toilette. Dabei würde er sicher einigen neugierigen Mitschülern begegnen. Erik holte sich ein neues Stück Kuchen und setzte sich an einen der Tische im Innenhof. Niemand schien die Episode an der Kuchentheke bemerkt zu haben, es waren nur wenige Besucher im Hof, die meisten waren in der Kirche, um das Orgelkonzert zu hören. Erik schob sich einen Bissen in den Mund, der Kuchen war so lecker, so wie er es erwartet hatte. Schade, dass offenbar niemand die kleine Kuchenschlacht gesehen hatte, er hätte locker alles mit seiner Ungeschicklichkeit entschuldigen können...
Als die Pferde angekündigt wurden, versammelten sich die Zuschauer in Windeseile auf dem Schulhof.
Erik hatte schon vor Stunden seine CD bei Lena abgegeben und diese hatte zwei kleine Boxen und ein noch kleineres Abspielgerät aus ihrem Fahrradkorb geholt. Das kann nicht funktionieren, hatte Erik gedacht, aber nun erklang- erstaunlich laut und gar nicht so schlecht- der Mix aus Flamenco, Popmusik und klassischer Musik aus der improvisierten Musikanlage.
Eriks Idee, Tasses Konzert aus der Kirche zu übertragen,

war am hohen technischen Aufwand gescheitert aber wie Erik gehört hatte, bekam Tasse auch ohne Pferdevorführung jede Menge Beachtung.
Erik sah, wie die Besucher in Bewegung kamen und auf das Eingangstor zum Hof deuteten- dort erschienen jetzt vier graubraune Hengste, ihr Fell glänzte, in ihren schwarzen Mähnen glitzerten silberne Bänder. Vier Schülerinnen in dünnen Flatterkleidern in blauen und grünen Farben saßen auf ihren Rücken, die Zügel fest in der Hand, mit wehenden Haaren. Reiterinnen und Pferde stürmten in die Mitte des Hofes, formierten sich zu einer Reihe, trennten sich, ritten im Kreis, bildeten immer neue Formationen, trabten und galoppierten, wie es schien genau im Takt der Musik.
Die Zuschauer applaudierten begeistert. Erik bemerkte eine auffallend elegant gekleidete ältere Dame, die einen großen bunt geblümten Hut trug, so als wäre sie auf der Pferderennbahn von Ascot. Die Dame hielt eine teure Kamera in der Hand und filmte das Geschehen um sich herum, neben ihr stand ein Mädchen aus der Oberstufe. Erik fragte sich, in welcher Beziehung die beiden wohl zueinander standen. Vielleicht eine aus Düsseldorf angereiste Großmutter oder eine reiche Patentante...
Nach ihrer Kür, die mit viel Beifall belohnt wurde, verschwanden Pferde und Reiterinnen wieder durch das Tor, die Mädchen gaben noch mal richtig Gas und die Hengste preschten mit wehenden Mähnen davon.
Erik erkämpfte sich einen Platz in der ersten Reihe - denn jetzt erschien Julia, am Halfter führte sie Rosalie. Die Mähne der Stute war zu unzähligen Zöpfen geflochten, mit bunten Bändern geschmückt, und ein Raunen ging durch die Zuschauer. Julia trug eine klassische Reiteruniform, weiße Hose und eine schwarze, taillierte Jacke, ihre braunen Haare fielen lang und

glatt auf Schulter und Rücken. Es war das erste Mal, dass Erik sie mit offenen Haaren sah und der Anblick irritierte ihn.
Er sah eine andere Julia, ein Mädchen, eine Frau, sehr hübsch und irgendwie auch fremd. Er sah, wie konzentriert sie das Pferd im Kreis herumführte, es an der Longe traben und galoppieren ließ, bis die bunten Bänder flatterten. Dann folgten noch ein paar Dressurübungen an der kurzen Leine. Die Zuschauer klatschten und Erik konnte sich nicht verkneifen, laut Bravo zu rufen. Das war ein bisschen peinlich, aber immerhin sah Julia einen kurzen Moment zu ihm hinüber. Aber sie lächelte nicht.
Die Musik schallte aus den kleinen Boxen und Julia lenkte ihr Pferd geschickt im Takt und mit großer Selbstverständlichkeit, so als habe sie diese Musik schon mindestens hundert Mal gehört. Dann folgte noch die bewährte Nummer mit dem schnell gezähmten Wildpferd und der Pferdeflüsterin, mit einem Augenzwinkern vorgeführt und das Publikum lachte und applaudierte.
Erik stand neben ein paar zappeligen Fünftklässlern, die jede Aktion von Reiterin und Pferd kommentieren mussten.
Da hagelte es Bemerkungen wie krass, abgefahren, super, hammergeil... Erik grinste, ganz so toll war das Ganze nicht, aber - er sah Rosalie und der Pferdeflüsterin hinterher, die gerade ihre letzte Runde drehten- ihm hatte es ausgesprochen gut gefallen.

46

Das Orgelspiel von Tasse sprach sich herum. Nur wenige hatten gewusst, wie gut er spielen konnte. Auch Carlo und Co. erfuhren davon. Ein kleines Wunder geschah: Die Sticheleien und Pöbeleien bekamen eine andere Qualität. Die Verachtung, die vorher darin gesteckt hatte, war verschwunden. Sie wich einem gönnerhaften Spott, der eher witzig daherkommen wollte. Wenn Carlo und Co. auch keine Ahnung hatten, wie so eine Orgel funktionierte, so spürten sie doch, dass die allgemeine Meinung über Tassilo Tenhumberg eine andere geworden war. Man war bereit, sein außergewöhnliches Talent anzuerkennen und der allgemeinen Meinung konnten sich Carlo und Co. nicht verschließen.
Während Tasse also ab sofort nur noch *Schwabbel* und nicht mehr *fette Sau* genannt wurde, richteten sich die Angriffe immer mehr auf Erik. Ein neues Opfer musste gefunden werden und dieser schweigsame Typ, der sich selber arrogant aus der Gruppe der Jungen ausgeschlossen hatte und sich stattdessen lieber in weiblicher Gesellschaft aufhielt, war das geeignete neue Hass- Objekt. Die Kuchenschlacht war noch nicht vorbei und würde in die zweite Runde gehen. Daniel hatte Rache geschworen- er musste sich seitdem gefallen lassen, mit einem *Hallo, Torte* begrüßt zu werden, vornehmlich von Unterstufenschülern, die das wohl besonders lustig fanden.
Carlo und Co. mussten allerdings vorsichtig vorgehen, schließlich hatte man schon erfahren, dass sich dieses Opfer wehren konnte. Erik van Boysen hielt sich offenbar für etwas Besseres und das durfte man ihm nicht durchgehen lassen.
Aber es war nicht so leicht, an ihn heranzukommen.
Die anonyme Briefaktion und die Anschuldigungen bei der

Polizei hatten zwar für einigen Wirbel gesorgt, waren aber letztlich im Sande verlaufen. Es fehlten leider die Beweise, dass nur dieser Asi-Typ die Pferde freigelassen haben konnte. Der arrogante Schleimer wollte Julia imponieren. Er war clever genug um vorauszusehen, dass die Aktion jede Menge Beachtung finden würde, jetzt gab es überall Pferdefreunde, die einen Verkauf an die Händler verhindern wollten.
Carlo und Co. war das egal. Aber sie waren sich einig, dass das Leben ohne Erik van Boysen wesentlich angenehmer und bequemer gewesen war. Der Hamburger war wie ein Stein im Getriebe des Schulbetriebes, er störte den reibungslosen Ablauf. Eine unterschwellige ständige Bedrohung. Es war langsam an der Zeit, diesen Fremdkörper zu entfernen. Außerdem war schon lange nichts mehr passiert, es wurde langweilig, wo blieb der Spaß?
Mit Alex war leider nicht mehr zu rechnen. Er war mit seiner Ausstellung beschäftigt und hatte abgewunken, als sie ihn um eine seiner zündenden Ideen gebeten hatten. Dann musste es eben ohne Alex gehen. Sie mussten dem Hambuger Schleimer deutlich vor Augen führen, dass sein Bleiben an dieser Schule unerwünscht war.
Sie überlegten hin und her. Da gab es doch diese eine Schwachstelle... er hatte sich nicht gut im Griff, wenn man ihn reizte. Und eine schöne Prügelei war immer ein sehr gutes Argument, wenn jemand die Schule verlassen sollte. Besonders jetzt, wo die neue Schulordnung für mehr Zucht und Ordnung sorgen sollte. Und wenn es bereits die zweite oder dritte Prügelei war, in die man verwickelt war...
Diese Schwäche sollte man nutzen.
Und diese Pferdegeschichte gab es ja auch noch ...
Da ging noch was, man würde sehen.

48

Jeden Tag wartete Viola darauf, dass der Verlag, an den sie ihren künftigen Bestseller geschickt hatte, sich mit ihr in Verbindung setzte. Jeden Tag fragte sie ihre Mutter, sobald sie nach Hause kam, ob Post für sie gekommen war. Oder auch ein Telefonanruf. Aber der Verlag meldete sich nicht.
Dann, einen Tag nach dem Schulfest und kurz vor den Sommerferien, lag endlich der lang ersehnte Brief auf dem Küchentisch, als sie aus der Schule kam. Sie riss den Umschlag auf und zog das Schreiben heraus. Jetzt, sofort, würde sich ihr ganzes Leben ändern.
„Und, was schreiben sie?" fragte ihre Mutter gespannt.
Viola blickte auf und sah durch sie hindurch. Dann sah sie wieder auf die wenigen Zeilen, die auf dem Briefbogen standen.
„Sie schreiben, der Roman passe nicht in ihr Verlagsprogramm. Sie... sie wollen ihn nicht haben." Ihre Stimme zitterte.
„Ach mein Schatz, das tut mir leid!" Miriam van Boysen wollte ihre Tochter in den Arm nehmen, aber diese riss sich los und lief hinauf auf ihr Zimmer.
Sie knallte die Tür zu und warf sich aufs Bett. Die Tränen kamen erst nach einer Weile, es dauerte, bis sie die Tatsache realisiert hatte. Von einer Sekunde auf die andere musste sie sich von ihrem Traum verabschieden. Warum hatte der Verlag das Manuskript abgelehnt? Es hatte keine weitere Begründung in dem Brief gestanden. Sie ließ ihren Tränen freien Lauf.
Nie wieder würde sie ein Buch schreiben! Es klopfte an der Tür und sie rief laut „Nein", aber Erik achtete nicht darauf. Er kam einfach ins Zimmer und setzte sich ans Fußende des Bettes.
Er betrachtete eine Weile ihr tränenverschmiertes Gesicht, dann sagte er ganz ruhig: „Du darfst nicht aufgeben.

Schreib einen anderen Roman. Oder schick das Manuskript an einen anderen Verlag. 95 Prozent der Manuskripte werden beim ersten Mal abgelehnt. Das weißt du doch sicher."
„Nein. Das hast du dir ausgedacht", stieß Viola hervor und versuchte, ihre Tränen zu stoppen.
„Nein, das habe ich nicht. Weißt du, es wäre ein Wunder gewesen, wenn sie gleich dein erstes Manuskript veröffentlicht hätten."
„Ich dachte... ich wäre eine Schriftstellerin." Viola vergrub ihren Kopf im Kissen.
„Na ja, ich denke, du bist auf dem Weg dahin. Ich glaube, Schriftsteller müssen viel erleben, um richtig gut schreiben zu können. Und da musst du jetzt einfach abwarten....und älter werden", fügte er hinzu und lächelte sie an.
Viola richtete sich auf und hatte schon wieder ein Funkeln in den Augen.
„Ich habe Fantasie, ich kann schreiben... und ich will Geschichten erzählen."
„Klar, da hast du ja Recht. Trotzdem...es war dein erster Versuch, und der geht eben oft daneben. Nimm es nicht so schwer. Hemingways Manuskripte sind auch ein paar Mal abgelehnt worden. Und er wurde weltberühmt."
„Das hast du dir schon wieder ausgedacht. Und weltberühmt will ich gar nicht werden."
Viola sah ihren Bruder trotzig an. Immerhin waren ihre Tränen schon fast getrocknet.
Erik tätschelte kurz ihren Fuß: „Ich glaube doch, dass du das willst. Und ich wünsche dir viel Glück. Aber es wird noch eine Weile dauern, damit musst du dich wohl abfinden." Er stand auf, lächelte sie noch einmal an und verließ das Zimmer.
Viola starrte an die weiße Zimmerdecke, die auch grün oder

lila hätte sein können, ohne dass sie es bemerkt hätte. Was war schlecht gewesen an ihrem Buch? Hatte Erik Recht? Wurden wirklich so viele Manuskripte abgelehnt? Langsam klärten sich ihre Gedanken.
Ein Fantasybuch, mit einem goldenen Adler und einem Mädchen als Protagonisten, vielleicht war das einfach ein bisschen, ja, kindisch gewesen. Die Idee zu diesem Buch hatte sie schon mit elf Jahren gehabt...da war sie noch ein Kind gewesen...
Sie wälzte sich auf den Bauch und knüllte ihr Kissen zusammen. Jetzt war sie kein Kind mehr. Was hatte Erik gesagt? Sie musste etwas erleben. Und älter werden. Wie sollte sie das denn anstellen? Sie wollte nicht warten, bis sie zwanzig war, bis sie endlich schreiben konnte oder durfte.
Wütend schlug sie mit der Faust in das weiche Kissen.
Aber sie spürte, wie die Enttäuschung und die Wut kleiner wurden. Keine Fantasybücher mehr. Sie hatte es geahnt, sie hatte sich abmühen müssen mit jeder Zeile. Sie atmete tief ein und wieder aus, das sollte angeblich beruhigend wirken.
Erik war in ihr Zimmer gekommen und hatte sie getröstet. Sie hatten miteinander gesprochen, fast so wie früher. Und es hatte sich vollkommen richtig angefühlt.
Langsam wich die Enttäuschung einer gewissen Erleichterung. Sie würde die Fantasy- Geschichte nicht zu Ende schreiben müssen. Jedenfalls nicht sofort, vielleicht irgendwann einmal, später. Jetzt war ihr Kopf erst einmal frei für alles andere.
Am Abend, als Erik gerade mit einer Tüte Chips vor dem Fernseher lag und Fußball guckte, klopfte es und seine Mutter kam ins Zimmer. Sie machte ein ernstes Gesicht. Er konnte seine Augen nicht vom Bildschirm losreißen, wo gerade Schalke einen Angriff gegen den HSV startete und dummerweise eine

starke Überlegenheit zur Schau stellte.

„Da war gerade ein Anruf von der Kriminalpolizei", sagte seine Mutter und er konnte die Besorgnis in ihrer Stimme hören, „du sollst morgen Nachmittag ins Präsidium nach Reken kommen. Es geht wieder um die Wildpferde. Ein Zeuge ist aufgetaucht..."

„Ein Zeuge? Wer? Wofür?" Erik verstand nicht, wovon seine Mutter sprach.

„Der Kommissar hat nicht gesagt, wer dieser Zeuge ist. Er hat dich angeblich gesehen... du sollst am Gatter von der Pferdekoppel gewesen sein, oder auf dem Weg dahin, ich habe es nicht genau verstanden... in der Nacht, als es passiert ist."

Miriam van Boysen sah ratlos auf ihren Sohn, der weiter seine Chips aß und das Fußballspiel nicht aus den Augen ließ.

„So ein Quatsch. Ich war hier."

„Ja sicher, aber du musst zur Polizei. Es ist eine... Vorladung."

„Morgen gibt es Zeugnisse. Ich kann natürlich auch darauf verzichten..."

„Musst du aber nicht. Der Termin ist morgen Nachmittag um drei. Ich werden jetzt deinen Vater anrufen und ihm die Sache erzählen, ich nehme an, der wird sich mit einem Anwalt in Verbindung setzen."

Erik schüttelte den Kopf. „Ich will auf keinen Fall mit einem Anwalt da aufkreuzen. Das Ganze ist ein Irrtum. Ich komme schon alleine klar. Sag ihm das bitte. Am besten, du rufst ihn gar nicht erst an."

Seine Mutter machte ein zweifelndes Gesicht.

Okay?" Erik sah flüchtig zu seiner Mutter hoch und starrte dann demonstrativ weiter in den Fernseher, für ihn war das Gespräch beendet. Seine Mutter hatte den Wink verstanden, sie schüttelte den Kopf und verließ das Zimmer.

Ein Zeuge? Diese Pferdegeschichte nahm und nahm kein Ende. Es konnte ganz einfach keinen Zeugen geben.

Erik griff in die Tüte mit den Chips und ärgerte sich über das überflüssige Handspiel eines Hamburger Verteidigers, das einen Elfmeter gegen den HSV zur Folge hatte. Dummerweise verwandelte der Schalker Spieler den Elfmeter sicher und es stand 1:0 für Schalke. In der Halbzeit setzte er sich die Kopfhörer auf, um sich mit sehr lautem Hip Hop abzulenken.

Morgen also ein Besuch bei der Polizei.

Die Dorfbullen hier waren echt hartnäckig. Dabei hatte er im Moment ganz andere Sorgen. Julia. Er wusste, dass er nun aktiv werden musste. Aber im Moment war schlechte Stimmung in der Scheune und Julia kaum ansprechbar. Alles war in der Schwebe, einschließlich seiner eigenen Situation.

Dann kam ihm der Gedanke, dass er Julias Hilfe gebrauchen konnte- zumindest ihren guten Rat, wenn er morgen zu seiner Vorladung ging. Vielleicht wusste sie ja mehr als er. Er würde sie morgen Vormittag in der Schule ansprechen. Aus ihm unbegreiflichen Gründen wollte er weder telefonieren, noch eine Nachricht schicken. Vielleicht brauchte er einfach ihre Nähe. Wenn er jetzt telefonieren würde, hatte er morgen keinen Grund mehr, mit ihr persönlich zu sprechen... er seufzte... Kompliziertheit war wohl ansteckend... er hatte sich wahrscheinlich auch schon damit infiziert.

Das Fußballspiel ging weiter und für 45 Minuten war alles andere unwichtig, und siehe da, der HSV gewann mit 2:1, der Abend war gerettet, es gab doch noch Gerechtigkeit auf dieser Welt und er musste sich morgen in der Schule keine hämischen Kommentare anhören.

49

Das Zeugnis, das ihm Pater Franziskus am nächsten Morgen aushändigte, war besser, als er befürchtet hatte, aber sicher schlechter, als seine Eltern es erwarteten.
Er war versetzt, das war die Hauptsache. In einem Jahr würde er sein Abitur machen. Dann war die Schule Geschichte und er ein freier Mann. So lange wollte er das Beste aus der Sache machen. Erik grinste seinen Lehrer Dr. Wiggert, alias Pater Franziskus, freundlich an. Dieser lächelte freundlich zurück und bemerkte, dass Erik sich im nächsten Jahr sicher noch steigern könne, vor allem, wenn er sich entschließen könnte, mehr als bisher im Unterricht mitzuarbeiten. Denn ansonsten sehe er schwarz für die Abiturnote, die ja nicht ganz unwichtig sei für sein späteres Leben.
Erik sah sich schon mit dem Taschenrechner seine Noten bis zur dritten Stelle nach dem Komma ausrechnen, wie es alle taten, und nickte. Das würde er nicht tun. Aber manchmal musste man eben auch schauspielern können. Und was sein späteres Leben anbelangte, so glaubte er nicht, dass Pater Franziskus davon die leiseste Vorstellung hatte, wenn doch, dann war er schlauer als er selber.
Tasse drängte sich neben Erik und dieser spürte, dass es Schwabbel nach Kommunikation verlangte. Was selten vorkam, aber es hatte schon zwei oder drei Wortwechsel zwischen ihnen gegeben, Tasse wusste inzwischen, dass er in Erik einen Musikkenner vor sich hatte, und das verband die beiden, ob Erik wollte oder nicht. Erik gab sich einen Ruck.
„Na, wie sieht's aus? Eine eins in Musik?"
Tasse hob die Schultern: „Ich war in Theorie nicht so gut..und die Beteiligung im Unterricht ist nicht die beste", er grinste.

Erik konnte es nicht fassen, Tasse hatte tatsächlich nur eine Zwei.
„Scheiß Theorie", sagte er und Tasse nickte.
Er begleitete Erik auf seinem Weg in die Pause, ohne dass dieser sich dagegen wehren konnte. Dann fiel ihm ein, dass vielleicht Tasse etwas über seine Vorladung bei der Polizei wissen könnte. Schließlich hatte er jahrelange Opfererfahrung.
„Ich muss heute Nachmittag zur Polizei. Es gibt da einen Zeugen, der mich angeblich bei den Pferden gesehen hat, das ist natürlich Quatsch. Weißt du, wer mich da fertig machen will? Vielleicht noch jemand außer den üblichen Verdächtigen?"
Das schwammige Gesicht von Tasse rötete sich leicht.
„Ein Zeuge?" Er holte sein Küchenhandtuch aus der Tasche und wischte sich damit über das Gesicht. Erik schauderte es.
„Das ist doch Unsinn" , sagte Tasse mit Nachdruck. Dann heftete er seine kleinen Augen auf Erik und fügte hinzu: „Wenn du Schwierigkeiten bekommst, dann kannst du auf mich zählen."
„Oh, danke", sagte Erik erstaunt. Das war nett von Tasse, wenn auch vollkommen überflüssig.
„Ich meine, du könntest sagen, wir wären zusammen gewesen, zu diesem Zeitpunkt....",
Erik starrte Tasse an: „Dieser Zeitpunkt war mitten in der Nacht!"
„Na ja, wir könnten in einer Disko gewesen sein, oder ... eine Spielnacht am Computer..."
„Danke", sagte Erik nachdrücklich, „ das ist nett von dir, aber ich glaube nicht, dass ich ein Alibi brauche."
Er wandte sich zum Gehen, in Gedanken noch bei einer Diskonacht mit Tasse, als sich Carlo, Felix und Daniel demonstrativ vor ihm aufbauten.
„Na, haben unsere beiden Schwulis Geheimnisse miteinander... aber Mami freut sich bestimmt über das gute Zeugnis... dann

gibt's nen Schnulli zur Belohnung...",
die drei lachten und stießen sich gegenseitig in die Rippen.
Felix grinste Erik breit an: „Hast du deinem neuen Freund
schon die Windeln gewechselt, wenn er aus Schiss mal wieder
reingemacht hat?" Carlo stichelte weiter:
„Wie fühlt man sich, wenn man von seiner Freundin nicht
rangelassen wird?"
„Julia wird schon ihre Gründe haben.. ein schleimiger Asi ist
eben nicht ihr Typ..." Daniel feixte und zog eine Grimasse.
Erik ballte die Faust. Da sah er aus den Augenwinkeln, wie zwei
Lehrer ihre Gruppe beobachteten. Plötzlich wurde ihm klar,
dass auch Carlo und Co. die Lehrer gesehen haben mussten.
Das Ganze war eine abgesprochene Provokation. Er sollte die
Beherrschung verlieren.
„Halt die Schnauze. Meine Faust ist zu schade, sie dir in die
Fresse zu hauen."
Erik empfand Ekel vor diesen hirnlosen Wesen und vor seinen
eigenen Worten. Würde das denn nie aufhören? Warum schlug
er ihm nicht einfach seine Faust ins Gesicht, was störten ihn
die Lehrer...
Dann bemerkte er Tasses massige Gestalt, die sich plötzlich
zwischen ihn und die Carlo Gruppe schob.
„Jetzt ist mal Ruhe hier", sagte die tiefe Stimme.
Die körperliche Präsens von Tasse war beeindruckend. Erik sah
die Schweißperlen auf seiner Stirn, aber er stand da wie ein Fels
in der Brandung. Keine Spur von
Schwabbel. Schulterzuckend und betont lässig zogen sich Carlo
und Co. zurück, wanderten langsam, sich gegenseitig knuffend,
den Gang hinunter.
„Danke", sagte Erik. „aber er hätte mir schon nichts getan."
„Aber du ihm vielleicht." Tasse grinste freundlich,

stand noch einen Moment in seiner Felsenposition und entfernte
sich dann schlurfend. Erik sah ihm nach und sein Atem ging
allmählich ruhiger. Das war knapp gewesen.
Er sah, wie die beiden Aufsichtslehrer zu ihm hinüber sahen,
miteinander redeten und sich dann getrennt auf ihren Gang
durchs Gebäude machten. Vielleicht hatten sie die Streiterei
mitbekommen, vielleicht auch nicht.
Erik griff nach seinem Rucksack. Er musste sich beruhigen.
Heute Nachmittag hatte er seinen Termin im Polizeipräsidium.
Nervosität konnte er sich im Augenblick nicht leisten. Ihm fiel
sein Vater ein, der einen Anwalt einschalten wollte. Aber noch,
so fand er, war nicht der Zeitpunkt gekommen. Noch hatte er
alles unter Kontrolle.
Er ging an der Aula vorbei und sah Julia, die mit Lena und
drei weiteren Mädchen auf dem Gang zum Innenhof stand.
Alle waren gut gelaunt, kicherten und wedelten mit ihren
Zeugnissen herum. Wahrscheinlich gespickt mit guten Noten,
dachte Erik ohne Neid. Er beobachtete Julia. Er musste mit ihr
reden. Entschlossen ging er auf die Gruppe zu. Alle fünf
Mädchen sahen ihm erwartungsvoll entgegen. Er seufzte inner-
lich. Jetzt waren natürlich wieder Witz und Coolness angesagt.
Das Leben war anstrengend.
Er sagte: „Äh, also... Julia, kann ich dich mal sprechen?"
Schlimmer geht`s nicht, dachte er, aber was soll`s.
Julia löste sich aus der Gruppe und kam auf ihn zu.
„Ich muss mit dir reden", wiederholte er sich, „können wir
ein Stück zusammen gehen?"
Julia nickte.
Er schob sein Fahrrad und Julia ging neben ihm her. Sie wohnte
nur fünf Minuten von der Schule entfernt und er musste sich
also beeilen mit dem, was er sagen wollte. Wie immer machte

Julia große Schritte und sie kamen viel zu schnell voran.
„Ich bin heute Nachmittag bei der Polizei
in Reken vorgeladen. Ein Kommissar hat gestern bei uns
angerufen. Angeblich gibt es einen Zeugen, der mich in der
Nähe der Pferdekoppel gesehen hat, in der Nacht, als die
Pferde befreit wurden."
Julia verlangsamte ihre Schritte. „Das ist ja wohl ein Witz! Wer
hat dich denn gesehen? Und warum meldet der sich erst jetzt?"
„Keine Ahnung. Er lag wahrscheinlich bis gestern im Koma."
Julia wurde wütend. „Das ist nicht witzig! Ich glaube, da will
dich jemand richtig fertig machen. Wahrscheinlich hat er eine
gute Ausrede, warum er sich erst jetzt meldet. Da stecken
wieder Carlo und Co. da hinter, ich bin sicher."
Sie waren schon vor Julias Haus angekommen.
„Komm doch mit rein", sagte Julia.
„Ich...", begann Erik, dann nickte er und stellte sein Fahrrad ab.
Er folgte Julia in die Küche, wo sie den Kühlschrank öffnete
und eine Flasche Cola herausnahm. Dann holte sie zwei Gläser
aus dem Schrank.
„Wir gehen in mein Zimmer, aber keinen Schrecken kriegen.
Es liegen ein paar Sachen herum."
Erik grinste und sie stiegen die Treppe hoch.
„Geht doch", sagte er beim Eintreten und sah sich um- er
bemerkte den Haufen von bunten Seidenkissen auf dem Sofa,
das kitschige Pferdeposter an der Wand, einen großen Schreib-
tisch mit einem gerahmten Foto, das ein strahlendes kleines
Mädchen, einen gut aussehenden Mann und im Vordergrund
ein kleines Haus aus Pappe zeigte, in der Ecke stand ein grauer
Plüschesel. An der Wand hefteten Dutzende von Zetteln.
Bücher und Kleidungsstücke lagen herum und Julia raffte
ein paar davon schnell zur Seite.

„Du darfst dich auch setzen." Erik setzte sich neben die chinesischen Seidenkissen und Julia registrierte aus den Augenwinkeln, dass seine dunklen Haare sehr gut zu den bunten Kissen passten. Sie goss Cola in die Gläser und sie tranken gleichzeitig, ohne sich anzusehen. Dann erklärte ihm Julia den Weg zur Polizeistation in Reken und sie stellten noch ein paar Überlegungen an, wer denn wohl der geheimnisvolle Zeuge sein könnte und welche Geschichte er der Polizei erzählt haben könnte, warum er sich erst jetzt zu Wort meldete. Aber sie kamen zu keiner schlüssigen Erklärung. „Ich werde es gleich erfahren", sagte Erik abschließend.
Die Atmosphäre im Zimmer hatte sich auf geheimnisvolle Weise während ihres Gesprächs verändert.
Julia versuchte, mit einigen spaßigen Bemerkungen zu ihrer Zettelsammlung und ihrem Fury-Poster, die Unbefangenheit zu erhalten, aber es funktionierte nicht.
Auch Eriks Bemühen, weiter über die bevorstehende Vernehmung zu sprechen, wurde immer krampfhafter.
Julia hatte sich auf den einzigen Sessel gesetzt, möglichst weit von Erik entfernt.
Schweigen breitete sich aus.
Dann fragten beide gleichzeitig: „Was machst du in den Ferien?"
Sie sahen sich an und lachten.
„Ich fahre mit meiner Mutter nach Südfrankreich. Aber erst in drei Wochen", sage Julia.
„Ich bleibe hier." Erik zuckte mit den Schultern. „Mein Vater muss arbeiten. Vielleicht fahre ich ein paar Tage nach Hamburg. Ich habe da Verwandte... Oma und Opa, wie das so ist..." er machte eine kurze Pause.
" Wir könnten uns mal treffen."

„Ja, klar." Julia seufzte innerlich. Alles war irgendwie schwierig. Obwohl sie nicht genau hätte erklären können, warum.
Erik mit seinen dunklen Haaren und schwarzen Augen neben den bunten Kissen, sein weißes Hemd und die dunkelblaue Jeans, Julia fand, dies alles passte genau hierher. Aber es gab da einen unsichtbaren Graben-äußerlich trennten sie vielleicht zwei Meter aber innerlich noch viele Meter mehr.
Sie tranken schweigend ihre Cola und als das Glas leer war, stand Erik auf und sagte, er müsse unbedingt schnell nach Hause. Sein Termin rücke näher.
Gut, dachte Julia, das ist diesmal tatsächlich ein triftiger Grund.
Sie brachte ihn zur Haustür, dann verabschiedeten sie sich mit einer flüchtigen Umarmung, jeder darauf bedacht, den anderen so wenig wie möglich zu berühren.

50

Erik fuhr eine halbe Stunde mit dem Bus, dann stieg er in der Nähe des Marktplatzes aus und nach drei Minuten hatte er die Polizeistation erreicht, die sich in einem schönen alten Gebäude mit Stuckverzierungen befand.
Dann saß er in einem langen, engen Flur und wartete.
An den blassgelb gestrichenen Wänden hingen schwarz-weiß Fotos von irgendwelchen Gebäuden, die abweisend und wehrhaft aussahen. Gefängnisse?
Er verwarf den Gedanken, Bilder von Gefängnisgebäuden- das wäre irgendwie abartig gewesen. Da konnten sich die Besucher schon mal aussuchen, wo sie nach der Vernehmung gerne hinkommen wollten...
Die schwarz-weißen Fotografien erinnerten ihn jedoch an

die Ausstellung in der Schule und an das Foto, das er hoffentlich bald bekommen würde, von Alex, dem Meisterfotografen.
Er sah im Geiste Julias helle Haut vor dem dunklen Fell des Pferdes und dachte an ihre langen braunen Haare, wie sie ihr den Rücken hinunterfielen. Er dachte auch an Julias Zimmer, an das Furybild, an die schnelle Geste, mit der sie ihre Sachen zusammengerafft hatte und an ihren Blick, mit dem sie ihn gestreift hatte, als sie dachte, er bemerke es nicht. Dann wurde er aufgerufen und stand auf, bereit für die harte Realität.
Der Kriminalbeamte war jung, blass, trug eine Brille und sprach schnell und leise. Als die Formalitäten beendet waren, kam er zum Punkt.
„Sie sind von einem Zeugen gesehen worden, nachts um drei Uhr auf dem Feldweg zwischen der Pferdekoppel und der Bauernschaft Hofschulte. Was sagen Sie dazu?"
„Ich kenne diese Bauernschaft nicht. Ich weiß noch nicht mal, was das ist."
Der Beamte sah Erik streng an, er war sich nicht sicher, ob dieser junge Mann ihn auf den Arm nehmen wollte.
„Eine Ansammlung von Bauernhöfen, der größte Hof gehört dem Landwirt Hofschulte. Also, Sie sind dort gesehen worden..."
„Das kann nicht sein. Ich war zu Hause. Das habe ich Ihren Kollegen auch schon gesagt."
„Aber Sie haben keinen Zeugen dafür."
„Meine Freundin hat leider in dieser Nacht woanders geschlafen", sagte Erik sachlich. Diese Frage kannte er allmählich.
Der Beamte reagierte nicht und blätterte in seiner Akte.
Erik fragte: „Wer ist denn dieser Zeuge, der mich gesehen haben will?"
Der Beamte blätterte weiter in seiner Akte, schließlich

sagte er: „Ein Mitschüler von Ihnen, der Name ist im Moment nicht wichtig."

„Haben Sie ihn gefragt, warum er um diese Zeit draußen auf dem Feldweg war und warum er seine Aussage nicht früher gemacht hat?"

„Ja, das haben wir." Der Beamte hörte auf zu blättern und sah Erik an.

„Er hat eine recht einleuchtende Erklärung abgegeben: Er sei bei seiner Freundin gewesen und das habe aus verschiedenen Gründen, die ich jetzt hier nicht nennen möchte, niemand wissen dürfen. Aber nun halte er es für seine Pflicht, doch noch eine Aussage zu machen, um den Täter zu überführen."

„Aha", sagte Erik zweifelnd. „Und er hat wirklich mich gesehen? Es war doch dunkel!"

„Nicht ganz. Es war Vollmond. Er hat einen jungen Mann mit langen dunklen Haaren gesehen, auf einem Fahrrad, und er ist sicher, dass Sie es waren."

Eriks Stimme klang angespannt und lauter als gewöhnlich; „Das kann gar nicht sein! Haben Sie seine Freundin gefragt?"

„Sie sagt, Daniel"... der junge Beamte hielt erschrocken inne, als er den Namen ausgesprochen hatte, redete dann aber weiter, „sei bei ihr gewesen."

Erik schluckte. Daniel also, das war keine Überraschung. Die Torte in seinem Gesicht....Die Sache fing an, ihn zu beunruhigen. Seine Gegner hatten das raffiniert eingefädelt.

„Und was passiert jetzt?"

Der Beamte blätterte wieder in seinem Aktenordner, als wäre die Antwort dort zu finden. „Wir werden weiter ermitteln. Wenn ein begründeter Verdacht besteht, wird der Staatsanwalt Anklage erheben und es wird zu einer Gerichtsverhandlung kommen."

Er sah Erik einen flüchtigen Moment lang an und senkte

dann wieder die Augen:
„Im Moment ist ein Kollege bei Ihnen zu Hause und spricht mit Ihrer Mutter. Er wird Ihr Fahrrad beschlagnahmen und wir werden es auf Spuren untersuchen."
Erik beschlich ein Gefühl der Unwirklichkeit, er kam sich vor wie in einem schlechten Film. Sein Fahrrad auf Spuren untersuchen! Wie lächerlich war das denn?
„Ich bin den Weg zur Koppel schon oft gefahren, da werden Sie sicher Spuren finden...", sagte er und fühlte sich plötzlich hilflos. Er dachte an seinen Vater, an seine kühle Art, die Dinge zu regeln. Er hätte seinen Rat befolgen sollen. Es war dumm gewesen, sich ohne einen Anwalt auf dieses Verhör einzulassen.
„Ich werde nichts mehr sagen ohne einen Anwalt."
„Gut, wenn Sie glauben, Sie brauchen einen Anwalt, dann brechen wir hier ab." Der Beamte schlug die Akte zu.
„Kann ich gehen?" Erik fühlte sich plötzlich wie ein Tier in der Falle.
Der Beamte bejahte, verabschiedete ihn kurz und wandte sich seinem Computer zu.
Erik hatte das Bedürfnis, dieses Gebäude so schnell wie möglich zu verlassen. Er lief die beiden Treppen im Eiltempo hinunter und atmete befreit auf, als die Glastür am Ausgang sich lautlos vor ihm öffnete und er draußen die laue Sommerluft einatmen konnte.
Er hatte das Gefühl, nur ganz knapp dem Gefängnis entronnen zu sein. Jedenfalls für diesen Moment.

51

Viola packte alles in ihren Rucksack, von dem sie glaubte,
es in den nächsten Stunden gebrauchen zu können. Eine
Taschenlampe, eine Flasche Wasser, eine Packung Kekse.
Dann stopfte sie noch einen Pullover und eine Wolldecke dazu.
Ihr Schlafsack musste später auf den Gepäckträger, ihr Handy
kam in die Tasche ihrer Jeansjacke. Sie musste gleich, wenn es
losging, noch Carrie eine Nachricht schicken.
Sie erinnerte sich an die Kopfleuchte, die ihr Vater sich einmal
angeschafft hatte, um beim Joggen in der Dämmerung den Weg
nicht zu verfehlen. Das Ding könnte ebenfalls hilfreich sein,
sie fand es in der Truhe mit den Sportartikeln, die eigentlich
niemand brauchte und steckte das Stirnband samt Leuchte
ebenfalls in den Rucksack und machte den Reißverschluss zu.
Sie sah aus dem Fenster. Noch war es zu früh um aufzubrechen,
noch schien die Sonne. Sie hatten ausgemacht, sich in der
Dämmerung auf den Weg zu machen.
Carrie hatte Violas Idee gut gefunden- eine Nacht im Darfelder
Bruch zu verbringen, irgendwo in der Nähe der Scheune,
falls es regnen sollte und sie einen Unterschlupf brauchten.
Ein kleines Abenteuer nach einem harten Schuljahr. Der Beginn
von sechs Wochen Freiheit. Das hatten sie sich verdient.
Viola setzte sich an den Computer und überflog noch einmal
den Text, den sie in den letzten Tagen geschrieben hatte.
Eine Mischung von Wirklichkeit und Fantasie, nichts Halbes
und nichts Ganzes. Viola war skeptisch, der Abschied von
ihren Fantasy Geschichten fiel ihr schwerer als gedacht.
Aber sie wollte nicht so schnell aufgeben. Es war eben nicht
leicht, eine glaubhafte, spannende Geschichte zu schreiben,
in dem die Stichwörter Rumänien, Dracula, Violett, Bela und

Waisenhaus vorkommen sollten.
Immerhin- der junge Bela, den sie in ihrer Fantasie groß
und stark werden ließ, wuchs ihr immer mehr ans Herz.
Er war natürlich ein Waisenkind in einem Dorf in Rumänien.
Um zu überleben, schloss er sich einer Gang an, die sich *Sons
of Dracula*- oder so ähnlich- nannte und ziemlich ungewöhnliche
Überlebensstrategien entwickelt hatte.
Viola merkte jedoch, dass ihre Fantasie an ihre Grenzen stieß
und es wurde Zeit, einen realen Hintergrund zu entwickeln und
zu beschreiben. Sie musste die Geschichte mehr in der Realität
verankern. Sie musste recherchieren und ihre Eltern und ihren
Bruder so lange nerven, bis sie ihr mehr über dieses Dorf
erzählen würden.
Das war der Plan für die nächsten Wochen. Auch Lehrer
Terhorst war eingeplant, wenn es jemanden gab, der ihr helfen
konnte, dann war er es. Vielleicht kannte er jemanden, der
rumänisch sprach... er würde vielleicht etwas seltsam gucken,
aber das tat er eigentlich immer, wenn sie ihm etwas erzählte
oder ihm einen Ratschlag gab.
Die Dokumentation über die Wildpferde hatte ihr Spaß
gemacht, aber es war keine wirkliche Herausforderung für
eine Schriftstellerin gewesen.
Was hatte Erik gesagt, ihr falscher Bruder, der manchmal so
nett zu ihr war wie früher, so dass sie vergaß, dass er gar nicht
ihr Bruder war? Eine Schriftstellerin muss etwas erleben, um
richtig gut schreiben zu können... aber, was sollte sie hier schon
erleben? Die Wildpferde, na gut, aber das war kein Stoff für
einen Roman. Aber auch in Hamburg waren die Möglichkeiten
begrenzt gewesen, wenn sie ehrlich war. Sie befand sich eben
nicht auf dem Weg zum Südpol oder auf einem Floß auf dem
Amazonas. Dann hätte sie jede Menge Schreibideen gehabt.

Und sie wurde in zwei Monaten erst 14 Jahre alt.
Niemand konnte daran etwas ändern.
Sie hatte auch schon daran gedacht, ihr Körper-Experiment irgendwie schriftstellerisch zu verwerten. Aber wer wollte so etwas schon lesen? Auch das würde keinen Roman füllen, denn im Grunde war es ein sehr langweiliges Experiment.
Es gab schon lange nichts Neues oder Überraschendes mehr zu entdecken. Sie konnte ihrem Körper ihren Willen aufzwingen, aber es gab Ausnahmen, wo ihr die Kontrolle entglitt. Das hatte sie schon mehrfach feststellen müssen. Sie verlor das Bewusstsein, ohne dass sie es wollte. Ihr wurde übel beim Anblick von Essen, auch das konnte sie nicht steuern. Und die Liste wurde länger. Es gab wohl doch das berühmte Unterbewusstsein, das sie nicht beeinflussen konnte. Sie musste darüber nachdenken, ob sie das Experiment noch länger fortführen wollte.
Wenn es nichts mehr zu entdecken gab, sollte man ein Experiment besser beenden.
Sie dachte an die Sitzungen beim Therapeuten, die sie ihrer Mutter zuliebe absovierte. Zweimal war sie bisher mit ihr zusammen nach Essen in seine Praxis gefahren. Sie hatte dem ernst guckenden Psychologen zahlreiche erfundene Geschichten erzählt und von vielen komplizierten und wirren Gefühlen und Gedanken gesprochen. Der Psychologe hatte sich keinerlei Notizen gemacht und Viola hatte schon Bedenken gehabt,
ob sie sich in der nächsten Sitzung an alles erinnern konnte.
Und tatsächlich, er war gar nicht mehr darauf eingegangen.
Sie durfte weiter Geschichten erfinden und der Therapeut schwieg die ganze Zeit. Sie hatte auf seine guten Ratschläge gewartet, aber sie waren nicht gekommen.
Viola war auf die nächste Therapiestunde gespannt.
Vielleicht konnte sie ja ihr Spiel weiterspielen. Aber auf

Dauer wäre es interessanter, wenn der Therapeut sie durchschauen würde. Sie hätte nichts mehr gegen einen guten Rat einzuwenden. Denn sie hatte langsam die Befürchtung, ihr Körper könnte sich ihrem Willen entziehen und nicht mehr auf sie hören. Auch dann nicht, wenn sie das Experiment abbrechen wollte. Was dann? Sie verdrängte den Gedanken. Heute Abend musste sie sich auf ihr Abenteuer konzentrieren. Sie schaltete den Computer aus, stellte sich an das offene Fenster und lauschte. Nein, das Käuzchen war noch nicht erwacht oder noch nicht bereit, sich auf seine nächtliche Jagd zu begeben. Die warme Abendluft strömte ins Zimmer.
In einer halben Stunde würde ihr Vater vor dem Fernseher sitzen und ihre Mutter sich auf den Weg zu ihrem Yoga Kurs machen. Sie hatte Viola schon oft gebeten, sie zu begleiten, aber diese wollte nicht. Sie fand, dass die komplizierten Verrenkungen, bei denen sich der Geist befreien sollte, für ein dreizehnjähriges Mädchen die falsche Sportart war. Ihre Mutter hatte es nicht leicht mit ihr, das wusste Viola. Aber das war normal, befand sie, eine Mutter musste sich um ihre Kinder sorgen, das war ein Naturgesetz.
Aus alter Gewohnheit umspannte Viola mit der rechten Hand ihren linken Oberarm. Mittelfinger und Daumen berührten sich nicht mehr, sondern zeigten einen sichtbaren Abstand voneinander. Sie runzelte die Stirn und dachte nach. Sie hatte offenbar zugenommen. Wann hatte sie die Kontrolle verloren?
Sie konnte sich an keinen speziellen Moment erinnern, es musste schleichend passiert sein. Aber gut, es war kein Drama. Und im Moment auch kein Thema. Sie sah auf die Uhr, es war gleich halb Acht. Sie holte das Handy hervor und sah sich ihre Nachrichten an, beziehungsweise die Stellen, an denen sie hätten stehen sollen. Ihr soziales Leben war eine Katastrophe.

Ihre Hamburger Freundin Lizzy schrieb ihr alle drei Wochen drei Sätze, mehr hatte sie offenbar nicht mitzuteilen. Auch Viola fasste sich kurz, wie immer, weil sie diese dünnen Informationen als ein notwendiges Übel betrachtete, dennoch war sie verletzt über die Wortkargheit ihrer Ex-Freundin. Klar, wer sich in ein Kuhdorf abgesetzt hatte, von dem war nichts mehr zu erwarten. Sie hatten sich nichts mehr zu sagen, das hatte Viola schon nach drei Wochen erkannt, aber nicht wahrhaben wollen. Aber jetzt gab es ja Carrie. Ihre Freundin war sofort mit ihrem Plan einverstanden gewesen, sich heute Abend an der Scheune zu treffen und die Nacht dort zu verbringen. Erst im Morgengrauen wollten sie zurückkehren und niemand würde ihre Abwesenheit bemerken.
Sie hörte den fernen, unheimlichen Ruf des Käuzchens, es wurde Nacht. Noch nie war sie alleine nachts draußen gewesen- *über sich nur der Sternenhimmel, hilflos den tobenden Naturgewalten ausgeliefert...* allerdings hatte sie sich mit einem Blick auf die Wetter App vergewissert, dass die Temperaturen nicht unter 18 Grad sinken würden, sie würden also weder frieren noch hungern. Carrie hatte versprochen, etwas Leckeres zum Essen mitzubringen.

Ungeduldig sah Viola auf die Uhr. Wenn das Auto ihrer Mutter aus der Garage fuhr, konnte sie unbemerkt das Haus verlassen. Sie hoffte, dass ihre Mutter am späten Abend nicht doch noch einmal in ihr Zimmer kommen würde. Heute war dies jedoch sehr unwahrscheinlich, da sie nach ihrer Yoga Stunde noch mit einer neuen Freundin nach Hause gehen wollte um etwas zu trinken und um sich kennen zu lernen.
Für den unwahrscheinlichen Fall hatte sie jedoch vorgesorgt - auf ihrem Bett lag ein Zettel, der ihrer Meinung nach zwar nicht

ganz ausreichte, um eventuelle Sorgen zu zerstreuen, aber darauf konnte sie jetzt keine Rücksicht nehmen.
Sie wollte eine Abenteuer erleben und niemals hätte ihre Mutter dazu ihre Einwilligung gegeben.
Ich mache eine Nachtwanderung mit Carrie. Bin morgen früh wieder da. P.S. Habe mein Handy mit, Anruf ist aber zwecklos, da ausgeschaltet. Viola
Dann hörte sie endlich das Rasseln des Garagentores und das ersehnte Motorengeräusch. Sie griff zum Handy und schrieb *Fahre jetzt los. Bis gleich.*
Sie wartete noch einen Moment und lauschte, schnappte sich dann Rucksack und Schlafsack und schlich leise die Treppe hinunter. Das Fahrrad lehnte am Gartenzaun, startbereit.
Sie musste aufpassen, dass ihr Vater, der wie erwartet vor dem Fernseher saß, sie nicht bemerkte. Erik war nicht in seinem Zimmer, sie hörte keine Musik. Oder er trug seine Kopfhörer, was er Gott sei Dank immer häufiger tat, denn sein Musikgeschmack war furchtbar. Er wechselte fast monatlich, was aber den unmelodischen Lärm, der aus seinem Zimmer kam, nicht besser machte. Oder war er bei Julia? Und wenn, sie konnte es nicht ändern.
Viola hatte keine Eile, sie hatte Zeit, die ganze Nacht lag vor ihr. Sie radelte langsam in Richtung der Scheune, den längeren Weg durch ein kleines Kieferwäldchen, dann am Ufer des dunklen Moorsees entlang. Die Strecke führte an einem Heuschober vorbei, in dem sie einmal mit Carrie Schutz gesucht hatte, als ein Gewitter im Anzug gewesen war. Heute hatten sie nichts dergleichen zu befürchten, die Nacht würde warm und ruhig sein. Noch brauchte sie kein Licht. Die Landschaft verschwamm in der sanften Abenddämmerung, auf den Wiesen standen Rinder und grasten oder lagen wiederkäuend auf der Erde.

Es war immer noch so warm, dass Viola anhielt und ihre Jeansjacke auszog. Sie freute sich darauf, gleich mit Carrie irgendwo bei der Scheune im Gras zu sitzen und ein kleines Picknick zu veranstalten. Viola lief bei dem Gedanken das Wasser im Mund zusammen. Es war eine Reaktion ihres Körpers auf einen Gedanken...an ein leckeres Essen.. das war ihr schon lange nicht mehr passiert.
Sie überlegte, noch einen kurzen Abstecher zur Koppel und zu den Wildpferden zu machen. Sie wusste nicht, ob schon einige verkauft worden waren, das würde ihr Carrie gleich erzählen. Alle waren von der Vorführung auf dem Schulfest begeistert gewesen, Sie hatte gehört, dass die Comtesse von Velenburg tatsächlich gekommen war und die ganze Zeit gefilmt hatte. Auch die Fotoausstellung von Alex hatte sie besucht und ein paar lobende Worte gesagt.
Viola erschrak, als sie sich der Koppel näherte- eine Männergestalt lehnte am Gatter. Die Gestalt hob die Hand zum Gruß und Viola meinte, einen jungen Mann zu erkennen, den sie schon einmal in der Gesellschaft von Lukas gesehen hatte. Sie grüßte zurück und ging näher heran. Der junge Mann bemerkte Violas Zögern.
„Ich bewache die Pferde", sagte er knapp. Und als Viola ihn weiter fragend ansah: „Der Graf hat eine Bewachung angeordnet, bis alle verkauft sind. Dieser angebliche Pferdefreund läuft ja noch irgendwo hier herum."
Viola nickte, der junge Mann hatte recht. Das war eine vernünftige Maßnahme.
Sie sah hinüber zu den Hengsten, die friedlich grasend auf der Wiese standen. In einer Ecke lag eine alte Badewanne, randvoll gefüllt mit Wasser. Es war schön, die Tiere zu beobachten, aber Viola verspürte keinen Drang danach, sich auf ihren Rücken

zu schwingen und über die Felder zu galoppieren. Sie wusste, dass sie nie eine gute Reiterin sein würde. Sie hatte zu viel Fantasie und stellte sich ständig vor, was passierte, wenn ein Pferd außer Kontrolle geriet. Sie fühlte sich nicht stark genug, es zu beherrschen, und sie war überzeugt von der Unberechenbarkeit dieser Tiere. Ihre Schreckhaftigkeit jagte ihr Angst ein. Sie hatte nicht das Gefühl, dass sie einander jemals wirklich verstehen könnten.

Viola verabschiedete sich von dem Wächter, der es sich jetzt auf einem Liegestuhl gemütlich gemacht hatte.
Nach ein paar Minuten erreichte sie die Scheune. Langsam wurde es dunkel und sie sah im Dämmerlicht, dass bereits ein anderes Fahrrad vor dem Scheunentor abgestellt war. Im ersten Augenblick hoffte sie auf Carrie, aber dann sah sie, dass es sich um ein Herrenrad handelte.
Ein Lichtstrahl drang unter der schweren Holztür hindurch. Schön, Lukas war wahrscheinlich noch da, dachte sie, dann konnte sie sicher sein, dass sie noch in die Scheune hineinkam. Sie lehnte ihr Rad neben das andere und ging zur Holztür, laut Hallo rufend. Niemand antwortete und sie musste alleine das schwere Tor zu Seite schieben. Es war mühsam, aber dann zwängte sie sich durch den schmalen Spalt und stand in der Stallgasse.
An der Decke hing eine einzige hässliche Energiesparlampe und verströmte ein ungemütliches Licht, das die Ställe der Tiere im Halbdunkel ließ. Viola ging zu einer der Boxen und streichelte das warme Maul eines jungen Hengstes, das er neugierig durch die Stäbe schob. Die Nüstern waren weich wie Samt. Eine Box weiter stand die einzige Stute, Rosalie, und schnaubte und scharrte mit dem Vorderfuß.
„Warte, du bist zwar Julias Pferd, aber ich hole dir trotzdem

was zum Knabbern", sagte Viola und machte sich auf die Suche
nach dem Futtertrog in der Hoffnung, eine Möhre oder einen
Apfel zu finden.
Der Trog stand am Ende der Gasse und in dem Moment,
als sie den Holzdeckel hochhob, hörte sie das Stöhnen.
Viola erstarrte mitten in der Bewegung. Sie hob den Kopf
und lauschte. Der Laut war aus einem der leeren Pferdeställe
gekommen und sie ging vorsichtig auf eine der offenen Boxen
zu. Das Geräusch kam wieder, lauter diesmal.
„Wer ist da?" Viola erschrak über ihre eigene Stimme,
die fremd und laut war. Sie hörte ein Rascheln im Stroh.
Ihr Herz schlug bis zum Hals, als sie in die Box trat.
„Hallo?" flüsterte sie und hoffte, dass alles nur eine Sinnestäu-
schung war oder ein kleines Tier, das sich im Stroh verkroch.
Doch in der hinteren Ecke des Stalles bewegte sich eine Gestalt.
Viola versuchte, im Halbdunkel etwas zu erkennen, doch es
gelang ihr nicht sofort. Zögernd trat sie einen Schritt näher.
Dann erkannte sie die Gestalt, die dort zusammengesunken an
der Wand lehnte.
Es war Lukas.

52

*In the summertime when the weather is high... you can stretch
right on and touch the sky. In the summertime, when the
weather is fine, we go fishing or go swimming in the sea,
we re always happy, life is for living, that's our philosophy...*
Julia und Lena tanzten und tobten durchs Zimmer, sangen laut,
kreischten und bewarfen sich mit bunten Kissen. Dieses uralte
Lied von Mungo Jerry war jetzt genau richtig um es mit zu

grölen... *Live ist for living*...es waren Ferien und ein Wunder war geschehen! Schöner konnte das Leben gar nicht sein!
Alles war möglich... see what you can find...
Dabei hatte dieser wunderbare Tag mit einem kleinen Schrecken angefangen, nämlich mit einem Anruf von Schulleiter Albrecht, den Julias Mutter entgegennahm. *Hilfe,* war Julias erster Gedanke gewesen, es waren Ferien und ihr Direktor rief an, das konnte nichts Gutes bedeuten!
Ihre Mutter hatte sie ans Telefon gerufen und mit den Schultern gezuckt. Offenbar hatte der Schulleiter eine Nachricht speziell für Julia. Zögernd hatte sie den Hörer entgegengenommen, Gedanken an all ihre schlechten Taten waren ihr durch ihren Kopf geschossen.
„Julia? Ich habe eine gute Nachricht. Graf von Velenburg hat mich angerufen. Er will zwanzig Hengste an Reiterhöfe und private Käufer abgegeben, die sich bei ihm gemeldet haben. Die Käufer sind aufmerksam geworden durch die Artikel in der Presse und auch durch die Vorführung auf dem Schulfest. Für die restlichen Hengste müssen noch Besitzer gefunden werden. Du sollst dich mit ihm in Verbindung setzen in den nächsten Tagen."
Der Direktor machte eine kleine Pause und als Julia nichts erwiderte, sagte er nachdrücklich: „Das habt ihr sehr gut gemacht. Herzlichen Glückwunsch!"
Erst da hatte Julia begriffen, dass sie gewonnen hatten, die Hengste waren gerettet!
Sie stieß einen Freudenschrei aus, der wahrscheinlich das Trommelfell ihres Schulleiters stark beschädigte. Sie hörte nur mit einem halben Ohr zu, als er hinzufügte:
„Der Graf war beeindruckt von der Arbeit der Rettungsgruppe. Er hat gesagt, die Zeitungsartikel seien ihm gleichgültig,

aber die Reiterinnen und Reiter hätten viel Mut, Disziplin und Durchhaltevermögen gezeigt und das müsse belohnt werden. Dann wünschte der Direktor ihr schöne Ferien und legte auf. Julia ahnte, dass es die Schwester des Grafen gewesen sein musste, die ein gutes Wort für die Rettungsgruppe eingelegt haben musste. Die Dame mit dem großen Hut, die aussah, als besuche sie ein Pferderennen in Ascot.
Julia hatte die nächste Stunde damit verbracht, zahllose Telefongespräche zu führen und Nachrichten zu verschicken.
Einige der Unterstufenschülerinnen waren in Tränen ausgebrochen und Julia war am Ende so erschöpft gewesen, dass sie sich ein Luxus- Entspannungsbad gegönnt hatte, das sie eigentlich ihrer Mutter zum Geburtstag hatte schenken wollen.
Dann war Lena gekommen und sie hatten angefangen zu feiern. Nach mehreren wilden Tänzen war Julia auf die Idee gekommen, im Vorratskeller nach etwas Alkoholischem zu suchen und sie hatte eine Flasche Sekt gefunden, die sich bei näherem Hinsehen als teurer Champagner entpuppte, aber da war sie schon entkorkt gewesen.
Zu allem Überfluss wurde dies auch noch von Julias Mutter entdeckt, als sie die Mädchen zum Abendessen holen wollte. Aber es geschah ein weiteres Wunder - zur Feier des Tages trank Frau Hegemann ein Glas Champagner auf das Wohl des Grafen und ein weiteres auf das Wohl der Wildpferde und dann holten sie noch eine Flasche aus dem Keller und sie hörten Mungo Jerry in einer Endlosschleife.
*In the summertime... life ist for living...*Der Sommer und die Zukunft waren rosarot.
Noch ganz in dieser überschwänglichen Stimmung gefangen, starrte sie erschrocken auf ihr Handy, das ihr einen Anruf von Erik ankündigte. Ihr fiel siedendheiß ein, dass Erik gestern bei

der Polizei vorgeladen war, was sie im Überschwang der Gefühle vollkommen vergessen hatte...warum hatte er nicht gestern Abend schon angerufen...
Eriks Stimme klang ernst:,,Julia, ich... können wir uns noch mal treffen? Dieser Zeuge..die Polizei glaubt ihm, es gibt da also ein Problem."
„Ja, klar, wir können uns treffen", Julia war verwirrt, schon wieder stand ein Problem im Raum, gerade als alle anderen gelöst waren. Sie sah die Blicke ihrer Mutter und ihrer Freundin auf sich gerichtet und versuchte, so gelassen wie möglich zu wirken.
„Kannst du mich abholen?"
„Gut, in zehn Minuten."
Julia wandte sich ihrer Mutter und Lena zu: „Ich muss mich mit Erik treffen, angeblich hat ihn ein Zeuge gesehen, als die Pferde befreit wurden. Natürlich lügt er, aber die Polizei scheint ihm zu glauben."
„Klar, du musst...", Lenas Stimme hörte sich nicht mehr ganz nüchtern an und sie hob ihr Champagnerglas: „Viel Glück!"
„Erik...", murmelte Julias Mutter, „ist das nicht der Sohn von den van Boysens? Der Hamburger?"
„Ja, Mama, und Hamburger sind nicht unbedingt schlechte Menschen, nur weil sie aus der Großstadt kommen."
Julia bürstete ihre Haare und holte ihre neue Jeansjacke aus dem Schrank.
„Das habe ich nicht gesagt", bemerkte Frau Hegemann beleidigt. Als die Fahrradklingel unten ertönte, rief sie ihrer Tochter noch ein *Komm nicht so spät nach Hause* nach, aber Julia hörte sie schon nicht mehr.

53

„Lukas, was ist passiert?" Viola stürzte auf den jungen Mann zu, der mit schmerzverzerrtem Gesicht im Stroh lag.
„Hau ab. Lass mich in Ruhe." Lukas röchelte.
Viola blieb abrupt stehen. Sie verstand nicht, was geschehen war und warum sie nicht helfen sollte. Dann fiel ihr Blick auf das Messer, das Lukas in der Hand hielt und auf das rotbraun gefärbte Stroh, das sich unter seinem Arm ausbreitete.
„Lukas... was ist passiert?" wiederholte sie in Panik. Lukas antwortete nicht. „Du brauchst Hilfe. Ich rufe jetzt einen Krankenwagen."
„Nein", es klang wie ein Schrei. „Wenn du das tust, mache ich es sofort!"
„Was machst du ... sofort?"
Statt einer Antwort hielt sich Lukas das Messer an die Kehle.
„Du... du willst dich umbringen?" Violas Stimme kippte.
Als Lukas das Messer auf sein Handgelenk setzte und dort einen tiefen Schnitt machte, ließ sie sich neben ihn ins Stroh fallen und versuchte, ihm das Messer aus der Hand zu reißen.
„Warum machst du das?" Im gleichen Moment wurde ihr klar, dass sie gegen Lukas keine Chance hatte. Er war ein erwachsener Mann und sie ein dreizehnjähriges, viel zu dünnes Mädchen. Er stieß sie mit dem Ellbogen von sich und Viola blieb die Luft weg. Es fühlte sich an, als habe sie eine Rippe gebrochen.
„Warum?" flüsterte sie.
Lukas betrachtete das Blut, das langsam aus der Wunde floss.
„Ich kann... es nicht ertragen", sagte er, „ich komme nicht dagegen an, ich habe es versucht."
„Was kannst du nicht ertragen?"

„Das Leiden. Die Ungerechtigkeit. Die Tiere, die leiden und sterben. Es ist so schrecklich. Niemand denkt darüber nach. Und ich kann es nicht ändern."
„Und darum willst du sterben?"
„Ist das kein Grund? Ich...ich kann es nicht ändern... ich halte es nicht mehr aus..."
Lukas weinte. Viola starrte auf das Blut.
Würde er jetzt sterben? Sie musste etwas unternehmen, sie sprang auf,
„Wenn du wiederkommst, bin ich tot", sagte Lukas und es klang ruhig und entschlossen. Viola atmete tief ein, sah auf die gekrümmte Gestalt zu ihren Füßen und setzte sich dann neben sie ins Stroh. Sie schloss einen Moment die Augen, es war alles so unwirklich... wie in einem Roman. Die friedlichen Geräusche der Tiere, der warme Stall, der Geruch nach Heu und Pferden. Dann spürte sie eine kalte Hand an ihrem Arm.
„Du musst hierbleiben." Die Hand auf ihrem Arm war blutverschmiert, das Gesicht von Lukas war bleich, seine Haare feucht und strähnig. Aber der Griff seiner Hand war erstaunlich fest.
„Ich bleibe", sagte Viola.
Sie sah, wie Lukas Hand das Messer umklammerte. Es war ein langes, dünnes Fleischmesser. Viola schoss der Gedanke durch den Kopf, dass sie dieses Messer in ihren Besitz bekommen musste, dann konnte sie Hilfe holen. Siemusste einen kühlen Kopf bewahren. Sie musste ihre panische Angst, Lukas könne hier vor ihren Augen sterben, unterdrücken.
Aus dem zerschnittenen Handgelenk des Tierpflegers tropfte immer noch Blut, aber es sah aus, als habe sich bereits eine Kruste gebildet. Lukas wusste offenbar nicht, dass ein senkrechter Schnitt in den Arm notwendig war, um genug Blut zu verlieren..

Viola schauderte es, dann fing sie an zu reden. Sie konnte nicht anders, die Worte sprudelten aus ihr heraus, Worte waren ihre Waffe und ihre Rettung.

Sonst schrieb sie sie auf, jetzt musste sie reden... Sie erzählte, warum sie heute Abend in die Scheune gekommen war, sie erzählte von ihrer Absicht, ein Erlebnis zu haben, um besser schreiben zu können und wie eigenartig es war, dass genau dies nun eingetreten sei..., aber so ein Erlebnis habe sie sich nicht gewünscht.

Sie erzählte von ihrem Wunsch, Geschichten aufzuschreiben, eine Schriftstellerin zu sein...

Sie beobachtete Lukas, bereit, auf jede Bewegung zu reagieren, aber der junge Mann lehnte mit geschlossenen Augen an der Wand, gab ab und zu einen undefinierbaren, schmerzerfüllten Ton von sich und umklammerte das Messer in seinem Schoß. Trotzdem hatte Viola das Gefühl, dass ihre Worte ihn beruhigten oder zumindest von seinem Vorhaben ablenkten.

Eine Maus raschelte im Stroh und lief mit kleinen Trippelschritten über ihre Beine, die Energiesparlampe lockte Mücken und Nachtfalter an, die mit klickendem Geräusch versuchten, in ihr kaltes Licht einzudringen.

Die Zeit verrann und Viola fragte sich, wie lange sie es durchhalten würde, hier zu sitzen und zu reden. Ob sie nicht einfach aufstehen und gehen sollte.

Lukas war für sein Schicksal selbst verantwortlich, er wollte sterben, warum sollte sie ihn daran hindern? Er hatte eine Entscheidung getroffen, er war kein Kind mehr.

Vielleicht war es nur eine leere Drohung, wenn er sagte, er würde sich umbringen, sobald sie aufstand und ging, Vorsichtig versuchte sie aufzustehen, Lukas öffnete sofort seine Augen.

„Sprich weiter", sagte er.
Viola ließ sich ins Stroh zurückgleiten. Dann erzählte sie Lukas von ihrem Buch, das sie nur halb geschrieben hatte und das nie jemand lesen würde. Sie erzählte von der Wanderin zwischen den Welten, die sich nicht entscheiden konnte, wo sie zu Hause war, und als sie eine kurze Pause machte, sagte Lukas leise:
„Ich würde es lesen. Obwohl du noch ein Kind bist."
Sie verstand den Zusammenhang nicht ganz, aber sie freute sich, dass Lukas eine Reaktion gezeigt hatte.
„Ich bin kein Kind mehr", sagte sie mit Nachdruck.
„Aber du willst doch ein Kind sein. Das sieht man doch."
Viola wusste genau, was Lukas damit meinte und schwieg.
Jetzt wäre der Zeitpunkt gekommen einfach aufzustehen und zu gehen. Aber sie blieb und erzählte weiter von der Wanderin, dem Adler mit den goldenen Flügeln und ihren Abenteuern.
Von dem jungen Mann, der sich verwandeln konnte, um seine Liebe zu beschützen.
Der Mond stand als halbe Sichel am Himmel. Erik musste daran denken, wie er den Mond vor vielen Wochen gesehen hatte, es war ein Vollmond gewesen, kalt und blass, und ihm war es vorgekommen, als sehe er ihn zum allerersten Mal.
Diesmal war er ihm vertrauter.
Sie fuhren ohne ein bestimmtes Ziel über die schmale Asphaltstraße in Richtung des Darfelder Bruchs. Die Mondsichel und ihre Fahrradlampen erhellten den Weg und sie kamen schnell voran. Irgendwo würden sie anhalten müssen um zu reden, aber noch zögerten sie den Moment hinaus und genossen den kühlen Fahrtwind nach dem heißen Tag.
Sie fuhren nebeneinander, manchmal ließ sich Erik ein Stück zurückfallen, er konnte dann einen Moment umso schneller fahren, um den Abstand wieder zu verringern und außerdem

konnte er Julias Rücken und ihre flatternden Haare betrachten,
wenn auch nur schemenhaft in der beginnenden Dunkelheit.
Er dachte daran, wie sie ihm vor der Haustür um den Hals
gefallen war - die Pferde waren gerettet, einige waren schon
an Reiterhöfe verkauft, die anderen sollten weiter auf Käufer
warten. Die Händler hatten keinen Zugriff mehr.
Er hatte sich aufrichtig mit ihr gefreut. Aber sein eigener Kampf
war noch nicht gewonnen.
Ohne es geplant zu haben, erreichten sie die Koppel, auf der die
jungen Hengste standen. Eine am Zaun aufgehängte Campingleuchte
verbreitete ein diffuses Licht.
Eine männliche Gestalt saß auf einem Liegestuhl, sah in die
Gegend oder schlief.
„Er bewacht die Pferde", sagte Julia. Sie sprang vom Fahrrad
und ging auf die Gestalt zu. Der junge Mann erhob sich aus dem
Stuhl, dann erkannte er Julia und die beiden begrüßten sich.
„Morgen werden die ersten abgeholt. Von den Leuten vom
Reiterhof in Reken. Gott sei Dank. Das ist wirklich die
beste Lösung."
Er lächelte erst Julia, dann Erik an. „Ihr habt das wirklich
gut gemacht."
Dann nahm er seinen Wachtposten wieder ein und Erik und
Julia schoben ihre Räder über die holprige Wiese am Zaun
entlang auf die andere Seite der Koppel. Erik folgte Julia,
die offenbar nun doch einen Plan hatte, wo es hingehen sollte.
Sie stoppte an einem Hügel, dessen eine Seite wie ausgehöhlt
und mit Sand gefüllt war.
Ein Wacholderbeerstrauch bohrte seine Wurzeln in den
weichen Untergrund.
Sie stellten die Räder ab und setzten sich in den Sand,
über ihnen, am dämmrigen Himmel, funkelten die Sterne.

Der Sand war noch warm von der Sonne des Tages.
„Das ist die klassische Situation", sagte Julia munter, „du musst mir jetzt die Sternbilder erklären..."
„Ich habe keine Ahnung von Sternbildern", sagte Erik.
„Na gut", sagte Julia „also, das da oben rechts von uns ist der große Wagen, den kennt ja wohl jeder...",
„Ich nicht", Erik drehte sich auf die Seite und sah Julia an, die beleuchtet vom schwachen Mondlicht und vom reflektierenden Sand eine leicht geisterhafte Gesichtsfarbe hatte.
„Julia, hör zu... die Vernehmung heute... Daniel ist der Zeuge. Er hat gesagt, er habe seine Freundin besucht, und weil dies niemand wissen sollte, habe er sich erst jetzt gemeldet.
Der Beamte meinte, er sei als Zeuge glaubhaft."
Julia hatte sich ebenfalls auf die Seite gedreht und sah Erik an: „Oh, du siehst aus wie ein Geist", bemerkte sie erstaunt,
„ aber Daniel lügt doch!"
„Sie wollen mich fertig machen, Carlo und Co. und vielleicht schaffen sie das auch."
„Aber das ist doch eine Falschaussage, das muss man doch beweisen können, außerdem ist es strafbar!"
„Daniel geht eigentlich kein Risiko ein. Er kann immer noch sagen, er habe sich getäuscht, der Junge, den er gesehen hat, habe mir eben sehr ähnlich gesehen. Keiner kann ihm das Gegenteil beweisen."
Sie sahen stumm in den Himmel über ihnen, eine Sternschnuppe raste durchs All.
„Es wird vielleicht zu einer Gerichtsverhandlung kommen. Das jedenfalls sagt mein Vater. Er hat einen Anwalt besorgt, obwohl ich das eigentlich nicht wollte. Er war heute bei uns und wir haben alles besprochen."
Julia spürte den warmen Sand unter ihrem Körper, die Sterne

leuchteten am tiefblauen Nachthimmel.
Wie konnte das Leben nur so schön sein und gleichzeitig so ungerecht und gemein?
„Ich habe es nicht getan", hörte sie Erik sagen, „das wolltest du doch fragen, oder?"
Julia schüttelte den Kopf. „Nein, ich weiß, dass du es nicht warst. Ich glaube, du würdest es mir sagen."
Eriks dunkle Augen waren schwärzer als die Nacht und Julia wandte den Blick ab. Ihr war schwindelig, was sicher nicht nur am Champagner lag.
„Es ist schon in Ordnung", sagte Erik, „gib mir deine Hand."
Sie streckte den Arm zu ihm hinüber und seine Finger schlangen sich in die ihren, als seien sie ein Rettungsanker.
„Ich kann sagen, dass du bei mir warst", sagte Julia, „dann hast du ein Alibi."
Zu ihrer Überraschung lachte Erik. „Tasse hat mir auch ein Alibi angeboten. Er hat angeblich auch die Nacht mit mir verbracht. Ich glaube, ich hätte es lieber, wenn du das sagen würdest... , aber das geht nicht, ich brauche kein falsches Alibi. Trotzdem, vielen Dank für das Angebot."
Dann lagen sie still und nach einer Weile sagte Julia: „Du musst meine Finger jetzt loslassen, sonst sind sie gleich zerquetscht."
Erik gab ihre Hand frei und rollte sich auf den Bauch, direkt neben sie.
„Das wäre wirklich sehr schade", sagte er und beugte sich über sie. Julia spürte die Wärme seiner Haut und ein paar dunkle Haare streiften ihr Gesicht.
Es wurde nur ein flüchtiger Kuss, weil Julia sich zur Seite drehte. Ihr war schwindelig und ein bisschen übel.
„Lass uns nach Hause fahren", sagte sie leise, „mir ist das heute ... es ist einfach zu viel. Außerdem bin ich betrunken."

Erik grinste. „Ein bisschen betrunken ist doch gar nicht schlecht, du bist jedenfalls nicht vom Rad gefallen, so schlimm kann es also nicht sein.."
„Aber es ist die Wahrheit, ich habe eine Flasche Champagner getrunken!"
„Champagner..." murmelte er „auch nicht schlecht", er fuhr ihr mit der Hand unter die Haare, streichelte ihren Nacken.
Es kostete Julia einige Anstrengung, seine Hand zur Seite zu schieben und aufzustehen. Auch Erik stand auf und klopfte sich den Sand vom Körper.
„Okay, aber wir wiederholen diesen Ausflug.."
Julia nickte, dann fiel ihr ein, dass er das in der Dunkelheit vielleicht nicht sehen konnte und sagte einfallslos:
„Ja, das machen wir."
Sie schoben die Räder an der Koppel vorbei, sahen die schemenhaften Umrisse der Hengste, die auf der Weide standen, zusammengeschart unter dem einzigen Baum, einige lagen wie flache kleine Hügel auf der Seite im Gras.
Sie kamen vorbei an der schwach leuchtenden Campinglampe und der Bewacher hob schläfrig die Hand.
„Es ist toll, dass die Hengste gerettet sind", sagte Erik als sie ein paar Meter entfernt waren, so, als sei es ihm erst jetzt richtig klar geworden, „und es ist dein Verdienst."
„Und vieler anderer auch, auch deiner,"
Julia sah Erik an und er erkannte trotz der Dunkelheit, dass sie ihn anlächelte. Sie war wunderschön, eine langhaarige Elfe im blassen Licht des Mondes.
Der Rückweg war mühsam, Wolken hatten sich vor den Mond geschoben, der Weg durch die Felder war im flackernden Licht der Fahrradlampen kaum zu erkennen.
Als sie die Asphaltstraße erreichten, die sich durch die Bauern-

schaften bis ins Dorf schlängelte, zerschnitt ein Handyklingelton die nächtliche Stille. Beide schraken zusammen.
Erik musste anhalten, um das Handy aus der Tasche zu holen. Julia stoppte neben ihm.
Ein später Anrufer- oder eine Anruferin? Eine Welle der Eifersucht rollte über Julia hinweg, sie war plötzlich sicher, dass es ein Mädchen war, das Erik so spät noch anrief, seine Freundin aus Hamburg vielleicht?

54

In der Scheune herrschte Totenstille.
Viola war vom Erzählen erschöpft und lehnte ihren Kopf an die Wand. Der Mann neben ihr, der auf dem rostroten Stroh lag, schien zu schlafen. Das Messer hatte er irgendwo versteckt, sie konnte es nicht mehr sehen.
Viola hörte ein leises Schwirren- eine Fledermaus, die zu einem nächtlichen Beuteflug aufgebrochen war. Sie beobachtete das flatternde, kleine Tier, das pfeilschnell die Glühbirne umkreiste, um die dort herumschwirrenden Insekten zu fangen.
Viola war wütend auf ihre Hilflosigkeit. Wenn sie größer und stärker gewesen wäre, hätte sie dieser jämmerlichen Gestalt das Messer aus der Hand gerissen und sie angeschrien, dass man sein Leben nicht so einfach wegwirft, dass nämlich dann alles endgültig zu Ende sei. Endgültig vorbei- die Sonne, die Pferde, die warmen Sommernächte.
Lukas Stimme war heiser: „Bevor ich es tue - ich war es. Ich habe die Pferde freigelassen. Sie sollten nicht sterben. Es steht in einem Brief. Ich habe alles aufgeschrieben. Die Menschen sollen wissen, was sie den Tieren antun. Nach meinem Tod

wird man ihn finden."

„Du bist ein Idiot", schrie Viola, sie sprang auf, Panik ergriff sie. Sie wollte nicht zusehen, wie er das Messer... und er hatte die Pferde freigelassen... er war krank...

Sie stolperte und rannte die Stallgasse entlang, zwängte sich durch den Türspalt. Mit zitternden Fingern holte sie das Handy aus der Tasche und wählte die Nummer des Notrufes. Eine ruhige Männerstimme meldete sich. Sie schrie beinahe in den Apparat: „Ein Mann will sich umbringen, mit einem Messer, er ist verletzt. Kommen Sie schnell!"

Der Mann fragte nach der Adresse und Viola brach der Schweiß aus.

„Die Pferdescheune. Im Darfelder Bruch, bitte schnell..!"

Er fragte nach ihrem Namen und nach der Straße und Viola merkte, dass ihm die Scheune unbekannt war.

Sie schrie: „ Der Reitstall im Darumer Bruch, es gibt keine richtige Straße, nur einen Weg... fragen Sie jemanden..."

Ihr Herz raste. Sie musste zurück in die Scheune. Ihr T-Shirt klebte am Körper, ihre Beine fühlten sich taub und weich an. Wo war Carrie? Ihre Freundin war nicht gekommen, hatte sie alleine gelassen mit dieser Wirklichkeit, die kaum zu ertragen war. Sie kehrte in die Scheune zurück, ging zögernd ein paar Schritte in die Stallgasse hinein und klammerte sich an die Stäbe von Rosalies Stall, sie schrak zusammen, als sie die weiche Pferdeschnauze spürte.

„Hilf mir", flüsterte sie. Das Pferd scharrte mit dem Vorderfuß und Viola erinnerte sich sofort und seltsamerweise an die Möhre, die sie ihm versprochen, aber nicht gegeben hatte. „Später", flüsterte sie, „du bekommst sie später".

Sie umklammerte die eisernen Stäbe und konnte sich nicht von der Stelle rühren. Es war still, nur die Fledermaus schwirrte

immer noch durch die Luft. Dann meinte sie, ein Scharren aus der Box, in der Lukas lag, zu hören.
„Lukas?" Ihre Stimme zitterte, sie rief noch einmal, es kam keine Antwort.
„Ich kann nicht", flüsterte sie dem Pferd zu, „ich kann nicht zu ihm gehen. Wenn er tot ist... ich will es nicht sehen."
Es musste jemand kommen, ein Arzt, ein Krankenwagen, wenn der Polizist verstanden hatte, wo sie war... und wenn nicht, wenn niemand kam? Sie ließ erschöpft die Stäbe los und sank auf den Boden, den Rücken gegen die Stalltür gepresst. Bitte hilf mir, dachte sie. Sie konnte nichts anderes mehr denken. Sie spürte das Handy in ihrer Hand und starrte auf das Display. Seit einem Jahr hatte sie diese Nummer nicht mehr gewählt, aber es war die einzige, die sie in diesem Moment anrufen wollte. Die einzige, von der sie sich Hilfe versprach. Bitte, bitte Erik, melde dich, dachte sie, ich bin es, deine Schwester.
Endlich war Erik am Apparat. Er verstand erst nicht, wo sie war und was sie wollte. Sie stotterte etwas von einem verletzten Lukas und von einem Krankenwagen, der noch nicht da war. Erik sagte, er sei schon auf dem Weg. Er versprach, bald bei ihr zu sein. Viola weinte vor Erleichterung.
Sie könnte jetzt die Scheune verlassen... aber sie wusste, dass sie genau das nicht tun konnte. Wenn Lukas ihre Hilfe brauchte, wenn er noch lebte... Sie nahm all ihren Mut zusammen, stand auf und ging ein paar Schritte näher an die Box heran.
„Lukas?" Ein Geräusch, Stroh raschelte.
„Du hast telefoniert. Das solltest du nicht tun."
Viola schrak zusammen und gleichzeitig fiel eine große Last von ihr ab. Lukas lebte! Die Stimme klang merkwürdig weit entfernt. Sie trat mit angehaltenem Atem in die Box.

Lukas lag im Stroh, die rostrote Farbe hatte sich ausgebreitet.
„Du hast telefoniert", wiederholte Lukas und es war nur noch ein Flüstern, „aber es ist zu spät."
Nein, dachte Viola. Nichts ist zu spät, nicht, so lange ich hier bin.
Ihr Herzrasen hörte schlagartig auf, Angst und Erschöpfung waren verflogen, Ruhe herrschte in Kopf und Körper.
Sie zerrte ihre Jeansjacke vom Körper und beugte sich zu Lukas hinunter. Er war zu schwach um sie abzuwehren und sie wickelte die Jacke um die blutende Wunde am Handgelenk. Mit aller Kraft zog sie den sperrigen Stoff zu einem Knoten zusammen. Dann sah sie sich verzweifelt nach weiterem Verbandsmaterial um, das einzige, was sie entdeckte, war eine kurze Führungsleine aus Leder. Vielleicht konnte sie damit den Arm abbinden und so die Blutung stoppen.
Es gelang ihr, die sperrige Leine um den Oberarm zu schlingen und zu verknoten.
Lukas war in sich zusammengesunken und reagierte nicht mehr. Viola betrachtete hilflos den leblosen Körper. Aus Lukas Hosentasche ragte ein weißes Papier hervor, *der Brief* schoss es ihr durch den Kopf. Instinktiv nahm sie das Papier und steckte es zerknüllt in ihre Hosentasche. Dann sank sie auf das Stroh, umklammerte ihre Knie und legte den Kopf darauf.
Die unheimliche Ruhe, die sie hatte handeln lassen, wich einem Zittern, das den ganzen Körper erfasste.
Viola bemerkte Erik und Julia erst, als jemand ihre Schulter berührte. Erik beugte sich zu ihr hinunter und zog sie in seine Arme. Er drückte ihren kleinen zitternden Körper an sich. Julia hatte sich neben Lukas gekniet. „Er atmet, aber er ist bewusstlos", sagte sie.
„Der Krankenwagen muss gleich kommen", flüsterte Viola in Eriks T-Shirt hinein. Erik nickte, dann schob er Viola sanft

von sich und holte sein Handy aus der Tasche.
„Ich rufe noch einmal an". Es stellte sich heraus, dass die Rettungsmannschaft unterwegs war, aber es hatte ein Problem gegeben, der Fahrer hatte zunächst eine falsche Route eingeschlagen. Die Scheune hatte keine Adresse, die man hätte eingeben können.
Julia blieb neben Lukas im Stall, Erik und Viola warteten vor der Scheune. Erik hatte seiner Schwester den Arm um die Schulter gelegt und drückte sie an sich. Das Zittern hatte aufgehört. Dann erschienen zwei Scheinwerfer in der Dunkelheit und näherten sich schnell. Der Wagen holperte den Weg entlang und stoppte ein paar Meter von ihnen entfernt, zwei Sanitäter sprangen heraus, mit einer Bahre rannten sie in die Scheune hinein.
Der Notarzt blieb bei Erik und Viola stehen und Viola brachte ein paar kurze abgehackte Sätze zustande.
Der Arzt folgte den Sanitätern und nach wenigen Minuten kamen die drei Helfer mit Lukas auf der Bahre wieder zurück.
„Das war in allerletzter Minute", sagte der Arzt. „Er hat sehr viel Blut verloren. Aber er ist jung und wird es schaffen." Er blickte der Bahre hinterher, die gerade in den Wagen geschoben wurde.
„Ein Suizidversuch ", sagte er in Richtung von Erik und Viola.
„Ja", sagte Viola.
Der Arzt sah etwas irritiert auf das dünne, kleine Mädchen, das um diese Zeit nicht in einer dunklen Reithalle und nicht Zeugin einer solchen Situation sein sollte.
Einer der Sanitäter stieg noch einmal aus dem Wagen und schrieb ihre Namen auf. Der Arzt sagte: „Die Polizei wird sich bei euch melden, sie werden den Vorfall untersuchen müssen. Aber die Sachlage ist klar aus meiner Sicht. Übrigens- der junge

Mann kann sich bei euch bedanken." Er gab ihnen die Hand und stieg ein. Der Krankenwagen fuhr mit Blaulicht davon. Die drei sahen ihm nach, bis die Rücklichter verschwunden waren. Dann sagte Viola mit erstaunlich fester Stimme: „Er hat gesagt, dass er die Wildpferde freigelassen hat. Er konnte den Anblick nicht ertragen... ihre Gefangenschaft. Er wollte nicht, dass sie sterben",
Sie schwiegen und hielten sich an den Händen.
„Er ist krank", sagte Julia, „ich habe es geahnt... ich hätte etwas unternehmen müssen."
„Lass uns morgen über alles reden", sagte Erik, „hier muss jemand dringend ins Bett."
Er griff nach Viola und hob sie hoch.
„Du setzt dich jetzt bei mir aufs Fahrrad, hältst dich fest und ich fahre dich gemütlich nach Hause. Gott sei Dank bist du ja ziemlich leicht", sagte er grinsend.
Julia hatte inzwischen das Scheunentor geschlossen und das Licht gelöscht. Sie trug Violas Rucksack in der Hand und schnallte ihn auf ihrem Gepäckträger fest.
„Gut, dass es dunkel ist und uns keiner sieht", sagte Erik beiläufig, als sie losfuhren.
„Viola sieht nämlich aus, als hätte sie eine Begegnung mit einem Vampir gehabt."

55

Viola schlief bis in den späten Vormittag hinein. Niemand weckte sie und als sie schließlich in die Küche kam, saß ihre Mutter dort und wartete. „Mein armer Schatz", sagte sie sanft.
„Mir geht's gut", erwiderte ihre Tochter, „ich habe Hunger."

Sie ging zum Kühlschrank und spähte hinein.
„Soll ich dir Rührei machen?" fragte ihre Mutter hoffnungsvoll.
„Das wäre perfekt", antwortete Viola und setzte sich an den
Küchentisch. Sie fühlte sich gesund und stark wie schon lange
nicht mehr.
In der Nacht war ihre Mutter aufgewacht, als sie nach Hause
gekommen waren. Sie hatte laut geschrien, als sie Viola gesehen
hatte, blutverschmiert.
Ihre entsetzten Fragen hatten Viola und Erik mit einer
haarsträubenden Geschichte von einem psychisch kranken
Pferdepfleger und seinem Selbstmordversuch beantwortet.
Ihre Mutter hatte sich langsam beruhigt, als sie merkte, dass
ihre Kinder unversehrt waren. Viola war dann nach oben gegangen, nachdem sie ihrer Mutter ganz freundlich und normal eine
gute Nacht gewünscht hatte.
In ihrem Zimmer hatte sie die verdreckte Kleidung ausgezogen,
dabei war ihr das zerknüllte Blatt wieder in die Hände gefallen.
Sie strich es notdürftig glatt- es war das Geständnis von Lukas,
er hatte die Pferde freigelassen, sie sollten nicht sterben, das war
der kurze Wortlaut. Viola legte das Blatt auf ihren Schreibtisch,
sie würde es morgen Julia geben. Oder der Polizei.
Dann stand sie unter dem heißen Wasser der Dusche, der
Schaum des Duschgels lief ihren mageren Körper hinunter.
Was hatte Lukas gesagt?
„Du siehst aus wie ein Kind".
Sie wollte kein Kind mehr sein. Wenig später fiel sie ins Bett
und war schon eingeschlafen, bevor sie die Decke richtig über
sich gezogen hatte.
Sie hatte geschlafen wie ein Stein. Und vollkommen traumlos,
die Ereignisse der letzten Nacht hatten sie nicht verfolgt.
Und jetzt würde sie eine Riesenportion Rühreier in sich hin-

einstopfen. Wie konnte das sein, nach so einer schrecklichen Nacht? Aber ihr Körper brauchte Nahrung, das zeigte er ihr sehr deutlich. Außerdem hatte sie das starke Bedürfnis, mit ihrer Mutter zu reden.
„Weißt du, dieser Lukas, das ist ein interessanter Fall. Er hat ein zu großes Einfühlungsvermögen, ich glaube, das ist wie eine Krankheit. Er leidet mit allen Kreaturen mit, das muss schrecklich sein. Ich hoffe, mir passiert das nicht, als Schriftstellerin, meine ich."
Miriam van Boysen verquirlte die Eier und sagte:
„Schriftsteller müssen sich natürlich in andere Personen hineinversetzen können, aber sie wissen, es ist alles nur Fantasie. Das ist der Unterschied."
„Aber es ist oft schwer, Fantasie und Realität zu trennen." Viola betrachtete ihre Mutter, die ihr liebevoll das Frühstück zubereitete, so, wie sie es immer getan hatte.
Das war die Realität und sie war gar nicht so schlecht.
„Mama", sagte sie, „tust du mir einen Gefallen?"
Ihre Mutter sah sie überrascht und erwartungsvoll an.
„Sei bitte nicht immer so... lieb und so... ängstlich. Ich hätte nämlich gerne eine lustige Mutter. Eine, die lacht und die auch mal Quatsch macht. "
„Eine lustige Mutter?" Miriam van Boysen stellte den Teller mit Rührei auf den Tisch. Dann lächelte sie. „Ich glaube, das wäre ich auch gerne. Das ist eine gute Idee."
Sie vermied es, ihre Tochter darauf hinzuweisen, dass sie es war, die darauf bestand, dass jedes Thema kritisch behandelt wurde, dass alles hinterfragt werden musste. Und die in den letzten Monaten kein einziges Mal gelacht hatte.
Aber jetzt gab es einen Hoffnungsschimmer.
Eine lustige Mutter, sie staunte, es wäre ihr nie in den Sinn

gekommen, dass ihre Tochter sich so etwas wünschen könnte.
Aber warum nicht, wenn es Viola dann besser ging... und
überhaupt, es konnte ja nicht so schwer sein, lustig zu sein.
„Und kannst du bitte im Krankenhaus anrufen? Ich möchte
wissen, wie es Lukas geht." Viola sprach mit vollem Mund
und das Rührei auf ihrem Teller verschwand in Lichtgeschwindigkeit. Miriam van Boysen nickte und griff zu ihrem Handy.
Mutter und Tochter sahen sich gespannt in die Augen.
Nach wenigen Minuten bedankte sich Miriam van Boysen
und lächelte Viola an.
„Es geht ihm gut. Es besteht keine Lebensgefahr mehr."
Viola nickte, sie hatte im Grund nichts anderes erwartet.
Sie hatte das Gefühl, ein Erdbeben oder irgendeine andere
Naturkatastrophe überlebt zu haben. Sie war einem Unglück
nur knapp entronnen, das weckte erstaunlicherweise alle
Lebensgeister in ihr.
Sie fühlte sich wie eine Hürdenläuferin, die nach einem
schweren Sturz doch noch die Goldmedaille gewinnt.
Als Erik eine halbe Stunde später die Treppe herunterpolterte,
fand er seine Schwester und seine Mutter im Gespräch, sie
kicherten und steckten die Köpfe zusammen. Erik stöhnte
innerlich. Frauen und ihr ständiges Gekicher, es war nicht zu
fassen, außerdem war heute bestimmt kein lustiger Tag, nach
dieser Nacht... dann fiel ihm das Ungewöhnliche an dieser
Situation auf.
Viola redete und kicherte wieder. „Was ist denn hier los?"
„Wieso?" Zwei gleiche Augenpaare sahen ihn unschuldig an.
„Über was amüsiert ihr euch?"
„Nur so", sagte Viola leichthin. „ Und außerdem geht es Lukas
wieder ganz gut, Mama hat im Krankenhaus angerufen."
Erik gab einen Laut von sich, der wohl Freude ausdrücken

sollte, fing an zu frühstücken und war nicht mehr ansprechbar.
Als der Gong an der Haustür ertönte, sprang Miriam van Boysen auf, wahrscheinlich ein Paket für sie, sie hatte im Internet ein paar Schuhe bestellt. Die Shops im Internet waren ihre Rettung hier auf dem Dorf. Obwohl sie keine Ahnung hatte, wo und wann sie die neuen Pumps aus violettem Wildleder überhaupt tragen sollte.
Oder war etwa wieder die Polizei im Anmarsch... sie öffnete beunruhigt die Tür, aber es war der Postbote und sie nahm das Paket entgegen.
Schuhe waren zwar vollkommen unwichtig, wenn sie daran dachte, was in der letzten Nacht passiert war, aber ... das Leben ging weiter.
Viola betrachtete Erik, wie er mit Appetit ein Brot nach dem nächsten aß.
„Du bist gestern Nacht noch mal weggefahren", sagte sie schließlich. Erik nickte.
„Zu Julia", stellte Viola fest. Erik nickte erneut und schaufelte den Rest vom Rührei auf seinen Teller.
„Und?" fragte Viola.
„Was, und?" Erik sah seine Schwester flüchtig an, „was soll ich dir denn jetzt erzählen?"
„Bist du in sie ... verliebt?" Violas Augen waren dunkelgrün.
Erik aß langsam sein Brot zu Ende. Ganz gegen seine Gewohnheit kaute er jeden Bissen, bevor er ihn hinunterschluckte.
„Ich weiß nicht, ob dich das was angeht", sagte er dann.
„Ich bin deine Schwester, oder nicht?"
Erik nickte, „sicher... vielleicht ist das sogar ein Argument. Verliebtsein ist dann wohl so eine Art Familienangelegenheit."
Er lehnte sich auf seinem Stuhl zurück und grinste sie an.
Dann wurde er wieder ernst. „Aber ich kann die Frage leider

nicht beantworten, ich bin noch dabei, es herauszufinden."
„Du willst dich nicht verlieben", stellte Viola fest, „weil es anstrengend und kompliziert ist.
„Du bist die klügste Schwester, die ich habe", sagte Erik freundlich, „und manchmal wünsche ich mir, du wärst so ... wie deine Haare... blond und .. du weißt schon".
Viola warf mit einem Stück Brot nach ihm und Erik ging in Deckung.
„Welche Augenfarbe hat sie?" fragte Viola übergangslos.
„Julia?" Erik kannte die seltsamen Fragen seiner Schwester, aber diesmal musste keine Sekunde überlegen.
„Dunkelblau", sagte er, „manchmal auch blauviolett, je nachdem, was sie gerade denkt und welche Tageszeit es ist."
Viola nickte und betrachtete Erik interessiert, „du bist verliebt", stellte sie dann sachlich fest.
Erik sagte mit vollem Mund: „Du solltest noch mal ins Bett gehen und einen Kakao trinken. Für ein kleines Mädchen hast du gestern eine ganze Menge erlebt."
Viola verzog das Gesicht, schluckte dann alle spöttischen Bemerkungen hinunter. *Ein kleines Mädchen, das Kakao trinken soll...*
Aber sie hatte ja wieder einen Bruder, der sie letzte Nacht auf seinem Fahrrad nach Hause gebracht hatte, und der durfte sie auch ein bisschen ärgern, das konnte sie aushalten.
Eine große Schläfrigkeit überfiel sie. Ins Bett zu gehen war die beste Idee überhaupt. Sie schleppte sich die Treppe hoch. Oben in ihrem Zimmer warf sie aus Routine noch einen Blick auf ihr Handy und sah, dass sie vier neue Nachrichten hatte.
Sie waren alle von Carrie. Ihre Müdigkeit verflog. Carrie- sie hatte den Gedanken an ihre abtrünnige Freundin bisher erfolgreich verdrängen können. Es gab Wichtigeres im Leben,

als eine Freundin, die nicht zu einer Verabredung erschien.
Die erste Nachricht stammte von gestern Abend.
Carrie schrieb: *Habe Stress zu Hause. Papa hat mich erwischt, als ich losfahren wollte. Komme bestimmt, alle müssen erst schlafen, warte auf mich!*
Dann, eine Stunde später: *Sorry, sorry, werde bewacht von meiner Schwester! Es ist zu gefährlich, komm zurück, alles keine gute Idee! Carrie.*
Viola schluckte, die Nachrichten hatten sie nicht erreicht, sie hatte einfach nicht nachgesehen. Was ja auch kein Wunder war.
Carrie war also doch nicht so treulos, wie sie gedacht hatte.
Dann die beiden letzten Nachrichten- Carrie heute Morgen: *Wo bist du???? Melde dich*! und noch einmal vor einer halben Stunde: *Mache mir große Sorgen. ist etwas passiert????? Ich muss dir viel erzählen!*
Ja, dachte Viola, es ist etwas passiert, ziemlich viel sogar.
Sie wählte Carries Nummer und war erleichtert, als die Freundin sich meldete.
Müde konnte sie später immer noch sein. Viola erfuhr endlich, dass fast alle Hengste verkauft worden waren, an private Käufer. Sie stieß einen kleinen Freudenschrei aus. Dann erfuhr Carrie alles über die Ereignisse in der letzten Nacht.
Sie redeten und redeten und dann beschlossen sie, Lukas möglichst bald im Krankenhaus zu besuchen und ihm von der Rettung der Hengste zu berichten.

56

Erik holte sein Fahrrad aus der Garage. Er prüfte den Reifendruck, obwohl er erst gestern die Luftpumpe benutzt hatte, aber er brauchte einen kleinen zeitlichen Aufschub. Er wollte zu Julia fahren, er musste sie sehen. Seine Gedanken kreisten um das Gespräch mit seiner Schwester. Sie hatte ihn nach Julias Augenfarbe gefragt und er hatte ihre Frage beantwortet.
Sollte das der Beweis sein? Der Beweis, dass er .... verliebt war? Allein dieses Wort verursachte ihm Bauchschmerzen. Aber nach gestern Nacht war es vielleicht die richtige Bezeichnung für seinen Zustand.
Er schob das Rad auf die Straße und beschloss, sehr langsam zu fahren. Mal sehen, ob er in ein paar Minuten einen zündenden Gedanken hatte, wie es nun weitergehen sollte.
Gestern Nacht hatte er Viola nach Hause gebracht, dann hatte er geduscht, war ins Bett gegangen und hatte versucht einzuschlafen, Nach zwei Stunden hin- und her wälzen hatte er nach dem Handy gegriffen.
Er hatte Julia gefragt, ob er zu ihr kommen könne, es sei ihm unmöglich jetzt zu schlafen. Sie hatte verschlafen *ja* gesagt und er hatte leise die Wohnung verlassen.
Julia stand vor dem Haus und wartete auf ihn. „Meine Mutter könnte wach werden", sagte sie, „und sie möchte nicht, dass ich nachts noch Besuch bekomme."
Sie hatte kleine verschlafene Augen und trug eine Jogginghose und ein zu großes T-Shirt.
Erik stellte das Fahrrad ab, er war heute wirklich schon genug gefahren, man konnte auch ein Stück spazieren gehen.
Sie gingen langsam die Straße hinunter, dicht nebeneinander, vorbei an Einfamilienhäusern mit gepflegten Vorgärten mit

sorgfältig gestutzten Büschen und Hecken. Einzelne Laternen verströmten ein sanftes Licht , eine graue Katze huschte über die Straße, es war immer noch warm.
„Wie geht es Viola?" fragte Julia.
„Ich glaube, sie schläft jetzt. Es geht ihr gut."
Sie gingen weiter die Straße hinunter, dann erreichten sie den Ortskern mit der Postbäckerei, dem Lebensmittelgeschäft, der Bank und dem Imbiss.
Jetzt, zu dieser nächtlichen Stunde, lag der Platz geisterhaft leer vor ihnen. Das Postschild vor der Bäckerei leuchtete blass gelblich, die Neonröhre in der Imbissbude flackerte und irgendwo summte eine Klima- oder Stromanlage.
Erik erinnerte sich sehr gut daran, wie sich Julias Schultern angefühlt hatten, als er dann den Arm um sie legte.
Zart, aber nicht weich. Gut, auf jeden Fall.
Er hatte nicht mehr darauf geachtet, wohin sie gerade gingen. Wie auf ein geheimes Zeichen hin waren sie dann beide gleichzeitig stehen geblieben, direkt vor dem Lebensmittelgeschäft. Dann hatten sie sich geküsst. Die Stromanlage hatte unangenehm gebrummt und die Neonröhre klickte und flackerte.
„Das ist nicht so wahnsinnig romantisch hier", hatte Julia dann gesagt und sie hatten den Lebensmittelmarkt verlassen und waren eng umschlungen die Straße weiter hinuntergegangen. Auf der Friedhofsbank hatten sie sich noch einmal geküsst und Julia hatte den Kopf an seine Schulter gelehnt. Sie hatte keine Bemerkung mehr zur Romantik gemacht, was diesmal angesichts der Kreuze, die langsam aus dem Morgennebel auftauchten, durchaus Sinn gemacht hätte. Stattdessen hatte sie geweint.
„Warum weinst du?" hatte er erschrocken gefragt.
„Es hat nichts mir dir zu tun, wirklich nicht, es ist dieser Tag… ich kann nur noch weinen…", dabei hatte sie gelächelt und die

Tränen flossen über ihre Wangen. Erik hatte hektisch nach einem Taschentuch gesucht und schließlich mit einem kleinen Fetzen auf ihrem Gesicht herum getupft, bis sie sagte: „Bitte aufhören, ich weine nicht mehr."
Er hatte ihre Haare berührt, sie waren weich und fühlten sich so anders an als seine eigenen. Sie waren langsam durch die dunklen Straßen zu ihr nach Hause gewandert, ihre Hände verschlungen, und er hatte am Gartenzaun gestanden und gewartet, bis die Tür hinter ihr ins Schloss fiel. Nun stand er wieder vor dieser Tür. Er musste Julia etwas sagen. Er dachte an ihre blauvioletten Augen, ihre weichen Haare, an ihre beiden Körper, die sich für die Länge eines Kusses berührt hatten. Berührt, na ja, sie hatten aneinander geklebt, untrennbar, so hatte es sich angefühlt in diesem Moment. Erik dachte, dass er nichts lieber wollte, als diesen Moment zu wiederholen. Aber er wusste, warum er zögerte. Er würde nicht bleiben, nicht in diesem Dorf. In einem Jahr würde er nicht mehr hier sein. Er wollte reisen, die Welt sehen, Musik machen, Abenteuer erleben. Er hoffte, dass es nichts ändern würde. Dass Julia es verstehen würde. Er wollte nur, dass sie es wusste.

57

Der Kakao war heiß und hatte sogar ein Sahnehäubchen und Viola hatte das Gefühl, noch nie etwas Besseres getrunken zu haben. Ihre Mutter hatte ihn gekocht und ihr aufs Zimmer gebracht. Sie fühlte sich umsorgt und geborgen. Es war vollkommen ruhig im Haus.
Ihre Mutter war zum Einkaufen gefahren, ihr Vater hatte schon vor Stunden das Haus verlassen. Erik war mit dem

Fahrrad weggefahren.

Viola überlegte, wann sie Lukas im Krankenhaus besuchen sollte. Man musste sich um ihn kümmern. Sie dachte an den Brief, an sein Geständnis...

Carrie hatte am Telefon einen lauten Schrei ausgestoßen, als sie es ihr gesagt hatte. Sie hatte versprochen, sich um alles zu kümmern, sie wollte Julia und Lena anrufen, die beiden sollten sich dann mit der Polizei und mit dem Grafen in Verbindung setzen. Und sie wollte zu Viola kommen und sie knuddeln und küssen, wie sie sagte, und außerdem den Brief von Lukas mitnehmen und zu Julia bringen. Denn das sei ein wichtiges Beweisstück. Viola schwirrte der Kopf und sie war mit allem einverstanden. Viola trank noch einen Schluck und die heiße Schokolade lief süß und beruhigend ihre Kehle hinunter. Sie dachte an die Wanderin zwischen den Welten.

Gestern, das war die Wirklichkeit gewesen. Eine schreckliche Wirklichkeit, Aber Viola fühlte sich stark und lebendig.

Sie fühlte sich, als sei sie ins Leben zurückgekehrt, nach langer Abwesenheit, ins richtige Leben. Einfach über Nacht. sie musste ein bisschen lächeln, das war doch so eine Redensart.. dann kuschelte sie sich in ihre Bettdecke. Ihre Füße waren warm.

58

Julia war leise die Treppe hinauf geschlichen. Es war mitten in der Nacht, beinahe schon früher Morgen und ihre Mutter sollte wirklich schlafen. Es konnte aber auch sein, dass sie bemerkt hatte, dass ihre Tochter vor mehr als einer Stunde schon wieder aus dem Haus gegangen war. Und dass vor dem Haus jemand auf sie gewartet hatte. Dann nämlich würde sie jetzt jeden

Augenblick auf der Bildfläche erscheinen und sie nach ihrem nächtlichen Ausflug befragen.

Aber nichts geschah. Erleichtert betrat Julia ihr Zimmer und warf sich ins Bett.

Sie befand sich in einem Zustand, der zwischen Euphorie und Benommenheit schwankte. Ihr Verstand musste die Ereignisse der letzten Stunden noch sortieren und einordnen.

Sie hatte Erik geküsst! Und es hatte sich angefühlt, als sei es der Beginn von etwas Neuem und etwas Besonderem. Sie wälzte sich herum, wollte ihre Gedanken abstellen und endlich schlafen, aber die Bilder in ihrem Kopf hielten sie wach.

Der Anblick von Lukas, der auf dem blutigen Stroh gelegen hatte, und die verstörte Viola, die Erik weinend in die Arme gefallen war.

Der Arzt hatte gesagt, Lukas würde es schaffen, das war gut, aber er hatte sich umbringen wollen... warum? Lukas tat ihr leid, aus tiefstem Herzen, aber niemals würde sie begreifen, warum jemand freiwillig aus dem Leben gehen wollte, es sei denn, er hätte große Schmerzen und sei unheilbar krank.

Man konnte immer etwas ändern in seinem Leben, davon war Julia überzeugt.

Darin unterschieden sich Menschen und Tiere, Menschen konnten sich entscheiden, egal, wie arm oder reich sie waren oder wo auf der Welt sie lebten. Sie hatten immer eine Wahl.

Tiere nicht. Sie wurden eingesperrt und ausgebeutet, sie konnten nicht fliehen, da sie in Freiheit nicht überleben würden.

Das hatte man ihnen abgewöhnt. Sie waren ihrem Besitzer ausgeliefert, im Guten wie im Bösen. Und wieder und wieder dachte sie an Erik.

Dann übernahm ihr erschöpfter Körper die Regie, sprach ein Machtwort und schaltete sämtliche Gedanken aus.

Es war fast Mittag, als es schellte. Es würde die Post sein.
Julia war noch im Schlafanzug und gerade damit beschäftigt,
sich einen Tee zu kochen und zwei Brötchen aufzuwärmen.
Sie hatte einen Bärenhunger, als habe sie gestern einen Marathonlauf absolviert. Ihre Mutter hatte wie immer früh das Haus
verlassen um zur Arbeit zu fahren. Julia ging zur Haustür, ein
Glas Marmelade in der Hand, die sie gerade aus dem Schrank
geholt hatte. Draußen stand Erik.
Sie sahen sich an, Julia balancierte das Marmeladenglas in
der Luft. Erik kam herein und schnupperte an ihrem Hals.
„Du riechst gut", sagte er.
„Ja, nach Johannisbeer Marmelade."
Julia trat ein Stück zurück, sie war verwirrt über Eriks Besuch.
So schnell hatte sie nicht damit gerechnet.
Sie holte die Brötchen aus der Mikrowelle, Erik lehnte
dankend ab, er konnte beim besten Willen nicht noch ein
Brötchen herunter kriegen.
„Sehr hübscher Schlafanzug", sagte er und betrachtete interessiert die vielen niedlichen Katzenbabys, die auf
blassrosa Flanell herumtollten. Julia erinnerte sich blitzartig
an ihre unglückliche Begegnung auf dem Schulflur, als sie
vergeblich versucht hatte, ihm aus dem Weg zu gehen.
Damals hatte sie eine kitschige, rosa Brotdose bei sich gehabt...
„Ich mag Katzenbabys und Einhörner", sagte sie trotzig.
„Ich auch."
Julia sah Erik forschend an, um einen spöttischen Blick zu
entdecken, aber seine Augen waren dunkel und unergründlich.
Erik trank einen Schluck Tee und berichtete vom Anruf in der
Klinik. Lukas ging es gut. Zumindest, was seinen körperlichen
Zustand betraf.
„Wir müssen ihn besuchen, er wird weiter Hilfe brauchen",

sagte Julia. Sie erzählte, dass Carrie sie angerufen und ihr von dem Brief berichtet hatte- das Geständnis von Lukas.
Daniel hatte also definitiv die Unwahrheit gesagt, als er Erik beschuldigte, das war der Beweis.
„Ich rufe heute noch in Reken bei der Polizei an", sagte Julia, „ich hoffe, Daniel wird für seine Lüge bestraft und zwar richtig." Sie klang wütend.
Erik blieb stumm, er war mit seinen Gedanken nicht bei den Pferden und nicht bei Lukas. Sondern bei Julia.
Julias Erklärungen und Berichte blieben unkommentiert.
Etwas stand wie ein riesengroßes Fragezeichen im Raum.
Julia spürte es.
„Was ist los?" Sie betrachtete Erik und sah, dass er blass und angestrengt aussah.
„Es hat nichts mit den Pferden zu tun, oder?" fragte sie vorsichtig.
Erik schüttelte kaum merklich den Kopf.
„Ich muss dir etwas sagen", sagte er zögernd.
Verdammt, dachte sie, *so fangen immer die ganz schlechten Nachrichten an.*
„Also los, rede", sagte sie und hatte ein mulmiges Gefühl im Magen. Was war los mit diesem Fremden, der sie vor wenigen Stunden noch so innig umarmt hatte? Sie war auf alles gefasst.
Er hatte also doch eine Freundin in Hamburg, klar, das musste er ihr jetzt gestehen, bevor noch andere Dinge geschahen... sehr edel von ihm. Julia spürte, wie langsam Wut und Enttäuschung in ihr hochstiegen. Dummerweise füllten sich ihre Augen mit Tränen, genau das hatte sie vermeiden wollen.
Sie stand auf und tat so, als sei sie mit der Teemaschine beschäftigt. Sie würde sich nichts anmerken lassen, das war Gesetz, cool bleiben, in jeder Situation.

Dann redete Erik. Er erklärte ihr, wie er sich sein künftiges Leben vorstellte. Dass er Mariafeld sofort nach dem Abitur verlassen werde, dass er irgendwohin ins Ausland gehen wollte, für zwei Jahre vielleicht, dass es für danach noch keine Pläne gebe. Und er auch keine Pläne machen wollte.

„Du willst frei sein", sagte Julia sachlich.

„Ja." Es war ein bitteres Wort in diesem Augenblick. Aber es war die Wahrheit.

Julia hatte aufgehört, an der Teemaschine herumzubasteln. Ihre Tränen waren getrocknet und sie setzte sich wieder an den Küchentisch. Ihre Erleichterung war riesengroß. Es gab keine Freundin, es gab nur diese Zukunftspläne, und die klangen in ihren Ohren vollkommen vernünftig.

„Ich bin 16 Jahre alt. Ich will dich nicht heiraten", sagte sie streng.

Erik sah sie mit einem Blick an, der zwischen Verblüffung und Erleichterung schwankte. „ich werde bald 18", sagte er, obwohl das im Moment keine Rolle spielte.

„Und ich 17."

„Wann?"

„Im nächsten Jahr."

Sie sahen sich an und lächelten.

„Dann ist ja alles klar", sagte Julia obwohl das nicht ganz stimmte, aber sie hatte keine Lust, sich über Dinge den Kopf zu zerbrechen, die noch weit in der Zukunft lagen.

„Du hast aber vor, noch ein Jahr in Mariafeld zu bleiben, oder?" Sie holte sich ein weiteres Brötchen, ihr Hunger meldete sich erneut und heftig.

„Ja, natürlich", Erik beobachte sie irritiert, das Gespräch war anders verlaufen, als er gedacht hatte. Julia hielt ihm das Brötchen vor die Nase.

„Probier mal, die Marmelade ist selbstgemacht".
Erik schüttelte den Kopf: „Nein danke, ich möchte glaube ich, etwas anderes."
„Und das wäre?" Julia wusste es ziemlich genau, wenn sie seinen Blick richtig deutete.
„Du bist sicher, dass du mich nicht heiraten willst?"
Julia lachte: „Bin ich, vielleicht überlege ich es mir noch mal... in zehn Jahren.."
„Einverstanden." Erik stand auf und stellte sich hinter Julias Stuhl, seine Hände lagen auf ihren Schultern und wanderten langsam tiefer.
„Wir könnten vielleicht... du hast ja schon einen Schlafanzug an...der... äußerst reizvoll ist..."
Julia musste lachen und außerdem hörten sie in diesem Moment, wie sich in der Haustür ein Schlüssel drehte. „Meine Mutter", flüsterte Julia, „sie hat heute ihren freien Nachmittag".
„Oh, wie schön" flüstere Erik zurück und verzog das Gesicht.
Als Frau Hegemann die Küche betrat, fand sie zwei brav am Tisch sitzende Jugendliche vor, mit Tee und Brötchen beschäftigt. Aber ihren misstrauischen Augen entging natürlich nichts.
„Julia, du bist ja noch im Schlafanzug", sagte sie vorwurfsvoll, noch bevor sie Erik die Hand gab.
„Ich habe bis gerade geschlafen, dann ist Erik gekommen. Wir haben noch mal über gestern Abend gesprochen."
Julias Stimme klang so unschuldig wie die eines Engels.
Frau Hegemann sagte „Aha", ging dann zur Teemaschine und verschwand schließlich mit einer Tasse Tee in der Hand.
Julia sagte wenig einfallsreich:
„Jetzt ist meine Mutter da."
„Aber sie ist nicht immer da, das habe ich immerhin mitgekriegt."

„Ja, ja, du kriegst eben alles mit, aber jetzt musst du gehen",
Julia fasste Erik am Arm und zog ihn zur Tür, er wehrte sich
zum Schein und sein Abschiedskuss landete irgendwo auf ihrer
rechten Gesichtshälfte.
Als die Tür ins Schloss fiel, setzte sich Julia an den Tisch und
aß in aller Ruhe ihr Marmeladenbrötchen auf.
Es schmeckte so gut wie noch nie.

Das happy Ende

Nach den Ferien wurden der Schulgarten und die Toiletten in
Bestform gebracht. Erik und Daniel waren dort im Einsatz,
zusammen mit einigen anderen, denen die neue Schulordnung
zum Verhängnis geworden war. Auf dem Programm standen
noch die Renovierung der Klassenräume und die Neugestaltung
des Schulhofes. Carlo wurde von der Schule verwiesen. Ihm
wurde nachgewiesen, dass er Daniel unter Druck dazu gebracht
hatte, vor der Polizei eine Falschaussage zu machen. Zwar hatte
er tatsächlich seine Freundin besucht in dieser Nacht, aber Erik
hatte er nicht gesehen. Es war Lukas, den er beobachtet hatte
und Carlo war dann auf die Idee gekommen, dass er statt des
Pferdepflegers besser Erik anzeigen sollte. Daniel hatte bei der
Polizei seine Falschaussage bereut. Aber er würde sich dafür
verantworten müssen.

Die drei Mobbingopfer aus der Acht mussten weiter kämpfen,
aber es gab Hoffnung. *Sei Stark* hieß das Motto eines Anti-Mobbing-Trainings, das Viola sich ausgedacht hatte und das sie mit
Hilfe von Lehrer Terhorst auch durchführen wollte.

Viola hatte das ursprüngliche Motto- *Sei gerne ein Außenseiter*-fallen gelassen, weil es auf Unverständnis stieß und umständlich erklärt werden musste. Obwohl Viola fand, dass nichts eindeutiger war als diese Aufforderung an alle Mobbingopfer. Viola wollte die Opfer dazu motivieren, ihre Besonderheiten zu finden und zu zeigen und stolz darauf zu sein. Natürlich ohne damit anzugeben, das wäre übertrieben gewesen, ein gewisses Maß an Coolness musste schon sein.

Dann hatte sie vorgeschlagen, das Training *Sei ein cooler Einzelgänger* zu nennen, schließlich hatte sie zu Hause jeden Tag Gelegenheit, einen solchen zu beobachten, aber Lehrer Terhorst war dagegen gewesen- aus pädagogischer Sicht sei es nicht erstrebenswert, ein Außenseiter zu sein und auch kein cooler Einzelgänger.

Alles in allem hatte Viola aber große Mühe, die Betroffenen von der Wirksamkeit eines solchen Trainings zu überzeugen.

Carrie hatte die Wildpferde ins Spiel gebracht und übernahm zusammen mit Viola die Betreuung der Opfer, aber es war schwierig, Yannik davon zu überzeugen, dass Reiten seinem Selbstbewusstsein gut tun würde. Aber er kaufte sich eine Reithose und ein Sweatshirt mit Kapuze, das ihm sehr gut stand. Dagegen war Kerstin schnell von den Pferden begeistert, hatte aber Probleme, sich im Sattel zu halten, nach dem zweiten Abwurf kamen ihre Eltern zur Scheune um nach dem Rechten zu sehen. Ab dann striegelte und longierte Kerstin die Pferde, was sie sehr gerne machte, sie schien glücklich zu sein, nicht mehr reiten zu müssen. Benni kam ebenfalls regelmäßig zur Scheune und ging allen auf die Nerven, weil er alles besser wusste. Aber die Pferde hatten Geduld mit ihm und er entwickelte großen Ehrgeiz, er wollte unbedingt mit einem Wildpferd

an einem Springturnier teilnehmen.
Viola recherchierte für ihren neuen Roman und Lehrer Terhorst hatte jemanden gefunden, einen ehemaligen Schüler, der gut Rumänisch sprachen, und Erik war endlich bereit, sich als Forschungsobjekt zur Verfügung zu stellen und bei den Recherchen behilflich zu sein. Vielleicht würde er sogar irgendwann auf einer seiner geplanten Reisen in dieses besagte Dorf fahren... vielleicht, so vermutete Viola, war das eine Idee von Julia, die ihn begleiten wollte...ein Abenteuer, hatte er gesagt, das müsse man erleben. Da musste sie ihm zustimmen.

Lena ging mit Tassilo shoppen. Sie überredete ihn zum Kauf einer Jeans und eines weiten und langen Hemdes. Außerdem investierten sie ein kleines Vermögen in tolle Sportschuhe, Tasses Slipper flogen auf den Müll, was zähe Verhandlungen erfordert hatte, aber schließlich hatte sich Tasse den Argumenten von Lena gefügt. Und tatsächlich konnte er mit den neuen Schuhen die Pedale der Orgel mühelos und viel besser bedienen als mit seinen alten Slippern.
Er trug sein neues Outfit bei seinem ersten Orgelkonzert in der Sankt Ludgerus Kirche in Bocholt. Alle waren gekommen-Lena, Julia, Erik, Viola, Carrie, Alex und eine Menge andere Mitschüler. Tassilo hatte Lena versprochen, abzunehmen und zum Friseur zu gehen. Julia betrachtete die Entwicklung mit Argwohn, aber es war leider so- keiner weiß, wo die Liebe hinfällt.

Franz-Josef Terhorst flog nach Bonair und traf dort eine Buchhändlerin aus Dülmen, die einen Tauchkurs bei seinem Schwiegersohn gebucht hatte. Sie entdeckten ihren gemeinsamen Büchergeschmack und tauschten ihre Telefonnummern aus.

Schulleiter Albrecht verbrachte mit seiner Familie einen wunderbaren Urlaub an der Ostsee und versteckte sein Handy, um endlich mal seine Ruhe zu haben. Aber er machte sich Gedanken um das neue Schulprogramm. Er wollte die Grundsätze und die Ziele der Schule neu definieren. Er wusste, dass der Siegeszug der Computer nicht aufzuhalten war, aber er wollte ihnen nicht die Macht überlassen.
Er wollte die humanistischen Werte nicht opfern für eine kalte Rationalität und den Glauben an eine allwissende Technologie. Er wollte sich außerdem dem Zeitgeist von Oberflächlichkeit und Dreistigkeit entgegen stemmen, allen Bedenken, was dies für die Zukunft der Schule bedeuten mochte, zum Trotz.
Die positive Abstimmung über die neue Schulordnung hatte ihn ermutigt, etwas Neues zu wagen.
Er würde zusammen mit seinen Kollegen ein Schulprogramm entwickeln, in dem die Fächer Philosophie, Kunst, Musik und Literatur wieder eine größere Beachtung finden würden, und natürlich Sport, das war eines seiner Lieblingsfächer.
Die Schule musste ein Gegengewicht entwickeln zur Welt der Computer, zur künstlichen Intelligenz. Ansonsten würde die Waage zur Seite der seelenlosen Technokraten und ihrer bewusstseinslosen Jünger kippen, das wollte er verhindern.
Natürlich würde weiter Informatik auf dem Stundenplan stehen. In vielen Bereichen war die Computerisierung der Welt ein Segen. Albrecht dachte noch mit Schrecken an seine Examensarbeit, die er ungefähr drei- oder viermal hatte schreiben müssen, da er immer wieder Fehler gemacht hatte. Das war normal, wenn man auf einer Schreibmaschine schreiben musste. Nur zwei mit Tipp-Ex überschriebene Fehler waren damals pro Seite erlaubt gewesen, bei dreimaligem Vertippen musste die ganze Seite neu geschrieben werden.

Es war eine große Quälerei gewesen.
So etwas konnte sich heute niemand mehr vorstellen, auch nicht, dass es eine Zeit gegeben hatte, in der man an einem Kabel hing, wenn man telefonieren wollte. Er empfand immer noch Erstaunen darüber, dass er mitten im Wald oder im Supermarkt plötzlich einen Anruf entgegennehmen konnte.
Albrecht fühlte sich zwar alt bei diesen Gedanken, aber keineswegs minderwertig. Im Gegenteil, er hatte erfahren, dass die Welt auch funktionierte ohne all das, was die Jugend heute als unverzichtbar betrachtete.

Er hatte einen nüchternen und skeptischen Blick auf die neue digitalisierte Welt. Und er wusste- ein Computer konnte zwar denken, aber niemals fühlen. Er war körperlos, er konnte kein Glück und keine Trauer spüren, er hatte kein Bewusstsein.
Das mussten seine Schüler begreifen. Und sie mussten aufpassen- der Computer würde ihnen Gefühle vorspielen, aber er würde simulieren ohne zu fühlen. Sie durften sich nicht täuschen lassen, er war nur eine perfekte Maschine, sie mussten gewappnet sein. Es war seine Aufgabe, sie auf diese Zukunft vorzubereiten. Die wenigen Hengste, die noch auf der Koppel standen, wurden nach und nach verkauft, dabei wurde darauf geachtet, dass kein Pferdehändler unter den Käufern war.
Es kamen doch noch einige Spenden zusammen, in der Zeitung hatte eine Aufruf gestanden und tatsächlich konnte am Ende eine beachtliche Summe an die Reiterhöfe weitergeleitet werden. Für das nächste Jahr hatte der Graf versprochen, wieder eine Auktion zu organisieren. Außerdem bot er der ehemaligen Rettungsgruppe an, ihre Pferdeshow in seinem Schlosshof stattfinden zu lassen, jedes Jahr, wenn sie es wollten. Eine gute Reklame für die Wildpferde, so hatte er sich ausgedrückt,

als Julia und Lena ihn auf Schloss Velenburg aufgesucht hatten, diesmal ganz korrekt nach einer Anmeldung. Die Comtesse von Velenburg gründete einen Verein, der sich für alle Belange der Wildpferde einsetzen wollte. Julia wurde in der ersten Sitzung einstimmig in den Vorstand gewählt. Es wurde eine Sonderregelung für sie geschaffen, da sie noch nicht volljährig war. „Wildpferde e.V." würde sich auch um die Scheune, die Helfer und Betreuer kümmern. Rosalie wurde für unverkäuflich erklärt und sollte in Julias Obhut bleiben, so lange wie sie es wollte. Lukas würde eine zweite Chance bekommen.

Das Ehepaar van Boysen fuhr für ein Wochenende nach Paris. Miriam van Boysen bewarb sich bei der Musikschule in Essen um eine Anstellung als Musiklehrerin.

Alex konnte seine Pferdebilder (einen Abzug hatte er Erik geschenkt) noch in der Stadtsparkasse und in zwei weiteren öffentlichen Gebäuden ausstellen, auch im Krankenhaus in Borken, das hatte sich ergeben, als er dort Lukas besucht hatte. Lukas wurde von einem Psychologen betreut, der Graf und die Polizei verzichteten auf eine Anklage.

Ach ja, und Erik setzte seinen Plan, die Designerlampe in seinem Zimmer durch eine einfache Glühbirne zu ersetzen, nicht in die Tat um. Und auch das Kussmundsofa sah er mit anderen Augen- denn eine gewisse Pferdeflüsterin hatte Lampe und Sofa sehr schön gefunden, bei ihrem ersten Besuch, drei Tage, nachdem er bei ihr am Frühstückstisch gesessen hatte, um ihr etwas Wichtiges mitzuteilen.
Es ging um Freiheit.
Und Julia hatte es verstanden.

HINWEIS

Bei allen geschilderten Personen handelt es sich um fiktive Figuren. Das kleine Dorf im Münsterland und die Schule existieren zwar auch in Wirklichkeit, aber die dort angesiedelte Handlung ist frei erfunden.
Auch die Wildpferde gibt es tatsächlich. Sie waren jedoch nie in der geschilderten Weise bedroht und die Auktionen finden nach wie vor in jedem Jahr statt. Wer also ein Wildpferd ersteigern möchte, muss sich aufmachen in den Merfelder Bruch.